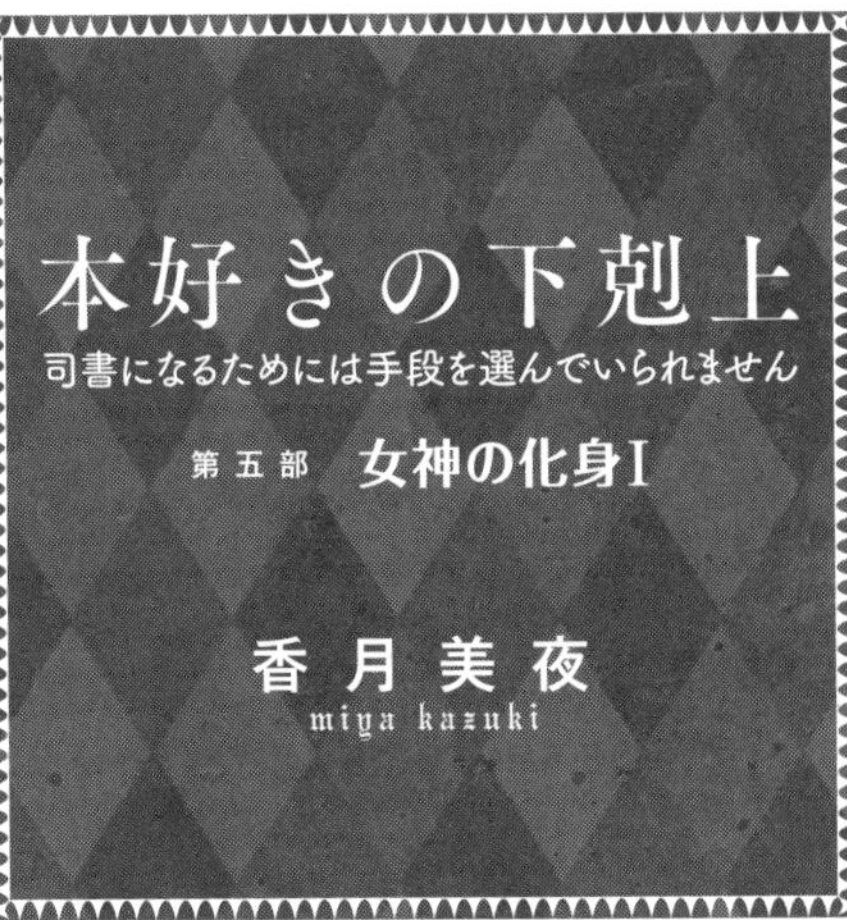
本好きの下剋上
司書になるためには手段を選んでいられません
第五部　女神の化身I
香月美夜
miya kazuki

JN114956

TOブックス

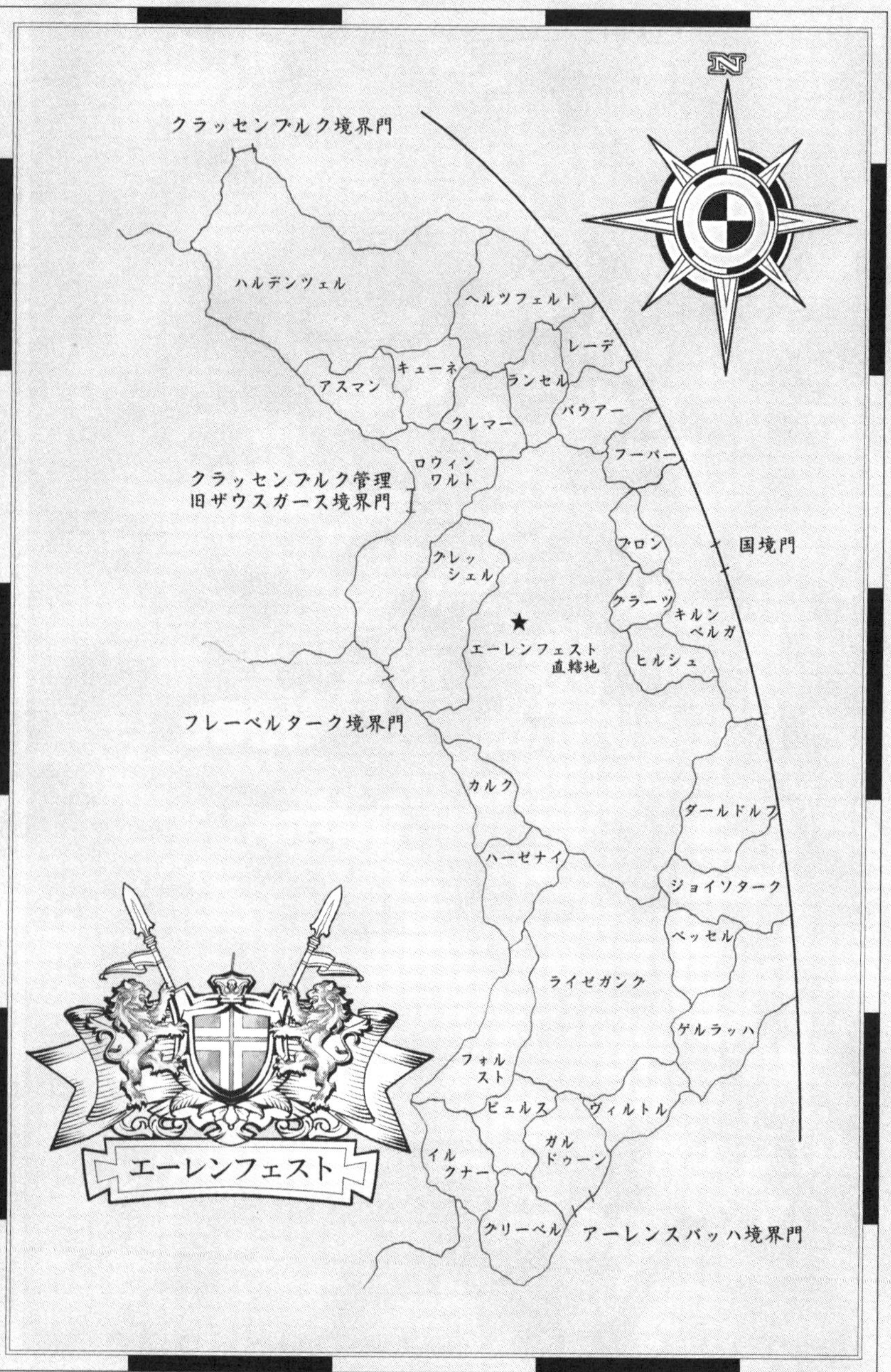
N
クラッセンブルク境界門
ハルデンツェル
ヘルツフェルト
レーデ
キューネ
アスマン
ランセル
バウアー
クレマー
フーバー
ロウィン
ワルト
クラッセンブルク管理
旧ザウスガース境界門
ブロン
国境門
グレッ
シェル
クラーッ
キルン
ベルガ
エーレンフェスト
直轄地
ヒルシュ
フレーベルターク境界門
カルク
ダールドルフ
ハーゼナイ
ジョイソターク
ベッセル
ライゼガング
ゲルラッハ
フォル
スト
ビュルス
ヴィルトル
ガル
ドゥーン
イル
クナー
クリーベル
アーレンスバッハ境界門
エーレンフェスト

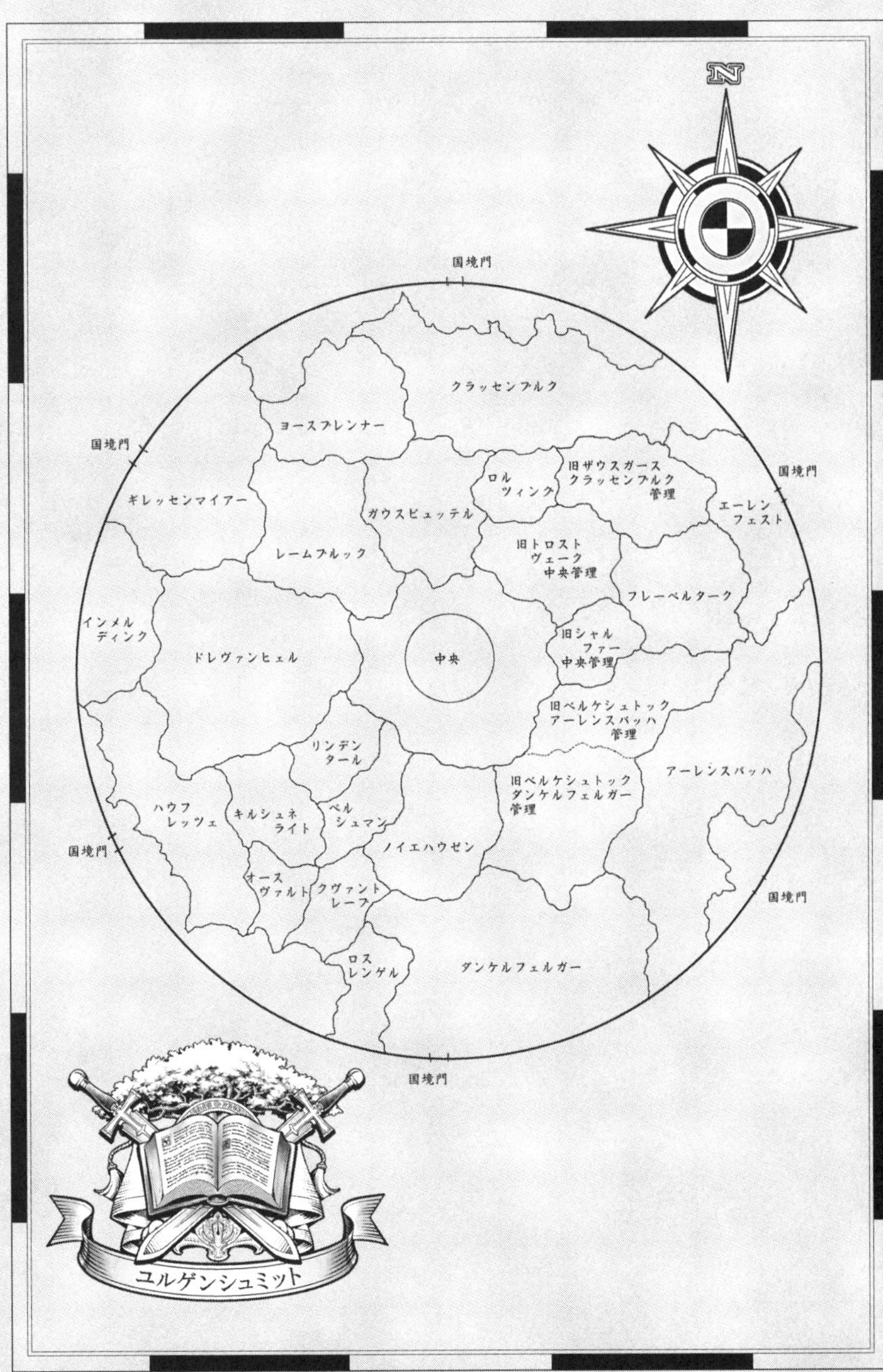

N
国境門
クラッセンブルク
ヨースブレンナー
国境門
ギレッセンマイアー
ロル
ツィング
旧ザウスガース
クラッセンブルク
管理
国境門
エーレン
フェスト
ガウスビュッテル
レームブルック
旧トロスト
ヴェーク
中央管理
フレーベルターク
インメル
ディンク
ドレヴァンヒェル
中央
旧シャル
ファー
中央管理
旧ベルケシュトック
アーレンスバッハ
管理
リンデン
タール
旧ベルケシュトック
ダンケルフェルガー
管理
アーレンスバッハ
ハウフ
レッツェ
キルシュネ
ライト
ベル
シュマン
国境門
ノイエハウゼン
オース
ヴァルト
クヴァント
レーフ
国境門
ロス
レンゲル
ダンケルフェルガー
国境門
ユルゲンシュミット

第五部　女神の化身Ⅰ

イラスト：椎名　優　You Shiina
デザイン：ヴェイア　Veia

登場人物

第四部あらすじ

貴族院におけるローゼマインは、最優秀で問題児。祝福で魔術具の主になったり、大領地とディッターをしたり、王族に恋の助言をしたり、黒の魔物を倒したり、採集場所を癒やしたり……。そんな中、フェルディナンドの出生の秘密を知る中央騎士団長の進言によって、婿入りの王命が出された。それを受け、フェルディナンドはアーレンスバッハへ旅立った。

ローゼマイン
主人公。少し成長したので外見は9歳くらい。中身は特に変わっていない。貴族院でも本を読むためには手段を選んでいられません。貴族院三年生。

ヴィルフリート
ジルヴェスターの息子。ローゼマインの兄で貴族院三年生。

エーレンフェストの領主一族

ジルヴェスター
ローゼマインを養女にしたエーレンフェストの領主でローゼマインの養父様。

フロレンツィア
ジルヴェスターの妻で、三人の子の母。ローゼマインの養母様。

シャルロッテ
ジルヴェスターの娘。ローゼマインの妹で貴族院二年生。

メルヒオール
ジルヴェスターの息子。ローゼマインの弟。

ボニファティウス
ジルヴェスターの伯父。カルステッドの父。ローゼマインのおじい様。

フェルディナンド
エーレンフェストの領主一族。王命でアーレンスバッハへ行った。

ローゼマインの側近

リヒャルダ
筆頭側仕え。保護者三人組の幼少期を知る上級貴族。

リーゼレータ
中級側仕え見習いの六年生。アンゲリカの妹。

ブリュンヒルデ
上級側仕え見習いの五年生。

ローデリヒ
中級文官見習いの三年生。名を捧げた。

フィリーネ
下級文官見習いの三年生。

レオノーレ
上級護衛騎士見習いの六年生。

ユーディット
中級護衛騎士見習いの四年生。

テオドール
中級護衛騎士見習いの一年生。ユーディットの弟。

ハルトムート……上級文官で新しい神官長。オティーリエの息子。
コルネリウス……上級護衛騎士。カルステッドの息子。
アンゲリカ……中級護衛騎士。リーゼレータの姉。
ダームエル……下級護衛騎士。
オティーリエ……上級側仕え。ハルトムートの母。

エーレンフェスト寮

ヒルシュール……エーレンフェストの寮監。文官コースの教師。
イグナーツ……ヴィルフリートの上級文官見習い四年生。
アレクシス……ヴィルフリートの上級護衛騎士見習い六年生。
マリアンネ……シャルロッテの上級文官見習い四年生。
ルードルフ……シャルロッテの中級護衛騎士見習い六年生。
ナターリエ……シャルロッテの上級護衛騎士見習い五年生。
マティアス……中級騎士見習い五年生。旧ヴェローニカ派。
ラウレンツ……中級騎士見習い四年生。旧ヴェローニカ派。
ミュリエラ……中級文官見習い五年生。旧ヴェローニカ派。
グレーティア……中級側仕え見習い四年生。旧ヴェローニカ派。
バルトルト……中級文官見習い五年生。旧ヴェローニカ派。
カサンドラ……中級側仕え見習い四年生。旧ヴェローニカ派。

他領の学生

レスティラウト……ダンケルフェルガーの領主候補生六年生。
ハンネローレ……ダンケルフェルガーの領主候補生三年生。
ケントリプス……レスティラウトの文官見習い四年生。
ラザンタルク……レスティラウトの護衛騎士見習い三年生。
クラリッサ……ダンケルフェルガーの上級文官見習い六年生。
オルトヴィーン……ドレヴァンヒェルの領主候補生三年生。
ディートリンデ……アーレンスバッハの領主候補生六年生。ゲオルギーネの娘。
ライムント……アーレンスバッハの中級文官見習い四年生。ヒルシュールの弟子。
リュールラディ……ヨースブレンナーの上級文官見習い三年生。

その他貴族院関係者

エグランティーヌ……領主候補生コースの教師。第二王子の第一夫人。
ルーフェン……ダンケルフェルガーの寮監。騎士コースの教師。
グンドルフ……ドレヴァンヒェルの寮監。文官コースの教師。
フラウレルム……アーレンスバッハの寮監。文官コースの教師。
オルタンシア……図書館の上級司書。
ソランジュ……図書館の中級司書。
シュバルツ……図書館の魔術具。
ヴァイス……図書館の魔術具。

他領の貴族

ジギスヴァルト……中央の第一王子。
アナスタージウス……中央の第二王子。
ヒルデブラント……中央の第三王子。
ラオブルート……中央騎士団長。
オスヴィン……アナスタージウスの筆頭側仕え。
アルトゥール……ヒルデブラントの筆頭側仕え。
コルドゥラ……ハンネローレの筆頭側仕え。
アドルフィーネ……ドレヴァンヒェルの領主一族。
ゲオルギーネ……アーレンスバッハの第一夫人。ジルヴェスターの姉。
レティーツィア……アーレンスバッハの領主候補生。

エーレンフェストの貴族

カルステッド……騎士団長でローゼマインの貴族としてのお父様。
エルヴィーラ……カルステッドの第一夫人。ローゼマインのお母様。
エックハルト……フェルディナンドの護衛騎士。カルステッドの息子。
ユストクス……フェルディナンドの側仕え兼文官。リヒャルダの息子。
ヴェローニカ……ジルヴェスターの母。現在幽閉中。
ガブリエーレ……ヴェローニカの母親。元アーレンスバッハの領主一族。

その他

トゥーリ……マインの姉。髪飾り職人。
フリーダ……商業ギルド長の孫娘。
ヴィルマ……神殿の孤児院担当。絵師。

ローゼマインの専属

フーゴ……専属料理人。
エラ……専属料理人。
ロジーナ……ローゼマインの専属楽師。

第五部 女神の化身Ⅰ

プロローグ

洗礼式を終えたヒルデブラントのお披露目は、春の終わりに開催される領主会議だ。貴族は冬の社交界でお披露目だが、王族は全領地の領主夫妻とその側近達がずらりと並ぶ貴族院の講堂で行われる。皆の前に立ち、覚えさせられた長い挨拶を行った後、神々に音楽の奉納を行うのだ。

「ヒルデブラント、音楽の奉納を」

「はい、父上」

フェシュピールの演奏が上手くできたことに彼はそっと息を吐き、少しだけ緊張を解く。貴族の子ならば誰もが行うことだとは聞いていたけれど、値踏みするような大勢の目の前で演奏するのは予想外に緊張するものだった。

「では、ここで重大な発表を行う」

ヒルデブラントが緊張を解していると、父親である王の口から彼の婚約について発表された。会ったことも聞いたこともないアーレンスバッハの領主候補生レティーツィアとの婚約だ。予め、母親から話を聞かされてはいたけれど、驚きに目を見張る領主達に向かって笑顔を絶やさずに頷くためには自分の心を押し殺さなければならなかった。

……アウブの配偶者ということは、私は王族ではなくなるのです。

ヒルデブラントは自分が臣下となるように育てられていることは理解していた。けれど、中央で王族として妻を迎え、異母兄のアナスタージウスのように王族として役に立つのだと思っていた。見たこともない土地にアウブの婿として向かうことになるとは考えてもみなかった。

成人すると完全に王族ではなくなり、自分を取り巻く環境が全く違う物になるというのがどのようなことか想像できない。わからないからこそ一層不気味で怖いものに感じられる。

「ご婚約おめでとうございます。これでアーレンスバッハも安泰ですね」

「お披露目と同時に婚約発表とは驚きました。おめでとうございます」

様々な者が口々にお祝いを述べるが、ヒルデブラントには何がおめでたいのか全くわからなかった。ただ、この場で笑顔を崩してはならないと言われていたので、不満は心の中に押し込め、笑って祝辞を受け取るだけだ。

……私も自分で結婚相手を選びたかったです。

今、中央ではアナスタージウスとエグランティーヌの熱烈な求婚話が光の女神に捧げる曲と共に語られている。二人の仲睦まじい様子を見るにつけ、王族の専属楽師達が二人の恋物語を歌にするのを聴くにつけ、想い合う者と結ばれることはとても良いことに思われた。

二人の恋物語から作られた数々の新しい曲を聴きながら、ヒルデブラントの母親も自分の望む結婚を得るためにどうしたのか、面白おかしく教えてくれる。そのような話を聞いていると、父親の命令で一生を共にする相手を一方的に決められるのではなく、自分にほんの少しでも選択の余地があれば、とヒルデブラントも思わずにはいられない。

……私が選べるのだったら……。

そう考えた時にヒルデブラントの脳裏に浮かんだのは、さらりと落ちる夜空の髪に文字を追うために伏せられた長い睫、ページをめくるためにゆっくりと動く白い指先。図書館の魔術具であるシュバルツとヴァイスの主で、本をこよなく愛するエーレンフェストの領主候補生ローゼマインだ。

けれど、彼女にはすでにヴィルフリートという婚約者がいる。

……親に婚約者を決められたローゼマインもきっと同じような気持ちなのでしょう。

王命の婚約に逆らえないことはヒルデブラントにもわかっている。それに逆らうような教育は受けていない。それでも、気持ちが沈むのだけはどうしようもない。

笑顔を貼り付けたまま自室へたどり着き、社交場に出るための豪華な衣装から普段着へ着替えれば、自ずと緊張は解けていく。代わりに、笑顔は鳴りを潜めて、不満顔が浮かび上がる。

「ずいぶんと落ち込んでいらっしゃいますね、ヒルデブラント王子。けれど、王命ですから」

そんなわかりきった言葉は聞きたくなかった。彼は筆頭側仕えのアルトゥールを不満たっぷりの目で睨む。王族らしく振る舞うように何度も言われ、皆のお祝いに笑顔で応えたのだから、今くらいは放っておいてほしい。

「アルトゥール、私は隠し部屋にしばらく籠もります」

「かしこまりました。夕食にはお呼びいたします」

それから数日後、中央の騎士団長ラオブルートからの面会依頼が来た。王からの伝言があるという内容だったので、あまり誰かと会う気分ではなかったヒルデブラントも拒否できない。

「ご婚約おめでとうございます」

「恐れ入ります、ラオブルート」

「……そのお顔ではあまり喜ばしいことではないようですね」

ラオブルートが苦笑すると、頬(ほほ)の傷が少し動いた。幼い頃からの知り合いだし、自分の部屋にいるせいで感情が顔に出てしまったらしい。ヒルデブラントは背筋を伸ばして表情を引き締める。王族らしくあろうと努力する彼に微笑(ほほえ)みながら、ラオブルートは小さな箱を差し出した。

「では、気鬱(きうつ)の王子にこちらをどうぞ。少しは気が晴れるでしょう」

彼が持ってくる玩具(おもちゃ)は箱を開けると何やら飛び出してきたり、正しい手順通りに動かさなければ開かなかったりと面白い物が多い。ヒルデブラントは笑顔になって、背後に控えているアルトゥールを振り返った。側仕えである彼はラオブルートが差し出した箱を手に取り、危険な物ではないか確認した後、ヒルデブラントに渡してくれる。

「恐れ入ります、騎士団長」

「いや、王子の塞(ふさ)いだ顔はあまり見たくはないからな」

ヒルデブラントを見ながら笑う彼に同意するようにアルトゥールが小さく頷いた。

「では、王子。本題に入ってもよろしいでしょうか?」

ラオブルートが姿勢を正して王からの言葉を伝え始める。それは、ローゼマインからグルトリスハイトに関する情報を得てほしいというものだった。エーレンフェストのフェルディナンドが貴族院の図書館にいたこと、二人が昔の司書の資料を探っていたことなどから考えても、あの図書館には何かあるに違いないと考えられているらしい。

「ローゼマイン様は王族の魔術具を乗っ取った領主候補生で、その黒幕として動き回っていたのはフェルディナンド様です」

「ローゼマインは偶然魔術具の管理人になってしまっただけで、善意でシュバルツ達に魔力供給をしているのですよ、ラオブルート」

ローゼマインは本が好きで、図書館にいる時間が何よりも幸せで、シュバルツ達にもとても好かれている。図書館の魔術具が動かなければ司書のソランジュが困るし、図書館が利用しにくくなるから魔力を注いでいると言っていた。

「……善意だけで魔力を供給する者などいません。仮にローゼマイン様が善意だとしても、その背後にいる者の思惑が違うのはよくあることでしょう。フェルディナンド様には警戒が必要です」

ヒルデブラントは納得して頷いた。彼にローゼマインの善意は主張できても、その背後にいる者のことまではわからないからだ。思慮の浅い子供が利用されることは多い。だからこそ、王族や領主候補生には側近が常に付いている。

「アーレンスバッハからの要望もあり、フェルディナンド様をエーレンフェストから引き剥がすことには成功しました。ローゼマイン様が本当に善意なのかはこれから判別できるでしょう」

「そうですか。それはよかったです」

ヒルデブラントは彼女の善意を全く疑っていない。彼女の瞳に本以外の物が映らないことを知っているからだ。図書館にいる時、金色の瞳は本だけを映していて、ずっと字だけを追っている。顔を上げることもなく、王族である彼の姿さえ目に入っていない状態だ。裏で操るような人物がいなくなったのならば、彼女が疑われることはなくなるだろう。

「今年は上級貴族の司書を派遣することになっています。その者に快く管理者としての権利を譲ってくだされば、ローゼマイン様の疑いは晴れるでしょう。善意の協力者ならば、管理者の立場に固執しないはずですから」

「その上級貴族が女性ならば良いのですけれど……」

　彼が協力者となった経緯には、「ひめさま」と呼ばれるのが嫌だったというものがある。王命で「ひめさま」呼びが確定するのは少し可哀想だと思う。そんな彼の呟きにラオブルートが驚いたように目を瞬いた。

「アナスタージウス王子の強い要望により女性が派遣されることになっていますが、ヒルデブラント王子も女性をご希望ですか？」

「私はシュバルツ達にひめさまと呼ばれるのが男では可哀想だと思ったのですが……」

　貴族院の司書にアナスタージウスが女性を希望する理由がわからなくて首を傾げるヒルデブラントにラオブルートが内緒話をするように声を潜めて教えてくれた。

「エグランティーヌ様の周囲をなるべく女性で固めたいだけです。実は、エグランティーヌ様を領主候補生コースの講師として貴族院に派遣し、ローゼマイン様からの情報収集に関してご協力いただくことになっています。ヒルデブラント王子もローゼマイン様と親交があるでしょう？　王族と図書館の関係や開かずの書庫についての情報収集をよろしくお願いします」

「ローゼマインはあれ以上知らないから、私に質問したのですよ？　それに、私が貴族院内を動けるのは学生達の社交が始まる頃まででですから、あまり接触できる時間はないと思います」

今年からローゼマインは三年生で専門の講義も始まる。去年と同じようにはいかないとアルトゥールに言われて肩を落としたのはそれほど昔のことではない。

「去年は知らなくても、今年知ったことがあるかもしれませんし、ヒルデブラント王子の活動できる期間や範囲は増えました。婚約が決まりましたから」

将来が決まってしまったので、貴族院の中で多少動いても問題ないのだそうだ。そんな理由を聞かされれば、自由に動ける期間と範囲が広がったところでヒルデブラントは何も嬉しくなかった。

……今更ローゼマインと仲良くできる時間が増えると言われても虚しいだけではありませんか。

失望の溜息を吐きたくなったのを我慢する彼をじっと見ていたラオブルートが、魔術具を一つ差し出した。

「ヒルデブラント王子、こちらは隠し部屋に入ってからお一人で聞いてください。王族の機密だそうです。たった一度しか再生できない魔術具で、一度蓋を閉じてしまうと二度と聞けなくなるそうです。聞き逃さぬようにご注意ください」

「これも父上からですか？」

ラオブルートはニコリと笑うと、魔術具を置いて退室して行く。ヒルデブラントはラオブルートが置いて行った魔術具と玩具を見比べた。お説教や聞きたくない王命が入っていそうで、魔術具の

内容を聞くのは後回しにしたい。そんなことを考えていると、魔術具より玩具へ手が伸びていく。

「ヒルデブラント王子、大事なお話はお早めにご確認ください」

アルトゥールに釘を刺され、彼は玩具に手を伸ばしたい心を抑えながら魔術具を手に取った。

「では、私は王族の機密というのを聞いてきます」

「かしこまりました。聞き漏らさぬようにご注意ください」


ヒルデブラントは隠し部屋に入って長椅子に座ると、魔術具の蓋を開けて黄色の魔石の部分に手を触れた。魔力が吸われて行き、声が流れ始める。

「これは婚約に気落ちしている王子への助言です」

魔術具から聞こえて来た声は王である父のものではなく、ラオブルートのものだった。それに驚いて一度手を引っ込めた。その途端、声が止まる。

このまま聞くべきかどうか少し考えて、ヒルデブラントはもう一度魔石に手を伸ばした。

「アーレンスバッハへ行かずに済む道を進むのであれば、このまま聞いてください。王命を静かに受け入れるならば、蓋を閉じてください」

ヒルデブラントは魔石からもう一度手を離して、思わず相談相手の姿を探した。当然、たった一人しかいない隠し部屋の中に相談相手の姿などない。何より、王命の婚約に反する行動を取るか否かなど相談できるはずがない。

心臓がバクバクと音を立て始めた。このまま蓋を閉めてしまった方が良い、と心のどこかで声がするのを聞きながら、彼は自分にもう一度問いかける。

……王命を受け入れてアーレンスバッハへ行くかどうか……。

「私は……行きたくないです」

自分へ言い聞かせるように声を出すと、ヒルデブラントはもう一度魔石に触れた。

「王命を排することができるのは王命だけ、そして、王になればアウブになることはできない。それはご存じですね？　ですから、アーレンスバッハへ向かいたくないならば、ヒルデブラント王子ご自身が王になるしかありません」

「私が王に……？」

呆然（ぼうぜん）とする彼に構わず、ラオブルートの低い声は語り続ける。「王になれ」と囁（ささや）き続ける。

「今の王が持っていない、真実の王の証（あか）しであるグルトリスハイトを探すのです。それを持つ者は誰にも非難できない正当な王になります。グルトリスハイトがないために苦労の絶えない王を救うことにも繋（つな）がります」

父親の異母兄、次期王と認められた第二王子が不審（ふしん）な死を遂（と）げた。第一王子と第三王子が争っている頃にはもうグルトリスハイトは失われていたそうだ。それがあればあのような争いはなかったはずだ、と父親は語っていた。グルトリスハイトさえあれば、王になるための教育も受けておらず、王としての務めが満足に果たせない状態で自分が王になることなどなかったのだ、とひどく疲れた顔で言っていたことをヒルデブラントは知っている。

「……グルトリスハイトを手に入れて本当の王になれば、父上が助かって、私はアーレンスバッハへ行かなくても良いのですか？」

「ヒルデブラント王子が王となれば、今の王命を排し、自分が望んだ女性と結ばれることもできるでしょう」

それはとても甘美な誘惑だった。父親を助けることもできるし、父が下した命令を排することもできるのだから、自分だけではなく、ローゼマインを意に染まない婚約から救うこともできる。

皆が喜ぶことではないだろうかと思うのと同時に、心の中で自分を引き留める声もする。臣下として育てられている自分が王位を望むのは、あまりにも大それている。望んではならないと戒める声と、手に入れる好機があるのに諦めるのかと唆す声がヒルデブラントの中でせめぎ合う。

「……私のような第三王子が王位を望んでも良いのでしょうか？」

その質問に役目を終えた魔術具は何も答えてくれなかった。

「少し顔色が悪いですね、ヒルデブラント。何か悩み事があって？」

「母上」

洗礼式を機に離宮を与えられてから、彼は母親とあまり顔を合わせることがなくなっていた。それなのに、久し振りの夕食の席で沈んだ顔をしてしまっていたらしい。

……王族らしくない態度だと叱責されるでしょうか。

ヒルデブラントは少しばかり身を硬くしたけれど、いつもは厳しい母親が少し表情を緩めた。洗礼式を終えたら甘えてはなりませんよ、と言っていた母親が自分と視線を合わせ、ゆっくりと頭や頬を撫でる。

「何か悩んでいることがあるならば、この母に相談しなさい。こうして住む場所が離れてしまって顔を合わせる時間は減ったけれど、わたくしは貴方を一番心配しているのですよ」

そう言われるだけで、ヒルデブラントは昔と同じように甘やかされている気がした。彼は母を見上げた。自分と同じ色合いの前髪が少し揺れ、赤い瞳が自分の言葉を静かに待っている。

……全ては話せなくても、少しだけ相談してみても良いかもしれません。

母親は自分の背中を押してくれるような気がした。何故ならば、彼女は王族に輿入れするために様々な手を使って家族の持って来た縁談を打ち捨て、自分の望む縁談を勝ち取った人だから。

……自分で自分の結婚相手を決めたいと思う気持ちはわかってくれるでしょう。

ヒルデブラントは母親を見上げたまま、口を開いた。

「……母上、私には今欲しいものがあります。手に入るかどうかわからないし、我儘でしかないことは私自身が一番よくわかっています。周囲の者は望むな、と言うでしょう。それでも、自分が欲しいものを望んでも良いのでしょうか？」

彼の言葉を聞いて赤い瞳を丸くした母親がクスクスと嬉しそうに笑った。

「あら、ヒルデブラントはあの人の血が濃いのだと思っていたけれど、貴方もダンケルフェルガーの男なのですね」

息子を自分の膝の上に座らせ、ゆっくりと優しく髪を梳きながら彼女は語りかける。

「欲しいもののために努力を重ね、力を蓄え、何度でも挑戦するのがダンケルフェルガーです」

「ヒルデブラント王子はダンケルフェルガーではなく、王族です」

背後に控えていたアルトゥールの溜息混じりの反論を、母親は笑顔一つで掻(か)き消し、子守唄(こもりうた)のような優しい声で息子に語り続ける。

「ヒルデブラント、自分の我儘を通すことは簡単なことではありません」

「はい」

「まず、周囲に大きな恵(めぐ)みを与えなければなりません。貴方が望む物を手に入れることが周囲にとって利となることならば、周囲は貴方が我儘を通すことに喜んで手を貸してくれるでしょう」

周囲の反対を封じるためには、自分と周囲の両方に利のある状況が必要だと母親は言う。そうするためにあらゆる手を使わなければならないのだ、と教えてくれる。

「周囲を味方につけるためにはどうすれば良いのか、よく考えなさい。よく学びなさい。そして、勝ち取るために必要な力を付けなさい。諦めずに何度でも手を変え、品を変え、挑戦し続けなさい。貴方もダンケルフェルガーの男ならば、それができるはずです」

気合いを入れるように母親がパンと軽く彼の両頬を叩(たた)いた。背中を後押しするような不敵な笑みを浮かべた彼女につられて、ヒルデブラントも力強く頷いた。

「精一杯努力します」

……グルトリスハイトを手に入れます。そして、私は二つの婚約を解消し、ローゼマインに求婚するのです。

大きな決意を胸にヒルデブラントは貴族院へやって来た。およそ一年ぶりになるローゼマインとの再会は親睦会だ。小広間の一番奥に座るヒルデブラントの元へ、少し背が伸びた彼女がヴィルフリートとシャルロッテに挟まれて挨拶に来る。

……何でしょう、あのキラキラは？

記憶通りの美しい夜空の髪に、記憶にない物が揺れている。ローゼマインが歩くたびに光を反射して存在を主張して揺れているのは、虹色魔石が五つも付いている髪飾りだった。エーレンフェストから流行し始めた花の髪飾りに、揺れる虹色魔石の髪飾りが添えられている。去年は身に着けていなかったから、保護者に贈られた物ではないはずだ。

……もしかして、あれを贈ったのはヴィルフリートでしょうか？

そう考えた途端に胸の奥がジリジリと焼けるような嫌な気分になった。ならば、ヒルデブラントが彼女に求婚しようと思えば、あれ以上の魔石を贈らなければならない。

当然のようにローゼマインの手を取って、挨拶を終えたヴィルフリートが去っていく。いつか、あの位置に自分が立つのだ。

……グルトリスハイトに虹色魔石……。

高い目標を見据え、ヒルデブラントはテーブルの下できつく拳を握りしめた。

旧ヴェローニカ派の子供達

フェルディナンドが旅立ってから五日も経(た)たずに冬の社交界が始まった。更に、貴族院へ出発するまで五日ほどの期間を子供部屋で過ごす。感傷(かんしょう)に浸(ひた)っている暇はなかった。正確には、喪失(そうしつ)感と泣きたい気持ちに蓋をするために、できる限り忙しくしていた。冬の粛清(しゅくせい)に向けて上層部の皆が厳しい顔をしているし、従来の決まり通り連座で良いという声もある。罪のない子供達を救ってほしいと願い出たのはわたしだ。ジルヴェスターが責められないように、連座の回避(かいひ)を成功させるために動き回った。

「ヴィルフリート様、ローゼマイン様。こうして親や派閥(はばつ)に関係なくお話しできる機会が訪れることを心待ちにしていました」

貴族院へ到着したわたしが多目的ホールへ入ると、旧ヴェローニカ派の中級騎士見習いマティアスが進み出てきたのである。癖のある濃い紫の髪を後ろで一つにまとめている彼は、騎士見習いらしいきびきびとした動きでわたし達の前に跪(ひざまず)いた。その顔色は悪い。非常に思い詰めたような青い瞳が真っ直(す)ぐにわたしとヴィルフリートを見つめている。

「エーレンフェストに不和をもたらす混沌(こんとん)の女神について大事なお話がございます」

彼はエーレンフェストの貴族として、直接領主一族に話したかったらしい。わたし達が「名捧げをすれば親の影響下から抜け出せる。連座は適用しない」と、領主の方針を請け負ったことで、彼は旧ヴェローニカ派の子供達にも聞かせるように話し始めた。

「ゲオルギーネ様がエーレンフェストへいらっしゃった帰り道、我が家に立ち寄られました」

彼の父親であるギーベ・ゲルラッハを含む貴族と、ゲオルギーネの秘密の会合や計画の一端についての密告だった。

ギーベ・ゲルラッハを追い詰める上で、貴重な証言だ。わたしとヴィルフリートは詳しく話を聞くと、すぐに報告の手紙を書いてジルヴェスターへ送った。すると、次の日、わたし達よりも一日遅れて貴族院へ来たシャルロッテが返事を持ってきたのである。

「こちらをお兄様やお姉様と一緒に読むように、とお父様から預かりました」

食後に領主候補生とその側近だけが別室に集まって、手紙を読んだ。旧ヴェローニカ派の子供達からの密告に、粛清の計画の見直しを含めて急遽（きゅうきょ）動くことになったようだ。

「こちらのことはこちらに任せなさい。其方（そなた）達領主候補生に任せるのは貴族院の寮内にいる旧ヴェローニカ派の子供達の監視と説得で、エーレンフェストの粛清ではない……だそうです」

「ならば、マティアスとラウレンツを呼び出して一緒に話し合った方が良さそうだな」

ヴィルフリートの提案にシャルロッテが気色（けしき）ばむ。

「お兄様、それは危険すぎるのでは……」

「いや、シャルロッテ。あの二人は我々の到着を待っていて、家族を切り捨ててでもエーレンフェストのためになることをしたい、と言っていたのだ。旧ヴェローニカ派の子供達を取り込み、少しでも多くの命を救うために彼等の協力は必須だと思う」

「わたくしもヴィルフリート兄様に賛成です。黙っていることもできたのに、あれだけ重要な証言をしてくれたのです。わたくし達を害するとは思えません」

護衛騎士を十分に揃えること、二人には近付かないことをシャルロッテに約束して、マティアスとラウレンツを呼んでもらった。貴族院の寮を少しでも居心地良くするために、旧ヴェローニカ派の子供達に対してどうすれば良いのかを相談する。

「まずは、我々が中心になって、誰がどの程度の罪を犯し、どこまでの連座が考えられるのか、連座で処分ということになった時に名捧げをして逃れるのか、それとも、家族と共に罰を受けるのかなど、色々と話をしてみます」

罪や処罰の重さによっては名捧げの必要がない者もいるかもしれないが、粛清が終わって報告が来た時に混乱しないように少しでも進む方向を決めておきたいとマティアスが語る。

「話をした上で、家族と共に罰を受けると決めた者は捕らえてエーレンフェストへ送ります。貴族院にいると皆の安全が脅かされますから」

二人の間ですでにある程度話ができているようで、ラウレンツがちらりとマティアスを見た後、言葉を付け加えた。二人の説明にわたしが頷くと、マティアスがこちらを安心させるように少しだけ表情を緩めた。

「父上やゲオルギーネ様の計画を知っている者は学生にいないはずです。父上は非常に警戒心が強いので、名を捧げていない者には息子であっても詳細を話しませんでしたから」

「ですが、計画の詳細を知らされていないことと、自暴自棄になる可能性は別です。領主候補生に襲い掛かる者がいれば、他の者も連座処分を免れる道がなくなります。それだけは何としても回避したいのです」

だから、説得の役割は旧ヴェローニカ派の中心にいた自分達が負うと二人が言った。

「わたくし達領主候補生もアウブから皆の説得を任されているのですけれど……」

信用されていないように感じたのか、警戒しているのか、シャルロッテが少し顔を曇らせる。

「シャルロッテ姫様、マティアスとラウレンツにお任せなさいませ」

それまで静かにわたしの後ろに控えていたリヒャルダがシャルロッテを諭す。

「そのようなつもりがなくても、気が昂ぶっているとどうなるかわかりません。少し落ち着くまで彼等と距離を取ることは、姫様方だけではなく彼等を守ることにも繋がるでしょう」

親や親族が粛清されるのだ。思いつめて何をするかわからない者や、何かの弾みでカッとなる者もいるかもしれない。本来は連座処分を受けるところを名捧げで例外的に救うつもりだ。それでも不服に思う者がいれば、やはり全員連座処分にするべきだという声が大きくなるかもしれない。

「慣例を破ることに良い顔をしない貴族は多いのですから、隙を作らないことが肝要です」

リヒャルダの言葉にマティアスとラウレンツが大きく頷き、わたし達の護衛騎士達は気合いを入れ直したように姿勢を正した。

「彼等の身の処し方が決まるまでは食事の時間も別にするようになさいませ。説得するだけが彼等を救う手段ではございませんよ」

リヒャルダの助言に従い、しばらくの間、領主候補生は他の生徒達と食事の時間も別にとることになった。

その次の日、一年生の移動が全て終わってから、改めて寮内の全員に話をした。旧ヴェローニカ派の者達が行っていたこと、それから、この冬の間に粛清が行われることを。

「なるべく多くの命を生かしたいとアウブはお考えですし、わたくし達も同じです」

「これまでの慣習を破ることになるので名捧げは必須、と言われているが、それに見合うだけの待遇は準備するつもりだ。自分がどのように生きるか、よく考えてくれ」

シャルロッテとヴィルフリートの言葉を旧ヴェローニカ派の子供達は静かに聞いている。マティアスとラウレンツは彼等の前にいて、話を聞いて逆上したり、暴れたりした時に抑えられる体勢をとっている。

「……旧ヴェローニカ派にも色々と言い分はあるでしょうし、家族や親族が処分されるということでわたくし達に怒りを向けたくなることもあるでしょう。けれど、その行いが生き残れるはずだった命を失わせることに繋がるかもしれません」

「どういう意味ですか、ローゼマイン様？」

旧ヴェローニカ派の子供達の視線が一斉にこちらを向いた。

「粛清が行われた場合、洗礼式を終えた子供部屋にいる子供達は城の一角で、そして、洗礼式を迎えていない幼い子供達はわたくしの側近によって孤児院で保護されることになっています」

信じられない、というように数人が顔を上げてわたしを見た。その年頃の弟妹がいる子達だろう。

「洗礼式前の子供まで……？」

「ローゼマイン様、孤児院に入れられた弟は貴族として洗礼式を受けられるのですか？」

ラウレンツが驚きの声を上げた。どうやら彼には洗礼式前の弟がいるらしい。わたしはラウレンツを見ながら、一度目を伏せた。

「孤児院で教育を受け、成績優秀であると認められること。それから、復讐心などの思想の問題がなく、アウブに仕える意思がある者であれば、神殿長やアウブを後見人として貴族の洗礼式を受けさせ、城の寮で生活させる計画はあります。ただ、これまでの慣例を完全に無視する状態になるので、犯罪者の子供を貴族として生かすのかという声は依然大きいです」

特に、ヴェローニカやその派閥によって煮え湯を飲まされてきた貴族は、この機会に徹底的に潰しておけと息巻いているらしい。それでも、できるだけ子供達は確保しておきたいのだ。

「洗礼前の子供達はこれまでの慣習に照らし合わせると、救われることのなかった命です。貴方達の選択によって彼等の生き方が決まるとも言えます。年長者として彼等が生きていくための道を示してほしいと思っています」

こうして粛清が行われることを話したけれど、当然、旧ヴェローニカ派の子供達は家族に向けて手紙を送ることもできない。完全に貴族院に隔離されている状態で恐怖と不安と絶望に陥っている子供達にもっと話をするためにマティアスとラウレンツが会議室へ案内する。それを見ながら、わたしは自分の側近であるローデリヒを呼んで命じる。

「旧ヴェローニカ派から名を捧げて領主一族の側近となったローデリヒの話は説得に役立つかもしれません。ローデリヒ、マティアスとラウレンツに協力して説得に当たり、あちらで決まった内容を知らせてください」

こうしてローデリヒにも一緒に説得に当たってもらわなければ、わたし達領主候補生は彼等の身の振り方が決まるまで接触を禁じられているので、情報を知りようがない。

「できれば、家族構成も尋ねてくださいね。洗礼前の子供達がどのくらいいるのか、先に把握できていると救出も容易かもしれません」

「かしこまりました」

ローデリヒが多目的ホールを出て行くのを見送った後、わたしはユーディットとその後ろに控えるテオドールへ視線を向けた。

「こんな状況でわたくしの護衛騎士をしてもらうのです。貴族院へ入学したばかりで大変でしょうけれど、よろしくお願いしますね、テオドール」

ユーディットの弟、テオドールは貴族院だけの護衛騎士だ。卒業後はギーベ・キルンベルガに仕えたいと言っている。貴族院到着直後に粛清の話を聞かされて、ユーディットによく似た幼さの残る顔を少し引きつらせていた。

「大丈夫ですよ。テオドールの役目はなるべく早く講義を終えて、ローゼマイン様の図書館や研究室通いのお伴をすることです。学年が上がるとどうしても講義を終えるのに時間がかかりますから、一年生の貴方には期待しています。フェルディナンド様の予習があるので、ローゼマイン様は今年も全て一度で合格してしまうかもしれませんから」

レオノーレが歓迎と慰めの言葉をかけながらテオドールに早速仕事を振る。今年はレオノーレとユーディットとテオドールの三人でわたしの護衛をしなければならないので、護衛の振り分けが大変らしい。いきなり仕事を振られたテオドールが困ったように菫色の瞳をユーディットに向けた。

「護衛騎士らしい仕事が少なくて、鬼のような訓練が多いと姉上からは聞いていたのですが、いきなり責任重大ですね」

その言葉にユーディットが「テオドール、貴方……」と呟きながら、ひくっと頬を引きつらせ、レオノーレは少し思い出すように上を向く。

「……ユーディットが講義を終える頃にはローゼマイン様が帰還する時期になっていることが多かったからではありませんか？　必然的に護衛任務のできる時間が少なくなっていたのです」

「あぁ、なるほど。姉上一人だけ講義を終えるのが遅かったということですか」

「レオノーレ！　テオドール！　もう止めてくださいませ！　今年はわたくしもローゼマイン様の護衛騎士らしく頑張るのですから！」

涙目になっているユーディットを見ながらレオノーレがクスクスと笑う。

「別にユーディットは講義を終えるのが遅いわけではありません。確実に優秀な成績を残せるように努力しているだけですよ。それに、遠隔攻撃でユーディットに勝る者は寮内にいません。貴族院の中でも上位に入るでしょう。ボニファティウス様からもお褒(ほ)めの言葉をいただいています」

「え⁉　姉上が？」

実家暮らしのテオドールは、騎士寮に入っているユーディットの活躍や能力を正確に知らないのだろう。レオノーレの言葉に目を丸くした。

「今まではローゼマイン様の護衛騎士がアンゲリカやコルネリウスのように実技を得意とする者ばかりだったので、ユーディットの優秀さが目立たなかっただけなのです。去年も座学はすぐに終わりましたもの。テオドールに良いところを見せられるように今年も頑張りましょうね」

姉として負けるわけにはいかない、とユーディットが奮起しているのがわかる。シャルロッテやメルヒオールにとって良い姉になるために努力してしまうわたしにはその気持ちがよくわかった。

……うんうん。弟にはそう簡単に負けられないよね？　頑張れ、お姉ちゃん。

「それから、テオドール。任務中はユーディットのことを姉上と呼ばず、名前で呼ぶようにしてください。号令を下したり、声をかけたりする時に誰を呼んでいるのかわからないようでは困りますから。側近同士は同僚としてお互いに呼び捨てです。わたくしのこともレオノーレで結構です」

「わかりました、レオノーレ」

テオドールは慣れない様子で何度か「ユーディット」と呟き、ユーディットも「テオドールに名前を呼ばれるなんて不思議な感じがしますね」と呟いている。よく似た二人が一緒に首を傾げている様子が可愛(かわい)く見えて、わたしは少し笑った。

「わたくしも役職や立場が変わった時はなかなか慣れませんでした」

「ローゼマイン様はいつ、どなたの呼び方が変わったのですか？」

くるりと振り返ったユーディットが菫色の瞳をわくわくと輝かせながらわたしを見た。

「領主の養女となった時に色々と変わりましたよ。城では兄様達を呼び捨てなくてはならないと言われた時も、ジルヴェスター様を養父様（とうさま）と呼ぶことになった時も戸惑ったものです。ユーディットもテオドールもしばらくは戸惑うでしょうけれど、職場だけだと思えばすぐに慣れますよ」

ユーディットにそう言いながら、わたしは心の中で付け加える。

……今となっては昔のことだけどね。わたし、青色巫女（みこ）見習いの時はダームエルのことを「ダームエル様」って様付けで呼んでたんだよ。

誰に言っても信じてもらえないかもしれない昔のことを思い出して、わたしは少し目を伏せた。

「ローゼマイン様、おおよその振り分けが決まりました」

旧ヴェローニカ派の子供達が連座処分を受けることが決定した際、誰に名捧げをするのかがおおよそ決まったらしい。ローデリヒが報告にやって来た。わたし達は会議室を借りて報告を受ける。

十六人中の三名がわたしに名捧げをする予定だそうだ。

「マティアス、ラウレンツ、ミュリエラは親がゲオルギーネ様に名捧げをしているので、もう決定です。マティアスとラウレンツは名捧げの石を早目に作るそうです。旧ヴェローニカ派の子供達が後に続きやすいようにしたい、と言っていました」

わたしはローデリヒの書いてくれた子供達が希望する名捧げ先を見ながら、結構希望先が偏（かたよ）っていることに気付いた。

「騎士見習いと側仕え見習いの男の子はヴィルフリート兄様が多くて、騎士見習いと側仕え見習いの女の子はシャルロッテを希望する人が多いのですね。文官見習いはアウブを希望している、と」

「わたくしに名捧げを希望するのは、マティアス、ラウレンツ、ミュリエラの三人ですか」

ミュリエラだけが女の子の文官見習いで、マティアスとラウレンツは騎士見習いだ。

「できれば、側仕え見習いの女の子を補充したかったのですけれど……」

リーゼレータが今年、ブリュンヒルデも来年には卒業してしまう。ベルティルデが入学してくるけれど、あと一人か二人は側仕え見習いが必要だ。だが、わたしはあまり人気がないらしい。

「親がない状態では女性の場合、エーレンフェストではどうしても嫁入りが難しくなりますから、他領へ嫁(とつ)ぐ可能性が高いシャルロッテ様に希望が集まるようです」

シャルロッテならば嫁入り時に同行を許される可能性が高い。というか、名を捧げた側近をエーレンフェスト内には置いておけない。そうして他領に同行した場合はシャルロッテが後ろ盾になるため、領地内で犯罪者の身内として探すよりも良い嫁ぎ先が見つかる可能性が高い。そのため、側仕え見習いと騎士見習いの女性はシャルロッテを希望する者が多くなるそうだ。

「それならば、間諜(かんちょう)を警戒して同行を許されることが少ない文官見習いはわたくしを希望しても良いと思うのですけれど、ヴィルフリート兄様を希望する者が多いのは何故ですか？」

不思議に思ったけれど、これもまた回避される大きな理由があった。

「ローゼマイン様の側近になると神殿へ向かうことになります。まだ神殿に忌避感(きひかん)を抱いている者は少なくありませんし、ハルトムートは厳しいことで有名ですから……」

「ハルトムートは厳しいのですか？　フェルディナンド様に比べればずいぶんと優しいですよ。とても丁寧に教えてくれます」

フィリーネが首を傾げながらそう言うと、ローデリヒが苦笑した。

「フェルディナンド様に比べると確かに優しいかもしれませんが、使い勝手が悪いと感じた者を遠ざけていくところがよく似ていますよ。家族がなく、名を捧げ、逃げ場がない状態で、文官の中で最も身分が高いハルトムートに睨まれるのはとても怖いです」

だが、神殿に入れないようでは困るし、ハルトムートには印刷に関することも任せている。ハルトムートと上手くやれない人では確かにわたしの文官は難しいだろう。

「そんなわけで、心情としてはローゼマイン様に名捧げをしたいと考える者は多くても、実際に捧げることを考えると、躊躇する点がいくつかあるようです。お体も弱いですから」

ローデリヒが少し困ったように笑った。わたしがいつ死ぬかわからない虚弱さなので、名を捧げて命を預ける主にするのは怖いらしい。主が名を返すことなく死ねば、共に死ぬことになるからだ。

「それに、ローゼマイン様は奉納式で社交の場に出ませんし、体調を崩して中座することも多いですから、側仕え見習いにとっては……」

「ヴァッシェン」

ローデリヒが突然水の塊に包まれたかと思うと、リーゼレータが何故かシュタープを握っていた。何が起こったのかわからずに皆が目を瞬く中、ニコリと微笑んでいる。

「少し口周りに油の汚れがひどいようですから、ヴァッシェンを使わせていただきました」

「えぇ、本当に。でも、わたくしはまだ落ちていないような気がします。ローデリヒは一度よくお顔を洗った方がよろしくてよ。一度失礼いたしますね」

ブリュンヒルデが笑顔でリーゼレータに頷きつつ、飴色の瞳を細めてローデリヒを連れて退室して行く。止める間もない早業で、報告するはずのローデリヒが強制退室させられてしまった。状況が全くつかめなくて、わたしはリーゼレータを見上げる。

「え、えーと……リーゼレータ」

「お茶を淹れ替えますね、ローゼマイン様。少々お待ちくださいませ」

笑顔でスッとリーゼレータが下がっていく。わたしは周囲を見回した。フィリーネとユーディットが揃って溜息を吐いたのが見える。

「あの、何があったのか、フィリーネやユーディットにはわかるのかしら?」

二人が顔を見合わせる前にレオノーレがずいっと出てきた。

「何もございませんよ。リーゼレータとブリュンヒルデが言っていた通りです。ローデリヒの口周りが少し汚れていただけです」

……別に汚れてなかったと思うけど、これ以上は聞かない方が良いんだろうな。

わたしは尋ねるのを諦めた。すぐに、ヴァッシェンをされても特に変わったところはなさそうなローデリヒが少し落ち込んだ様子でブリュンヒルデと共に戻ってくる。

「これでもう大丈夫でしょう。では、ローゼマイン様に報告を続けてくださいませ」

ブリュンヒルデに軽く背を押されるようにしてわたしの前に立ったローデリヒは、気を取り直したように一度背筋を伸ばして笑った。

「大変申し訳ございませんでした。報告を続けます。ローゼマイン様は私を側近として他の者と区別することなく扱ってくださっています。マティアスとラウレンツも同じように扱われているところを見れば旧ヴェローニカ派の子供達も名捧げに踏み切りやすくなるでしょうし、他の領主一族もあからさまに対応を変えることはないと考えて、先頭に立って名捧げを行うようです」

わたしの側近に対する扱いを基準にすることで、名を捧げたにもかかわらずひどい扱いを受けることがないようにしたいそうだ。

「ミュリエラはエルヴィーラ様をとても尊敬しています。今までは派閥や家族との関係でとても口にできなかったけれど、ローゼマイン様に名捧げをすれば公言しても叱られないし、エルヴィーラ様の本を最も早く読めそうで嬉しいそうです」

ローデリヒの言葉でミュリエラが誰なのかすぐにわかった。寮の図書コーナーに置いた本棚に新しい本が入るのを一番楽しみにしている桃色の髪の女の子だ。そわそわとした様子で待っていて、わたしが新しい本を置くと緑色の瞳を輝かせて一番にエルヴィーラの新刊を手にしている子に違いない。旧ヴェローニカ派のため、親がライゼガング系貴族の書いた本を買ってくれない、と言っていた気がする。

「ミュリエラは可能であればエルヴィーラ様に名捧げしたかったそうですが、名捧げの範囲が領主一族なので最もエルヴィーラ様に近いローゼマイン様に名を捧げたいそうです」

「……お母様を名捧げの対象に入れられるかどうか質問してみましょう」

命を捧げるのだから、可能な限り要望に応えてあげたい。ジルヴェスターに質問状を送った結果、貴族院にいる間はわたしの側近とし、ミュリエラが貴族院を卒業したら一度名を返して、改めてエルヴィーラに名を捧げるのならば構わないという回答を得た。印刷業に従事する文官を増やすのは急務なので、わたしの側近として印刷業について叩き込んだ後、エルヴィーラの部下にしたいという思惑もあるらしい。

「それから、ローゼマイン様にご相談したいのはグレーティアのことです」

「何かあったのですか？」

「側仕え見習い四年生のグレーティアは、貴族院での生活や保護者を考えるとローゼマイン様に名捧げをしたいようですが、とても悩んでいます」

グレーティアは内気で引っ込み思案で、男の子達にからかわれる対象になることが多いらしい。庇護者（ひごしゃ）は喉（のど）から手が出るほどほしいようで、ローデリヒの扱いを見ているとわたしに名捧げをしても良いと思っているらしい。

「細かいことによく気が付くので、主の部屋や生活を整えるのはとても得意なのですが、性格上、積極的な人付き合いはあまり得意ではないらしく、上位領地や王族が関わるローゼマイン様の側仕えとしてやっていける自信がないそうです」

「……それは困りますよね？」

わたしはリーゼレータとブリュンヒルデに視線を向けた。ブリュンヒルデが少し考えるように頬に手を当てる。

「グレーティアは側仕え見習いとして優秀な成績を収めています。リーゼレータが卒業しますし、来年はベルティルデが入学してくるので、外向きと内向きという形でベルティルデと補い合うことができれば大丈夫ではないでしょうか」

ブリュンヒルデもその妹のベルティルデも上級貴族として上位領地との顔つなぎや中央とのやり取りを期待されている。エルヴィーラが今ベルティルデに叩きこんでいるのも上位領地との社交に関することらしい。リーゼレータと同じように内向きの仕事が得意な側仕えが必要なのだそうだ。

「わたくしも中級貴族ですから、上位領地や中央との交渉はブリュンヒルデに任せているのが現状です。自信がないとグレーティアは言っているようですが、これまでの彼女を見ていると中級や下級貴族の相手ができていないわけではないので、大丈夫だと思いますよ」

「えぇ。リーゼレータの言うように、お茶会や領地対抗戦の時の手際を見ていても十分に対応できています。今年と来年の二年間はわたくしもいますから、グレーティアが側近に入っても問題ありません。わたくしに任せてくださいませ」

ブリュンヒルデの力強い飴色の瞳が真っ直ぐにわたしを見ている。

側仕えが必要なのは間違いない。わたしはグレーティアをなるべく内向きの仕事をする側仕えとして遇することに決め、ローデリヒにそう伝えさせた。

エーレンフェストでの粛清がいつ始まり、いつ終わるのかわからないまま、明日は進級式と親睦会である。他領にエーレンフェストの寮内がガタガタになっていることを知られるわけにはいかない。側近達には去年同様にリンシャンや髪飾りを配ってもらい、明日に備えることになった。

親睦会（三年）

「領主候補生の皆様、明日には進級式と親睦会があるというのに、去年に引き続きエーレンフェストの学生達の移動が完了したという連絡を受けていませんよ」

領主候補生とその側近だけで夕食を摂っていると、怒った様子でヒルシュールがやってきた。それを見て、ヴィルフリートとイグナーツが顔を見合わせ、「しまった！」という顔になる。わたしもそうだが、旧ヴェローニカ派の子供達の対応が優先になり、寮監への連絡をすっかり忘れていた。

「大変申し訳ないと思っている。だが、こちらにもちょっと事情が……」

立ち上がって謝罪を始めたヴィルフリートが言葉を濁し、粛清に関する言葉を口にせずに口籠もる。ヒルシュールがピクリと眉を動かしたのを見て、わたしも立ち上がった。

「連絡が滞り、大変失礼いたしました。今年の連絡事項について伺いたいですし、こちらからお話ししたいこともございます。お食事をご一緒にいかがでしょう？」

食事に誘うと、ヒルシュールはテーブルの上に並んだお皿に視線を走らせた後、ニコリと微笑んだ。ひとまず、おいしいご飯で怒りを回避することには成功したようだ。

「リヒャルダ、ヒルシュール先生の席を準備してくださいませ」

「かしこまりました、姫様」

ヒルシュールの食事の準備が整えられている間に、ヒルシュールからエーレンフェストの今年の順位や進級式と親睦会に関する連絡事項が伝えられる。ヴィルフリートの側近の一人が多目的ホールの学生達に伝えに行った。

「ヒルシュール先生、ライムントやフェルディナンド様から連絡は届いていますか？」

「……フェルディナンド様からは秋の終わりに一度だけ届きました。近々アーレンスバッハへ向かうことになる、と。そして、ローゼマイン様のことを頼まれました。ライムントはまだ研究室へ来ていないので、そちらからの連絡はありません」

貴族院の教師にも領主会議の結果は知らされるようで、フェルディナンドがディートリンデの婚約者になったことは知っていたらしい。けれど、まさか準備期間をほとんど置かずに移動するとは思っていなかったようだ。連絡を受けた時は驚いた、とヒルシュールが言った。

「ヴェローニカ様が少しでも繋がりを持ちたがっていたアーレンスバッハへ、彼女に最も疎まれていたフェルディナンド様が向かわれることになるなんて皮肉なことですね」

溜息混じりの言葉に、わたしはほんの少しだけ口元を緩める。エーレンフェストではよほどフェルディナンドに近かった者以外は皆お祝いムードで、アーレンスバッハとの繋がりが強化できたと喜んでいる貴族も少なくない。作り笑いで貴族に応じていたフェルディナンドがアーレンスバッハ行きを渋っていたことを知っているヒルシュールの存在が何となく嬉しい。

「ヒルシュール先生、わたくし、フェルディナンド様のお屋敷を譲り受けて、図書館にしても良いと許可をいただいたのです。ですから、今年は研究室でライムントと共にわたくしの図書館に置くための魔術具を作りたいと思っています」

「そういえば、ローゼマイン様はフェルディナンド様の被後見人ですものね。……では、研究の資料も譲渡されましたの？　それとも、フェルディナンド様が持って行ったのかしら？」

ヒルシュールの一番の関心事は研究資料の行き先らしい。わたしはフェルディナンドが移動のために準備していた荷物を思い返す。大急ぎで準備したので基本的に生活必需品だけだ。重要な物は後から送るし、研究をするような時間はないと言っていたはずだ。

「まだほとんどがエーレンフェストに残っていると思います。星結びの儀式が終わるまでは客室で過ごすことになるのでしょう？　ですから、正式に夫婦となってアーレンスバッハでお部屋を賜ってから、置いて行かれた荷物を送る予定です」

「フェルディナンド様の資料、貴族院へ持って来てはいらっしゃいませんよね？」

「……全く思い浮かびませんでした」

そう言われて初めて、わたしはヒルシュールに要求を突きつけるために必要な資料集を準備していなかったことを思い出した。去年は準備してもらった物を持って行くだけで良かったけれど、保護者がいなくなった今年は自分で準備しなければならなかったのだ。

……フェルディナンド様の用意周到さを思い知らされたよ。

寮監への到着連絡さえ忘れていたわたしにはとてもそこまで気が回せなかった。今年の貴族院でヒルシュールにお願いしたいことが出たらどうすれば良いだろうか。

「それにしても、領主候補生と他の生徒が何故食事時間を分けているのですか？」

ヒルシュールが食堂を見回して尋ねた。ヴィルフリートとシャルロッテが何と答えたものか、と困った顔になる。エーレンフェストの状況がわからない現在、粛清に関する情報を漏らすわけにはいかない。どこからどのように伝わって相手を取り逃がすかわからないのだ。

「今は距離を置くのが良いと判断したからです。もう少しすれば、また一緒に食事を摂れるようになるでしょう」

「……エーレンフェストで何かあったのですね？」

「全て終わったら、お話しいたします」

ニコリと微笑んだまま、わたしはヒルシュールの紫色の目をじっと見つめる。これ以上質問されても答える気は全くありません、という意思は伝わったようだ。

「そうですか。では、全てが終わってローゼマイン様が研究室を訪れる日を楽しみにしています。それまでは大変なのでしょうが、ローゼマイン様は少しご自愛なさいませ」

「え？」

ユレーヴェに浸かったことで少しずつ丈夫になってきたかな、と自分でも感じられるようになりつつある。「休め」と言われるほど体調は悪くない。目を瞬くわたしを見ながら、ヒルシュールは呆れた顔になった。

「寮内の雰囲気が昔のように尖っていて、ここ数年のやんわりとした一体感や全員で前に進もうとする活力が感じられません。それはエーレンフェストの聖女がそのように難しいお顔をされているからではありませんか？」

ヒルシュールの指摘にわたしは自分の頬を押さえた。難しい顔をしているはずがない。わたしは今笑っているはずだ。首を傾げるわたしの頬にぴたりとヒルシュールが手を当てた。直接肌に伝わって来る温もりがじんわりと染み込んでくるようだ。

「背伸びをするのは結構ですけれど、貴女らしさを失ってはなりませんよ」

静かにそう言って、ヒルシュールは自分の研究室へ戻って行った。わたしの頭の中は疑問符でいっぱいだ。意味がわからない。

……わたしらしさって何？

進級式と親睦会の日になった。三の鐘までに講堂へ入れるように、身嗜みを整え、マントとブローチをきちんと着けた。髪飾りに虹色魔石の簪を添えて出発だ。

騎獣で二階へ下りると、男性側近のローデリヒとテオドールが合流した。側近が全員揃ったところでブリュンヒルデがぐるりと全員を見回す。

「ローゼマイン様、親睦会に同行する側近は護衛騎士がレオノーレ、ユーディット、テオドール、わたくしが側仕え、文官はローデリヒにする予定ですけれど、問題ございませんか？」

「えぇ、ブリュンヒルデ。それでいいわ」

身分を考えると、それしかない。上級貴族の少なさを実感させられる。

わたし達が一階へ向かっていると、シャルロッテが一年生達に声をかけているのが聞こえてきた。

「マントとブローチがなければ、寮にも戻れなくなります。気を付けなければなりませんよ。皆、大丈夫ですか？　あら、旧ヴェローニカ派の子供達はまだかしら？　マリアンネ、ルードルフ。少し様子を見てきてくださいませ」

　シャルロッテの命を受けた側近のマリアンネとルードルフとすれ違い、わたしは一階へ到着した。玄関ホールに集まっている皆が黒を基調とした衣装にマントとブローチを着けていて、女の子は全員が髪飾りを挿(さ)している。今年の一年生にも髪飾りを贈ったけれど、上級生は自前の髪飾りを挿している者も多いので、去年のように全員お揃いというわけではない。

　実際、わたしも去年の髪飾りは挿していない。髪飾りを三つも挿すわけにはいかないし、フェルディナンドに贈られたお守りを外すこともできないので、トゥーリが作った豪華な髪飾りと虹色魔石の簪の二本で飾っている。

　騎獣の許可が出ているのは寮内だけだ。わたしは騎獣を片付けて、ヴィルフリートの姿を探す。

「どうかしたのか、ローゼマイン？」

　わたしはヴィルフリートに向けて少し頭を動かし、シャラリと揺れた虹色魔石の簪に触れる。

「フェルディナンド様に贈られたこちらのお守りなのですけれど、ヴィルフリート兄様に贈られたことにした方が良いと思うのです。お話を合わせてくださいませ」

「何故だ？」

「ディートリンデ様に贈った魔石より、わたくしがいただいた魔石の方が品質の良い物だとブリュンヒルデに言われたのです」

　わたしにとってはどっちも虹色魔石だし、フェルディナンドが着けておくようにと言ったので特に問題ないと思っていたけれど、周囲にとってはそうではないらしい。ブリュンヒルデやリヒャルダから色々と説明された結果、婚約者に贈った婚約指輪のダイヤモンドよりも、上等なダイヤモンドが五つも並んだお守り付きネックレスをもらったようなものと理解した。婚約の魔石とは用途が違うので贈ってはならない物ではない。けれど、婚約者に知られるとまずいらしい。

「婚約者であるディートリンデ様にとっては気分の良いことではないのでしょう？」

「私は女性でないのでよくわからぬが、そうかもしれぬ」

「そこはわかってください！」

　ヴィルフリートの側仕えが頭を抱える。わたしとヴィルフリートがわからない者同士でよかったのか、よくないのか、どちらだろうか。

「この髪飾りを着けなければディートリンデ様を刺激することはありません。でも、寮内の事情や他領の思惑などを考えると、フェルディナンド様のお守りを外すわけにはまいりません」

「そうだな。危険があると叔父上が判断したからこそ、其方に与えたお守りであろうし、実際にインメルディンクの上級貴族に襲われたこともあるからな」

　ハルトムート狙いだったとしても、わたしが攻撃を受けたのは事実だ。それに、あの後には強襲があった。何が起こるのかわからないのだ。守りは少しでも多くあった方が良い。

「ですから、虹色魔石は保護者である領主夫妻、お父様、後見人、婚約者であるヴィルフリート兄様がそれぞれ準備し、フェルディナンド様がデザインしたことにしておきたいのです」

ブリュンヒルデは「そうしておけばディートリンデ様の髪飾りでフェルディナンド様のセンスが疑われた時も反論できるのではございませんか？」と言っていた。

「フェルディナンド様のセンスが貶められなかったら十分ですし、あまりディートリンデ様を刺激したくないのです。婚約者なのに故郷の者達よりも軽く扱われていると感じれば、アーレンスバッハにいらっしゃるフェルディナンド様への対応が大きく変わりそうですから」

「叔父上は周囲の心配ばかりで、ご自身の心配はあまりしないからな」

ヴィルフリートが軽く溜息を吐いて、自分の袖を少し捲った。そこにはお守りが二つ揺れている。物理攻撃を防ぐ物と魔力攻撃を防ぐ物だ。フェルディナンドはシャルロッテにもジルヴェスターにもフロレンツィアにもお守りを残していったらしい。

「わかった。その髪飾りの魔石は皆で準備し、デザインは叔父上がしたことにしよう」

ヴィルフリートが頷いた時、上の方で何かが倒れた音がした。ドタバタと何やら暴れているように感じられる。

「レオノーレ！」

「ナターリエ！」

「アレクシス！」

名を呼ばれた護衛騎士達がすぐさま階段を駆け上がって行き、他の騎士見習い達は一斉に防御を固める。バタバタとした物音は即座に止んだ。それから間もなく、ラウレンツが一年生の男の子をシュタープの光の帯でぐるぐる巻きにして階段を下りてくる。

「ラウレンツ、何があったのですか？」

「予想通りですが、親睦会を利用して他領経由で家族に知らせようとした者がいました」

ラウレンツがひらりと紙を一枚取り出した。そこには「ゲオルギーネ様に名捧げをした者や悪いことをした者が捕らえられて処分されるということですが、父上も母上も悪いことなどしていませんよね？　私はまだ皆に会えますよね？」と悲痛な問いかけが聞こえるような文章が書かれていた。

家族を思う心情が伝わり、胸が痛くなって泣きたくなる。今すぐにでも帰してあげたいし、家族に会わせてあげたい。けれど、粛清を行う側の立場であるわたしに言えることなど何もない。わたしはぐっと奥歯を噛んだ。

「ラウレンツ、その子をどうするつもりですか？」

わたしの質問にラウレンツは微笑む。

「ローゼマイン様、旧ヴェローニカ派は全員、本日の進級式と親睦会を欠席します。エーレンフェストでは流行り病が猛威を振るっていて、数日間安静にしていなければならない者が多いのです。そのようにヒルシュール先生へお伝えください、とマティアスからの伝言です」

「ラウレンツ、それは……」

答えではない、とわたしが言いかけるのをヴィルフリートが腕を引いて遮った。

「彼等の説得は二人に任せると言ったはずだ、ローゼマイン。連座を逃れるための道を示されたにもかかわらず、他領や容疑者に情報を漏らそうとした者がいることを父上達に知られるわけにはいかない。彼等が大事ならば尚更だ」

「ヴィルフリート兄様……」

「何人かはこのようになる、と予測されていたではないか。その時にどうしなければならないか、其方は知っているだろう？」

ヴィルフリートの深緑の目がぐるぐる巻きにされている子供とわたしを交互に見る。子供達が家族を救うために暴走しようとしたら、例外を作らずに慣例通りに全員を連座処分にするか、見なかったことにするか、どちらかだ。

「……私はローゼマインの慈悲によって家族を思うが故の失敗を許された。だから、私も家族を思うが故の失敗を一度は許す。だが、二度目はない」

「わたくしもできるだけ多くの者を救いたいので、今回は見なかったことにいたします。ラウレンツ、旧ヴェローニカ派の皆をお願いいたします」


「では、行くぞ。表情や姿勢に気を付けるように。他領に知られるわけにはいかないからな」

ヴィルフリートの号令で扉が開かれ、ぞろぞろと寮から皆が出て行く。旧ヴェローニカ派の子供達がいないので、今年のエーレンフェストはものすごく人数が少ない。三の鐘も鳴っていないのに、わたしは寮を出る前からぐったりと疲れていた。

「大丈夫ですか、お姉様？」

「家族を思う心は嫌というほどよくわかりますから、今の彼等を見ているのは辛いです」

「簡単に納得はできないでしょうけれど、自分の命を諦めないでもらいたいですね」

そう言って手を差し出してきたシャルロッテと手を繋いで寮を出た。ぎゅっと握られている手は温かい。

扉の上の番号は八へ変わっていて、去年より講堂が近くなっている。講堂で並ぶ位置も変わっていて、かなり前になっていた。ぞろぞろと歩く中で周囲からの声が聞こえてくるけれど、出発前のあれこれや貴族院滞在中に旧ヴェローニカ派の子供達を説得できなかった時のことを考えていると、ほとんど耳に入ってこない。貴族らしい笑顔だけは貼り付けたまま、わたしは去年とほとんど変わらないお偉いさんの話を聞いて時が過ぎるのを待っていた。

進級式はぼーっとしている間に終わり、親睦会のために下級貴族、中級貴族、上級貴族、そして、領主候補生と同行する側近に分かれる。講堂を出て、わたし達は側近と共に小広間へ向かった。

「八位エーレンフェストより、ヴィルフリート様とローゼマイン様とシャルロッテ様がいらっしゃいました」

中に入ると、正面にはヒルデブラントが座っている。どうやら今年も王族として貴族院に滞在しなければならないようだ。ニコリと笑うと笑顔を返してくれた。あまり王族と関わるな、と言われているけれど、このくらいは問題ないだろう。

全員が集まった後、例年通りに挨拶をしていかなければならない。正面に座っているヒルデブラントにご挨拶し、自分より上位の領地に挨拶をして回る。下位の者は挨拶に来るというのは去年と同じだ。クラッセンブルクの次にダンケルフェルガー、ドレヴァンヒェルと続き、七位までが終わる。次はわたし達の番だ。

「今年も時の女神ドレッファングーアの糸は交わり、こうしてお目見えすることが叶いました」

ヴィルフリートが代表で挨拶をした。わたしはヴィルフリートとシャルロッテに挟まれている。王族にはなるべく関わらないように、と言われているせいか、二人とも緊張が顔に出ていた。

逆に、ヒルデブラントの明るい紫の瞳はニコニコと楽しそうに細められている。幸せいっぱいの笑顔を見ていると、わたしは何だかとても彼が羨ましくなってきた。幸せそうでいいなぁ、と思うのだ。去年は誰かの笑顔を見て羨ましくなることがなかったので、どうしてそんな気分になったのかわからない。内心で首を傾げながら、わたしはヒルデブラントに笑顔を向ける。

「ローゼマイン、今年も図書館で会えるのを楽しみにしています」

「恐れ入ります」

さすがに「皆から色々と叱られたので距離を置く予定です」とか「研究室に引き籠もるのでごめんなさい」とは言えない。わたしは笑って無難な答えを返すと、ヴィルフリートとシャルロッテに手を取られて歩き出す。次はクラッセンブルクだ。

今年のクラッセンブルクには領主候補生がいないようだ。見覚えのない上級貴族の代表とヴィルフリートが挨拶を交わす。商人が迷惑をかけたことを詫びられ、「これからもぜひ仲良くしてほしいものです」とお願いされた。

……そんなことを言われても、これ以上は取引枠を増やせないと思うんだけど。

下町はもういっぱいいっぱいでどうしようもないのだ。むしろ、フェルディナンドの結婚を機に、アーレンスバッハが取引枠を欲しがるのではないか、と予想されているくらいである。……でも、今回の粛清で領地内の魔力は確実に減るから、グレッシェルを交易都市としてエントヴィッケルンで手直しするわけにもいかないし、どうするんだろうね。

「レスティラウト様、ハンネローレ様。今年も時の女神ドレッファングーアの糸は交わり、こうしてお目見えすることが叶いました」

ダンケルフェルガーのテーブルにはレスティラウトとハンネローレが揃っている。ハンネローレの微笑みに少しだけ気分が上昇してきた。

「お元気そうで嬉しいです、ハンネローレ様」

「わたくしもローゼマイン様のお元気そうなお姿に安心いたしました。先程ルーフェン先生からエーレンフェストでは病が流行っていて欠席者が多いと伺ったものですから」

虚弱なわたしは間違いなく寝込んでいると思われたらしい。シャルロッテがすいっと一歩進み出て、ニコリと微笑む。

「お姉様は一度寝込んだ後なのです。しばらくは大丈夫でしょう。それよりも、髪飾りの納品はいつにしましょう？　今年はお姉様が奉納式に戻らなくてもよくなったので、社交シーズンに渡すこともできます」

流行り病から話題を逸らし、シャルロッテが微笑みながら話を進める。見事な手腕に内心で拍手しながら、わたしは注文主であるレスティラウトへ視線を向けた。

「あの髪飾りはダンケルフェルガーの植物でデザインされた物なのですね。髪飾りの職人がセンスの良さに驚いていました。とても素敵に仕上がったのですよ」

「フッ、そうだろう？　エーレンフェストのような田舎にも見る目のある者はいるのだな」

まるで自分が褒められたようにレスティラウトが唇の端を上げた。まさかね、と思いながらわたしは誰がデザインしたのか聞いてみる。

「お兄様がデザインしました。お兄様には絵心があって、昔からこのようなことが得意なのです」

「意外ですね」

シュバルツ達の権利を寄越せと他領も率いてやって来た姿からはとても想像できない。

「その虹色魔石の髪飾りも悪くない。それはどうした？」

「保護者の皆が石を準備して、フェルディナンド様がデザインしてくださって、ヴィルフリート兄様にいただきました。フェルディナンド様のデザインも素敵でしょう？」

「ちょっと後ろを向け。じっくり見たい」

わたしがくるりと背を向けようとしたら、ハンネローレは慌てた様子で兄のマントを引っ張った。

「お兄様！　いくら素敵な髪飾りでもそのように見るのは失礼ですよ」

言われるままに後ろを向こうとしていたわたしも体の動きを止める。危ない、危ない。淑女らしくない行動を取るところだったようだ。

「申し訳ございません、ローゼマイン様。では、社交シーズンになったら髪飾りを納品したり、本の交換をしたりいたしましょう。今年も新しい本があるのでしょう？　エーレンフェストの本はとても楽しみなのです」

「あぁ。ダンケルフェルガーの歴史書が本になると聞いているが、それは完成しているのか？」

本好きのハンネローレはともかく、レスティラウトにまで期待されているとは思わなかった。赤い瞳が興味に輝いてこちらを見ている。本が楽しみにされて、わたしはとても嬉しくなって頷いた。

「ダンケルフェルガーの歴史は長く、とてもエーレンフェストの本では一冊に収まりません。何冊も出すことになります。今年の貴族院では第一巻の見本をお渡しすることになっています。この見本で問題なければ、次の領主会議以降に売り出されるでしょう」

「そうか。では、お茶会を楽しみにしていよう」

……え？　レスティラウト様もお茶会に出席するんですか？

これまではエーレンフェストと同席したくないという態度だったのに、どういう風の吹き回しだろうか。キツネやタヌキに化かされた気分で、わたしはドレヴァンヒェルに向かって歩を進める。

ドレヴァンヒェルとの挨拶はオルトヴィーンと仲の良いヴィルフリートに一任しておく。

「残念ながら、今年は病でしばらく欠席する生徒が何人もいる。初日の全員合格は難しいと思う」

「そうか。それは確かに残念だ。だが、二人の勝負には問題ないだろう？」

「あぁ、もちろんだ」

二人が仲良くライバル同士の約束を交わす。虹色魔石の髪飾りについて質問されたが、ダンケルフェルガーに答えたのと同じように返事をした。

ギレッセンマイアーとハウフレッツェに挨拶を終えると、次はアーレンスバッハだ。

「ディートリンデ様。今年も時の女神ドレッファングーアの糸は交わり、こうしてお目見えすることが叶いました」

ディートリンデはとてもご機嫌で、フェルディナンドの様子を教えてくれる。

「貴族院へ向かうわたくしのためにフェルディナンドはいつも優しく微笑みながら、とても執務を頑張ってくれているのです」

……それ、作り笑顔だから。

そう心の中でツッコミを入れながら、ものすごく心配になってきた。睡眠も食事も削って、薬漬けになっている気がする。講義が始まったらライムント経由で一度確認の手紙を送ってみよう。

「冬の社交界の始まりを告げる宴で、フェルディナンド様はフェシュピールを演奏してくださったのです。新しい曲だと言って、わたくしのためにとても熱烈な恋歌を作ってくださいました。今度、お茶会で楽師に演奏させる予定なのです」

……わたしが言った「味方の作り方」を少しは実践してくれているようで何よりだけど、恋歌？あのフェルディナンド様が恋歌ねぇ。

正直、あのフェルディナンドがそんなおべっかを使えると思わなかった。わざわざ「味方の作り方」を考えて教えてあげる必要もなかっただろうか。

いかにフェルディナンドが優しいのか、延々と語るディートリンデを呆然と見ていたヴィルフリートがそっとわたしの肩を突いた。

「……ローゼマイン、これは叔父上の話で間違いないのか？」

「全く別人のお話のようですけれど、間違いないと思います。無理をしているのでしょうね」

ディートリンデは毎年恒例の従姉弟会を行うと宣言し、今年は初めてわたしも誘われた。そこで髪飾りを納品し、フェルディナンドの新曲を聴かせてもらうことになったのだ。一体どんな曲に仕上がったのか楽しみではある。

それから、七位の領地に挨拶をし、自席へ戻る。挨拶に来たインメルディンクの領主候補生には去年の領地対抗戦における上級貴族の行いを謝罪された。中央からの要請を断る理由の一つにも使われていたし、虹色魔石のお守りを使う理由にもされている。きっとインメルディンクの方は大変だったのだろう。順位を落としているのは、まさかそれが原因だろうか。これ以上恨まれたくないので、謝罪は笑顔で受け取っておいた。

初めての講義合格

親睦会が終わり、寮へ戻る。小広間を出て歩きながら考えるのは、旧ヴェローニカ派の子供達のことだった。家族と会わせてあげたいけれど、できるわけがないし、今回の粛清は行わなければならないことだ。止められない以上、どうすればいいだろうか。わたしに何ができるだろうか。

「ローゼマイン様！」

「あら、ライムント」

ヒルシュールの研究室がある文官コースの専門棟がある方角から、ライムントが藤色のマントを揺らしながらやって来た。アーレンスバッハの貴族の登場に周囲の騎士見習い達が警戒し、ざっと音を立てて領主候補生を守る位置に立つ。

ライムントは驚いたように目を見張った後、少し距離を取り、わたしに呼びかけた。

「ローゼマイン様、フェルディナンド様からの伝言です。お聞きになりますか？」

「何かあったのですか!?」

「いえ、この魔術具を見せに行った時に伝言を吹き込まれたので……」

そう言いながらライムントは魔術具を取り出した。録音の魔術具を少し小型化したらしい。もっと小型化できるはずだ、と突き返されたが、その時にわたし達への伝言を吹き込んだそうだ。

「聞きます。聞きたいです」

わたしが身を乗り出すと、ライムントは頷いて魔石の部分に手を触れた。

「ローゼマイン、私だ」

魔術具から流れてきたのは、間違いなくフェルディナンドの声だった。アーレンスバッハへ向かってからまだ少ししか経っていないのに、とても懐かしく感じる。だが、そのじんと染み入るような懐かしさは、次の言葉に掻き消えた。

「私がいなくなった途端に勉強を疎かにしているということはあるまいな」

……やばいっ！　勉強なんてこれっぽっちもしてないよっ！

「最優秀を取ると約束した君はもちろん、エーレンフェスト全体の成績が去年よりも落ちてみろ。容赦はせぬ」

うひぃっ！　とわたしが頬を押さえていると、魔術具から聞こえる声は少しだけ優しくなった。

「別に成績を上げろと言っているわけではない。落とすなと言っているのだ。去年と同様で良い。何も難しいことはなかろう？」

「去年と同じように……。そうですね。そう言われると何だかやれる気がしてきました」

わたしがグッと拳を握っている後ろで、シャルロッテがぼそっと呟いた。

「最優秀のお姉様はこれ以上成績を上げようがないと思うのですけれど……」

「しぃっ！　本人がやる気になっているのだから黙っておけ、シャルロッテ」

……ハッ！　確かにこれ以上は上げようがなかった！　わたし、騙された⁉

わたしがキッと睨んでも、魔術具はフェルディナンドの声で喋り続ける。

「ヴィルフリート、シャルロッテ。其方等も同じだ。私が与えた守りの魔術具に相応しい働きを期待している。エーレンフェスト全員の初日合格という朗報を領地対抗戦で聞かせてもらうぞ」

「ぐっ！」

「そんな……」

去年は初日全員合格ができなかったシャルロッテにとってハードルが上がる言葉だ。ずずんと圧し掛かるプレッシャーにプルプルと震え始める。シャルロッテを慰めなければ、と手を伸ばした瞬間、フェルディナンドの声が「あぁ、そうだ。ローゼマイン」とわたしを呼んだ。

……嫌な感じに声が優しくなった？

無茶ぶりの前に出てくることが多い、特有の優しげな響きだ。わたしはシャルロッテからライム

ントの手にある魔術具へ視線を移す。

「成績が落ちた場合、私はアウブ・エーレンフェストと話をして君に与えた図書館を取りあげるつもりだ。自己管理もできぬ者に図書館の管理などできるわけがないからな」

「のおぉぉっ！　それだけは嫌です、フェルディナンド様！」

わたしは思わず魔術具にすがりついたけれど、録音してあるだけの魔術具が妥協してくれるわけがない。課題を出す人がいなくなり、粛清みたいに憂鬱なことが起こって気分が沈んでいる今、勉強どころか本さえ読んでいない。自分の図書館のことを考えることが唯一の心の支えなのに、それを取り上げられては冗談抜きで死んでしまう。

「あ～、フェルディナンド様からの伝言はこれだけです。……私もまだ改良できるはずだ、と課題を出されたのですが、師匠からの課題はお互い大変ですね。ローゼマイン様も頑張ってください」

ライムントが何とも言えない表情で自分の手にある魔術具とわたしを見比べながらそう言って、そそくさと逃げるように去って行く。

「ど、どどど、どうするのだ、ローゼマイン？　よく考えてみれば貴族院へ来てから全く勉強をしていないぞ」

「わたくしもです、お姉様」

三人とも粛清に意識が持って行かれて、成績向上委員会のことさえすっかり頭から抜けていた。粛清のことはこちらに任せるように、とジルヴェスターに言われていたのに、貴族院で行わなければならないことが全くできていない。これはまずい。領地対抗戦でフェルディナンドに会った途端、特大の雷を落とされるに違いない。

……そんでもって、領地対抗戦のその場で養父様とフェルディナンド様が相談してわたしの図書館は取り上げられちゃうんだ！


「こうして悩んでいる暇はありません。わたくしの図書館を守るためには全力を挙げなければ！」

わたしが拳を握って決意を固めると、ヴィルフリートが血の気の引いた顔でわたしを見た。

「……ちょ、ちょっと待て、ローゼマイン。何だか非常に嫌な予感がするぞ」

「大丈夫です、ヴィルフリート兄様。嫌な予感はわたくしが振り払ってみせます」

「違う！　そうではない！　悪夢の再来ではないか！」

頭を抱えるヴィルフリートの肩をポンと叩き、わたしは安心させるように微笑んだ。

「前回とは違い、全員が一年間かけて勉強しているのですから、復習させるだけですよ」

「……む、そうだな。同じように図書館がかかっているが、あの時とは状況が違うか」

ヴィルフリートがポンと手を打って「それに、劇薬の使い方を心得ている叔父上の指示だ」と自分を納得させるように何度か頷いている。劇薬が一体何かよくわからないが。後回しだ。

「まずは、全員の初日合格を勝ち取らなければ。合格だけならば難しくはありません」

「えぇ。一年間、しっかりと勉強していますもの。これから皆で頑張れば大丈夫ですよ」

リーゼレータがニコニコと嬉しそうに微笑んで、わたしの後押しをしてくれた。そして、ブリュンヒルデがフェルディナンドの無茶ぶりの理由を教えてくれる。

「エーレンフェストの順位が落ちれば、やはり一時のことだったかと他領に嘲笑(あざわら)われます。ただでさえ中領地から大領地へ行くのです。星結びの儀式より先に故郷の順位が落ちれば、レティーツィア様の教育係をするフェルディナンド様は、肩身が狭い思いをするでしょう」

そう言われると、今年は絶対に成績を落とせないと思ってしまう。

「成績の維持は何につけても大事ですものね。やりましょう。まだ間に合います」

「よし、急いで戻って、全員で勉強をするぞ」

領主候補生とその側近は急ぎ足になりながら中央棟の廊下を歩き、八の扉を大きく開けた。

ヴィルフリートが多目的ホールに駆け込んで「明日の試験では全員合格しなければならぬ。各自、勉強道具を持ってここに集合だ！」と声をかけるのを見ながら、わたしは騎獣に乗り込む。

「レオノーレ、ローデリヒ。旧ヴェローニカ派の子供達にも勉強道具を持って、多目的ホールへ集合するように伝えてちょうだい」

「……かしこまりました」

レオノーレが硬い表情で頷くのを見て、わたしはレッサーバスで階段を駆け上がる。ユーディットとフィリーネが開けてくれた自室にそのまま飛び込んだ。

「リヒャルダ、勉強道具を準備してくださいませ。これから多目的ホールで勉強するのです」

「はい、ただいま準備いたします。……それにしても、ずいぶんと突然ですね、姫様？」

「フェルディナンド様に脅されたのです。エーレンフェストの成績を落としたらわたくしの図書館を取り上げる、と」

わたしは準備しているリヒャルダにライムントが録音の魔術具を持ってきたことを話す。

「一度与えた物を取り上げようだなんて、リヒャルダもひどいと思うでしょう？」

「出て行ったというのに、姫様のために課題を積み上げるところが、実にフェルディナンド様らしい気遣い（きづか）だとわたくしは思いましたよ」

「そんな気遣いはいりません！」

ふんぬぅとわたしが怒ってみせると、リヒャルダが「口で怒っている割にお顔は笑ってますよ」とクスクス笑いながら勉強道具を渡してくれた。

「あのフェルディナンド様のことです。成績を落とした時の罰があるならば、課題を達成した時のご褒美（ほうび）もあるでしょう。しっかりお勉強なさいませ、姫様」

「では、フェルディナンド様が驚くような成績を突きつけて、わたくしの図書館に必要な魔術具を作ってもらいましょう」

……図書館を守って、絶対にご褒美をもぎとってやるんだから！

わたしは勉強道具を抱えると、またレッサー君に乗り込んだ。多目的ホールへ着くと、すぐに騎獣を片付け、領主候補生コースの勉強場所を側近達に作ってもらう。シャルロッテは二年生のテーブルにいるので、今年はヴィルフリートと二人しかいない。

「ヴィルフリート兄様、こちらで勉強しましょう。領主候補生コースは二人だけですから」

「……うむ。私は先にこれを読むから、ローゼマインは先に勉強を始めても良いぞ」

ヴィルフリートはあまり気乗りがしないような顔で抱えている木札に視線を落とした。首を傾げながら、わたしは集まって来る皆に声をかける。

「去年の班分けを参考にして席に着いてくださいませ。一年生はそこのテーブルです」

皆が集まる中、旧ヴェローニカ派の子供達が勉強道具を抱えて困惑した顔で入ってきた。扉の前に立ち止まったまま、多目的ホール内をぐるりと見回している。

「貴方達、遅いですよ！　早く席に着いてくださいませ」

「エーレンフェストの成績を落とすわけにはいかぬ。明日は全員で初日合格を勝ち取るぞ」

わたしとヴィルフリートが声をかけると、一人の子供がキッと強い瞳でわたし達を睨んだ。

「家族が殺されるかもしれない時に、勉強など、手に付きません」

その言葉に部屋の中の空気が凍った。気合いを入れてやるぞ、と上を向いていたわたしとヴィルフリートの視線が下がる。次の瞬間、一歩前に出たレオノーレのシュタープから光る帯が飛び出して、その子を捕らえた。彼はぐるぐる巻きになって、ボテッとその場に倒れる。

「なっ⁉」

「レオノーレ、突然何をするのですか⁉」

「自分達の立場が全くわかっていないではありませんか。マティアスとラウレンツは一体どのような説得の仕方をしたのでしょう？」

レオノーレの藍色の瞳が今までに見たことがない複雑な色になっている。それに驚きの表情を見せたマティアスが、レオノーレの主であるわたしに止めてほしいと訴えるような視線を向けた。

「ローゼマイン様は無実の者を救うとおっしゃったはずですが……」

わたしが止めるより先にレオノーレが口を開く。

「えぇ、その通りですよ、マティアス。ローゼマイン様は罪を犯していない者の命を救ってほしいとアウブにお願いしていらっしゃいました。それに、洗礼前の子供達は対象外だと言われたら、彼等を受け入れるために孤児院を整えていらっしゃったのですよ」

レオノーレは微笑んでいるけれど、その内には目の色が変わるほどの激情を抱いているようで、それが凄みを増している。

「洗礼式前のローゼマイン様に対する誘拐未遂、毒を盛って二年間という長い眠りにつかせ、今回もまた暗殺未遂……。何度も領主一族に手を出したのです。一族全員が連座処分で当然ではありませんか。慣例通りに処分してしまえば思い煩う必要などないにもかかわらず、何とか罪を犯していない子供を助けられないか奔走し、頭を悩ませて、心を痛めていらっしゃるのです」

……普段はおとなしくてあまり自己主張しないから忘れてたけど、レオノーレは完全なるライゼガング系貴族だった！

旧ヴェローニカ派の子供達がいるように、この場にはライゼガング系の子供達もいる。ライゼガング系の子供達は上級貴族が多く、基本的に領主一族の側近なので、わたし達の命令に従って一緒に命を救おうとしてくれている。けれど、その内心では慣例を変えることに不満もあったようだ。

旧ヴェローニカ派の子供達の心情を思うばかりで、わたしは自分の側近達がどのような思いを抱えて側にいるのか考えていなかったことに気付いて青ざめた。

……ああぁぁ、わたし、主失格！

「連座処分を回避することに不満を持つ者は、こうしてエーレンフェストへ送ります。これが本来の扱いですから」

　レオノーレが「説得不能」と書いた紙をひらりとその子の上に放った。いつもは冷静で激情を見せないレオノーレの怒りに、皆がゴクリと息を呑む。そんな中、「それではダメですよ、レオノーレ」と言いながら、するりと滑るように優雅な足取りでブリュンヒルデが進み出た。

「ブリュンヒルデ、止めないでくださいませ。処分されて当然の者のために領主一族全員が思い悩み、慣例を破ることで様々な立場の貴族から文句を言われ、更に救おうとしている者から不満をぶつけられている姿に、わたくしはこれ以上我慢できません！」

「止めるつもりはありません。転移陣で転送するのですから、魔力の縛めでは意味がないでしょう？　こちらの捕縛用の紐を使わなくては」

　ブリュンヒルデが軽く手を上げると、リーゼレータがやや太めの紐をスッと取り出し、紐を握ってピンと引っ張り、いつも通りの真面目な顔で捕らえられている子を見下ろす。

「せっかくローゼマイン様のお気持ちが前向きになり、寮内をまとめていこうと奮起された時に邪魔をする者は必要ありませんものね。主の精神的な健康を守るため、わたくしは側仕えとして貴方を排除します」

　……そんな側仕えの優秀さは望んでなかったよ！　わたし、健康！　身も心も健康だから！

「えぇ、本当にリーゼレータの言う通りです。さっさと排除しましょう。慈悲深い領主一族はただでさえ色々な面で厳しい領地経営をしている中、子供とはいえ犯罪者の血縁者を数十人も生かそうとおっしゃるのです。領地のために生きる貴族ならばまだしも、領主一族への感謝さえない犯罪者の身内を生かすための食料など、ライゼガングにはありません」

……あぁ、そういえばブリュンヒルデもライゼガング系だった！　やばい！　ウチの側近達が大暴走！　誰か、止めて！

あわわわわ、とわたしは周囲を見回すが、こういう時に上手く宥めてくれそうなハルトムートやコルネリウスの姿はない。主らしくわたしが止めなきゃ、と思って立ち上がろうとしたところで、ヴィルフリートとシャルロッテの側近が進み出た。

わたしは期待を込めて見上げたけれど、彼等もシュタープを握っている。

「ヴィルフリート様は旧ヴェローニカ派の子供達によって白の塔へ連れ出され、消えない汚点を付けられました。その汚点を少しでも雪ごうと日夜努力していらっしゃいます」

ヴィルフリートの騎士見習いアレクシスが旧ヴェローニカ派の子供達を見回すと、その件に関与したらしい子供が数人、目を伏せた。

「シャルロッテ様は洗礼式のその日に旧ヴェローニカ派の貴族にさらわれ、助けに出たローゼマイン様が毒を受けて長い眠りについたことを、自分の責任だとずっと心を痛めてきました。それからは、少しでもローゼマイン様の代わりができるように、と過剰な努力を重ねてきたのです」

ナターリエの言葉にハッとしたような視線がシャルロッテに集まる。ここにいる領主候補生は三人とも旧ヴェローニカ派から不利益を被ったことがある。

「其方等旧ヴェローニカ派が領主一族に対して行ったことを振り返った上で、領主一族の対応に不満を持ち、初日合格する程度の努力さえ見せるつもりがないならば、こちらは慣例通りの連座処分でも全く構わない。自分達がどれだけ特別な待遇を受けていると思っているのだ？　其方等を救いたいと思っているのは領主一族だけで、慣例を破ることを良く思わない貴族の方が多いのだぞ」

イグナーツがじろりと旧ヴェローニカ派の子供達を睨んだ。睨まれた彼等は力なく俯く。

「……いいえ。それは、その、領主一族の慈悲には感謝しています。ですが、我々のことを考えてくださるのだったら、我々の父上や母上にも慈悲をください」

家族と離れるのは辛い。レオノーレに縛られたままの一年生の声に、与えられる物ならば与えてあげたいと思っているよ、とわたしは思わず胸元を押さえた。それと同時に、シャルロッテが席を立った。藍色の瞳で皆を見回しながらハッキリと言い切る。

「そのような筋違いの願いをこちらに向けられても困ります。罪を犯したのは貴方達の家族ではありませんか。すでに犯してしまった罪が裁かれるだけです。犯罪に加担していなければ処分されることはありません。無罪の者には手を差し伸べるつもりですが、犯罪者は対象外です。わたくし達は罪のない子供達が連座処分を受けることを不憫に思い、生き延びる道を示しました。ここから先を選ぶのはわたくし達ではありません。貴方達です」

……うぅ、シャルロッテがカッコいい。わたし、何だか守られてる感じだよ。

わたしはお姉様なのだから、シャルロッテに守られているのではなくて、前に出てシャルロッテ達を守らなければならないのに、逆になっている。

……このままじゃダメだ。

わたしが立ち上がると、レオノーレが心配そうに手を伸ばしてきた。わたしはレオノーレの手を押さえて、「大丈夫ですよ」と笑ってみせる。

「わたくしに救えるのは貴方達の家族ではなく、貴方達の将来です。今回の粛清で家族を失うことになれば、貴方達は自分だけの力で生きて行かなければなりません。そうなった場合、次の庇護者を見つけるために、成績は大事な武器になるのです。わたくしは神殿で育てられている頃からそう言われてフェルディナンド様の教育を受けてきました」

より良い環境を手に入れるために教養を身につけろ、勉強しろ、とフェルディナンドは言っていた。厳しく教育してくれたおかげで、わたしは平民としてビンデバルト伯爵に殺されるのではなく、領主の養女となれたのだ。

「それに、家族が無罪だった時や軽い処分だった時のこともよく考えてくださいね。貴方の成績が原因で領地の成績を大きく落としていて、家族に顔向けできますか？　家族は無罪だと信じられなかったのか、と言われませんか？　軽い処分でも犯罪者の家族として厳しい目で見られるようになりますけれど、その際も家族を養うためのお仕事をしようと思えば成績は必須ですよ」

旧ヴェローニカ派が戸惑ったように顔を見合わせる中、マティアスは厳しい表情になった。

「ローゼマイン様、情報漏洩が心配です。エーレンフェストの成績のためとはいえ、彼等を寮から出すことには賛成できません。勉強させることは重要ですが……」

「案ずるな、マティアス。先程領地から第一報が届いた。粛清は粗方終わったらしい。処分等の細かいことは後日になるが、明日の試験時にどこかへ情報を送られたところで、もう意味がない」

ヴィルフリートが木札を軽く振った。皆の驚愕の目が木札に向けられる。思ったより早かった。ジルヴェスター達はスピード勝負に出たようだ。

「粛清は終わったようです。さぁ、選んでくださいませ。今から勉強して明日の試験で合格を勝ち取るのか、このように縛られた状態で領地へ戻るのか。わたくしは貴方達の選択を尊重します」

それだけ言うと、わたしはすぐに旧ヴェローニカ派の子供達から視線を外して席へ戻る。フェルディナンドが望む成績を取るためには本当に時間がないのだ。

「ブリュンヒルデもリーゼレータも自分の勉強に取り掛かってくださいませ。今年こそ優秀者を目指すのでしょう?」

「えぇ、今年が絶好の機会ですから」

領主一族の側近達が身を翻して勉強を始めると、マティアスとラウレンツはすぐにそれに続いた。他の学生達も無言で勉強を始める。旧ヴェローニカ派の子供達はお互いの様子を探り合いながら、一人、また一人と勉強している皆の輪に入って行く。

「私の縛めを解いてください! 私も勉強します!」

扉の前にたった一人だけ残されたのは、レオノーレに縛られていた少年だ。皆が勉強を始めると、まな板の上でビチビチと跳ねる魚のようにもがいている。

「貴方はエーレンフェストの家族の元へ帰りたいのではないの?」

「私の家族は罪を犯しません! 信じています」

レオノーレが縛めを解くと、彼は自分の勉強道具を抱えて一年生のテーブルへ駆けて行った。

新しい司書

次の日に行われた初日の講義に、エーレンフェストは全員が出席した。

「一年生は全員合格でした！」

初めての合格に興奮したテオドールが喜びの報告をしてくれる。それを喜びながら、わたし達は寮の全員で昼食を摂った。ブリュンヒルデによると、五年生も座学は余裕で合格をもぎ取っているらしい。わたし達三年生も当然ながら全員が合格だ。

「でもね、テオドール。三年生は全員合格ではなく、全員満点なのですよ。うふふん」

三年生は共通科目と専門コースの科目がある。今日は共通の座学の試験で、神々の名前を全て書き出すという内容だった。カルタで遊び、聖典絵本を読んで育ったわたし達にはあまりにも簡単な試験で、つまらなく感じたほどだ。

「それならば、今の私でも満点ですよ。私も早く三年生になりたいです」

テオドールがぼやくのを聞きながら、わたしはユーディットへ視線を向ける。

「ユーディット、四年生は午後が座学ですね」

「はい。一年間勉強していますからね。今日の共通の座学は全員合格します」

ユーディットの頼もしい笑顔をテオドールが「うっかり妙な失敗をしないように気を付けた方が

良いよ」と茶化す。そこへオルドナンツが飛び込んできた。

「ローゼマイン様、ソランジュです。新しい司書の方が中央から派遣されました。シュバルツとヴァイスの登録をお願いしたいのですが、よろしいですか？」

喜びに満ちたソランジュの柔らかな声が三回響いた。中央から新しい司書を回してもらうのはソランジュがずっと願っていたことだ。これで孤独に春から秋の季節を図書館で過ごすことも、仕事の全てを一人で負うこともなくなる。

給仕をしてくれているリヒャルダを見上げると、リヒャルダは笑顔で頷いてくれた。

「登録だけならば、食後に向かいましょう。シュバルツとヴァイスへの登録ができなければ、司書の方がお仕事に困りますからね。ただ、姫様が読書をする時間はありません。よろしいですか？」

「……ちょ、ちょっとだけ、でもですか？」

ヒルデブラントやハンネローレの登録をした時のことを考えても、それほど時間はかからない。ちょっとならば本を読む時間があるはずだ。わたしが食い下がってお願いすると、リヒャルダが溜息を吐いた。

「退室の合図が出たら、問答無用で本を閉じますからね」

……わぁい。図書館、図書館！

わたしはオルドナンツで「食後に図書館へ行きます」とソランジュに返事をし、側近達にも準備するように伝える。一年生のテオドールが嬉しそうに顔を綻(ほころ)ばせた。

「貴族院の図書館は初めてなので楽しみです」

「……あの、テオドールはまだ図書館登録が終わっていないので、今日は同行できませんよ」

初めての図書館を楽しみにする気持ちは痛いほどによくわかるが、テオドールは同行できない。登録が終わってからだ。わたしの説明にテオドールはガッカリした表情で肩を落とした。

「つまり、側近の中で私だけ留守番ですか……」

「今日、図書館へ行って新入生の登録予約をします。登録が終わるまで我慢してくださいね」

主らしく、上級生らしく慰めているけれど、今のわたしは笑いを堪えるのに必死だ。

……だって、テオドールのちょっと拗ねてる顔が「わたくしも護衛騎士なのに……」って嘆くユーディットとそっくり！　ホントに姉弟って一目でわかるよ！

そっくりで可愛いが、そこを指摘するとテオドールが更に落ち込みそうだ。そう考えて笑わないように耐えているというのに、ユーディットが追い打ちをかけてきた。

「主の前でそんなふうに拗ねた顔をするなんて恥ずかしいですよ、テオドール」

いつもはユーディットが拗ねた顔をしているのに、お姉ちゃん顔でピッと人差し指を立てて注意する姿に、もう我慢できなかった。わたしは思わず笑ってしまい、それにつられたように他の側近達も笑い始める。

「い、いきなり皆、どうしたのですか？」

驚いて周囲を見回す二人の様子がこれまたよく似ていて、笑いが収まらない。口元を押さえてなるべく上品に見えるように笑っていると、レオノーレも同じようにクスクスと笑いながら指摘した。

「その少し拗ねたテオドールの顔が、わたくしも護衛騎士なのに、と嘆くユーディットとそっくりなのですよ」

「そっくりではありません、レオノーレ！」

　二人の声が綺麗に重なっていて、更に笑いが止まらなくなった。


　皆に笑われて膨れっ面になってしまったテオドールを置いて、わたし達は図書館へ出発した。側近達を連れてぞろぞろと歩く途中でリーゼレータがおずおずと質問する。

「あの、ローゼマイン様。新しい司書が派遣されたということは、ローゼマイン様はシュバルツとヴァイスの主ではなくなるということですか？」

「そうなるのではありませんか？　シュバルツとヴァイスは図書館の魔術具で、上級司書が主だったのですから、上級司書が中央から派遣されれば交代するのは当然でしょう？」

　わたしは自分が図書館で快適に過ごすため、より良い図書館運営のために魔力を供給してきたけれど、シュバルツとヴァイスの主になりたかったわけではない。一人で寂しく図書館を切り盛りしてきたソランジュにとっても正式に上級司書が派遣されて来るのが一番だ。

「それが本来の形とわかっていても残念ですね」

　リーゼレータは頬に手を当て、本当に残念そうにそっと息を吐いた。普段、自分の感情をあまり表に出さない彼女にしては珍しい。

「主が交代すれば、新しい主によって新しい衣装が準備されるのでしょう？　せっかく新しい服を作ったのですけれど、着替えさせることはできなそうです」

エーレンフェストでは守りの魔法陣をベストとエプロンに刺繍(ししゅう)したため、それ以外を着替えさせることが可能だ。リーゼレータは二匹のために新しいワンピースやズボンを作っていたらしい。

「リーゼレータは本当にシュミルが大好きなのですね」

ユーディットとフィリーネが感嘆(かんたん)の息を吐くと、リーゼレータが「シュミルも大好きですけれど、エーレンフェストの新しい染め方を広げるためです」と恥ずかしそうに頬を染めた。

「それほどガッカリしなくても、管理者の変更から新しい服を作るまでには時間がかかりますもの。フェルディナンド様に手伝っていただいても一年かかったのです。ソランジュ先生と新しい司書の方に一言お断りを入れれば、今年の貴族院は新しい服を着せても問題ないと思いますよ」

中央ならばエーレンフェストよりもっと早く新しい衣装を準備できるのかもしれないけれど、リーゼレータが卒業する今年の貴族院の間に完成することはないと思う。

……お仕事で毎日シュバルツとヴァイスに魔力供給をしながら、刺繍のための糸や布を魔力で染めていくのって大変だからね。

「ローゼマイン様、講義初日のお忙しい中、図書館までご足労いただき、ありがとう存じます」

閲覧(えつらん)室前でソランジュとシュバルツとヴァイスがお出迎えしてくれた。ここへ来ると、貴族院へやって来たという実感が湧く。わたし達は貴族らしい長い挨拶を交わし、執務室へ移動する。

「新しい上級司書が中央から派遣されたことは喜ばしいのですけれど、シュバルツとヴァイスに触れることができなければ仕事になりません。それに、上級司書が派遣されたのですから、なるべく早くシュバルツとヴァイスの主を変更した方が良いと思ったのです」

講義で魔力を使う学生に魔力面で頼り切りという状況が、ソランジュにとってはとても心苦しかったらしい。わたしが望んだわけでもないのに、主の座を巡ってダンケルフェルガーとディッター勝負を行うことになったことも悩ましく思っていたようだ。

「それに、ローゼマイン様は今年から領主候補生コースと文官コースを受講されるのでしょう？　二つのコースを同時に修めようと思えば、どうしても魔力が厳しくなります。司書の派遣が今年に間に合って、本当によろしゅうございました」

嬉しそうに青い目を細めるソランジュは、本当にわたしのことを心配してくれている。それがよくわかって、わたしの胸が温かくなる。

「わたくしも、ずっと図書館でお一人だったソランジュ先生に一緒に働く方ができてよかったと思っています」

「えぇ、少しお喋りをする相手がいるだけでずいぶんと気分が違いますものね。新しい上級司書は女性で、本がお好きな方ですからローゼマイン様もきっと仲良くなれますよ」

「とても楽しみです。女性でしたら、シュバルツ達からひめさまと呼ばれても大丈夫ですね」

本好きの新しい上級司書は一体どんな人だろう、とうきうきしながらソランジュの執務室へ行くと、中にはビックリするくらい多くの人がいた。

「……ソランジュ先生、新しい司書の方は一人ではなかったのですか？」

「派遣された上級司書は一人なのですけれど、王族の魔術具の登録変更になるので、王族が立ち会うのです。祝福で触れることさえなく登録変更をされたローゼマイン様が例外なのですよ」

フフッと懐かしそうに笑いながらソランジュに指摘され、わたしはそっと視線を外した。図書館登録の嬉しさに神に祈って祝福を放出したら魔術具の主になっていたなんて、非常識極まりない気がする。改めて自分のしでかしたことを思い返すと、自分でも不思議で首を傾げてしまう。

……それにしても、登録変更にまで駆り出されるなんて、王族も大変だね。それとも、こういう時のために王族が貴族院に必要なのかな？

「ローゼマイン」

「ローゼマイン様、お久し振りですね」

扉が開いたことで到着に気付いたらしい。王族の側近達が道を空けるように壁際に退いていく。立ち会いの王族はヒルデブラントだけではなかった。エグランティーヌの姿も見えた。あまりにも意外な人物が司書の執務室にいることに驚き、わたしは大きく目を見張る。

「エグランティーヌ様、どうして貴族院にいらっしゃるのですか？」

「フフッ、驚きましたか？　実は、わたくし、領主候補生コースの講師をするように頼まれたのです。ローゼマイン様とはこれから講義で何度か顔を合わせることになりますよ」

これまで領主候補生コースを教えていた先生がかなりお年を召した王族の傍系で、「そろそろ引退したい」と王に訴えたらしい。そこでエグランティーヌに白羽の矢が立ったそうだ。

……王子様と結婚したお姫様が学校の先生になるなんて、恋物語の現実は奇想天外だね。

まさかエグランティーヌが教師となって貴族院で再会するとは全く考えていなかった。ビックリもあるけれど、フラウレルムのような先生ばかりが周囲に増えたらちょっと面倒なので、親しみのある人が教師なのは素直に嬉しい。

「ローゼマイン様、紹介いたしますね。こちらが新しく上級司書として貴族院に派遣されたオルタンシアです」

エグランティーヌが隣に立つ四十代くらいの女性を紹介してくれた。淡い水色の髪が印象的で、エグランティーヌと似たような雰囲気のおっとりとした人だ。年齢的に考えると、子育てが一段落したので文官仕事に復帰したのではないだろうか。ソランジュと気が合いそうでホッとした。

「ローゼマイン、本当ならば私だけが立ち会うので十分なのですが、エグランティーヌ様から同席をお願いされたのです」

ヒルデブラントが「一人でもお務めはできたのですよ」と訴える。別に仕事のできない子だとは思っていないが、「王族としての自覚が薄いようだ」と以前にジルヴェスターも言っていた。もしかしたら、エグランティーヌはヒルデブラントのお目付役も兼ねているのかもしれない。

「オルタンシアはクラッセンブルク出身で、中央へ移動したのです。わたくしは少し馴染みもありますから、紹介のために本日は同席させていただくことにいたしました。わたくしもローゼマイン様にお会いしたかったですし……」

茶目っ気を見せるように微笑んだエグランティーヌと、控えめに微笑むオルタンシアは見た目が違うけれど、まとう雰囲気がよく似ているように感じた。思い返せば、寮監のプリムヴェールも似

た雰囲気だ。クラッセンブルクの女性は基本的におっとり系なのだろうか。

……それにしても、エグランティーヌ様は結婚して、幸せそうでますます美人になったね。

「ローゼマイン様、命の神エーヴィリーベの厳しき選別を受けた類稀なる出会いに、祝福を祈ることをお許しください」

エグランティーヌに見惚れていると、いつの間にかオルタンシアが前に出て跪き、初対面の挨拶をしていた。わたしはハッとして背筋を伸ばし、それに応える。

「許します」

「オルタンシアと申します。どうぞよろしくお願いいたします」

ふわんと祝福の光が飛んできて挨拶を終えると、オルタンシアはすぐに立ち上がり、ソランジュを振り返った。

「急がなくてはローゼマイン様の午後の講義に差し支えるかもしれません。ソランジュ、どのように管理者を変更するのですか?」

「前任者が指名して、シュバルツとヴァイスに触れる許可を出し、額の魔石に触れて魔力を登録することで主となります」

協力者としてヒルデブラントやハンネローレを登録した時とやり方は同じだ。

「ローゼマイン様、登録の変更をしていただいてもよろしいですか?」

おっとりと微笑むオルタンシアの言葉に、空気がピリッと引き締まる。周囲の視線が一斉にわたしへ向かってくる。立ち会いの王族二人にそれぞれの側近達。予想外の人数だ。王族の魔術具の登録がこんなに注目を浴びる大仰なものだなんて知らなかった。

……そういえば、王族の魔術具の主になるのは名誉なことって誰かが言ってたっけ？

多くの視線を受ける居心地の悪さを感じながら、わたしはシュバルツとヴァイスを呼び寄せる。もちろん、他の人が触れないように注意することも忘れない。

「シュバルツ、ヴァイス。オルタンシア先生に触れる許可を与え、新しい主として登録します」

「オルタンシア、きょかでた」

「とうろくする」

オルタンシアが手を伸ばしてシュバルツとヴァイスの魔石に触れる。これで登録の変更は完了である。登録の様子を見ていたヒルデブラントが不思議そうに首を傾げた。

「ソランジュ、私が協力者としての登録をした時と同じやり方ですけれど、これで管理者の変更が終わったのですか？」

「いいえ。今、シュバルツとヴァイスに供給されているローゼマイン様の魔力量をオルタンシアが上回れば、管理者が変わるのです。先日、魔石で魔力を供給したところなので、少し時間がかかるかもしれませんね」

そう言いながら、ソランジュは春から秋の間に使うために渡しておいた大きな魔石を「大変助かりました」と返してくれる。わたしはそれをリヒャルダに渡して片付けてもらった。

「その魔石は何ですか？」

「春から秋の間にシュバルツとヴァイスが動けなくなったら大変だということで、ローゼマイン様が魔力供給のためにお貸しくださっているのです」

ソランジュの言葉に周囲の皆が大きく目を見開いた驚愕の顔になる。

「それほど大きな魔石をソランジュに貸し出して魔力を供給していたのですか？　春から秋の間は動かなくてもそれほど問題ないと思うのですが……」

ヒルデブラントの言葉にわたしは少し首を傾げた。一番忙しいのは学生がいる冬だけれど、春から秋の間にも仕事はあるし、ソランジュの寂しさを紛(まぎ)らわせるためにもシュバルツ達は必要だ。

「シュバルツとヴァイスが動かなければ図書館の運営は非常に困るのですよ。わたくしは読書が好きですから、居心地の良い図書館のために魔力を使うのは当然ではありませんか」

「当然、なのですか？」

「ええ。自分の大事な物のために魔力を使うことは、そこまで驚かれるようなことではないと思うのですけれど……」

「ローゼマイン様は殊(こと)の外(ほか)本がお好きですからね」

図書館でのわたしを一番良く知っているソランジュが笑いながら「おかげで大変助かっているのですよ」と言ってくれた。

「そうそう、ローゼマイン様。管理者が変更して安定するまで、シュバルツとヴァイスに魔力を供給しないように気を付けてくださいませ。ローゼマイン様が供給してしまうと、いつまで経っても管理者の変更ができないかもしれませんから」

図書委員活動は休止してほしい、とソランジュに言われてしまった。確かに管理者の変更ができないのは困るだろう。わたしはコクリと頷いて了承する。

「ここへ来ると癖で触ってしまいそうですし、しばらくは図書館へ近付くのを控えましょう」

「え？」

わたしの側近達を含めて周囲が目を瞬く中、ソランジュだけがニコニコと笑いながら頷いた。

「そうですね。ローゼマイン様は二つもコースを取るのですから、学生らしくお勉強に専念してくださいませ」

「あら。わたくし、しっかり予習はできているのですよ」

わたしが胸を張ると、ソランジュが「さすがローゼマイン様。頼もしいですね」と褒めてくれる。

ヒルデブラントが呆然とした顔で「ローゼマインが本を読まずに我慢できるのですか？」と呟く。

「我慢はできませんし、しません。でも、わたくし、念願の自分の図書館を手に入れたのです」

「えぇ⁉」

「ですから、貴族院の図書館を参考に、今年は自分の図書館に役立つ魔術具の研究をする予定なのです。色々な資料を読みますから、本を読まずに過ごすということはありません。わたくしの図書館を充実させるために頑張るつもりです」

うふふん、と胸を張って笑うと、ソランジュは「それはとても素敵ですね」と自分のことのように喜んでくれた。

「去年から考えていらっしゃった、少しでも魔力を少なく動かせる魔術具の研究をなさるのですね。できたら、ぜひわたくしにも見せてくださいませ。こちらでも取り入れられるかもしれません」

上級司書のオルタンシアが増えたのに、ソランジュは省魔力の魔術具が欲しいらしい。意味が理解できなくて首を傾げていると、ソランジュは昔の図書館について教えてくれた。

「以前は上級司書が三人、中級司書が二人。もっと多い時代もございました。二人では動かせる魔術具に限りがございます。ですから、協力者の皆様にはこれからも負担にならない程度で魔力を供給いただけると助かります。ローゼマイン様は管理者の権限が移動してからですけれど……」

完全に図書委員が解散になるというわけでもないらしい。ちょっとホッとした。

「またお手伝いいたしますから、管理者の変更が終わったら呼んでくださいませ。あ、それから、新入生の登録の予約をお願いします」

一人で留守番しているテオドールの姿を思い出してそう言うと、ソランジュは木札を取り出して、何やら書き込み始める。

「ローゼマイン様は今年も一番乗りですね。かしこまりました。また日時が決まったら、お手紙を送ります。……それはそうと、今年も本好きのお茶会は開催されるのでしょうか？」

「本好きのお茶会ですか？」

ソランジュの言葉に反応したのはオルタンシアだ。

「えぇ。お茶会にそれぞれが本を持ち寄り、交換するのですよ。一人で図書館にいる時間が長かったわたくしの楽しみなのです。ローゼマイン様が二つのコースを取りますし、管理者の変更もありますから、今年は難しいかもしれませんね」

押しかけお茶会だったけれど、ソランジュは楽しみにしていてくれたらしい。そんなふうに言われたらぜひとも開催したいと思う。

「今年も新しい本がございます。去年より開催できる時期は遅くなるかもしれませんけれど、学生が多くなる前に講義を終えることができれば、ぜひ開催したいですね」

「ローゼマイン様、その時はわたくしもぜひご一緒させてくださいませ。わたくしもお勧めの本がございますよ」

オルタンシアの言葉にわたしはキランと目を輝かせた。クラッセンブルク出身の中央貴族のお勧め本である。わたしが知らない本の可能性が高い。

「わたくし、なるべく早く講義を終えられるように全力を尽くします」

「ローゼマイン、私もお茶会に参加したいです」

ヒルデブラントも笑顔で名乗りを上げた。去年参加したのだから、今年も一緒にという気持ちはわかる。けれど、困った。

……まずい。王族や中央には極力関わるなって言われてるのに、どうしよう？

ヒルデブラントの後ろでアルトゥールが苦い顔をしているのが見え、困ったようにエグランティーヌが微笑みながら、「王族がそのようにねだるのはお行儀の良いことではありませんよ」とヒルデブラントを窘(たしな)める。

「去年、お茶会を開催したローゼマイン様が倒れたのでしょう？　王族を招待したのに意識を失ってしまったのですから、アウブ・エーレンフェストからお叱りを受けたはずです」

「そうなのですか、ローゼマイン？」

ヒルデブラントがおろおろとしたようにわたしを見た。「大丈夫ですよ」と宥めることは簡単だが、皆からの言いつけもあるし、何が失敗に当たるのか理解しきれていない以上、なるべく接触は控えたい。

ただ、ここで頷いてしまうと「ヒルデブラント王子が同席していたので叱られました」と言ってしまうのと同じになる。どう答えるのが良いだろうか。

「ですから、ローゼマイン様がアウブからお叱りを受けないようにするには、こちらから招待する方が良いのです。体調が良い時にまたお茶会をいたしましょうね、ローゼマイン様？」

「はい、エグランティーヌ様」

卒業前のお茶会で庇ってくれていた庇護者の立場が変わっていないようで、わたしは安心してエグランティーヌが出してくれた助け舟に全力で乗っかった。

……さすがエグランティーヌ様！

その後、わたしは閲覧室で読書をする時間もなく、午後の講義に向かうことになった。お見送りをしてくれるのかシュバルツとヴァイスがひょこひょことついてくる。図書館から出る扉へ向かおうとしたら、閲覧室の扉を示された。

「ひめさま、おいのりする」

「じじさま、まってる」

そういえば、去年も同じようなことを言われ、二階のメスティオノーラに祈りを捧げたことを思い出した。「じじさま」に魔力供給するのは一年に一度なのだろうか。あれから言われていないので、すっかり忘れていた。

……でも、魔力供給は止められたところなんだよね。

管理者の変更ができたら、新しいひめさまであるオルタンシアが供給するだろう。

「シュバルツ、ヴァイス。魔力供給はオルタンシア先生のお仕事になりましたから、オルタンシア先生に頼んだ方が良いですよ。管理者が変わったらまた供給のお手伝いに参りますね」

わたしはいつもの癖でするりとシュバルツとヴァイスの額を撫でてしまい、また少し魔力を供給してしまった。

……あ、ダメだ。これじゃあいつになっても管理者が変わらなそう。今年はおとなしくヒルシュール先生の研究室に引っ込んでいようっと。

実技　神々の御加護

午後の実技は神の加護を得るというものである。生まれながらに持っている適性に加えて神々の加護を受けられると、それだけその属性の魔術が使いやすくなる。そのため、専門コースに分かれる三年生の最初に行われる大事な実技だ。

この実技は、貴族院の講堂の奥にある神々の祭壇の前で一人ずつ行われる。そのため、神々の名を全て覚える神学の座学に合格した学生から階級に関係なく講堂へ集められる。エーレンフェストは全員が合格したので、今日は三年生全員が講堂に集合だ。

「ローゼマイン様と実技でご一緒するのは初めてですね」

図書館から講堂へ向かう道すがら、フィリーネが少し嬉しそうに笑う。これまでの実技は階級ごとに分かれていたので実技で一緒だったことはない。そんなことで喜んでくれるなんて可愛いな、と和(なご)んだ気分に浸っていると、フィリーネはごそごそと書字板を取り出した。

「ハルトムートからローゼマイン様がどのような神々のご加護を得るのか、書き留めてくるように言われているのです」

「たくさんの眷属(けんぞく)からご加護を受けても大丈夫なように、フィリーネと分担も決めました」

ローデリヒも得意そうに書字板を取り出した。

……ハルトムートのバカバカ！　二人に一体何を頼んでるの⁉

「そのようなことをする必要はありません。余計なことを頼んだハルトムートはわたくしが叱っておきます」

ハルトムートが何を期待しているのか知らないけれど、どの神の加護を得たのかは基本的に自分が知っていれば良いことだ。側近文官が分担して書き留めるようなことではない。

講堂には実技を共に受ける人達が集まっていた。パッと見た感じではドレヴァンヒェルのエメラルドグリーンとエーレンフェストの明るい黄土色のマントがほとんどで、それ以外の色は全て合わせても片手で数えられる程度しかない。二十人弱だろうか。さすがに神々の名前を全て暗記するのは簡単ではないようだ。

エーレンフェストの学生が集まっているところへ近付けば、ヴィルフリートがオルトヴィーンと話をしている姿が見えた。「流行り病で初日合格は難しいと言っていたのは何だったのか」と言われているのが聞こえる。

「すまぬ。騙し討ちのようになってしまったな。だが、こちらもどうしようもない事情があったのだ。これから先もエーレンフェストは全力で行かせてもらう」

弁解しつつ、挑発(ちょうはつ)という器用なことをしているヴィルフリートを心の中で応援するけれど、男同士の友情に巻き込まれたくはない。わたしは近付いていた足を止めて、講堂の中を見回した。青いマントのハンネローレが一人でぽつんと佇(たたず)んでいる。どうやらダンケルフェルガーの三年生の中で初日合格したのは彼女だけだったようだ。

……さすがハンネローレ様！　本好き仲間だね。

「ハンネローレ様、ごきげんよう」

笑顔で近付いて声をかけると、ハンネローレがこちらを振り向き、ニコリと笑った。

「ローゼマイン様、ごきげんよう。エーレンフェストはこの場に全員いるのですね。とても素晴らしいと思います。わたくし、神々の名前を全て覚えるのにとても苦労しましたから」

「わたくしも苦労しました」

「まぁ、ローゼマイン様も？」

意外だというようにハンネローレがパチパチと瞬きをしながらわたしを見た。

「わたくし、洗礼式とほぼ同時に神殿長に就任したのですけれど、どの儀式を行うにも神々の名が必要ですし、聖典は神々の名で埋め尽くされていて覚えるのが大変だったのです。その分、貴族院の講義では少し楽ですけれど」

「洗礼式の頃から神殿長だなんて……」

ハンネローレの表情が曇った。ダンケルフェルガーでも神殿の地位は低いのだろう。そんなところにローゼマイン様が入れられるなんて、という悲しそうな顔になっている。

……あ、ここで訂正しなきゃまた養父様がひどいアウブと言われちゃう？

まずは身近なところから誤解を解いていくのが良いだろう。わたしは急いで言葉を付け加える。

「他領の神殿がどのようなところなのか存じませんが、エーレンフェストの神殿は居心地が良いのですよ。アウブも出入りされますし、ヴィルフリート兄様やシャルロッテも役職にはついていませんが、神事のお手伝いをしてくれています。それに、大領地との婚約が決まったフェルディナンド様も神殿を離れがたく思っていたのですよ」

「アウブも出入りしていて、フェルディナンド様も神殿を離れがたく？……そうなのですか？」

ハンネローレが信じられないというように驚きの顔で、わたしを見る。青色神官に変装して祈念式まで同行する領主と、神殿の工房で引き籠もって研究するのが大好きなフェルディナンドなので、嘘は一言も言っていない。ハンネローレは驚きの顔のまま、フィリーネやローデリヒに視線を向ける。フィリーネも笑顔で頷いた。

「わたくしもローデリヒもローゼマイン様の側近になってから神殿へ出入りするようになりましたけれど、隅々まで美しく清められていますし、お食事もおいしいです。それに、神殿の側仕え達は貴族並みによく教育されているのですよ」

「フェルディナンド様がアーレンスバッハへ向かってしまった今、新しい神官長はハルトムートなのですが、彼も嬉々として神殿へ通っています」

ローデリヒがハルトムートの名前を出したことで、わたしは彼からクラリッサへの手紙を預かっていることを思い出した。ハルトムートの神殿入りについて説明のための場所を設け、上司であるわたしから話をしなければならない。本当に粛清のあれこれで、色々としなければならないことを放り出していたようだ。

「ダンケルフェルガーのクラリッサはハルトムートの婚約者なのです。他領とは神殿に大きな違いがあるようですから、詳しいお話はまたクラリッサに改めていたしますね」

「え、えぇ。クラリッサに伝えましょう」

微笑み続けているハンネローレだが、瞬きの回数が多い。何だかとても混乱させてしまったようなので、わたしは軽く挨拶をしてハンネローレから離れる。

……これでダンケルフェルガーだけでも養父様の悪い噂が少し弱まればいいんだけど。

ハンネローレから離れたわたしは、フィリーネとローデリヒに神々の名を見直すように言った。

「神学の試験に合格しなければご加護を得る実技が受けられないのですから、神々の名を覚えておくことが何よりも重要なのです。ハルトムートの頼みはどうでも良いので、フィリーネもローデリヒも自分のことに集中しなければダメですよ」

貴族の適性は生まれつき決まっている。生まれ季節の適性は基本的に持っていて、二つ目以降は親の適性の影響を受けると言われているため、兄弟間では似た属性を持つことが多い。

魔力量は魔力を受け入れられる器の大きさによって変化するらしく、妊娠中の母親が注ぐ魔力量で器の大きさには違いが出るため、兄弟間でも差があることは珍しくない。この器は体の成長と共に大きくなり、成長期にどれだけ魔力を圧縮できるかで魔力量に差が生まれる。

「神のご加護を得られるかどうかで、魔術の使える範囲や使用できる魔力量に大きな変化が出るのですから、適性が少ないことを嘆くならば、二人とも今からでもご加護を得られるようによくよくお祈りを捧げておきなさい。ね？」

わたしが二人にそう言っていると、オルトヴィーンとの話を終えたヴィルフリートがこちらにやって来て首を傾げる。

「自分の行いで神のご加護を得て属性を増やすことができるといわれているが、講義で適性以外のご加護を得られたという話は聞かぬぞ」

わたしは貴族院内の情報にはどちらかというと疎いので、それは知らなかった。

「でも、参考書に属性を増やすことができるという記述がある以上は、増やせると思います。……まぁ、適性があるにもかかわらず、神のご加護が得られないこともあるのですけれど」

「は⁉　適性があるのにご加護が得られなかっただと⁉　そちらは初耳だ」

ヴィルフリートが驚愕の顔になった。わざわざ広めることではないので口にしなかったけれど、適性の加護が得られなかったアンゲリカは、初耳レベルの珍しい存在だったらしい。

「……実はアンゲリカがそうなのです。風の適性があるにもかかわらず、神々のご加護が得られなかったと聞いています。英知の女神メスティオノーラや芸術の女神キュントズィールのご加護が得られないのはわかりますけれど、飛信の女神オルドシュネーリや疾風の女神シュタイフェリーゼのご加護ならば得られたのではないか、と思うのに不思議ですね」

風の女神シュツェーリアが守りと伝達を司る速さの象徴で、当然眷属には速さに特化した女神がいる。身軽で速さに特化した戦い方をするアンゲリカが風属性の全ての神から加護を得られないとは思えないのだが、現実はそうではなかった。あまりにも身近に加護が得られなかった存在がいたせいか、フィリーネが真っ青になっていく。

「わたくし、適性のある属性の神々からもご加護をいただけなかったらどうしましょう?」

「そのような心配をする必要はありません」

適性が一つしかないのに、と不安がるフィリーネの言葉をクスクスと笑い飛ばしたのは、講義のために講堂へ入って来たヒルシュールだった。

「ヒルシュール先生、どうしてそのように確信を持って言えるのですか?」

「アンゲリカが何故風のご加護を得られなかったのか、その理由をよく知っているからです。あの子の補講に付き合わされたのは寮監であるわたくしですよ」

冬の間に合格できず、春の間補講で残る学生の面倒は寮監が責任を持ってみなければならないそうだ。ヒルシュールは溜息を吐きながら「本当に大変でした」と頭を振った。

「ヒルシュール先生、どうしてアンゲリカがご加護を得られなかったのか、教えてくださいませ」

「神々の名を覚えていなくて唱えられなかったからです」

「え？」

……意味がわからないよ。神々の名前を全て覚える神学の試験に合格して初めて実技を行うんだよね？　ヒルシュール先生は一体何を言ってるの？

「皆と同じようにアンゲリカも補講で試験に合格した直後に、このご加護を受ける実技を行ったのです。けれど、最初からおぼろげにしか覚えていなかったのか、試験が終わったのでもう良いと思ったのか、祈り言葉を覚える方に力を費やしたのか、アンゲリカは魔法陣の上で神々の名を唱えることができず、首を傾げていたのです」

……うわぁ、魔法陣の上で「困ったわ」のポーズになってるアンゲリカが目に浮かぶよ。

ついでに、魔法陣の周囲で頭を抱えるヒルシュールの姿も目に浮かんだ。「アンゲリカの成績を上げ隊」を結成して数人がかりで教えても大変だったのに、ヒルシュール一人でアンゲリカの相手は本当に大変だったと思う。

「その失敗から導かれる結論としては、神々の名を正確に唱えることができなければご加護が得られないということか」

「名前さえ満足に覚えていないような者には神々もご加護をくださらないということでしょうね。主であるローゼマイン様が貴族院にいらっしゃったことで、アンゲリカが無事に卒業し、わたくしがどれほど安心したことか」

そう言いながらヒルシュールは講義の説明をするために前へ向かう。今回の先生はヒルシュールとグンドルフのようだ。エーレンフェストとドレヴァンヒェルの合格者が多いせいだろうか。

「あ～、今日は人数が少ない。前の方に詰めて座るように」

ヒルシュールの研究仲間であり、ライバルでもあるおじいちゃん先生グンドルフの指示に、全員が前に集まった。それでも、いつもの癖だろう。自然と領地の順番に並んで座ることになってしまう。こうして見ると、全員が合格しているエーレンフェストは異様だ。

「それはこちらに運んでくださいませ」

下働きと思われる身なりの者がヒルシュールの魔術具を運び込んで来た。去年の講義でも使った映写の魔術具だ。設置を終えたヒルシュールがくるりと振り返る。

「では、神々からご加護を賜るための儀式について説明いたします」

ヒルシュールの説明をまとめると、まず、祈りの言葉を覚えなければならない。覚えた人から順番に儀式を行う。儀式に集中できるように祭壇のある最奥の間へ入るのは一人ずつなので、待ち時間が余れば明日の座学の勉強をしても良い。終わった者から退室しても良い、というものだった。

「こちらがお祈りの言葉です」

ヒルシュールが映写の魔術具で祈りの言葉を映し出す。どんな言葉を覚えなければならないのか、と身構えていたわたしは白い布に映し出された言葉を見て、肩の力を抜いた。

……いつものお祈りとあまり変わらないね。

「我は世界を創り給いし神々に祈りと感謝を捧げる者なり　高く亭亭たる大空を司る最高神は闇と光の夫婦神　広く浩浩たる大地を司る五柱の大神　水の女神フリュートレーネ　火の神ライデンシャフト　風の女神シュツェーリア　土の女神ゲドゥルリーヒ　命の神エーヴィリーベ　息づく全ての生命に恩恵を与えし神々に敬意を表し、その尊い神力の恩恵に報い奉らんことを」

　奉納式や礎の魔力供給のお祈りでは眷属の名前が省略されているので、ここに全ての眷属の名前を加えて、最後に「我の祈りがつきづきしくおぼしめさば　御身の御加護を賜らん」とお祈りをすれば良いだけである。

「意外と簡単ですね」

「魔力供給の時の言葉と似ているからな。だが、さすがに簡単とは言い切れないだろう？　これを間違うことなく言わなければならぬ」

　ヴィルフリートの言葉通り、周囲を見回せば皆がブツブツ言いながら覚えようとしているのがわかった。意外なことに領主一族として魔力供給をしているはずの大領地のハンネローレやオルトヴィーンも難しい顔で映写の魔術具を見ている。

「ヒルシュール先生、覚えました」

　わたしが席を立つと周囲が一斉に視線を向けてきた。ヒルシュールが呆れたように息を吐く。

「ローゼマイン様、いくら何でも早すぎませんか？」

「でも、わたくしは神殿長ですから。少し追加があるだけで、いつも神殿で捧げているお祈りの言葉とほぼ同じですもの」

「そうなのですか？」

少しでも神殿のイメージが変われば良いと思いながら、目を瞬く周囲にわたしは笑顔で頷いた。

「それに、礎の魔術に魔力供給する時のお祈りとも似ていますから、領主候補生が早いのはそれほど不思議ではありませんよね？」

「魔力供給をする時のお祈り？　そのようなものはない。聞いたことがないぞ」

オルトヴィーンの言葉にハンネローレが同意するように頷くのがわかって、わたしとヴィルフリートは思わず顔を見合わせた。

「エーレンフェストではアウブを始め、私や妹も同じように祈りの言葉を唱えながら魔力供給を行っている。ダンケルフェルガーやドレヴァンヒェルでは違うのか？」

「成人の領主一族が多いので魔力供給をする機会が少ないが、供給の魔法陣に手を当てて魔力を流すだけだ。祈りの言葉など唱えたことはない」

「そこまでになさってください」

ヒルシュールがパンパンと手を打って、白熱しそうだったオルトヴィーンとヴィルフリートの会話を打ち切る。

「もしかすると長い歴史の中で廃れたのかもしれませんね。研究価値があるかどうかの話し合いはこの実技の後にいたしましょう。まずはお祈りの言葉を覚えてくださいませ」

……誰も研究価値についての話はしていなかったよね？

わたしが首を傾げていると、ヒルシュールとグンドルフがニィッと笑った。何だかちょっと嫌な予感がすると思っていると、ヒルシュールがわたしを手招きする。

「さぁ、ローゼマイン様は奥へどうぞ」

グンドルフに講堂の監督を任せ、ヒルシュールは講堂の奥に繋がる出入り口へ向かう。わたしはヒルシュールについて祭壇のある最奥の間へ入る。

神殿の礼拝室の祭壇よりも大きな祭壇だが、設えられているのは同じだ。神の像の他に奉納式で使うのと同じような赤いカーペットが敷かれている。花やお香など神への供物も準備されていて、小聖杯が並んでいないことを除けば、奉納式とほぼ同じである。

一つだけ大きく違うのは、祭壇の前に全属性の魔法陣が刺繍された大きなカーペットが広げられていることだ。おそらくあそこで祈りを捧げれば、赤い敷物を伝って祭壇へ魔力が流れるのだろう。

「魔法陣の中央で跪いてお祈りを捧げれば良いのですよね？」

「えぇ。説明する手間が省けて助かります」

わたしは奉納式と同じように魔法陣の中央で祭壇へ向かって立ち、一度巨大な祭壇を見上げた後、跪いた。魔法陣に手を触れて、ゆっくりと魔力を注いでいく。

「我は世界を創り給いし神々に祈りと感謝を捧げる者なり」

それから、心を込めて最高神と五柱の大神の名を唱えれば、順番に魔法陣に光が浮かび上がり、それぞれの属性の印が描かれた場所で貴色の光の柱が屹立する。

「全ての属性に光が……まさか……」

ヒルシュールの驚きに満ちた呟きさえ聞こえるほど静かな部屋だ。魔法陣に魔力を流しながら、集中して一つずつ丁寧に眷属の名前を唱えていけば、眷属の名前の半分くらいに反応があった。そのたびに少しずつ小さな光が増えて、それぞれの属性の柱が高さを増していく。

全ての神々の名を唱え終えたわたしは、締めくくりの言葉を口にした。

「我の祈りがつきづきしくおぼしめさば　御身の御加護を賜らん」

七色の光の柱がすぅっと頭上へ上がっていき、ぐるぐると回って乱舞しながら光の渦となる。直後、どっとわたしに降り注いできた。そのまま光の流れとなって赤い布を伝って祭壇を上がっていき、それぞれの貴色の光が神の像に吸い込まれていく。

予想以上に美しい神秘的な光景を見つめていると、突然ゴゴッと音を立てて神々の像が動き始めた。まるで奉納舞でも舞うように、ゆっくりと回転しながら壇の上で左右に分かれ始める。

「え？……わわっ⁉　ヒルシュール先生、これは一体？」

わたしが監督役のヒルシュールを振り返れば、驚いているのかいないのかわからない顔で祭壇を見上げているのが見えた。

「まるきりフェルディナンド様の時と同じですね。もしかしたら、とは思っていたのですが、本当にこうなるとは……」

「フェルディナンド様の時もこのようになったのですか？」

「えぇ。貴族院に伝わる不思議話の一つがこれではないか、と興味深そうに見上げていらっしゃいました。それから、フェルディナンド様は不思議話について研究するようになったのです」

……フェルディナンド様もヒルシュール先生も余裕ありまくりですね！

こんな異常事態が起こっているのに、研究のことを考えられる余裕が羨ましい。

「そろそろ終わりますよ」

ヒルシュールが祭壇を指差す。真ん中を通れるように神の像が道を空けてくれたようにしか見えなかった。最も上に飾られている最高神の夫婦神が左右に分かれた後には、モザイク模様の壁にぽっかりと出入り口のような穴が開いているのが見える。

「ローゼマイン様、いってらっしゃいませ」

「どこに、ですか?」

「最高神が招くはるか高みに決まっているではありませんか」

その言い方では完全に死後の世界である。不吉なことを言わないでほしい。

「早く行ってくれなければ、あの穴が閉じなくて次の方が困るのです。騎獣を使っても良いので、急いで行ってきてくださいな」

わたしはヒルシュールに追い立てられるようにして騎獣を出すと、最上段の最高神のところへ向かった。この長い階段を自分の足で上がる体力など、わたしにはない。

最高神のいる最上段まで騎獣で駆け上がると、わたしは騎獣から降りた。普通に祭壇に飾られている時はまるで最高神が仲良く手を繋いでいるように見えていたのだが、最高神が左右に分かれて向かい合えば、二人の手はその先に行けと示しているように見える。

四角に開いた穴はまるで供給の間に向かう時のようだった。油膜(ゆまく)が張っているように揺らめいていて、先に何があるのかわからない。初めて供給の間に入った時のように緊張しながら、わたしは足を踏み込んだ。

「……し、失礼します」

油膜のような入り口を抜けた瞬間、景色が一気に変わった。真っ白の石畳の上にわたしは立っていた。白い床が円状になっていて、真ん中に同じ材質の彫刻のような白い大木がある。天井へと幹が伸び、大きく枝を広げ、その葉の間から木漏れ日が差し込んでいる光景には見覚えがあった。

「ここって……」

わたしが「神の意志」を採取した白い広場だった。すでにシュタープを得ているので、目新しい物は特に何もない。ただ、変わらず白い木が枝を広げているだけだ。

「……もしかしたら、昔の教育課程ではシュタープや加護を得るのが卒業間際だったから、加護を得るついでにシュタープもここで取ってたのかも？」

本来ならば、成長が止まる成人まで神の御心に届くように勉強やお祈りに励んで加護を得て、シュタープを得ていたのではないだろうか。

「まぁ、わたしはもう持ってるからどうでもいいんだけど。フェルディナンド様は三年生の時にここでシュタープを取ったってこと？」

しばらく白い広場を見ていたが、特に何も起こらない。わたしは白い広場を後にして油膜の出入り口から祭壇へ戻った。わたしが「神の意志」を採った時もこんな感じで祭壇のところへ戻れたら行き倒れずに済んだのに、と不満に思わずにはいられない。

……すっごい距離を歩いたんだよね、あの時。

祭壇の上から見下ろせば、こちらを見上げているヒルシュールと魔法陣が見えた。

……あの魔法陣を描き留めておいたら、領地でもう一回アンゲリカの儀式ができないかな？

速さを司る女神の名前だけ覚えるとか、自分が欲しい加護の神の名前だけ唱えるとか、工夫すればアンゲリカも風の加護を得ることができるかもしれない。そう考えたわたしは、自分の書字板を取り出して魔法陣を描き留めてから、騎獣で下へ降りる。

わたしが魔法陣から出ると同時に穴が塞がり、神の像の位置が元へ戻り始めた。ゆっくりと動きながら元の位置に戻っていく。

「不思議な光景ですね。儀式を行った全員に対して起こることではないのでしょう？」

「わたくしが知っているのは、フェルディナンド様とローゼマイン様だけですよ。本当に二人とも規格外ですこと」

全く驚いていないそうなヒルシュールには言われたくないものである。

「さぁ、ローゼマイン様。フェルディナンド様は教えてくださらなかったのですけれど、あの中に何があったのか、わたくしに教えてくださいませ」

祈りを捧げた者しか祭壇に上がれなくなるらしく、フェルディナンドの時もヒルシュールは祭壇に上がれず悔しい思いをしたらしい。しかも、完全に黙秘を貫いて、全く何も話してくれなかったそうだ。興味津々の目で覗き込んでくる紫色の瞳を、わたしはむっとしながら睨んだ。

「フェルディナンド様がヒルシュール先生にも話さない方が良いと考えたことを、わたくしがペラペラ喋るとお思いですか？　一度フェルディナンド様に相談してからです」

……消えるインクの出番だね。講義一日目なのに、ちょっと出番が早すぎじゃないかな？

フェルディナンドへ手紙を書こうと決めたわたしを見ながら、ヒルシュールは「フェルディナンド様は変なところでお堅いのですよ」と残念そうに呟いた。

皆の儀式と音楽

「ローゼマイン様、どの神のご加護を得たのですか？」

わたしが講堂へ戻ると、ローデリヒはうきうきとした様子で書字板を取り出した。けれど、その書字板に書ききれるかどうかわからない。ついでに、周囲に注目されるのも面倒だ。せっかく集中していたフィリーネがハッと顔を上げて書字板を取り出したのを見て、わたしは頭を左右に振った。

「ローデリヒもフィリーネもお祈りの言葉を覚えたのでしたら、儀式を行っていらっしゃい」

「ま、まだです」

「自分のことに集中してくださいい。わたくしは明日以降の座学の勉強をいたします」

リヒャルダや護衛騎士達が迎えに来なければ帰れないので、わたしは勉強をしながら他の皆の儀式が終わるのを待つことにする。本音を言えば、加護を得ると魔術を使う時の消費魔力に差があると言われているので、ちょっと魔術を使ってみたい。けれど、皆がお祈りの言葉を暗記するために頑張っているところで使うわけにはいかない。授業妨害になってしまう。

「覚えたぞ。行ってくる」

「ヴィルフリート兄様、回復薬はお持ちですか？」

「あぁ」

ガタッと立ち上がって、わたしの次に儀式に向かったのはヴィルフリートだ。やはり魔力供給をする時に祈り言葉を唱えている分、覚えるのは早かったらしい。ヒルシュールと共に緊張の面持ちで最奥の間へ入って行くのを見送る。エーレンフェストから二人目が向かったことで、他領の学生達の真剣さが少し増した気がした。

「やったぞ、ローゼマイン！」

しばらくすると、喜色満面でヴィルフリートが最奥の間から出て来た。駆け出さないようにできるだけ気を付けている様子だが、かなり速足だ。

「全部で十二の神々からご加護を得られたのだ。ヒルシュール先生も驚いていた」

「十二の神々ですって？」

「ずいぶんと多くの眷属から加護を得たではないか、ヴィルフリート」

周囲がざわざわとし始めた。ヴィルフリートは六属性だし、アンゲリカと違って神々の名を間違えるようなことはしないので、ある程度の加護が得られると思っていたけれど、十二の神々からの加護というのは周囲が驚くほど多いらしい。

「ローゼマイン、其方はどうだった？　たくさんの眷属からご加護を得たのであろう？」

……わたくしは四十くらいの神々からご加護を得ました、なんて言いにくいよね。黙ってよ。

ご機嫌のヴィルフリートを落ち込ませる必要もないし、十二でざわめく中に爆弾を落とす必要もないだろう。アンゲリカを見習って笑顔で誤魔化（ごまか）し、わたしは首を傾げる。

「確かにわたくしも複数の眷属からのご加護を賜りましたけれど、それほど珍しいのですか？　教科書や参考書にもこれまでの行いによってご加護を得られると書いてありました。実際、わたくしとヴィルフリート兄様の二人とも複数の眷属から加護を得ているのですもの。複数の眷属から加護が得られるのは普通ではないのですか？」

加護を得る儀式を始めて、二人が終わって二人ともあれば全く珍しくないと思う。わたしの言葉にハンネローレが困ったような笑みを浮かべた。

「普通は適性の数に合わせたご加護を得られるだけですよ、ローゼマイン様。騎士見習いやダンケルフェルガーの学生が火の眷属からご加護を複数得ることは珍しくありませんけれど、ヴィルフリート様のような武に特化しているわけではない領主候補生が複数の眷属の加護を得るのは珍しいですし、とても素晴らしいと思います」

……ダンケルフェルガーは戦い系の眷属の加護を得られる学生が多いんだ。なんか納得。

文官のクラリッサも戦闘能力が高いと聞いている。さすがダンケルフェルガーだ。もしかしたら、ハンネローレも戦い系の眷属の加護を得るのかもしれない。

「次に挑戦する方はいらっしゃいませんか？」

「……行きます」

「ヒルシュール、交代だ。オルトヴィーンならば、私が奥に入ろう」

オルトヴィーンとグンドルフが今度は最奥の間へ入る。わたしとヴィルフリートが複数の眷属から加護を得たことで、期待に目を輝かせて最奥の間に入って行った。けれど、彼は自分の適性数と同じだけのご加護しか得られなかったようだ。心持ちガッカリした顔で戻ってきた。

「複数の眷属からのご加護は得られなかったよ」

オルトヴィーンだけではなく、他の皆も適性数を超えた加護は得られないまま儀式を終える。複数の眷属からの加護が珍しいということが実証されていく中、ハンネローレだけはものすごく微妙な表情で出てきた。

「ハンネローレ様も眷属のご加護は得られなかったのですか？」

「いいえ、いただきました。時の女神ドレッファングーアと武勇の神アングリーフです」

「素晴らしいではありませんか。何故そのようなお顔をされているのでしょう？」

喜んでいるのではなく、非常に困惑した顔になっている。わたしの指摘にハンネローレは慌てた様子で周囲を見回した。二つに結われた淡いピンクとも紫とも言えない髪が耳の横で揺れる。

「も、もちろん嬉しいのです。嬉しいのですけれど、何故わたくしがご加護を得られたのかわからなくて……。ドレッファングーアやアングリーフのお目に留まるようなことは何　つできていないはずですのに」

本当に不思議なのです、と言ってハンネローレは退室して行った。

「ヴィルフリート様、ローゼマイン様。お先に失礼いたします」

水色のマントをまとったフレーベルタークの上級貴族がわたし達に挨拶をして退室すると、もう講堂に残っているのはエーレンフェストの学生だけになった。中級貴族や下級貴族は階級差を気にしてどうしても遠慮してしまうため、必然的に最後まで残ることになる。残った学生もやはり階級順に儀式を行い、他の者達と同じように適性の数と同じだけの加護を得て戻ってきた。

「あとはローデリヒとフィリーネだけですよ。ローデリヒ、いってらっしゃい」

「私はフィリーネの結果が知りたいので、後が良いです」

「では、わたくしが先に行きますね」

ローデリヒの言葉にフィリーネが立ち上がった。腰に下がっている回復薬をギュッと握っているその顔は緊張に包まれている。

「心を込めてお祈りをすれば大丈夫ですよ、フィリーネ」

コクリと頷いて最奥の間へ入っていくフィリーネを、わたし達は見送った。

しばらくすると、フィリーネが儀式を終えて出てきた。喜びが抑えられない顔で、こちらへ軽く駆けてくる。頬を上気させ、若葉のような瞳を輝かせて、フィリーネは興奮気味に口を開いた。

「ローゼマイン様、わたくし、風の属性が増えました！　英知の女神メスティオノーラのご加護を賜ったのです！　神に祈りを！」

流れるように喜びの祈りを捧げられるようになっている辺り、神殿にほぼ日参しているフィリーネはかなり神殿の習慣に染まっているようだ。思わず笑ってしまったわたしと違って、周囲の皆は驚愕に目を見開いた。

「え⁉　適性以外の属性が増えたのですか⁉」

「どうやったんだい、フィリーネ？」

属性が増えたという報告にローデリヒがガタッと席を立ち、身を乗り出すようにしてフィリーネに問いかける。

「どうしてご加護を得られたのかはわかりません。ただ、ローゼマイン様がおっしゃったように、回復薬を使ってでも完全に魔法陣を魔力で満たし、お祈りを捧げただけです」

属性が増えたというフィリーネの稀有な報告に興奮したのは、エーレンフェストの者だけではなかった。監督役のグンドルフが目を輝かせて近付いてくる。

「もっと詳しく聞かせてもらおう。フィリーネと言ったか？　下級貴族か？　ならば、元々の適性は一つか？　一体何の属性だった？」

流れるような質問攻めにフィリーネが目を白黒させ、これからの儀式の参考に聞きたいことがある様子のローデリヒが困った顔になる。そんな周囲の様子に気付いたらしいグンドルフだったが、興味のある対象の前では敢えて空気を読まないタイプのようだ。最奥の間を指差した。

「あぁ、これ。そこの男子学生。早く最奥の間へ行きなさい」

グンドルフにそう言われ、ローデリヒは話を聞きたそうに後ろを何度も振り返りながら最奥の間へ向かう。わたし達はローデリヒを見送っていたが、グンドルフは好々爺の笑みを浮かべながら、さっさと質問を再開した。

「それで、其方の適性は？」

「つ、土です」

「土の属性に加えて、新たに風の属性を得られたということか。ふむふむ。英知の女神メスティオノーラのご加護を得たということは、知的活動がお眼鏡に適ったということだと思われる。どのような活動をしていたのか、教えてほしいのだが」

ドレヴァンヒェルでは知的活動が盛んだけれど、英知の女神メスティオノーラの加護を得る者はほとんどいないらしい。火の眷属の加護を得られやすいダンケルフェルガーのように、ドレヴァンヒェルでは風の眷属の加護を得る者を増やしたいそうだ。

「グンドルフ先生、お気持ちはわかりますけれど、フィリーネへの質問はローデリヒの儀式が終わるまでにしてくださいね。ローデリヒが戻ってきたら、わたくし達は寮へ帰りますから」

わたしが際限のなさそうなグンドルフに釘を刺すと、質問攻めの標的であるフィリーネが少しだけホッとしたように息を吐いた。

「わたくしがしていた知的な活動といえば、ローゼマイン様のためにお話集めをしていたことでしょうか？　それとも、写本をしていたことでしょうか？　現代語訳ができるように一生懸命にお勉強をしていたことかもしれませんし、もしかしたら、神殿でフェルディナンド様の執務のお手伝いをしていたことかもしれません」

フィリーネが思い当たることを次々と述べ、グンドルフがふんふんと頷きながら聞いている。こうして並べてみると、フィリーネはずいぶんと頑張っていたようだ。

「ローゼマイン様が買い取るための話を集めたり、書いたりするのはドレヴァンヒェルでもしていたし、もっと研究熱心な者もいるはずだが……」

グンドルフはどのような行動が加護を得るきっかけになるのか知りたいようだが、それくらいの知的行動はドレヴァンヒェルでも行われているらしい。フィリーネの行動にこれといって変わったことはないと言う。グンドルフが更に質問を重ねようとした時にローデリヒが戻ってきた。

「ローゼマイン様、終わりました」

そう言ったローデリヒは笑顔だが、目が泳いでいてどことなく挙動不審だった。出発前は気にしていたフィリーネの属性の話には入らず、少しでも離れたいように見える。

「ローデリヒ、儀式で何かあったのですか？　まさか失敗したのではありませんよね？」

思いつめているように見えるローデリヒを見て、わたしは最悪の事態を想定して質問した。その途端、皆の視線が一斉に集中する。ローデリヒは「違います！　儀式は成功しました」と慌てて首を横に振った。そして、困惑した顔でそこに残る皆の顔を見回す。

「成功しました。しすぎました。……何故か、全ての属性のご加護を得たのです」

「全て？　すごいではありませんか。ローデリヒ、よくやりましたね」

わたしも驚いたけれど、もっと驚いたのは貴族の常識を知っているグンドルフだった。

「眷属からのご加護で全属性になったのか!?　そのようなことがあるなんて……」

「……グンドルフ先生、これは珍しいのですよね？」

「ご加護を得て全属性になるなど聞いたことがございません」

フィリーネも属性が増えたのだから、ローデリヒが増えてもそれほど驚くことではないと思うが、全属性になるというのはあり得ないらしい。

「何故だ？　どうすればそのようなことが……？」

グンドルフの視線がローデリヒを捕らえた。ローデリヒはたじたじとしつつ、必死に答えを返す。

「私自身、わけがわかりません。その、魔法陣に魔力を通していくと、全ての属性の記号が光ったのです。まるで私が元々全属性であるように……」

洗礼式で適性があるとされた風や土に比べると、半分以下の高さの光だったようだが、確かに全ての属性が光った、と言う。全属性とは言っても、それほど質の高いものではないらしい。

「洗礼式では違ったのか？」

「はい、風と土に適性があると言われました」

「洗礼式から今まで大きく変わったことは？」

「……わかりません」

「何かあるはずだ。そうでなければ、二つしか適性を持たぬ者が全属性になるはずがない」

「私なんかが全属性を得られるなんておかしいのです。でも、何故ご加護が得られたのか、本当にわかりません」

どんどんと重なるグンドルフの追及にローデリヒが困り切った顔になって俯いた。

「ローデリヒ、そのように自分を卑下(ひげ)する言葉を口にするものではありませんよ。せっかくご加護をくださった神々に失礼です」

　わたしは主としてローデリヒを守るようにグンドルフと向き合った。

「グンドルフ先生、全属性のご加護を得られたことは喜ばしいことで、別に悪いことではありません。問い詰めるより、お祝いの言葉が先ではございませんか？　稀有な事態に興奮するのはわかりますけれど、そのように問い詰めては萎縮(いしゅく)するだけです。今日はもうご遠慮くださいませ」

「……ローゼマイン様のおっしゃる通りですな」

　グンドルフがゆっくりと息を吐いて肩の力を抜くと、ローデリヒとフィリーネに属性が増えたことにお祝いの言葉を述べる。

「珍しいことかもしれませんけれど、魔力が扱いやすくなったというだけで、生活自体には大した違いはないでしょう？　驕(おご)って怠(なま)けていたらご加護が取り消されるかもしれません。ローデリヒもフィリーネもこれまでの頑張りが認められたのだと気持ちを切り替えて、寮へ戻って明日の座学の勉強をいたしましょう。ね？」

「はい、ローゼマイン様」

　ローデリヒは少し明るくなった顔で頷く。綺麗にまとまったと胸を撫で下ろした直後、奥の片付けを終えたのか、ヒルシュールが講堂へやって来て紫色の目を光らせながらわたしを睨んだ。

「ローゼマイン様、これほど稀有な事態をそう簡単に流されては困ります」

「あら、ヒルシュール先生」

「確かに喜ばしいことですが、大変な事態でもあるのです。二つしか適性のない者がご加護によって全属性を得たというのは、周囲を混乱させるだけです。皆様、周囲には口外しないでください」

適性以上の加護を得られなかった学生達やグンドルフの興奮ぶりを見ていれば、確かにローデリヒが全属性を得たというのは混乱の元だろう。ここに残っているのはエーレンフェストの学生ばかりだ。わたし達は口外しないことを誓う。

「こちらでも属性を増やすことについて調べます。詳しいお話をしたいので、明日の夕食はご一緒させてくださいませ」

「わかりました」

……属性が増えて良かったね、じゃダメなんて面倒だね。ハァ。


寮へ戻っても、ローデリヒの属性が増えたことは内緒だ。ヴィルフリートが複数の眷属から加護を得たことと、フィリーネの属性が増えたことで夕食の時間が非常に盛り上がった。ローデリヒは自分が会話に参加できないのがもどかしいような顔で食事をしている。本当は自慢したくて仕方がないのだろう。

次の日に行われた共通の座学も全員合格で、午後は音楽である。今年も音楽の先生からは「新曲を」と言われそうなので、ロジーナと準備した。何も言われなければ温存しておくつもりだ。

「では、こちらが今年の課題曲です」

今年も課題曲と自由曲を弾くことになっているようで、課題曲が発表された。それを見て、わたしは軽く息を吐く。

……二年近く前にやった曲だ。懐かしい。……って、フェルディナンド様はどれだけハードルを上げてくれてたんだろうね？　ロジーナもどんどん練習させるだけで「もう十分なレベルですよ」なんて言ってくれないし。わたしの音楽教師って、二人とも鬼じゃない？

課題曲の復習をしていると、アーレンスバッハの上級貴族が耳慣れた曲を弾き始めた。編曲されていて少しわかりにくいが、フェルディナンドに贈った曲だと思う。

……確か「ゲドゥルリーヒに捧げる恋歌」だっけ？

フェルディナンドが冬の社交界でお披露目をしたことで、アーレンスバッハ内で流行ったのだろう。おそらく新しい曲を弾いてほしいとたくさん頼まれたに違いない。エーレンフェストと違って、アーレンスバッハでは無下に断ることもできずに何度も弾く羽目になったと思う。

どんなふうにアレンジしたのか知りたくて、わたしが耳を澄ませていると、アーレンスバッハの上級貴族が少し勝ち誇ったように笑った。

「これはフェルディナンド様が作曲されたアーレンスバッハの新曲なのです。エーレンフェストの新曲でも、ローゼマイン様の曲でもございません」

……えーと、主旋律（しゅせんりつ）を贈ったのはわたしなんだけど、まぁ、いいか。

フェルディナンドはきっと苦虫を噛み潰したような顔を作り笑顔の下に押し込め、味方を作ろうと奮闘しているに違いない。その邪魔をするつもりはない。

「わたくし、フェルディナンド様の作る曲がとても好きなのです。新しい曲でしたら、ぜひ聴かせてくださいませ。アーレンスバッハの方でなければ弾けないのでしょう？」

「わたくしもまだ練習中ですけれど、それでよろしければ……」

わたしがアーレンスバッハの曲であることを肯定すると、彼女はホッとしたように一つ息を吐いた。フェシュピールを構えて、歌付きで奏でてくれる。

……これ、恋歌じゃなくて、郷愁歌だ。

冬という蜜月が過ぎ去り、遠く離れることになったゲドゥルリーヒを想う歌だ。これをアーレンスバッハで歌えば、貴族院へ行って離れてしまう婚約者を想う歌だと思われるだろう。フェルディナンドの別れ際の言葉や約束を知っていれば郷愁の歌だとわかるが、普通は恋歌と誤解してもおかしくはない。

……うーん、誤解させておけ、ということかな？

脳内で「騙したのですね」と叫ぶディートリンデに「勝手に勘違いしたのはそちらだ」と涼しい顔で応えるフェルディナンドの姿が思い浮かぶ。そんなことになれば、確実にフェルディナンドの待遇は悪化する。なるべくディートリンデにはご機嫌でいてもらって、待遇を良くしてもらいたい。

……せめて、星結びの儀式を終えて配偶者の立場が確定するまでは！

下位の中領地からの婿入りだ。結婚までは余所者扱いになるので、彼の待遇はディートリンデやゲオルギーネによって決められる。少しでも居心地が良くなるように全力で補佐したい。

わたしがそう決意した直後、ヴィルフリートが不思議そうに首を傾げるのが目に入った。サビの部分に聞き覚えがあったようだ。

「叔父上の曲であろうが、これはロー……」

余計なことを言いかけたヴィルフリートの肩を叩き、ニコリと微笑んで黙らせる。「余計なことを言わないでください」という心の声は通じたようだ。コクコクとヴィルフリートが頷いた。

わたしは演奏を終えた彼女に礼を述べる。

「聴かせてくださって本当に嬉しかったです。とても素敵な曲でした、と作曲したフェルディナンド様にお伝えくださいませ。それから、もし、フェルディナンド様が他の曲を作られた時は、またわたくしにも聴かせてくださいませ」

とりあえず、作曲したのはフェルディナンドだと皆の記憶に残るように、わたしは名前を連呼しておく。気分は選挙カーのウグイス嬢だ。

……フェルディナンド様、フェルディナンド様をよろしくお願いいたします。フェルディナンド様に安穏(あんのん)とした生活を！　より良い待遇を心からお願いいたします。

本当はアーレンスバッハの貴族全員にそう言って回りたい。多分、当の本人にものすごく嫌な目で見られるだろうけれど。

そんなことを考えていると、演奏を終えた彼女がわたしを見て、少し意地の悪い笑みを口元に浮かべた。

「ローゼマイン様、今年は新しい曲をご披露しないのですか？　教育係のフェルディナンド様がいらっしゃらなければ、新しい曲を作れないということはございませんよね？　わたくし、ローゼマイン様の新しい曲を楽しみにしているのです」

そんなふうに挑発されれば受けて立つしかないだろう。フェルディナンドがいなくても、エーレンフェストには問題ないということを見せつけなければならないと言われているのだ。

……初日合格もしなきゃダメだしね。フェルディナンド様、マジ魔王！

「そんなふうに楽しみにしてくださっているなんて光栄です。せっかくですから、自由曲で弾かせていただきますね」

わたしはニコリと笑い返して自分のフェシュピールを持つと、先生のところへ行って採点を頼む。それから、椅子に座ってフェシュピールを構えた。

ゆっくりと息を吸って、ピィンと弦を弾く。今年の課題曲は一応恋歌に分類される曲だ。エスコート相手を求めて動き始めるお年頃のわたし達には必要な曲らしい。すでに婚約者が決まっているわたしには関係がない。だが、二年近く前に練習していた曲なので、特に問題なく弾き終えた。

自由曲は、風の女神シュツェーリアに捧げる曲だ。自分達の大事な人を守ってほしいという願いを込めている。アーレンスバッハへ向かったフェルディナンドはもちろん、粛清で家族を失うことになる子供達に向けた曲である。

弾きながら歌っていると、指輪に魔力が吸い出されていくのがわかった。魔力が祝福となって光があふれ始める。シュツェーリアの貴色である黄色の光だ。お披露目の時と同じような状況に驚きながら、わたしは魔力の流れを止めようとした。

……あれ？　止まらない？

普段ならば止められるはずなのに、魔力の流れが止まらない。どうしようと内心で絶叫しつつ、初日合格を逃すわけにはいかないので、わたしは演奏を続けた。

祝福は流れ続ける。演奏を終えるまで。

これまでと違うのは魔力が止まらないことと、消費魔力がほとんど感じられないことだ。

……もしかして、これが昨日の儀式の成果⁉

皆が唖然(あぜん)としている顔が視界に並んでいるのがわかって、わたしは逃げ出したくなった。音楽の先生が目を瞬きながらわたしを見る。

「ローゼマイン様、これは一体……」

「……あの、風の女神の祝福です。昨日の儀式のせいで、少し祝福が溢(あふ)れやすくなっているみたいですね。ほほほ」

笑って誤魔化せることなのかどうかわからないが、笑ってみた。このままではまずい。また魔力の扱いを練習し直さなければ、これまで以上にどこでも祝福が溢れそうだ。消費魔力の効率が良くなりすぎて、自分の意思で魔力を止めることができず、勝手に祝福が溢れるようになるなんて想定外すぎる。保護者がいなくなったわたしは、心の中で絶叫した。

……こういう時はどうしたらいいんですか、フェルディナンド様⁉

わたしは音楽の講義に合格すると、オルドナンツでリヒャルダを呼んで逃げるように寮へ戻った。

「リヒャルダ、どうしましょう⁉　わたくし、以前と同じように魔力を止めようと思っても、止まらないのです。神々のご加護を得る儀式のせいだと思うのですけれど……」

わたしが事情と推測を説明すると、リヒャルダが困り切った顔になった。

「大変申し訳ございませんが、わたくしはその状態を改善する方法を存じません。わたくしの世代は神々のご加護を得る儀式を行った後でシュタープを取得していたものですから……」

卒業寸前にシュタープを得ていた昔の教育課程にはきちんと意味があったらしい。祝福を抑えたり、魔力の流れを上手く制御したりする方法を思いつかないわたしは頭を抱えた。

「フェルディナンド様は三年生でシュタープを得ていた世代ですが、ご加護の儀式の後でシュタープを取得していましたからね。シュタープを得てから神々のご加護が増えたり、魔力の効率が大きく変わったりするようなことはなかったでしょう」

フェルディナンドに相談しても助言が得られない可能性を示唆され、わたしは思わず涙目になる。

……あぁぁ！　教育課程を勝手に変更した責任者は誰よっ⁉

「今夜、ヒルシュール先生がいらっしゃるのですから、相談なさってみてはいかがですか？」

「……そうします」

ヒルシュールと加護のお話

夕食の時間になると、ヒルシュールが寮へ来た。頭の痛そうな顔をしているけれど、迎えるわたしの頭も痛い。

「先生、昨日の儀式のせいで魔力の制御がとても難しくなったのです。消費魔力があまり感じられなくて、音楽の実技で祝福が止まらなくなってしまいました。どうすればよいですか？」

「わたくしが知るわけがございません。祝福が溢れたところで大して困る者がいないのであれば、好きなだけ垂れ流せばよろしいでしょう。詳しくはフェルディナンド様に質問なさいませ」

魔力が多すぎる故の悩みなど解決できない、とすぐさま放り出されてしまった。

「ヴィルフリート様、お話はお食事の後でよろしいでしょうか？」

「うむ。混乱を避けて当事者だけで話ができるように側仕えに部屋を準備してもらっています。食後にそちらへ移動しましょう」

寮監がいる食事という、他寮では全く珍しくもない光景だが、エーレンフェストにとっては非常に珍しい食事の時間が始まった。一体何があったのか、と皆がヒルシュールの様子を窺っている。

ヒルシュールは加護の儀式でエーレンフェストの三年生がやらかしたことについては全く触れず、二日連続で全員が初日合格をこなした学生達を褒めてくれる。

「エーレンフェストの座学は素晴らしいですね。未だに全員が初日合格を続けているでしょう？毎年成績を上げていることで、先生方の間でずいぶんと評価が上がっています」

座学だけではなく、ローゼマイン式魔力圧縮を知り、実行して魔力を増やしている者も確実に増えているため、全体を見れば実技の成績も毎年上がっているらしい。

「アンゲリカ、コルネリウス、ハルトムートが卒業すると、特に、実技に関しては成績がガクリと落ちると思っていたのですけれど、レオノーレ、マティアス、ラウレンツといった後続も成績を伸ばしていますし、領主候補生は三人とも素晴らしいですからね。今年も期待していますよ」

　ここ最近はエーレンフェストの初日合格に周囲も慣れてきたのか、あまり驚いてくれなくなってきていた。初日で全員が合格しても「そんなことだろうと思った」くらいの反応である。だからこそ、先生方の間で評価が上がっているとか、毎年全体の成績が伸びているとか、第三者からの評価があると素直に嬉しい。

「フェルディナンド様が無茶を言うのですもの。わたくし、初日合格のために全力で試験を受けているのですよ」

　それに、今は目標を作って集中していなければ精神的に不安定になる子が多すぎるのだ。粛清の続報は未だ届いていない。けれど、粛清の情報をヒルシュールに公開する気はまだない。

　エーレンフェスト寮では食べ慣れた味になりつつある食事を、ヒルシュールはうっとりと味わいながら食べている。領主会議で少しずつレシピを売りに出しているが、やはりレシピだけを見ながらの再現はなかなか大変なようだ。他領ではまだ何とかレシピを再現することができる程度で新しい味を作り出すところまで行っていないらしい。

「時間の問題だと思いますけれどね。わたくしの料理人もレシピ通りの料理ではなく、新しい料理を作り出すようになるまでに数年はかかりましたから」

　まずは、これまでの常識とは違う調理方法や下拵え(したごしら)えの数々を、どれだけ忠実に行えるかが大事なのである。その後は、それぞれの領地の特産を活(い)かし、そこに住む者の舌に合わせて「どこからこうなった？」と首を捻(ひね)りたくなるような魔改造が始まるはずだ。

……その間に、こっちは新しい味を作り出さなきゃいけないんだけどね。

「ローゼマイン様、こちらのデザートは何でしょう？」

「エーレンフェストでは『ムース』と呼んでいるお菓子です」

蜂蜜のヨーグルトムースをスポンジの間に挟んだ手の込んだデザートである。ちなみに、今年のご褒美レシピはこのムースである。オトマール商会でゼラチン作りが始まったので、公開できるようになったレシピなのだ。

……イタリアンレストランで頑張るフリーダのために、わたし、ゼラチン普及に協力するんだ。

別に、「貴族の間でゼラチン料理を流行らせてほしい」とたくさんゼラチンをもらったから便宜を図っているわけではない。おいしい物が流行ればいいな、と思っているだけである。

プリンやゼリーなどのプルプルした食感があまり受け入れられなかったことは経験済みなので、ご褒美レシピを公開する時はコルデのムースタルトにして、去年のご褒美と組み合わせられることを見せている。

今日のケーキは中央向けの反応を見るために、特別に準備してもらった。スポンジケーキはまだ時々失敗が出るので、大規模なお茶会で大量に準備することは難しい。王族相手の小さなお茶会に持っていく予定なのだ。

「食感が食べ慣れていないでしょうから、味は蜂蜜とヨーグルトで食べ慣れたものにしてみました。いかがですか？」

酸味の強いヨーグルトの味わいを蜂蜜のムースが柔らかくしている。ムースを薄く切ったスポンジの間に挟んだので、食感もそれほど気にならないと思う。

「確かに初めて食べる食感ですね。口の中でほろほろと解けていくようで、とてもおいしいです」

「……王族にお出ししても大丈夫でしょうか？」

「もう少し見た目を華やかにできれば良いと思いますけれど、味は問題ないでしょう」

ヒルシュールから合格をもらったので、見た目についてはもう少し考えてみたい。コルデヤルトレーベの赤い色合いのジャムで飾れば、白と赤で冬らしいお菓子になると思う。


お茶会の試食を兼ねたデザートを終えると、部屋を移動する。今回話をするのは、当事者と領主への報告義務がある領主候補生だけだ。属性の増えたフィリーネとローデリヒ、領主候補生のわたし、ヴィルフリート、シャルロッテ、それから、寮監であるヒルシュールが今回の話し合いの当事者となる。六人が座れるように席が準備され、側仕え達によってお茶が準備されると、側仕えや護衛騎士は少し下がるようにヒルシュールが指示を出した。

「人払いはしませんが、盗聴防止の魔術具は使わせていただきます。こちらを起動してくださいませ、ローゼマイン様」

「え？……わたくしがするのですか？」

範囲を指定するタイプの盗聴防止の魔術具を渡され、わたしは思わずヒルシュールを見つめる。こういう魔術具は普通持って来た人の魔力で起動させる物だ。

「ローゼマイン様には音楽の実技で祝福を一曲分流し続けられるだけ魔力の余裕があるのでしょ

う？　命の危機になるくらいに魔力が少ない状況では勝手に祝福が溢れるようなことはありません。余っているからそうなるのです」

ヒルシュールにそう言われ、わたしは範囲指定の盗聴防止用魔術具に魔力を込めると、指示された通りに置いていく。やはり消費魔力がかなり小さくなっているようで、あまり魔力を使っている感じがしない。

……まるでユレーヴェの後で細かい制御ができなくなった時みたいだよ。今年こそ奉納式や冬の主を倒す協力で魔力を放出した方が良かったかも？

溜息を吐きながら設置すると、わたしは席に着く。ヒルシュールがそこにいる皆を見回した。

「では、情報の開示から始めましょうか。ご加護を得る儀式に参加していなかったシャルロッテ様もいらっしゃいます。それに、グンドルフから話を聞いたとはいえ、わたくしは儀式の監督をしていたので、講堂で交わされた会話を存じませんから」

ヒルシュールがシャルロッテに対して、昨日の儀式について説明を行う。しかし、わたしの儀式については全く触れなかった。三人の儀式が普通ではないならば、わたしの儀式は更に異常事態だったはずだ。ちらりと様子を窺ったけれど、ヒルシュールはまるでわたしの儀式をなかったこととして扱っているように思えた。

「フィリーネが属性を増やして講堂へ戻った後、グンドルフとはどのような話をしたのですか？」

わたし達は講堂での会話を思い出しながら話し、お互いの言葉を補っていく。一通りの話を終えると、シャルロッテが不思議そうに首を傾げた。

「神々のご加護を得る儀式なのですから、眷属のご加護を得ることはそれほど驚くことだと思えないのですけれど……」

シャルロッテの意見はわたし達の意見でもある。ローデリヒのように突然全属性になったということでもなければ、大して驚くことではないだろう。わたし達の意見を聞いたヒルシュールは溜息混じりに「戦い系の眷属のご加護を得る騎士見習いや、ダンケルフェルガーを除いたごく普通の貴族の場合についてご説明しましょう」と言った。

「普通は適性を持っている属性の大神からのご加護を得るだけなのです。故意に隠している寮監がいなければ、もう十数年は戦い系以外の眷属からのご加護を得られていないようです」

珍しいことだとは言われていたけれど、そこまで珍しいことだとは思っていなかった。思わず目を瞬いてお互いの顔を見合うわたし達にヒルシュールは更に続けた。

「昔も複数の眷属からご加護を得るのは王族や領主候補生がほとんどで、中級貴族や下級貴族が眷属からご加護を得たことは非常に少なく、百年ほど遡(さかのぼ)らなければ発見できなかったほどです」

「フィリーネもローデリヒもすごいのですね」

「……今回のエーレンフェストの異常さを理解していただきたいのですけれど」

ヒルシューールに睨まれて、わたしは頷いた。大丈夫だ。原因はよくわからないけれど、ちょっと変だということは理解している。あと、「故意に隠している寮監」が目の前にいることも。

「ダンケルフェルガーや騎士見習いが戦い系の眷属の加護を得ることはあるけれど、それが何故なのかはわかっていませんし、それ以外の者が眷属の加護を得られることは滅多(めった)にございません。けれど、全く前例がないわけではないので、ヴィルフリート様がたくさんの眷属からご加護を得たことは驚かれて称賛されますが、それだけで済みます」

ヒルシュールは「ダンケルフェルガーのハンネローレ様も複数の眷属からご加護を得ましたからね」と言った。

「ただし、フィリーネの場合は違います。フィリーネは下級貴族で、風の適性もシュツェーリアのご加護もなく、眷属である英知の女神メスティオノーラのご加護だけで属性を増やしました。これはすぐには発見できないくらいに希少な例なのです。全属性を得たローデリヒは言うまでもありません」

フィリーネとローデリヒの表情が曇った。属性が増えたことをただ喜んでいたけれど、それがここまで大事になるとは考えてもいなかったのだろう。

「ヒルシュール先生、わたくしはどうなのでしょう？」

わたしもたくさんの眷属からご加護を得たし、神々の像が動いたけれど、それはどの程度珍しいことなのだろうか。わたしの質問にヒルシュールは軽く手を振った。

「ローゼマイン様が規格外なのは今に始まったことではありませんし、すでに承知の上なのでどうでも良いです」

「いや、良くないであろう!?　一番大きな問題に繋がるのに放置するのではない！」

即座に突っ込んだのはヴィルフリートだ。貴族院ではわたしが引き起こす問題に一番振り回されることになるため、必死だ。しかし、ヒルシュールはその主張を軽く聞き流し、完全に匙を投げた

顔でニコリと微笑んだ。

「フェルディナンド様に尋ねて規格外同士で処理していただくのが一番ですよ。似たような状況を理解できる方がいるのですから、ローゼマイン様の後始末はわたくしの管轄外です」

「エーレンフェストの寮監なのに、管轄外だなんてひどいです！」

ちゃんと関わってくださいとわたしが訴えると、ヒルシュールは更に笑みを深めた。

「お断りします。真摯に対応するだけこちらが馬鹿を見ることは、フェルディナンド様の時に経験済みですから。フェルディナンド様からお願いされているので面倒事の隠蔽には協力しますし、講義の面でできるだけ便宜は図りますけれど、後始末は自分達でお願いいたします」

……フェルディナンド様のせいでヒルシュール先生に見捨てられたっ！　ひどいよ！

わたしが嘆いているのにも構わず、ヒルシュールは先を続ける。

「わたくしにとって問題なのは、最初から規格外だとわかっているローゼマイン様ではなく、その周囲にローゼマイン様の影響が及び始めていることなのです」

そう言いながらヒルシュールはフィリーネとローデリヒを交互に見つめる。

「昨日、加護の儀式を行ったエーレンフェストの学生は八人でした。そのうち、半分の四人は普通に適性分のご加護を得て、何事もなく儀式を終えました。異常事態が起こったのがローゼマイン様、ヴィルフリート様、フィリーネ、ローデリヒです。共通点に気付きませんか？」

ヒルシュールにそう言われ、わたしは必死に共通点を探してみる。性別も半々だし、身分も違う。何かあるだろうか。

「……全くわからぬ。エーレンフェストの者という以外に何か共通点があるか？」

「ローゼマイン様本人、ローゼマイン様の側近、そして、ローゼマイン様の婚約者と、ローゼマイン様の関係者ばかりなのです」

「なるほど、確かにそうだ！」

ヴィルフリートがスッキリした顔でポンと手を打っているが、わたしは何が何でも否定したい。

「いきなりわたくしのせいだと決めつけないでくださいませ！」

しかし、わたしの意見に賛同してくれる者はいない。シャルロッテやフィリーネまで何故かヒルシュールの不穏な仮定に納得している。

「エーレンフェストに想定外の変化が起こった時は、大体ローゼマイン様が中心にいます。ですから、わたくしは確信を持っています」

「うぐぅ……」

反論できずに黙り込むと、ヒルシュールは真面目な表情でわたしを見つめた。

「神々のご加護を得る上で、他の貴族がしていないことを何かしていると思うのです。思い当たることはございませんか？」

「それならば、心当たりはありますよ」

わたしが答えると、周囲が一斉に身を乗り出して目を剥いた。

「あるのか!?」

「え？　え？　シャルロッテ以外は全員わかるでしょう？　講堂でお話ししていたではありません

か。むしろ、何故ヒルシュール先生やグンドルフ先生が思いつかなかったのかわかりません。参考書にも普通に書いてあるではありませんか」

「ローゼマイン様は神々のご加護を得るために何をしているのですか?」

食らいつくような勢いのヒルシュールにわたしは少し体を後ろに引く。

「お祈りですよ。わたくしは神殿長ですから、日常的に神々へ祈りを捧げていますし、魔力の奉納もしています」

そう言ってから、わたしはそこにいる皆の顔を見回した。

「フィリーネとローデリヒはわたくしの側近として神殿に出入りし、日常的に祈っています。わたくしが神具の作り方を教えたことで、ハルトムートを始め、わたくしの側近達は神具に触れて図らずも奉納していました」

必要な魔力が多すぎるので戦いには向かないと言っていたけれど、ハルトムートやコルネリウスはエーヴィリーべの剣を作り出せるようになっている。ダームエルは魔力が足りずに剣の形をほとんど維持できず、かなり落ち込んでいた。

「……ずいぶんとエーレンフェストの神殿は変化しているのですね。わたくしが知っている神殿とは大違いです」

「色々と力を尽くしていますから」

フフン、と胸を張った後、わたしはヴィルフリートとシャルロッテに視線を向けた。

「ヴィルフリート兄様もシャルロッテもわたくしの神事の手伝いで直轄地を回り、祈念式や収穫祭の儀式を行い、お祈りをしています。それに、エーレンフェストでは礎の魔力に供給する時、領主一族が神々にお祈りを捧げています。他領ではしていないのですよね？」

「そういえば、そのようなことを言っていましたね」

ヒルシュールは何度か目を瞬きながら頷いた。

「神々に祈りを捧げることで加護を得られるということは、参考書にも聖典にも書かれています。他領の貴族が神殿を忌避し、真摯に祈りを捧げていないのでしたら、加護を得られないのは当然の結果だと思うのです」

神々の名前を覚えていないアンゲリカが加護を得られなかったように、真摯に祈りを捧げていない者に与えられる加護は最低限だと思う。

「わたくし達の理解が違っていたのですね。神々に祈りを捧げよ、という参考書の言葉は加護を得る儀式の方法ではなく、生活に取り入れる生活習慣だったということですか」

ヒルシュールはハァと疲れたような溜息を吐いた。

「えぇ。昨日、わたくしがご加護をいただいた眷属の神々はお祈りを捧げたことがある神々がほとんどですし、一度もお祈りを捧げていない神々からはご加護を得ていません」

そう言いながら、わたしはそっと頬に手を当てた。

「ハンネローレ様がドレッファングーアやアングリーフに日常的にお祈りをしていないか、騎士見習いやダンケルフェルガーが戦いの前に祈りを捧げていないか尋ねてみれば、少しは確信が得られるかもしれません」

複数の眷属の加護を得ている者が最も多いダンケルフェルガーで話を聞いてみましょう、とヒルシュールが言った後、少し表情を引き締めた。

「ヴィルフリート様とフィリーネについては理解できました。フィリーネは神に祈るための場所である神殿で知的な活動をし、メスティオノーラのご加護を祈ってきたのですね。ですが、ローデリヒの全属性はそれでは説明ができませんよ。こちらの心当たりはあるのですか？」

ヒルシュールの言葉にローデリヒがグッと拳を握って俯いた。

「思い当たることがないわけではありません。ですが、口外しても良いことなのかどうかが私には判断できません。アウブに相談してからお答えします」

「……昨日の内に相談しなかったということは、アウブはお忙しいのかしら？」

ヒルシュールが領主候補生を順番に見ながらそう問いかける。そう、ジルヴェスターは今領地内の旧ヴェローニカ派の粛清や処分の決定で死ぬほど忙しいと思う。主戦力であるフェルディナンドが抜けたから尚更だ。

「冬の社交界の時期はどこのアウブも忙しいものですから」

「少し余裕ができれば、一度お話がしたいのです」

どちらかというと、アウブを避けているように見えたヒルシュールが「話をしたい」と言い出すとは思わなくて、わたしは「え？」と目を瞬いた。

「何をお話しするのですか？」

わたしの質問には答えずに、ヒルシュールはヴィルフリートへ視線を移す。

「神々のご加護が増えるとどうなりますか？　お答えくださいませ、ヴィルフリート様」

「消費魔力が減り、その属性の魔術を行いやすくなります」

「正解です。では、フィリーネ。使用可能な魔力が増えるとどうなりますか？」

「大きな魔術を使う、もしくは、長く魔術を使うことができるようになります」

ヒルシュールは「正解です」と言った後、わたしをじっと見つめる。

「ローゼマイン様は魔力の圧縮方法を考案したとおっしゃいました。現に、エーレンフェストの学生の半分ほどが他領の学生に比べ、効率的に魔力を増やしています。そして、今年、ご加護を増やす方法が発見されました。ローゼマイン様がおっしゃったことが事実ならば、これから先、エーレンフェストの学生だけが複数の眷属のご加護を得られるようになるでしょう」

魔力圧縮で魔力自体が増え、ご加護が増えることで効率的になる。上手くやれば、これまでの数倍の魔術を行うことができるようになるのだ。

「眷属のご加護を増やすことができるというのは、ユルゲンシュミット全体にとって大変な発見です。わたくしはローゼマイン様の今年の研究成果として、領地対抗戦でご加護の増やし方を発表することをお勧めいたします」

「……魔力やご加護の増やし方は秘匿する物ではないのですか？」

ヒルシュールは「本来ならば」と肯定した上で、キラリと紫色の目を光らせた。

「……皆様は今エーレンフェストがどのような印象を持たれているのか、ご存じですか？」

領主会議の後で聞いた報告についてわたし達が述べると、ヒルシュールは「ご自分にとって都合の悪いことを隠すアウブではないのですね」と小さく呟いた。

「正直なところ、政変を中立で終えてほとんど被害がないままに自領の成績をぐんぐんと上げて、次々と流行を発信し、上位領地に食い込んでいくエーレンフェストは良く思われていません。そのうえ、アウブ・エーレンフェストにはひどい噂も多いです。成績の上昇と比例するようにここ数年で一気に増えました」

ヒルシュールは領主会議の報告で知らされる内容より、ずっと厳しい他領からの印象を述べる。

「魔力だけでなく、ご加護まで独占状態で増やしていくことは、魔力が厳しい中央にとっても印象の良いものではございません。それはわかりますね？　だからこそ、ご加護を得る方法を発表することで、周囲の感情を和らげてみてはいかがでしょう？　中央への貢献にも繋がります」

「それはアウブに相談しなければ、わたくしだけで決められることではありませんね」

「えぇ。よく話し合って考えてくださいませ」

ヒルシュールは少しホッとしたように息を吐いた後、わたしを呼んだ。

「ローゼマイン様、貴女はフェルディナンド様の愛弟子として、とても注目を集めています」

中央ではフェルディナンドが聖女伝説の大半について裏で糸を引いていると考えている者がいるらしい。彼が移動した今、彼等はわたしがフェルディナンドから何か重要な情報を得ているのではないかと疑っているそうだ。

「ローゼマイン様を探ろうとしている者はとても多いですが、貴女はほとんど社交の場に出られません。そのため、得られる情報がとても少ないようです。わたくしも何度か呼び出されて色々と質問をされました。フェルディナンド様とローゼマイン様のお二人に関して……」

　その場にいる全員がゴクリと息を呑んだ。

「新しく領主候補生コースの講師としてやってきたエグランティーヌ様は、ローゼマイン様と最も仲が良い王族という理由で選ばれています」

「エグランティーヌ様が？」

「彼女はもうクラッセンブルクの領主一族ではなく、アナスタージウス王子と婚姻した中央の王族です。ユルゲンシュミットのために王から命じられれば断れません。できるだけ気を付けなさいませ。わたくし、隠匿に協力はいたしますが、面倒事の後始末はいたしませんよ」

　それだけの裏事情を知っていながら全く変わらないヒルシュールの姿勢に、わたしはあの疑り深いフェルディナンドがどうして彼女を信頼しているのか理解した。

「……図書館も控えた方が良いですね。新しい上級司書のオルタンシアは中央の騎士団長の第一夫人なのです。ローゼマイン様とフェルディナンド様に関心がおありのようですよ」

　中央の騎士団長ラオブルートは、フェルディナンドを「アダルジーザの実」と言った人だ。オルタンシアのほわりとした微笑みの後ろから眼光の鋭いラオブルートが睨んでいるような気がして、わたしは両手をきつく握った。

領主候補生の初講義

ヒルシュールとの話し合いを終えた後、皆には退室してもらい、わたしは全属性についてローデリヒと話をするために部屋に残った。リヒャルダから盗聴防止の魔術具を受け取り、それをローデリヒに渡す。彼が手に握り込んだのを確認してから、わたしは口を開いた。

「ローデリヒには全属性の心当たりがあるのでしょう？」

「ヒルシュール先生にローゼマイン様の関係者だと言われた時にわかりました。名捧げです」

ローデリヒは自分の心臓の辺りを押さえて、名捧げの時を思い出すように遠い目になった。

「名捧げをした時、私はローゼマイン様の魔力に縛られました。この魔力が自分を生かしも殺しもするのだと実感したのです。ですから、ローゼマイン様の魔力がご加護を得る上で影響したのではないかと思っています。……ローゼマイン様は全属性なのでしょう？」

確信を持っているローデリヒの目を見れば、隠せるものでもない。わたしは頷いた。

「完全にわたくしの影響ですね。……では、フェルディナンド様やゲオルギーネ様に名捧げをしている者達も、同じように主の影響を受けて属性を増やしているのかしら？」

「……今になって思い返してみれば、調合が少し楽になっていたのです。ただ、本当に少しなので、今日は調子が良かったのかと思う程度でした。けれど、エックハルト様のように騎士として戦っている方ならば、私よりももっと敏感に主の魔力の効果を感じているかもしれません」

今は加護の儀式で増えた属性の大神からも加護が得られたため、明らかに消費魔力が減っているらしい。

「ユストクス様達は加護の儀式を終えた後でシュタープを得て名捧げをしているので、私ほど影響は大きくないと思います。それから、これは私の個人的な意見ですが、名捧げによる属性数の増加に関しては公表しない方が良いと思います」

ローデリヒはそう言った後、一度目を伏せた。

「理由を聞かせてくださいませ」

「名捧げは公にすることではございません。自分の主に対して自分の忠義を示し、命まで含めて自分の全てを捧げる儀式です。属性の増加を目当てに行うようなことではありません」

家族を切り捨ててでもわたしに仕えるのだと決意したローデリヒは、属性の増加を目当てに名捧げが流行ったら自分の忠誠心を貶められるような気がして嫌だ、と小さく呟いた。わたしはゆっくりと頷く。

「わたくしも属性の増加を目当てに名捧げをするような者の命など預かれません」

「ただ、今のエーレンフェストは旧ヴェローニカ派の子供達が生きるために名捧げを強要されている状態です。これは普通ではありません」

「……そうですね」

「生きるために名を捧げなければならないのであれば、属性の増加を望んでローゼマイン様を選ぶ者が増えるでしょう。ですが、それはローゼマイン様の望むことではありませんよね？」
色々と比較した中でわたしを選んでくれた四人の名を受ける覚悟は決めたけれど、属性が欲しいからとこれから鞍替えされても困る。

「名捧げで属性が増えることを公表する上で私が何より心配なのは、旧ヴェローニカ派の子供達が今まで以上に他の貴族達から反感を買い、やはり連座にするべきだと言う貴族が増えることです。名捧げで生を得て、更に領主一族と同じだけの属性を手に入れられるということになると、連座を逃れるための罰の意味が薄れますから」

旧ヴェローニカ派は中級から下級貴族が多い。アーレンスバッハの血を上手く取り込み、上級貴族に限りなく近い中級貴族もいるけれど、適性は一つから三つの間である。それが領主一族と同じだけの属性を持てるようになる。そして、名を捧げることで魔力圧縮方法を教えてもらえる立場にもなるのだ。他の貴族にとっては面白いことではないはずだ。

「けれど、何人もの子供達に名捧げをさせる以上は隠し通せることではないと思うのです。養父様に要相談ですね。ローデリヒが全属性を授かったことは先生方に知られていますが、口外しないように気を付けてくださいね」

それから週末までは共通の座学も実技も初日合格を続けた。講堂や小広間に行くたびに「フェシュピールを演奏しながら大規模な祝福を行っていたのですって」「見たこともない規模の祝福だったそうよ」と指を指されたり、ひそひそと言われたりしたけれど、実際に見た証言者がたくさんいるので否定もできず、噂が消えるまで放置するしかない。

わたしはダンケルフェルガーのクラリッサに面会予約の手紙を書いたり、ヒルシュールとの話し合いの場を設けるためにエーレンフェストへ報告書を送ったりしていた。フェルディナンドにも手紙を書いたけれど、ライムントが寮へ籠もっていて渡せずじまいだった。

初めての土の日は一年生がシュタープ取得で自室に籠もり、他の学年は調合のために採集場所へ向かって、それぞれ講義に必要な採集を行った。例年は寮へ到着するのと同時に行っていたが、今年は粛清の話で二、三年生は採集ができていなかったので一気に薬草を刈った。目に見えて薬草が減ったので、ひとまず祝福が溢れるのを防ぐためにも余っている魔力を放出しておいた。

……これでよし。


こうして、特に何事もなく時間は過ぎ去り、週明けとなった。初めての専門コースである。わたしは朝食のために食堂へ向かう。二階ではローデリヒが待っているだけで、テオドールの姿はない。

「まだ取り込めてないのでしょう」

「午後にはきっと出てきますよ」

一年生が「神の意志」を取り込むには個人差があるのだ。わたしは少しだけ男子の部屋が並ぶ二階の廊下を見た。早くシュタープを得て武器にしたい、と張り切っていたテオドールの姿を思い出して、「頑張って」と小さく応援しておく。

朝食を終えると、皆が多目的ホールで勉強だ。これは座学の試験が終わるまで続く。一年生と二年生は科目が少なく、週末で全て終えてしまった。今年の最も早いチームは一年生と二年生ですでに決定である。去年の雪辱(せつじょく)を果たし、全ての座学で全員初日合格を勝ち取ったシャルロッテは胸を撫で下ろしていた。三年生以上の専門チームはそれぞれ高得点を取ろうと奮闘中だ。今年は特に側仕えチームのやる気がすごい。

……わたしも頑張るぞ！

「それにしても、領主候補生には専門棟がないのですね」

文官、側仕え、騎士、とそれぞれに専門棟があるのに領主候補生にはない。何だかちょっと悲しい。そう唇を尖らせていると、リヒャルダがクスクスと笑った。

「中央棟が王族と領主候補生の専門棟ですよ。中央棟の一角が専門室になっています。身分の高い者があまり移動しなくて良いようになっているのです」

確かに今のわたしではあまり遠いところで講義になると移動が大変だ。わたしは進級式で説明があった部屋へ向かった。

「では、しっかりお勉強してきてくださいませ」

「フェルディナンド様と予習しているので大丈夫です」

「……私は少し不安だ。叔父上とローゼマインの予習にはついていけなかったからな」

ヴィルフリートがぼやくようにそう言った。さすがに神殿まで毎日足を運ぶことができなかったし、魔力量にも差があって魔石を染めるにも時間がかかっていたのだから仕方ないだろう。

「多少の予習はしていますし、眷属のご加護をたくさん得られたのですから、講義はとても楽になると思いますよ」

「そうであれば良いが……」

ヴィルフリートと二人で中へ入ると、講堂や小広間などとは違って、ずいぶんと低めの机が並んでいた。フェルディナンドの予習で行ったことを同じようにするのであれば、箱庭を作って練習するはずなので中を覗き込みやすいように低い机になっているのだろう。

……わたしにとってはちょっと高すぎるけどね。

ここに箱を置けば中を覗き込むのは無理だと思う。踏み台が必要ではないだろうか。室内をぐるりと見回せば、一番教壇に近い場所に踏み台の準備された机があった。間違いなくわたし用だ。

……さすがエグランティーヌ様。よく気が付くよね。嬉しいし、授業が順調に進むのは助かるけど、一人だけ踏み台付きってちょっと微妙な気分。

軽く溜息を吐きながら室内を見回す。当たり前のことだが、ここには領主候補生しかいない。人数がものすごく少ない。これまでは身分で分かれてもほとんどの講義に上級貴族が一緒にいたので賑(にぎ)やかだったけれど、この状態がずっと続くと考えると非常に寂しい感じだ。

「ハンネローレ様、ごきげんよう」

「ローゼマイン様、ヴィルフリート様。ごきげんよう」

わたしは早速ハンネローレのところへ向かった。週末にはヒルシュールが加護の増加について話しに行ったはずだ。どのような話をしたのか、少し聞きたい。

「ヒルシュール先生がダンケルフェルガーへ質問に行ったと伺ったのですけれど、ハンネローレ様は大丈夫でしたか？　その、研究に関することになると周囲が見えなくなる先生ですから少し心配だったのです」

「ローゼマイン様の仮説が正しいか検証したいとおっしゃいました。わたくし、何故複数の眷属からご加護がいただけたのか不思議だったのですけれど、その仮説を伺って納得したのです」

　ハンネローレは「おかげでとてもスッキリいたしました」と嬉しそうだ。

「つまり、ハンネローレ様は日常的にお祈りを捧げていたということですか？」

「……その、わたくし、ドレッファングーアのご加護を得られたら、と常日頃から思い、コルドゥラの作ってくれたお守りを肌身離さず持って、お祈りをしていたのです」

　少しだけ袖を上げたハンネローレの手首には、わたしが着けている物と同じようなブレスレット型のお守りがあった。少し大きめの魔石には時の女神ドレッファングーアの印が刻まれている。

「では、武勇の神アングリーフにも日常的にお祈りを捧げているのですか？」

「そちらは、その、お祈りを捧げているという自覚はあまりなかったのですけれど……。ダンケルフェルガーは武を尊(たっと)ぶ土地柄で、ディッターの試合前には古い戦歌を歌って踊ったり、勝利すれば戦い系の神々に魔力を奉納する儀式があったりするのです。領地対抗戦で勝利した時はわたくしもお兄様も魔力の奉納をいたしました。お兄様もアングリーフのご加護をいただいているので、やはり儀式の影響でしょう」

　……試合前に歌って踊るって、ラグビーのハカみたいなものかな？　でも、なんか納得。

　ダンケルフェルガーだけにやたら戦い系の眷属の加護がつく理由が明らかになった。あれだけ力を入れているディッターの試合の前後で祈っていれば、真剣だろうから加護も得られるだろう。

「ルーフェン先生が騎士見習いのコースでも多少取り入れているようですから、真面目に祈っている騎士見習いには戦い系の眷属の加護が付いたのではないか、と推測されていました」

口先だけで祈りの言葉を言っていたり、ルーフェンの指示に合わせて戦歌を歌ったりしていても、加護を得られるわけではないようだ。

「ヴィルフリート様がたくさんの眷属からご加護を得たのは、それだけ日常的にお祈りを捧げているからなのですね」

「領地が魔力的に困窮し、洗礼式を終えた領主候補生が儀式をして領地を回っていたのが結果的に良かったようだ」

ヴィルフリートの言葉にハンネローレが笑顔で頷いた後、ふと何かに気付いたようにわたしを見た。そして、恐る恐るといった表情で躊躇いがちに口を開く。

「……では、神殿長として常日頃からお祈りをされているローゼマイン様はどのくらいの神々からご加護を得たのでしょう？　確か音楽の時に、儀式のせいで祝福が溢れやすくなっている、とおっしゃいましたよね？」

「そ、それは、その……」

周囲で聞き耳を立てていたらしい他の領主候補生達の視線が自分に集まっている。ここで馬鹿正直に数を言えば大変なことになることだけは、さすがのわたしにもわかった。

「正確な数は秘密です。……その、大っぴらに口外するようなことではございませんから」

ハンネローレがくるりと周りを見回して「とても口外できないほどに多いのですね」と納得したように頷いた時、領主候補生達の教師としてエグランティーヌが数人の助手と共に入って来た。助手は大きな箱を抱えている。

エグランティーヌが入ってきたことに驚きの声を上げながら、皆が急いで席に着く。わたしはきちんと台がある最前列に向かった。ヴィルフリートとは少し席が離れているけれど、ハンネローレの隣だ。ちょっと嬉しい。

「お隣ですね、ローゼマイン様」

「えぇ、よろしくお願いいたします」

目の前にある教壇に立ったエグランティーヌは、教師だけれど王族としての立場を強調した装い(よそお)で、髪も複雑に結っている。黒のマントが、今の彼女の立場をしっかりと示していた。

……エグランティーヌ様が教師になったのは、わたしから情報を得るため？

ヒルシュールの言葉が脳裏に蘇り(よみがえ)、少し気持ちが沈んでいく。疑われ、情報を得ようと画策されていることも沈む原因ではあるけれど、一番気分が沈むのは王族から疑われている通りだというところだ。わたしは王族にとって有力な情報を持っている。聖典に浮かび上がっていた王になるための手順だ。自分にも、周囲にも危険をもたらす情報なので、決して口外する予定はないけれど。

「お久し振りですね。このような形ですが、皆様と時間を過ごせることを嬉しく思っています」

少し沈んでいく気分とは裏腹に、エグランティーヌは今日も綺麗だった。舞うような優雅な足取りで皆の前に立ち、ニコリと笑顔を浮かべている。貴族らしい長々とした挨拶を述べ、お年を召した傍系王族のおばあちゃん先生と交代した理由について述べた。エグランティーヌは領主候補生の最優秀だったようで、王はこれから成長する学生達を導くのに相応しいと決めたらしい。

「拝命した以上は皆が領主候補生として相応しくなれるように、精一杯導きたいと存じます」

挨拶を終えたエグランティーヌが、助手達に視線を向ける。すると、助手達は手分けして箱を配り始めた。全員に配り終えると、助手達はさっさと退室して行く。講義内容を教えないためだろう。領主候補生以外は立ち入り禁止だと言っていたフェルディナンドの姿を思い出した。

「これは礎の魔術の簡易な物だとお考えくださいませ」

エグランティーヌの声に皆が一斉に自分の前に配られた箱を見る。上から見ると、六十センチくらいの正方形で、中には砂漠のようなさらさらと乾いた砂が入っていた。真ん中にはビー玉くらいの大きさの魔石が色とりどりに並んだ直径十センチくらいの大きさの魔術具がある。

……結構大きいね。

フェルディナンドの予習で使った教材の倍近くの大きさだ。どんな違いがあるのか、わたしがきょろきょろと見回していると、講義の説明が始まった。

「三年生の領主候補生の講義では、礎の魔術の扱いについて練習します」

与えられた箱庭を自分の領地に見立て、実際に動かしてみるという礎の魔術の簡易バージョンで練習するらしい。フェルディナンドの予習でやったのと全く同じだ。

……内容が違ってたら困るんだけどね。

「この箱庭が貴方達に与えられた領地で、この中心にある魔術具が礎の魔術を模したものです」

このさらさらの砂は魔力が枯渇した状態のようで、魔力を満たしていけば草が生えるような土になっていくのである。

「まず、シュタープを出し、この箱庭の領地を自分の魔力で染めていきましょう」

エグランティーヌはニコリと笑ってそう言った。わたし達は言われた通りにシュタープを出す。魔力の調節をするのにシュタープ以上の魔術具はない。シュタープの先で魔石に触れるようにして魔力を込めていく。魔術具にはいくつもの魔石があるけれど、全ての魔石は繋がっている。一つに魔力を流し込めば、一気に染めることは可能だ。

……よいしょって、うぇっ⁉

いつも通りに魔石を染める気分で魔力を流し込んでいたわたしは、魔術具どころか箱庭の様子が変わっていくことに気付いて慌てて魔力を止めた。けれど、流れ始めた魔力はすぐには止まらない。まるで壊れた蛇口からいつまでもポタポタと水滴が落ちるように魔力がじわじわと流れている。

……どうしよう。シュタープが全然仕事をしない。魔力の調節ができないんだけど。

「あら、お話には伺っていましたが、本当にローゼマイン様は優秀なのですね」

「エグランティーヌ様……」

「ローゼマイン様、エグランティーヌ先生ですよ。フフッ。……それにしても、まさかこの短時間で魔術具ばかりか箱庭全体を染めてしまうなんて……」

砂漠のような乾いた砂が敷き詰められていた箱庭の中はあっという間に黒い土とところどころに緑が芽を出す状態になっていた。しかも、まだ完全には魔力の流れが止まっていないので、じわじわと緑が増えている。エグランティーヌは「これは実際に見ると、とても驚きますね」とおっとり微笑んで楽しそうにオレンジの瞳を輝かせているけれど、わたしはもう泣きたい。

……感心した顔で見ないでください！　わたし、魔力調節ができないダメな子なんです！

箱庭の進み具合を見ていたエグランティーヌがコテリと首を傾げた。

「どうしましょう？　今日は礎を染めて、領地を魔力で満たして終了にする予定だったのですけれど、ローゼマイン様はそろそろ終わりそうですね。この後も次々と進みますか？　他の皆と足並みを合わせて次の講義にいたしますか？」

「……早く終わらせたいです。わたくし、講義の後で魔力制御の練習をしなければなりません。それに、講義の時間が終わるまで迎えが来ないので、この部屋から出られませんから」

わたしはそれから先の課題を与えられ、結界や境界門の作製に必要な設計図を描いたり、エントヴィッケルンに必要な金粉を準備したりすることになった。

「次の講義では闇の神と光の女神の名を教えます。実際に色々と行いましょうね」

「はい」

フェルディナンドの予習ではまだ名前が教えられず、呪文の部分を「闇の神」とか「光の女神」で済ませていたため、エントヴィッケルンで形を作っても五分くらいで崩れていたのだ。せっかくなので理想の図書館の模型を作ってみたのに、約五分で崩れたわたしの悲哀が伝わるだろうか。

ちなみに、嘆いているとフェルディナンドに「時間が勿体ない」と叱られ、次の課題では図書館は禁止されて自分の部屋を作ることになり、本棚をたくさん並べたら「図書館と変わらぬではないか」と怒られた。

そんなことを思い出しながら、わたしは課題をこなしていく。

……魔石に魔力を流し込んで金粉にするなんて、簡単、簡単。

与えられたクズ魔石をギュッと握っては金粉に変えていると、隣のハンネローレがシュタープで中央の魔術具を押さえながらポカンとした顔でこちらを見ていた。

「ローゼマイン様はずいぶんと簡単に金粉にしてしまうのですね」

「今は魔力を無差別に込める方が楽なのです。ここだけの話ですけれど、今のわたくしは飽和状態でピタリと止めることができません。下手すると、祝福になって魔力が溢れてしまうのです」

こっそりと声を潜めて言うと、ハンネローレは目を丸くした後クスクスと楽しそうに笑った。

「まぁ。それでは音楽の時のような勢いで祝福をされると、皆の箱庭がローゼマイン様の魔力で染まってしまうかもしれませんね」

「……そうならないように気を付けているのです。実際、シュバルツとヴァイスは祝福で主になってしまいましたから」

今この部屋で祝福をしたら、全員の箱庭を乗っ取ってしまう可能性もあるのだ。そんな危険なことはできない。わたしの答えにハンネローレが赤い瞳をうろうろと泳がせた後、困ったような顔でほんの少し笑った。

「わたくし、冗談のつもりだったのですけれど、ローゼマイン様は本当にできてしまうのですね」

……しまったあぁぁ！

「ほ、ほほほ、ほほ。わ、わたくしも冗談ですよ」

次々と魔石を金粉に変えながらとりあえず笑ってみた。これで誤魔化されてはくれないだろうか。

……む、無理だろうなぁ。ハンネローレ様が完全に引いてる。

どうしよう、と誰かに助けを求めたい気分であわあわしていると、後ろの方から朗らかなヴィルフリートの声が聞こえた。

「エグランティーヌ先生、魔術具を染めることができました。やはり、ご加護の影響で魔力の消費が少なくなり、扱いやすくなっているようです」

泣きたい気分で振り返ると、ヴィルフリートが得意そうに自分の箱庭を見せてエグランティーヌに褒められているのが見える。その様子は全く苦労のない優等生そのものだ。

……たくさんのご加護をもらったのに、ヴィルフリート兄様だけ扱いやすいなんてずるいよ！

心の中で八つ当たりした後、わたしは加護を与えてくれた神々に心から祈る。

……神様、どうかハンネローレ様がわたしのお友達を止めるなんて言い出しませんように！

奉納舞（三年）

昼食の準備ができるまで多目的ホールで待っていてほしいと言われ、わたしは自室を出た。大事な本好きのお友達に引かれたショックで、肩を落としながらレッサー君でのそのそと階段を下りる。

多目的ホールではヴィルフリートとシャルロッテがすでに本を読みながら待っていた。

「お姉様、午後からは奉納舞のお稽古（けいこ）ですから、ご一緒できますね」

わたしに気付いたシャルロッテが顔を上げてそう言った。わたしは笑顔で頷いた後、とんでもないことに気付いた。一瞬で血の気が引いていく。魔力制御が利かない今の状態で奉納舞のお稽古をすれば、祝福が止まらなくなるのは目に見えている。午前中の講義で引かれたのに、午後にもやらかしたら確実にハンネローレに距離を置かれてしまうかもしれない。

……それは嫌あぁ！　神頼みだけじゃなくて、何とかしなきゃ！

「ヴィルフリート兄様、シャルロッテ。わたくし、魔力の制御ができなくて、お稽古で祝福が止まらなくなりそうなのですけれど、何とか止められる良い方法はないでしょうか？」

わたしの言葉にヴィルフリートとシャルロッテはもちろん、多目的ホールにいた皆が真剣に悩み始めた。それというのも、わたしが音楽の講義でぶっ放してしまった祝福が届いた子供達は、周りから奇異の目で見られて大変だったらしい。もはや、寮内の学生にとっては他人事（ひとごと）ではないのだ。

「……ヒルシュール先生は魔力を使えば良いと言っていなかったか？」

ヴィルフリートの提案に、わたしは首を横に振った。わたしだって全く対策を練らなかったわけではないのだ。

「昨日の土の日に採集場所で魔力を使ったのですけれど、あまり意味がありませんでした」

「なるほど。突然の祝福に驚いたが、あれは魔力を減らすためだったのか」

ヴィルフリートが軽く溜息を吐くと、シャルロッテが藍色の瞳を瞬かせてわたしを見る。

「お姉様はあれだけの祝福を行っても意味がなかったのですか⁉」

「うむ。午前の講義ではローゼマイン一人だけ、ほぼ最後に近いところまで課程を進めていたくらいに意味がなかった。ついでに、隣の席だったハンネローレ様に驚かれて傷ついたらしい。同じようにご加護を得ているのに苦労しないのはずるい、と私は八つ当たりされたのだ」

シャルロッテが同情するようにわたしを見て、少し考え込む。

「お姉様はもっと魔力を使わなくてはならないのですよね？　では、午後の講義までに空の魔石や魔術具に余分な魔力を込めたい、と今からすぐに領地へ手紙を送れば、食後には空の魔石が届くのではないでしょうか？……冬の主の討伐が近いので、騎士団の者達は助かると思いますよ」

ほんの一瞬、シャルロッテの視線だけが旧ヴェローニカ派の子供達に向いた。粛清もしたので魔力不足では？　という言葉を呑み込んだのがわかる。

「冬の主の討伐に協力するならば、薬草を送るのはどうだ？　ローゼマインの魔力で育てた採集場所の薬草は、以前より魔力含有量や属性が増えているのであろう？　回復薬の作製に備えて薬草を摘み取って送り、また採集場所を回復させれば魔力を多く使えるのでは？」

「さすがにお昼休みの間にできることではありませんから、今日は無理でしょうけれど、良い案だと思います。エーレンフェストも、わたくしも助かりますもの」

わたしはその場でフィリーネに指示を出して、緊急の手紙を書いた。「加護が多すぎて魔力制御ができず、午後の奉納舞のお稽古で大量の祝福が飛び出しそうです。奉納式用、冬の主の討伐用、何でも受け付けます。空の魔石や魔術具を至急送ってください」と。

「ローデリヒ、これを大至急と伝えて、エーレンフェストへ送ってくださいませ」

「かしこまりました」

ローデリヒが速足で退室して行く背中を見ていると、ユーディットが小さな声で問いかけた。

「あの、ローゼマイン様。それほど魔力が余っているのでしたら、わたくしの魔石にも魔力をいただいて良いですか？」

「いいですよ、ユーディット。……ユーディットだけではなく、魔力が必要な者は申し出てくださいませ！　奉納舞のお稽古までならば、わたくしの魔力は無償(むしょう)で提供します。切実なのです！」

多目的ホールがざわりとした。けれど、領主候補生から魔力をいただくなんて畏(おそ)れ多い、という雰囲気が漂っている。そんな中、レオノーレが腰に下げている革袋からジャラリと魔石や魔術具を取り出した。

「では、こちらによろしくお願いします。訓練で使ってしまったので、魔力を込めなければならないと思っていたのです」

「ありがとう存じます」

わたしが礼を言って魔力を込め始めると、ヴィルフリートの護衛騎士であるアレクシスがおずおずとした様子で「私の魔石でも良いのですか？」と質問してくる。

「もちろんです。アレクシスでもナターリエでもマティアスでもラウレンツでも構いません」

わたしが多目的ホールの中を見回しながら頷くと、最低限の護衛を残して、騎士見習い達が一斉に魔石や魔術具を取りに自室へ駆け出した。一歩遅れて文官見習いと側仕え見習い達が続く。

「姫様、ご自分の魔力を無償で提供するのはあまり感心できることではございませんよ」

「知っています。けれど、わたくしは切実なのです」

わたしは自分の護衛騎士の魔石に魔力を満たしながら唇を尖らせる。好きで魔力を垂れ流しているわけではない。いつどこで発生するかわからない祝福テロを抑えるためなのだ。

「どうぞよろしくお願いいたします！」

ずらりと並べられた魔石にはやや大きい物もあれば、小さい物もある。わたしは並んだ魔石のいくつかを指差した。

「このように小さい魔石は金粉化する恐れがあるので、気を付けてくださいませ」

わたしの言葉に魔石として使いたい者は慌てて魔石を引っ込めた。けれど、金粉という言葉に目を輝かせ、逆に小さめの魔石を出してくる文官見習いもいる。わたしの前のテーブルにはたくさんの魔石が並んでいる。それに手を伸ばして、次々と魔力を流していく。

「ありがとう存じます、ローゼマイン様」

皆が「助かります」とほくほくの笑顔で自分の魔石を眺めたり、金粉を片付けたりしていると、食事の準備が整ったようで鈴の音が響いて来た。

「残っている魔石は食後に魔力を込めますね」

食事を終えたわたしは、どんどんと魔石に魔力を注いでいく。たくさんの加護が付いたせいで体感する消費魔力が本当に少ない。

「どの程度まで使えば祝福を抑えられるでしょうね？」

「他の者にはわかりませんよ」

食後にはエーレンフェストからも空の魔石第一弾が届いた。夜には第二弾が届くらしい。わたしは早速魔力で満たして送り返してもらう。ジルヴェスターが届けてくれた魔石は大きい物が多く、結構魔力を吸ってくれた。

「……これで大丈夫かしら？」

「これでもダメで祝福が止まらなそうだと思えば、合格を得た時点でいつも通りに倒れてうやむやにすればどうだ？」

ヴィルフリートの提案にシャルロッテが頷く。

「お姉様は倒れるほど魔力を使ってでも皆に祝福をしたかったようです、と言えば、少しは魔力が有り余っていて困っているという印象を拭(ぬぐ)えるのではないでしょうか？」

「シャルロッテ様、倒れるまで祝福を行ったと言えば、魔力の量は誤魔化せるかもしれませんが、ローゼマイン様の聖女伝説が加速いたします」

聖女伝説の加速というブリュンヒルデの言葉にわたしが「それは困ります」と言うと、シャルロッテは頬に手を当てて首を傾げた。

「でも、もうお姉様の聖女伝説は否定できませんよね？　正確な数が言えないほどのご加護を神々から賜り、魔力が多すぎて何かの拍子(ひょうし)に祝福が溢れて困っているのですから」

「うぅ……」

「どの程度誤魔化して、周囲に対してどのような印象を与えるかという点が重要です。魔力量が多くてお祈りと祝福をよく行うことはすでに知れ渡っていますし、否定の材料がありませんよ」

わたしは別に聖女ではないが、言動に関してはシャルロッテの意見を否定できない。

「ローゼマインの印象操作に関しては後で話し合うことにして、午後のお稽古について考えた方が良かろう。もう時間がない。ギリギリまで祝福を抑えられるように叔父上にもらっているお守りを全て身に着けて、少しでも魔力が零れないように対策を講じた方が良いのではないか？」

「そうします」

わたしは一度自室に戻り、フェルディナンドにもらったお守りをとりあえず全部着けて、魔石の連なったネックレスも着けた。表に見えているお守りの数は多くないが、袖の中や服の下は魔石でいっぱいである。

「これくらいすれば、大丈夫でしょう。ヴィルフリート兄様、シャルロッテ。いざとなったら、わたくしを小広間から連れ出してくださいませ」

奉納舞の稽古の場にいるのは領主候補生だけだ。今回頼れるのはヴィルフリートとシャルロッテだけである。二人が大きく頷くと、「わたくしも本日は扉の外で待機しておきましょう」とリヒャルダも請け負ってくれた。

気合いを入れて三人で小広間に入った。奉納舞のお稽古にこれだけ緊張するのは初めてだ。ヴィルフリートはオルトヴィーンのところへ向かい、シャルロッテは自分の友人であるルーツィンデに挨拶している。わたしはルーツィンデに挨拶をした後、ぐるりと小広間の中を見回した。

……あ、いた。ハンネローレ様。

ついさっき引かれたばかりである。挨拶しても大丈夫かどうか非常に悩むところだ。ここで避けられたら、しばらく隠し部屋に籠もりたくなるくらいに落ち込むと思う。考え込んでいると、日が合ったハンネローレがニコリと笑って軽く手を振ってくれた。

……避けられてない！　良かった！　神様、ありがとう！

せっかくなのでハンネローレのところへ挨拶に行こうとしたら、シャルロッテに腕を引かれて止められた。

「お姉様、少し気分が昂ぶっているように見えますけれど、大丈夫ですか？」

「だ、大丈夫です」

……そっか。興奮してはダメだ。抑えて、抑えて。

わたしが胸元を押さえて深呼吸していると、心配そうにルーツィンデがわたしを見下ろしてくる。

「今日のローゼマイン様はお体の具合があまりよろしくないのですか？」

「悪いわけではないのですけれど、奉納舞はお姉様に少し負担が大きいのです。運動量もそうなのですけれど、神様に捧げる舞ですから神殿長のお姉様はどうしても力を込めてしまうのですって」

シャルロッテは心配そうにそう言って、そっと溜息を吐いた。これで祝福が飛び出しても少しは言い訳になるし、倒れた振りをしても問題ないだろう。素晴らしい下準備である。

……さすがシャルロッテ！　わたしの妹！

心の中でわたしがシャルロッテを絶賛していると、ハンネローレの方からこちらへ近付いて来てくれた。ハンネローレが心配そうにちらちらと様子を窺っているのは、一緒にこちらに向かって来るレスティラウトだ。

「ごきげんよう、ローゼマイン様」

わたしに話があると彼女の挨拶で気付いたシャルロッテとルーツィンデが、すっと場所を移動し始める。わたしは二人を見つめてニコリと微笑んだ。

「ごきげんよう、ハンネローレ様、レスティラウト様。何か御用でしょうか？」

「エーレンフェストとダンケルフェルガーのお茶会はいつ頃に行うつもりだ？　注文した髪飾りの出来栄えによっては、別の物が必要かもしれぬ。なるべく早く行ってほしいものだ」

トゥーリの作った髪飾りに満足できなければ別の物を準備すると言うレスティラウトに、わたしがちょっとカチンときていると、ハンネローレが頬に手を当てて首を横に振った。

「お兄様、エーレンフェストの髪飾りがどのような出来か、楽しみで仕方がないと正直におっしゃってはいかがです？」

「エーレンフェストのような田舎者にどの程度のことができるのか興味があるだけで、別に楽しみというわけではない」

「ローゼマイン様は全ての講義で初日に合格してしまうので、こうしてお顔を合わせる機会にお約束をしたいと考えて、わたくしに一緒に来るようにおっしゃったではありませんか」

フンと鼻を鳴らしながら偉そうにそっぽを向くレスティラウトの言葉と、フォローに回っているハンネローレのどちらを信用するかなんて簡単だ。わたしはハンネローレのお友達である。

「レスティラウト様、楽しみにしてくださって嬉しいです。ただ、わたくし、今年は文官見習いのコースも取る予定なので、もうしばらく社交には時間が必要です。……そうですね、十日後に一度お互いの予定を確認いたしませんか？　その頃には少し予定が立つと思います」

「と、十日後か。良いだろう」

レスティラウトが頷くと、ハンネローレも話がまとまったことに胸を撫で下ろしたようだ。ふんわりとした笑みを浮かべた。そこに一つの声が間を割って滑り込んでくる。

「あら、レスティラウト様もエーレンフェストに髪飾りを注文されましたの？　婚約者がエーレンフェストの者ですから、わたくしも注文したのですよ」

ホホホと笑うディートリンデに、レスティラウトがムッとしたように口元を歪(ゆが)めた。

「エーレンフェストのような田舎者にどの程度の物ができるのか、確認したかっただけだ」

「あら、それでもレスティラウト様もエスコート相手に贈るのでしょう？　わたくしが贈られるのと同じように」

……あ、そうだ。ここでディートリンデ様の髪飾りのデザインにはフェルディナンド様が関わってないことを強調しておかなきゃ！

自分の使命を思い出して、わたしは笑顔を作る。

「ディートリンデ様は婚約者と交流を持つために、わざわざエーレンフェストへ足を運んでくださったのです。気に入った飾りが良いということで、その時にご自身で選ばれました」

「……婚約者に見立ててもらった物ではないのか？」

虚を突かれたようなレスティラウトの言葉に、ディートリンデが笑みを深くする。

「もちろん婚約者がわたくしのために贈ってくださるのですよ」

「ふーん……。其方の婚約者のセンスはそれほど悪くないと思うが……」

レスティラウトがそう言いながら、わたしの髪飾りとディートリンデに視線を向ける。

「其方の婚約者は一体どのような物を注文したのだ？」

「わたくし、まだ受け取っていませんから、実物がどのような出来か存じませんの」

あくまで自分が注文したのではなく婚約者から贈られる物だと言い張るディートリンデが、わたしをちらりと見た。説明しろという視線を受け、わたしは彼女の髪飾りについて説明を始めた。

「シェンティスの花の髪飾りを五つです。大きさは少し小ぶりですけれど、アドルフィーネ様の髪飾りを想像していただけるとわかりやすいのではないでしょうか。五つの花は赤から白へ少しずつ色が変わるのが一番の特徴です」

その説明にハンネローレが驚いたように目を瞬き、レスティラウトが呆れたような顔になった。

「……其方は卒業式のために五つも注文したのか？」

「わたくしの婚約者はわたくしのために最も素晴らしい髪飾りを贈ってくださるようですね。どのような髪飾りなのか、今から楽しみでなりません」

ディートリンデが赤い唇を吊り上げて微笑む。困ったことにディートリンデから自分のデザインだという言質が取れない。仕方がないので、わたしはちょっと方向転換することにした。花のデザイン自体はアドルフィーネに贈った物に似ているのだから悪くない。要はディートリンデの飾り方が悪かった時に「向こうのセンスが悪い」と言えれば良いのだ。

「五つの花に驚いていらっしゃるようですけれど、決して無駄にはなりません。花は全て色違いですから、組み合わせによって清楚にも豪華にも仕上がりますし、数を調節することで普段使いから華やかな場所でもご使用いただけるのです」

「なるほど。その時に合わせて組み合わせを変えるのは面白い」

レスティラウトがそう呟いて考え込む。その様子にディートリンデが胸を張って微笑んだ。

「そのように色々と使える髪飾りが良いと提案したのはわたくしなのですけれど」

「ディートリンデ様のご要望にお応えできたと存じます。本当に素晴らしいデザインでしたもの」

わたしが持ち上げると、ディートリンデは満足そうな笑顔で何度も頷く。

「そうでしょう？　エーレンフェストの職人だけに任せるわけには参りませんもの。自分に似合う物を一番よく知っているのはわたくしですから」

……提案したの、ブリュンヒルデ達だけれど、まぁ、いいや。とりあえず「ディートリンデ様がデザインした」って言質は取れたみたいだし。

「其方が考案した髪飾りが一体どのような物なのか、卒業式が楽しみだな」

「えぇ、レスティラウト様もわたくしの髪飾りにはアッと驚くことになりましてよ。ホホホ……」

そんな話をしているうちに先生方が入って来た。その集団の中にはエグランティーヌの姿もある。

「本日はエグランティーヌ様がお手本を見せてくださるそうです。最上級生はもちろん、下級生の皆様もよく見ておいてくださいませ」

奉納舞の先生がそう言うと、エグランティーヌ様はニコリと微笑んで黒のマントを外し、連れて来ていた側仕えと思われる女性に手渡す。すでに舞が始まっているのではないかと思うほどに優雅で流れるような動きで部屋の中央に移動すると、スッと跪いた。

静かに俯いていた顔がクッと上げられ、ふわりと体が動き始める。高く亭亭たる大空に向かってしなやかな両腕が伸ばされた。

……なんて綺麗！

感嘆の溜息しか出ない。わたしはうっとりしながら、エグランティーヌの舞をほんの少しも見逃すまいと目を凝らして見つめる。指の動き、長い袖の翻り、視線の動き、全てが完璧だ。見ているだけで幸せになれそうだ。

エグランティーヌの奉納舞にうっとりしていると、いつの間に近くに来ていたのか、今年の卒業式で光の女神役をするディートリンデがわざとらしく息を吐いたのがわかった。

「悪意はないのでしょうけれど、ご自信がずいぶんとおありなのでしょうね。すでに卒業している方が舞うなんて、まるで冬の神の後押しをする混沌の女神のようだと思いませんこと？」

……エグランティーヌ様のお手本を「余計なお世話」とか「でしゃばり」って文句を言っている暇があるなら、よく見てお稽古に活かせばいいじゃない。レスティラウト様の闇の神に比べると、ディートリンデ様の光の女神は見劣りするんだよ。

わたしはエグランティーヌの舞から目を離さずに心の中で反論する。わたしの隣でお手本を見ていたシャルロッテはディートリンデにニコリと微笑んだ。

「わたくしが入学した時にはエグランティーヌ先生はもう卒業していらっしゃいましたから、このように素晴らしい舞を拝見できて嬉しく存じます」

エグランティーヌのお手本を見た後は、自分達のお稽古の時間だ。低学年は見学するけれど、それ以外は学年ごとに分かれて練習することになる。

わたしが三年生の場所に向かっていると、エグランティーヌがニコッと笑った。

「一年生の時分に素晴らしい舞を見せてくださったローゼマイン様が、今どのくらい上達したのか楽しみにしていますね」

「期待が重すぎます、エグランティーヌ先生」

楽しみにしているのは本当なのだろう。エグランティーヌはとても舞が好きだから。しかし、少しでもわたしから情報を得ようとしているのも本当なのだろう。そうでなければ、稽古場に足を運ぶとは思えない。

……祝福は出さない。

壁際で見ているシャルロッテと目が合った。シャルロッテも緊張しているようで指を組んでじっとわたしを見ている。お互いにコクリと頷き合う。

……緊張しちゃうね。

祝福を溢れさせることなく、奉納舞を終わらせなければならないのだ。ゆっくりと息を吸って、わたしはその場に跪いた。

「我は世界を創り給いし神々に祈りと感謝を捧げる者なり」

最も順位の高い領地の領主候補生ということで、ハンネローレが最初の文言を口にした。それに唱和するのだが、祝福を出すわけにはいかないわたしは口を動かすだけで声を出さずに済ませる。

……ここからお祈りのポーズ。

わたしにとって奉納舞は、祝福の危険に満ちた舞である。わたしは指先まで神経を行き届かせ、魔力が一滴も漏れないように細心の注意を払いながら舞った。こんなに真剣に舞ったことないよ、と胸を張って言えるほど真剣である。

動きがそれほど速くない部分ですでに体が熱くなってきて汗が浮かんできた。呼吸が少し苦しい。パーッと祝福してしまえば楽になれるのだが、これ以上貴族院で目立つわけにはいかない。手を伸ばしてくるりと舞えば、髪と一緒に長い袖が翻る。

……もうちょっと。

動きが速くなるのに合わせて、呼吸が荒くなってくる。なるべく息を乱さないように舞うことに集中し、熱い熱となって暴れようとする魔力を完全に自分の中に閉じ込めた。

指先が空気を切り、頬に当たる空気を冷たく感じながら、最後にまた跪く。それで終わりだ。額から汗がぽたりと落ちたが、祝福は溢れなかった。

……やり切った！　わたし、頑張った。誰か褒めて！

ホッと息を吐いた瞬間、初めてわたしは気が付いた。

……何これ⁉　わたし、ピカピカに光ってる！

身に着けていた全ての魔石に魔力が満ちているようで、ネックレスやブレスレットのお守りを始め、全身に着けている魔石のお守りが自己主張しているように激しく光っていた。

思わず体勢を崩して座り込み、魔術具を手で押さえる。それでも、光は消えない。

……これはセーフ？　アウト？

自分がどういう状態なのか、自分ですぐには判断できなくて、わたしはシャルロッテに視線を向けた。ハッとしたようにシャルロッテが顔色を変えてわたしに駆け寄ってくる。

「お姉様、どれほど魔力を込めて祝福しようとなさったのですか⁉　このままではまた意識を失って倒れてしまいますよ」

「しゅ、祝福には至りませんでしたよね？」

溢れてないよね？　と確認すると、シャルロッテはコクリと頷いた。

「祝福には至りませんでしたが、それでも、お姉様が神に祈るお心だけは十分に伝わってまいりました。もう十分です。お兄様、早くお姉様を寮へ連れて戻ってくださいませ」

「ダメです、シャルロッテ。お稽古の合否がまだ……」

これだけ頑張ったのに、合格を勝ち取らずに戻ることはできない。わたしが先生を見上げると、先生もハッとしたように口を開いた。

「ローゼマイン様が全身全霊を込めた舞は拝見いたしました。もちろん合格ですから、早くお体を休め、くれぐれもご自愛くださいませ」

「恐れ入ります」

わたしは周囲がポカンとした顔で自分を見ていることに気付いた。これだけ光っていれば注目されても当然だ。泣きたい。

「皆様、この場をお騒がせして申し訳ございません」

……これだけ念入りに準備したのに、わたし、アウトだった！

シャルロッテとヴィルフリートに支えられるようにして、泣きたい気持ちと熱っぽい体でフラフラとわたしは小広間を出た。

「ローゼマイン姫様……。わたくしが姫様を連れて戻りますから、ヴィルフリート坊ちゃまとシャルロッテ姫様はお稽古を続けてくださいませ」

魔石の状態で全てを悟ったようにリヒャルダがそう言って寮へ連れて帰ってくれる。

寮には空の魔石や魔術具第二弾が届いていたので、どんどん魔力を注いで行けば熱が取れて少しスッキリした。

「……リヒャルダ、これは？」

「アウブ・エーレンフェストからのお手紙ですね」

魔石と一緒に、ジルヴェスターからヒルシュールとの面会日時を指定した手紙が届いた。

アウブとヒルシュールの面会

　奉納舞のお稽古で何とか祝福を溢れさせることなく合格を勝ち取ったわたしだったが、あの後の皆の反応が怖くて仕方がない。お稽古から戻ったヴィルフリートとシャルロッテをすぐさま会議室に案内して、ビクビクしながら尋ねてみた。二人は何とも言えない顔でそっと息を吐く。

「……祝福は抑えられましたけれど、魔石全体が光を帯びていましたから。その、聖女と言われれば納得するような光景でございました。ね、お兄様？」

「うむ。共に舞っている私が気付いたほどだ。とても目立っていたぞ」

　なんとヴィルフリートも光り出した魔石に気を取られて舞を途中で止めてしまったらしい。皆が光る魔石に驚いてポカンとしていたことは知っているが、周囲が舞を止めて自分を見ていることさえわたしは気付かなかった。

　……祝福が溢れないように必死だったんだよ！

「ほ、他の方々の反応はどうだったのでしょう？」

「小広間の中では誰もが口を噤んでいたので、それぞれの反応はよくわからぬ。ローゼマインが去った後は気を取り直して稽古したからな」

「領主候補生ばかりですから、どなたも顔色や内面を隠すことに長けていらっしゃいますもの。こればわかりませんね」

の後、周囲やそれぞれのアウブへどのような報告がされているのかは、もう少し経ってからでなければわかりませんね」

ヴィルフリートが頭を左右に振り、シャルロッテは溜息を吐きながらそう言った。奉納舞のお稽古は領主候補生だけが行うので、上級貴族が一緒の音楽の実技と違って見た者は少ない。ただ、小広間にいた全員が領地の最上位に位置する者なので、どのような影響がどのように出るのか、今の時点ではわからないそうだ。

「そうですか。……それから、こちらがエーレンフェストから届いていました。二日後の夕食時、ヒルシュール先生との面会のために養父様がいらっしゃるそうです。ヒルシュール先生にはオルドナンツで連絡しておきました」

わたしが木札を差し出しながらそう言うと、ヴィルフリートとシャルロッテが不安そうな表情で顔を見合わせる。

「……そうか。父上がいらっしゃるのか」

「領地対抗戦で神々のご加護について発表するのでしたら、話し合いは必要ですものね」

二人の顔色が少し曇ったのは、粛清の結果についてもはっきりするからだろう。

わたし達はジルヴェスターが来るまでに旧ヴェローニカ派の子供達も含めて皆で採集場所に赴き、たくさんの薬草や素材を採って、祝福で回復しておいた。これらの素材を渡すことで、冬の主の討伐に備えてほしいし、寮内が上手く回っていることをアピールしたいと思っている。

「姫様方、転移陣の騎士から連絡がございました。これから移動が始まるようです」

リヒャルダの言葉に午後の実技を早々に終えたわたしと、すでに座学を終えているシャルロッテの二人が顔を上げた。夕食よりもずいぶんと早い時間である。

「先にお話の摺り合わせは必須ですからね。リヒャルダ、会議室の準備は……」

「すでに整っています」

座学を終えて寮にいる低学年の側仕え見習いを指導しながら、リヒャルダは会議室の準備を整えさせたらしい。わたしは多目的ホールで本を読んでいたので気付かなかった。

転移の間に向かうと、まず護衛騎士が三人出てきて、転移してくる主を待つ体勢をとる。

「お母様もご一緒でしたの⁉」

シャルロッテが驚きの声を上げた。転移陣で寮へやって来たのはジルヴェスターだけではなかったのだ。フロレンツィアも一緒だとは思わなくて、わたしも驚いた。フロレンツィアはシャルロッテとよく似た色合いの藍色の瞳でわたし達を見た後、頬に手を当てる。

「ヒルシュール先生とのお話は領地にとって大事ですもの。わたくしも同席しなくてはね」

「私は別件で忙しかったため、今年の報告書に目を通していたのはフロレンツィアだったのだ」

ジルヴェスターが肩を竦めた。マティアスの進言による粛清の前倒しでバタバタとしている中、貴族院からの報告書に目を通していたのはフロレンツィアだったらしい。

わたし達はリヒャルダに準備してもらっていた会議室へ向かい、ヒルシュールとの面会前に話の摺り合わせを行う。側仕え達にお茶の準備をしてもらい、一息ついたところで実技を終えたヴィルフリートが合流してきた。

「お待たせいたしました」

「お話はこれからです、ヴィルフリート。頑張っているようで、母は嬉しく思いますよ」

「母上がご一緒だとは思いませんでした」

ヴィルフリートの言葉にフロレンツィアが「本当に皆が同じことを言うのだから」とクスクスと笑った。

「移動した当日に重大な報告があったでしょう？　それでジルヴェスター様はもちろん、騎士団が大忙しになったのです。ですから、わたくしが皆の報告書を読むことになったのですけれど、次々と届く報告書に、わたくし、本当に面食らってしまって……」

三年生では講義初日からわたしの関係者ばかりが神のご加護を大量に得た。それが原因でわたしの魔力の調節が利かなくなって、次の日には音楽の実技でフェシュピールと共に祝福を撒き散らかした。ここで早くもヒルシュールから面会依頼が届く。例年ならば「特筆すべきことはありません」で済ませる寮監からの面会依頼で、しかも、神々のご加護を増やす方法を公表することに関する相談までである。

フロレンツィアはこの時点で自分の手に余ると判断し、ジルヴェスターや騎士団長であるカルステッド、それから、エルヴィーラにも相談したらしい。

土の日に採集場所に祝福を行って対策を練ったと報告が来て胸を撫で下ろしていたら、週明けのお昼に「このままでは奉納舞のお稽古でも祝福が溢れるかもしれない」という緊急要請で空の魔石を大量に要求されてしまう。フロレンツィアはとても大変だったようだ。

「しかも、魔石は魔力が満たされてすぐに戻って来たでしょう？　あの日の午後は騎士団に連絡を取って空の魔石を集めながら、側仕えには予定を空けさせてヒルシュール先生との面会時間を作り、文官に木札を書かせていたのです」

様々な手配をしながら奉納舞がどうなったのかと心配していれば「祝福が溢れるのは阻止できたものの、大量の魔石を光らせて注目を集めまくりました」という報告が届いたようだ。

……客観的に聞くと、何が起こっているのか、わけがわからない状態だね。

「それで、神々のご加護を得る方法を公表することについてなのですけれど、ローゼマインはどのように考えているのですか？」

「一部分は公表すれば良いと思っています。基本的に不干渉を貫くヒルシュール先生がわざわざ進言してきたのですから、エーレンフェストを取り巻く状況は、本当に良くないのでしょう。順位を急激に上げた数年で悪評が一気に増えたと伺いました」

領主会議に出席している領主夫妻、周囲の噂を拾い集める文官や側仕えが少し表情を硬くする。

「上位領地は下位領地に施すものが必要なのでしょう？　今はどの領地も基本的に魔力が足りていないのですから、ご加護を得ることで魔力の消費はかなり効率的になって、領地に回せる魔力が増えれば少しは周囲との関係も変化するのではございませんか？」

もちろん、領地のために魔力を使うには神殿との関係改善が大事になる。儀式のために渋々でも貴族達が神殿に出入りするようになれば、少しは神殿の在り方が変わってくると思う。

「フレーベルタークはエーレンフェストを真似て領主候補生が直轄地を回るようになったため、収穫が増えたと聞いています。けれど、あまり大っぴらに神殿に出入りしているとは言えない雰囲気で、周囲にはその話が広がっていませんよね？」

フレーベルタークの領主候補生だったリュディガーが神殿の儀式に参加して、土地を魔力で満たしたという話は親睦会で報告されたけれど、お茶会などの話題として大々的に取り上げられたことはないと思う。少なくとも、わたしはお茶会でそんな話題を聞いていない。

「そうだな。男ばかりの社交でもリュディガー様は神殿に出入りして儀式を行っていることや、エーレンフェストに感謝しているという言葉は出していなかったと記憶している」

「わたくしも下位領地や中領地とお茶会をしましたが、フレーベルタークの貴族達から領主候補生が儀式をして回ったというお話は聞いていませんね。ディートリンデ様が開催する従姉弟会で少し話題になった程度でしょうか」

ヴィルフリートとシャルロッテの言葉に、ジルヴェスターとフロレンツィアも顔を見合わせた。

「領主会議でも同じだな。内輪で集まった食事会でコンスタンツェ姉上から礼を述べられたが、全ての領主が集まる場で神殿に出入りしているとは発言していなかった」

「順位的に中領地の底辺に落ちているフレーベルタークは、これ以上領地に疑惑の目を向けられるのは避けたいのでしょう。けれど、お兄様達がそちらで発言してくだされば、エーレンフェストに向けられた悪い噂はかなり払拭できたでしょうね」

エーレンフェストとフレーベルタークの領主夫妻は互いに姉弟兄妹同士だ。関係が深いだけに、悪い時も良い時もお互いに影響が大きくなる。これまでエーレンフェストがしてきたように、周囲の悪い噂に引きずられることを恐れて保身を第一に考えるのは、下位領地ならば当然だ。

「ですから、養父様の悪評を打ち消すための根拠として、ご加護を得る方法を発信すれば良いと思います。もちろん、全てを公表するわけではなく、当たり障りのない部分だけで十分だと思うのですけれど」

「なるほど。では、其方が出せると思う範囲でやってみろ」

「アウブ・エーレンフェスト、ヒルシュール先生がいらっしゃいました」

大まかな打ち合わせを終える頃にはヒルシュールがやって来た。向かい合うジルヴェスターとヒルシュールの雰囲気が二人とも硬い気がする。

「ご無沙汰していいます、アウブ・エーレンフェスト」

「領地対抗戦でもあまり顔を合わせぬからな」

二人の硬い表情を和らげるように、フロレンツィアが微笑みながら二人の間に入った。

「ヒルシュール先生からの面会要求があって本当に助かりました。貴族院の原則として、こちらからは手が出せませんから」

「そうだ。助かった。それから、顔を合わせて一度きちんと謝りたいと思っていたのだ。母上が済まないことをした。フェルディナンドに教えられるまで知らなかった自分を情けなく思っている」

ヒルシュールが軽く息を吐いて首を横に振った。

「書簡で謝罪はすでに受け取っています。他者がいる前でアウブが容易く頭を下げるものではございませんよ、ジルヴェスター様」

「其方に援助していたフェルディナンドがいなくなったので援助金を支払うと言えば、エーレンフェストからの援助はいらぬと其方は返答したではないか……。許す気がないからであろう？」

情けない顔をするジルヴェスターに、ヒルシュールはニコリと微笑んで首を横に振った。

「謝罪は受け取れても援助は受け取れません。わたくし、隠匿はしても後処理はいたしませんから、これからも金銭は結構です。少々のお金ではとても報いにならないような問題が山積みになりそうですからね。これまで何の援助もなかったのに、必要な時だけ援助すれば自分達に都合良く動くと思われるのも心外です」

そう言いながらヒルシュールはわたしを見た。その目が明らかに問題を山積みにする子を示している。ジルヴェスターもその視線を追ってわたしを見ながら、うーんと顔をしかめる。

「ローゼマインが卒業した後ならばどうだろうか？」

「そうですね。その件に関してはその時に考えましょう」

……あっさり手のひらを返したよ⁉

「そこは、わたくしの信念に変わりはありません、とカッコよく決めるところですよね⁉」

「あら。わたくしの信念は、全ては研究のために、ですよ、ローゼマイン様」

キラリと紫色の瞳を輝かせたヒルシュールが全く変わらないところにわたしは肩の力を落とす。

クックッと笑いながら、ジルヴェスターがわたしの肩を軽く叩いた。

「毎年、毎年、問題が大きくなっているのだから、ローゼマインとてヒルシュール先生の言い分も理解できるであろう？」

「え？　そんなに毎年大変さが増えていますか？」

毎年報告する内容には事欠かないが、それほど大変さが増えているとは思わなかった。わたしの言葉に周囲が唖然とした顔になり、ヴィルフリートがガシッとわたしの肩をつかんだ。

「ローゼマイン、本気で言っているのか？　其方が一年生の時は問題だらけに見えても保護者呼び出しはなく、二年生の時は半ばに呼び出しがあり、三年生は一週間で寮監からアウブへの面会依頼だ。問題の大きさが加速度的に増しているとは思わぬか？」

ヴィルフリートの訴えに、わたしはそう言われるとそうかもしれないと一応納得した。けれど、反論させてもらいたいこともある。

「わたくしだって別に問題を起こしたくて起こしているわけではありませんし、今年に関しては完全に不可抗力だと思います。儀式で加護をたくさん賜ったのはわたくしが神殿長としてお勤めをしていたせいですし、音楽の実技で祝福が飛び出してしまったのはシュタープで魔力制御ができなくなったせいですし、奉納舞のお稽古で目立ってしまったのも祝福を抑えようと努力した結果ではありませんか。……強いて言うならば、教育課程を勝手に変えた人が悪いと思います！」

わたしが拳を握って力いっぱい主張すると、ヒルシュールがフェルディナンドと同じようにこめかみを押さえる。

「ここには身内しかいませんが、あまり堂々と王の批判をするものではございませんよ」

「え？　つまり、今わたくしが苦労しているのは王様のせいということですか⁉」

わたしがヒルシュールを振り返ると、ジルヴェスターが軽く手を振った。

「ローゼマイン、口を閉じろ、と言われたのだ」

「あ、はい。申し訳ございません」

……王様の批判は心の中だけ。王様のバカバカ！

ヒルシュールへの謝罪が一段落したら夕食だ。詳しい話は食後に改めて行われる。領主夫妻がいるので、今日は領主一族とそれ以外の学生で食事時間が分けられた。

「これは王に対する批判ではなく、切実な要望なのですけれど……」

わたしはしっかりと前置きをした上でヒルシュールを見た。

「わたくしのようにシュタープを得てから魔力の流れや消費魔力に大きな変化があると、魔力の制御が非常に大変なことになります。シュタープや神々のご加護を得る実技は、昔のように卒業前に戻した方が良いと思います」

「ローゼマイン様のような不都合は初めてですから、すぐに教育課程が変わるかわかりませんね」

そう言いながらヒルシュールは早くにシュタープを得るメリットを挙げる。シュタープがなければ、講義のために魔術具をたくさん準備しなければならないし、魔力の消費も大きい。

シュタープがあれば魔力消費の効率が上がり、できることの範囲が大きく広がるため、未成年でも領地の役に立てる。貴族がガクンと減った時にはシュタープを前倒しで得ることには大きな利点があるらしい。特に、各地から青色神官や巫女上がりの学生が特例で貴族院に入ってきた時分には重要だったようだ。

「でも、これからは違いますよ。エーレンフェストでは魔力の圧縮方法も変わっていますし、行いやお祈りによってご加護を得られる数が変わるようになります。成長期を終える前にシュタープを取得すると困る学生が増えるようになると思います」

一番危険なのはローデリヒだ。わたしに名捧げした影響で全属性になってしまったし、まだ成長期真っ盛りである。魔力の伸びによっては今のシュタープで制御できなくなる可能性がある。

「成長期を終えるまでに魔力を伸ばし、加護を得られる眷属が増えれば、もっと品質の良いシュタープを得ることができるかもしれません。何より、シュタープを得られるのは一人につき、たった一度なのに、自分に合わないシュタープでは一生困るのです」

まだ今ならばシュタープなしで行っていた昔の講義の内容が資料として残っているし、教え方を知っている先生方もいるだろう。けれど、世代交代が進んでしまうと簡単に失われてしまう情報になる。そうしたら、次は戻したくても戻せなくなってしまう。

「わたくしはシュタープを得る前にフェルディナンド様に教えられて調合をしたことがあるので、シュタープなしでも調合できます。でも、ヴィルフリート兄様やシャルロッテはもちろん、文官のハルトムート達でさえシュタープなしの調合方法を知らないのです。当然、調合に必要な魔術具の作り方も次第に忘れられていきます。これは結構大きな問題だと思うのです」

「……一応そういうお言葉があったということは王族に伝えておきましょう」

要求という名の批判で夕食を終えると、また会議室でお話し合いである。主な議題はエーレンフェストが置かれている状況の確認と加護を得る方法の公表についてだ。ヒルシュールから貴族院や中央におけるエーレンフェストの評価について話があり、なかなか厳しいことが述べられる。

「長くて激しい争いでしたからね。勝ち組にも負け組にも傷は大きかったのです。エーレンフェストは被害などほとんどなかったに等しいですから、周囲の目はどうしても厳しくなりますよ」

エーレンフェスト側の見解では中央に言われた分は何とかこなしているし、こちらも大変なのだが、と文句を言いたいところであるが、周辺の領地はもっと大変なのだそうだ。

「周囲との関係改善は最優先にしていただきたいのですけれど、心配事もございます」

「何だ？」

「中央の騎士団長がフェルディナンド様をずいぶんと目の敵にしているようでした」

ヒルシュールは心配そうにそっと息を吐いた。エーレンフェストを、ではなく、フェルディナンド個人の名が出たことに皆が訝しい顔になる。

「フェルディナンドと中央の騎士団長に何か接点があったか？」

ジルヴェスターの言葉に、わたしは口を噤んだ。ジルヴェスターはフェルディナンドがアダルジーザの実であること、それを中央騎士団長が知っていることを知らないのだ。おそらくヒルシュールも知らないのだろう。「理由は存じません」とゆっくりと首を横に振る。

「エーレンフェストに関してわたくしに探りを入れてくる他の方は、流行と取引枠の拡大、成績向上の秘密、噂が真実か否かなどを問うのですけれど、騎士団長だけは名指しでフェルディナンド様とローゼマイン様に関する質問ばかりをしてきました。気を付けた方が良いと思われます」

わたしは図書館で会った騎士団長を思い出す。フェルディナンドをアダルジーザの実だと言って、色々と疑い、エーレンフェストから離すことを王に進言したのではないだろうか。今は自分の第一夫人を上級司書として貴族院の図書館へ送り込み、わたしの情報を得ようとしている。

「周囲が敵だらけだからこそ、神々のご加護を得る方法を公開し、少しでも社交の役に立てるようになさいませ。これはアナスタージウス王子からのご指示でもあります」

エーレンフェストの社交のやり方は下位領地のもので、今の順位にそぐわないらしい。上位領地らしい振る舞いが求められているのだそうだ。

「神殿の儀式や領地の礎に魔力を込める時の祈り言葉は、エーレンフェストが独自で行っていることのようです。神殿長であるローゼマイン様の研究内容に相応しいですし、上手く発表すればエーレンフェストの評価をグッと上げることができます」

そんな助言に胸を撫で下ろす。それを見たヒルシュールは表情を厳しくした。

「ただ、今のエーレンフェストが発表したところで、周囲から信用されないことも考えられます。ダンケルフェルガーでアングリーフのご加護を得られる者が多い原因も祈りだと確認できました。寮監のルーフェンに話を通してあるので、共同研究にするのはいかがです？」

一部をダンケルフェルガーとの共同研究ということにすれば、研究自体の信用が上がるらしい。

「ヒルシュール先生、多くの助言に感謝する」

「……下手をすると、研究自体をダンケルフェルガーに奪われる可能性もあるのです。少しは疑いなさいませ。貴方は学生ではなく、アウブなのですよ。中央貴族であるわたくしの言葉を鵜呑みにするものではありません」

ヒルシュールの先生らしい言い方にジルヴェスターが苦笑する。

「フェルディナンドを庇い続け、今ローゼマインを庇い続けている其方を二人の家族である私が信用しなくてどうするというのだ？」

ジルヴェスターの言葉を呆気にとられたような顔で聞いたヒルシュールが、肩の力を抜いて小さく笑った。

「そういうところが甘いのですけれど、卒業してからこれまで貴方の本質が変わっていなかったことがわかって何よりでした。フロレンツィア様、ジルヴェスター様をよろしくお願いいたしますね。昔から本当に突拍子もないことをする方でしたから」

ジルヴェスターの学生時代のあれこれを口にし始めるヒルシュールを、ジルヴェスターが「止めぬか！」と必死の形相で止めた。どこからどう見ても、先生と教え子の雰囲気になった二人をヴィルフリートとシャルロッテが口元を押さえて笑いを堪えるようにして見ている。

「ヒルシュール先生、ジルヴェスター様は更に突拍子もないことをする子供達の後始末に奔走しています。少しは先生方のご苦労が身に染みていることでしょう」

「フロレンツィア……」

ヒルシュールが「相変わらずフロレンツィア様には弱いのですね」と楽しそうに笑った後、スッと表情を引き締めた。

「ご加護の儀式で多くのご加護を得たこと、祝福を容易に行う魔力量など、ローゼマイン様の価値が他領の領主候補生の目に見える形で示されました。ヴィルフリート様が狙われる可能性も高まっています。お相手がいなくなれば、婚約は嫌でも解消されることになりますからね」

予想していなかったところに話が飛んで、皆が息を呑んでヴィルフリートを見る。だが、視線を受けたヴィルフリートは「私は問題ない」と笑顔で言った。

「そのようなことが起こりうることは、叔父上からも注意されたし、お守りをいただいた。自分の身を守ることくらいはできる。ローゼマインも叔父上からたくさんのお守りをもらっているので、大丈夫だろう」

笑顔で言い切ったヴィルフリートに、ヒルシュールとフロレンツィアが頭を抱えた。

「ヴィルフリート、そこで婚約者であるローゼマインを自分の力で守ることができて初めて一人前なのですよ」

その通りです、と頷き、ヒルシュールはジルヴェスターへ視線を向けた。

「自領の宝を守るのは領主の役目です。貴方の手腕（しゅわん）に期待していましてよ、ジルヴェスター様」

儀式の研究と粛清の報告

ヒルシュールが去った後、ジルヴェスターはゆっくりと部屋の中を見回して息を吐いた。

「王族からの助言もあったようなので、私はダンケルフェルガーと共同で研究を進めた方が良いと思うが、実際に研究を進めるのは貴族院に在学している其方等だ。文官であり、領主候補生、そして、神殿長でもあるローゼマインが中心になって進めることになるであろう。ローゼマインは共同研究に関してどのように考える？」

「そうですね。……エーレンフェストの信用と好感度を上げるためにどこかの領地と手を組まなければならないのでしたら、わたくしはダンケルフェルガーが一番良いです」

ジルヴェスターは深緑の目でじっとわたしを見据えた。

「ダンケルフェルガーを選ぶ理由は？　研究ならばドレヴァンヒェルの方が周囲の信頼度が上がるのではないか？」

「わたくしが領主候補生のハンネローレ様とお友達ですから、親しい方がいない領地よりもお話を通しやすいこと。古い儀式を行っている領主候補生や騎士見習いが複数の眷属からご加護を得ているため、研究対象として適当であることが大きな理由です」

魔術具や魔法陣に関する研究ならば、ドレヴァンヒェルと組んだ方が周囲には通りが良いかもしれない。けれど、今回の研究内容は神々のご加護に関する物だ。ドレヴァンヒェルではサンプルにならない。

「それに加えて、ダンケルフェルガーにはハルトムートの婚約者であり、わたくしの側近を希望しているクラリッサがいます。彼女は文官見習いですから共同研究を進めやすいですし、それで成果を出せば、エーレンフェストに呼び寄せやすくなります」

ハルトムートが神官長として神殿に入ったため、クラリッサの親族は婚約を解消したがるはずだ。けれど、共同研究を通じて神殿への見方が多少なりとも変わり、少なくともエーレンフェストの神殿が他の領地の神殿と違うことをわかってもらえれば解消せずに済むかもしれない。

「それに、クラリッサはダンケルフェルガーの上級貴族です。ハルトムートと結婚してエーレンフェストへ来ることになれば上位領地の社交のやり方を学ぶことができます。上位領地としての振る舞いを求められているエーレンフェストには必要な人材ではないでしょうか」

「なるほど。至急必要な人材だ。婚約が解消されるのは避けたいな」

王族からも指摘される程だ。エーレンフェストはできるだけ早く上位領地としての振る舞いを身に着けなければならない。それを知っている者は上位領地の者だけである。

ダンケルフェルガーと組むことにジルヴェスターが納得して頷くと、今度はフロレンツィアが自分の文官に紙とインクの準備をするように言った後、わたしを見た。

「ローゼマインは当たり障りのない研究内容にすると言ったけれど、貴女の考える当たり障りのない内容と、当たり障りがある内容について教えてくださいな」

「はい。まず、祈りを捧げることでご加護を得られる確率が上がるということ。次に、真剣に祈らなければご加護が得られないこと。それから、魔力を神々に奉納する必要があること。これらは当たり障りのない部分で、ダンケルフェルガーとの共同研究で仮説を実証したいと思っています」

ダンケルフェルガーで加護を得られた騎士見習いと得られなかった者の比較などである程度の実証ができると思う。

「ただ、ヒルシュール先生が危惧(きぐ)していたように、ダンケルフェルガーの研究として奪われないためにはエーレンフェスト独自の内容も必要だと思うのです。ですから、加護を得る儀式を行う間、魔力の少ない中級や下級貴族は回復薬を使ったとしても、魔力で魔法陣の全てを満たしておかなければならないということを付け加えます」

「回復薬、ですか？」

フロレンツィアが不思議そうに目を瞬いた。フロレンツィアは領主一族なので、魔力が足りなくて魔法陣が満たせなかったということはないはずだ。

「ご加護を得るための魔法陣は大きくて複雑でしょう？　グンドルフ先生によると、魔法陣全てに魔力を行き渡らせるのは中級以下の貴族には難しく、自分の適性のある部分を最優先に満たすそうです。お祈りを間違えなければ必ず得られる大神のご加護を得られるように。ならば、回復薬を使いながら完全に魔法陣を満たさなければ、適性以外のご加護を得ることはできないと思うのです」

「初めて聞きました」

フロレンツィアは目を丸くしてそう言った。魔力量の違いでカリキュラムも分けられているのだ。

儀式を行う際も、魔力的な意味で下級貴族は色々なところが省略されているらしい。

「それから、礎の魔術へ魔力供給をする際にエーレンフェストではお祈りの言葉を唱えますよね？他領では唱えないそうです。これもヴィルフリート兄様のご加護が多かった理由になると考えています。フレーベルタークではどうだったのですか？」

「フレーベルタークでは唱えていませんでした。エーレンフェストで初めて魔力供給をした時には少し驚いたものです」

エーレンフェストではそうするのだ、と言われ、フロレンツィアは言われるままにお祈りの言葉を唱えながら魔力供給をするようになったそうだ。

「やっぱり魔力供給の時にお祈りするのは、エーレンフェストだけなのですね」

「エーレンフェストでも昔からお祈りの言葉と共に魔力供給をしていたわけではないぞ」

ジルヴェスターが腕を組み、少し眉を寄せるようにしてそう言った。

「え⁉　昔からではないのですか⁉　一体いつからなのですか？」

「確かコンスタンツェ姉上が嫁いだ頃から父上が唱えるようになったのだ。私が貴族院の二年生とか三年生とか……その辺りだったと思う」

予想とは違って、ものすごく新しい習慣だった。かなり驚いた。

「お祈りをしながら魔力供給をした養父様は、大神以外の眷属からご加護を得たのですか？」

「……それが原因か否かは知らぬが、得ている」

「父上はどのような神々からご加護を得ているのですか？」

うぐっと言葉に詰まったままジルヴェスターが視線を逸らす。フロレンツィアはジルヴェスターを見て、からかうように小さく笑った。

「ジルヴェスター様、子供の質問ですよ。教えてあげてはいかが？」

「……リーベスクヒルフェとグリュックリテートだ」

リーベスクヒルフェは悪戯好きでドレッファングーアから糸を盗んでは男女を結びつける縁結びの女神で、グリュックリテートは試練を乗り越えれば幸運を与えてくれる試練の神である。

……貴族院時代に得たご加護だと思うと、恋愛一直線にしか見えないね。きっとフィリーネがメスティオノーラに祈るのと同じくらい真剣にお祈りしていたんだろうな。

「それで、ローゼマイン。当たり障りのある研究内容はどのようなものですか？」

「お祈りや奉納をするようになれば、成人してからでもご加護が増えるか否かを調べたいと思っています。わたくしの側近は頻繁に神殿へ出入りしていますから、それでご加護が増えるかどうかを調べたいです」

貴族院で加護を得るのに失敗しているアンゲリカの救済や、ダームエルが増加していないかどうかは非常に気になるところだ。フィリーネのご加護が増えているならば、神殿へ出入りしている他の人も増えている可能性はある。

「それに貴族院ではなく、領地の神殿でも同じようにご加護を得られるのかどうかも実験してみたいです。その辺りの検証が上手くいけば、ご加護に関しても周辺領地より高い優位性を得られると思うのです」

領地内で成人でも加護を得られるのであれば、魔力的にはかなり助かると思う。完全に全てを公表するつもりはない、と言うと、ジルヴェスターが不可解そうな表情でゆっくりと顎を撫でる。

「だが、エーレンフェストで実験するにしても魔法陣がない……其方、まさか持っているのか？」

「まだ持っていませんけれど、儀式の時に書字板に描きましたからこれから作るつもりです」

書字板に描いた魔法陣はすでに紙に書き写してある。その通りに作れば魔法陣自体は作れるはずだ。領地でこっそり作るのであれば、誤魔化すための模様も必要ないので比較的早くできると思う。

「魔法陣の中央に立ったところで、誤魔化すための模様が多くて魔法陣の全体図を把握できぬだろう？　其方の身長ならば尚更だ。一体どのように写したのだ？」

わたしは祭壇の上から見たし、自分の魔力で魔法陣が光って浮かび上がっているように見えたので、簡単に書き写せた。普通はその場で書き写せるようなものではないらしい。加護の儀式で神々の像が動いて道が開くのが珍しいことはヒルシュールの口ぶりでわかっていた。フェルディナンドに相談してから公表した方が良い案件だと思う。

「ローゼマイン、どのようにして描いたのだ？」

ジルヴェスターが少し身を乗り出してきた。わたしは必死で頭を回転させる。フェルディナンドが公表しても良いと言った時のために、完全な嘘ではなく真実を混ぜながら誤魔化すのだ。

「……か、神々のお導きです！」

「はぁ？　神々のお導きだと？」

「そうです。神がわたくしに写せと囁いたのです」

わたしはニコリと笑った。嘘は言っていない。神様が上においでと道を空けてくれたのだから。
ジルヴェスターだけではなく、側近達も含めて部屋にいる全員からものすごく胡散臭そうに見られたので、わたしは急いで話題を変える。

「ところで、粛清の結果はどうだったのですか？」

その途端、皆がハッとしたように領主夫妻へ視線を向けた。貴族院の学生達にとっても大事な案件だ。これに関しては説明が欲しい。ジルヴェスターは表情を引き締める。

「すでに連絡していたように、ひとまずの粛清は終わった。他領の第一夫人に名を捧げて忠誠を誓う者、それから、不正を行い、エーレンフェストに不利益を与えた者を排除できた。名捧げをしていた者以外は、捕らえて取り調べをしている最中だ」

ゴクリと唾を呑む音が響いた。ジルヴェスターによると、今は取り調べや処分の決定などの事後処理に追われているらしい。そのため、騎士団長のカルステッドは領地から離れられないそうだ。

「名捧げで処刑になった者だが、まず、ギーベ・ゲルラッハとその家族。それから……」

ジルヴェスターの口からゲオルギーネに名捧げをしていたことで処刑になった者の名前が発表される。マティアスやラウレンツから聞いていた名前がほとんどで十人にも満たない。夫婦や親子など彼等の連座対象になった者を含めても、実際に処刑される者が当初の予想ほど多くなかったことに、わたしはホッと安堵の息を吐いた。これならば、名捧げをしなければ生きていけない子供はそれほど多くないはずだ。

「よって、貴族院の学生で名捧げをしなければ連座で命を失う者は、マティアス、ラウレンツ、ミユリエラ、バルトルト、カサンドラの五名。それ以外の者はすぐにとは言えないが、家族の元へ戻ることができるだろう」

バルトルトはヴィルフリートに、カサンドラはシャルロッテに名捧げをする予定になっている。親の処分が決まってしまうと、わたしに名捧げをする子が意外と多いことに気付いた。

「残念ながら、ギーベ・ゲルラッハは自爆だ。ボニファティウスが先陣を切って突っ込んでシュタープで捕らえようとしたが、捕縛よりも自爆の方が速く、証拠になりそうなものは腕しか残らなかったと聞いている。指輪と家紋、それから残っている魔力から本人の物だと判断したそうだ」

マティアスの家族だとわかっている。それでも、ゲオルギーネの忠臣で、わたしを付け狙っていたゲルラッハがいなくなったことに、わたしは安堵の息を吐いた。これでわたしとその周囲の危険はぐんと減ったに違いない。

「其方等が貴族院にいる間に、捕らえている者の取り調べ及び処分の決定を行う。罰金などの金銭で片付く者に関しては、冬の終わりには自宅へ戻っているはずだ。処分が重く、しばらくの間労役(ろうえき)に服す者の子供は、家族の労役が終わるまで城の寮で過ごさせる。これは孤児院で保護された子供に関しても適用される」

マティアスの進言で粛清が前倒しになったが、打ち合わせ通りに事は進んでいるようだ。もう親に会えないのでは、と不安がっていた子供達の大半は時間がかかっても親元に戻れそうである。

「養父様、孤児院に入った子供は何人いますか？　食料や布団(ふとん)を運び込んでくれましたか？」

「あぁ。ローゼマインが孤児院の様子を気にする、とよく理解しているようだな。孤児院の子供に関してはハルトムートから報告書を受け取っている」

ジルヴェスターが視線を動かすと、文官の一人が書類の束を渡してくれた。わたしはその書類の束にさっと目を通す。孤児院へ新しく入った子供は十七名で、名前と年齢、親の名前、ヴィルマの所感が書かれていた。やはり精神的に不安定な子供も多いようだ。けれど、貴族として育てられているせいか、五、六歳くらいの子供は感情を見せないように歯を食いしばって耐えていたり、泣くのを必死で堪えていたりするらしい。

家族を恋しがって泣く子供達の姿が思い浮かんでギュッと胸が締め付けられた。わたしは家族と引き離される悲しさを知っている。家族と離れた時に自分も泣いたことを思い出して歯を噛み締めていると、シャルロッテがフロレンツィアに子供部屋の様子を尋ねた。

「お母様、子供部屋の子供達はいかがですか？」

「大変なことが起こったので、一度は子供部屋の全員を一カ所に集め、粛清が終わってからそれぞれの家族に子供部屋まで迎えに来てもらいました。今回の粛清は本当に大掛かりで、文官や側仕えの一部も加わっていたので、子供達を一カ所に集める方が守るためにも都合が良かったのです」

そして、本来ならば迎えに来るはずの家族が捕らえられ、部屋に残された子供達には粛清やこれからの話をしたそうだ。子供部屋には名捧げをしなければ生きていけない子は本当に少数で、これからどのようにしたいのか、何度も話をしているらしい。

「……養母様（かあさま）、ニコラウスはどうなりましたか？」

お父様の第二夫人であるトルデリーデの息子ニコラウスは、ほとんど顔も合わせたことがないけれど、わたしの異母弟に当たる。時折、何か言いたげに視線を向けてくるので気にはなっていた。

「子供部屋にいます。トルデリーデの処分がはっきりと決まってから、どのように扱うのか、カルステッドは話し合うと言っていました。ただ、粛清の責任者で、この後冬の主の討伐も控えているため、カルステッドがニコラウスと向き合うのはしばらく経ってからになるでしょうね」

……きっと心細いだろうな。

わたしが一人で耐えるニコラウスの姿を思い浮かべていると、ヴィルフリートが顔を上げた。

「子供達に関しては予定通りに進んでいることがわかりました。……父上、ゲオルギーネ様に名捧げしていた方の記憶を覗くことはできたのですか？」

「……数人はできた。碌な記憶はなかったが」

騎士団が捕らえるために向かったところ、騎士団の姿に気付くや否や自爆する者が何人もいたらしい。討伐として殺してしまうならば簡単だったが、ゲオルギーネとの繋がりや証拠を得るには生け捕りにしなければならない。それが非常に大変だったそうだ。

「母上に名捧げをしている者や不正に関わっただけの旧ヴェローニカ派は多少の抵抗はあったものの、すんなりと捕らえることができた。だが、姉上に名捧げをしていた貴族は、騎士団の姿を見た途端に自爆した者、ボニファティウスが少しやり過ぎた者もいて、碌に捕らえられる者がいなかった。記憶を覗くための頭があまり確保できなかったのだ」

死んでしまうと記憶を覗くのに色々と制限がかかるらしい。青色巫女見習いだった頃、わたしの記憶を見る時にフェルディナンドは指示を出して見たいものを見ていたが、その指示が出せなくなるし、時間経過とともに記憶が急速に劣化していくそうだ。

「おまけに、残っている記憶にも碌な証拠がなかった。姉上がゲルラッハに立ち寄ったこと、姉上の言葉に彼等が熱狂的に大騒ぎしていたことはわかったが、姉上が何を言ったのかは聞き取れなかったと聞いている。困ったことに、まるで記憶が歪められているように、全員が視界も音も歪んでいたそうだ」

「何ですか、それ？　意図的にそのようなことができるのですか？　名捧げをした者の記憶は覗けなくなるような法則があるということでしょうか？」

名を受けた以上、無関心ではいられない。わたしの疑問にジルヴェスターは苦々しい顔になる。

「マティアスの報告の中に、夏の終わりだというのに暖炉に火が入っていて甘ったるい匂いが充満していたという言葉があったのを覚えているか？」

「はい。それが何か？」

「薬に詳しい文官の一人がトルークではないかと言っていた。記憶を混濁させ、幻覚を見せるような作用のある強い植物だ。エーレンフェストには存在しないが、貴族院で危険な植物として教えられたことがあるらしい。それが使われたのではないか、と推測されている」

そう言った後、ジルヴェスターは疲れたような溜息を吐いた。

「姉上はかなり用意周到だ。自分のところまで手が伸びないように幾重にも手を打っていると感じた。それだけの執念と目的を達するための知識には恐れ入る」

名捧げをした自分の臣下が捕らえられた時にどのように扱われるのか知った上で、証拠や記憶を残さないように対策を練っている周到さにわたしも舌を巻いた。考え無しと言われるわたしではとてもそんなに何重にも手を打つようなことはできないし、思いつかない。そんなに良い頭があるならば、他領を手に入れようとするような碌でもないことに頭を使わずにもっと建設的なことに使えばいいのに、と思わずにいられない。世の中にはもっと素敵なことがたくさんあるはずだ。

……そう、たとえば図書館を作るとか、世界中のお話を集めるとか、本を作るとか。

わたしはゲオルギーネの執念を残念に思って、ジルヴェスターと似たような溜息を吐く。シャルロッテはニコリと笑いながら、領地で奮闘する父親を慰め始めた。

「お父様、記憶を覗いてもゲオルギーネ様との繋がりや確たる証拠はなかったかもしれません。でも、今回のことで他領へ名捧げをしていた方を排除することはできました。これは十分な成果ではありませんか。マティアスの進言がなければ、粛清が失敗していたかもしれないのですよ」

「シャルロッテ……」

ジルヴェスターが驚いたように自分の娘を見つめる。微笑んで見つめ返すシャルロッテは、彼女の母親であるフロレンツィアとよく似ていた。

「ゲオルギーネ様はこれ以上エーレンフェストで好き勝手はできないでしょう？　ギーベ・ゲルラッハも処刑されたのですから、礎の魔術を手に入れようと思っても手引きをする人がいないのですから、落ち込まずにエーレンフェスト内を統一する方に目を向けましょう。ね？」

「……シャルロッテの言う通りだな。姉上が好き勝手するための臣下は排除できた。この先、エーレンフェストにおけるローゼマインの身は安全になる」

「えぇ。何度もお姉様を苦しめた者を排除することができたのです。わたくしはそれで十分です」

シャルロッテの言葉にジルヴェスターだけではなく、護衛として領主夫妻に同行していた騎士達の表情も少し緩んだ。

「三人のギーベを処刑したので、しばらくはエーレンフェストの各地で魔力が不足しそうだが、幸運にも魔力が有り余っている者がエーレンフェストにはいる。試練の神グリュックリテートに祈りと感謝が必要かもしれぬな」

ジルヴェスターがわたしを見ながらそう言ってニッと笑い、クイッと手を動かすと、騎士の一人がおずおずとした様子で魔石がたくさん入った袋を持ってきた。

「これでしばらくは大丈夫だろう。これまで溜めた魔力を放出し、なるべく圧縮率を下げるようにしろ。そうすれば、体内の魔力量が減って、それほど問題なく魔力を扱えるようになるはずだ」

まさか助言がもらえるとは思っていなくて、わたしが目を瞬いていると、ジルヴェスターは昔を思い出すような懐かしい顔をした。

「貴族院の一年だったフェルディナンドが初めて魔力圧縮を覚えて馬鹿みたいに圧縮した時のことだ。アレも魔力が増えすぎて扱いきれなくて途方に暮れていた。その時は一度魔力を大量に使って圧縮率を下げることで体内の魔力量を調節していたはずだ。……私の記憶が確かならば」

付け足された言葉で非常に不安になったけれど、貴重な助言にわたしは魔石が大量に入った袋を笑顔で抱え込んだ。

「養父様、教えてくれてありがとう存じます。これからやってみます」

領主候補生の講義終了

これだけの人がいる中で、人払いをしてジルヴェスターと二人だけで話をすることは難しい。ローデリヒの名捧げと属性の増加に関する詳細は、後日にした方が良さそうだ。今回、名捧げをしなければ生きていけない学生は、全員がすでに加護を得る儀式を終えているのだから、大急ぎで相談する必要もないだろう。貴族院が終わってからでも問題ない。

「私からの話は以上だ。其方等は自室へ戻りなさい」

わたしは自室へ戻って魔石にどんどんと魔力を込めながら体内の圧縮率を下げていった。これまでは無意識のうちに圧縮していたけれど、これからはなるべく圧縮しないように気を付けなければならないようだ。

……魔力を圧縮して押し込むのは慣れてるけど、薄く広げるのは意識しないと難しいな。

少しでも押し込んで魔力を溜める器に隙間を作って命を繋がなければならなかった平民時代とは違い、薄く広げて器に残す魔力を減らせば制御は可能になるらしい。

「……あ？」

魔石にどんどんと魔力を放出していると、途中でフッと体が軽くなったような、ストンと落ち着くような感触がした瞬間が訪れた。本能的にここがシュタープの限界値なのだと察して、わたしはもうちょっと魔力を魔石に流していく。

「うん。これで大丈夫でしょう」

……大丈夫、だったらいいな。

次の日、朝食を終えた後、学生達は全員多目的ホールに集められた。粛清の詳細について話をするためである。多目的ホールに集まった学生達は、領主夫妻が寮を訪れていたことを誰もが知っている。皆が緊張した面持ちになっていた。特に旧ヴェローニカ派の子供達は顔が強張っていたり、血の気が引いていたりする者もいるくらいだ。

「皆も知っての通り、昨夜、アウブがいらっしゃった。ヒルシュール先生との面会がその理由だが、同時に、粛清に関するお話もされた。そのことについて、皆に話しておきたいと思う」

ヴィルフリートが皆を見回しながら堂々とした態度で説明を始める。当初の予定通り、他領の第一夫人であるゲオルギーネに名捧げをしている者は処刑。そして、それ以外の者については取り調べ、冬の間に処分が決定するということが告げられる。

「名捧げをしなければ生きられない者は、マティアス、ラウレンツ、ミュリエラ、バルトルト、カサンドラの五名。それ以外の者はすぐとは言えないが、家族の元へ戻ることができるそうだ」

「……時間がかかっても、また家族と会えるのですね」

よかった、と安堵の息を漏らしたのは、レオノーレにぐるぐる巻きにされていた一年生の彼だった。彼の言葉で多目的ホールの中にホッとした空気が満ちていく。大半の者が名捧げの必要もない、と聞かされれば気が緩むのはわかるし、彼の家族がゲオルギーネに名捧げをしている者達でなくてよかったとわたしも思う。

けれど、家族を失い、名を縛られることになるバルトルトとカサンドラは血の気の引いた白い顔をしていた。二人は無理をしていることがわかる作り笑顔を浮かべている。わたしが心配すると、彼等が表情を取り繕わなくてはならなくなることに気付き、そっと視線を逸らした。

「孤児院の子供達も含めて、この先の身の振り方については先に話した通りだ。罰金で片付く者に関しては、貴族院が終わる時には自宅へ戻れる予定だが、処分が重く、しばらくの間労役に服す者の子供は、家族の労役が終わるまで城の寮で過ごすことになる。誰がどのような罪とはまだはっきりと決まっていない部分もあるので、それを忘れないように」

話が終わると、家族と二度と会えなくなるのではないか、とずっと緊張して不安がっていた子供達から気の緩んだ自然な笑顔が零れるのがわかった。雰囲気が柔らかくなったことにホッとしながら、わたしは自分の側近達の様子を見る。それほど不満そうな顔はしていないようだ。

「ローゼマイン様」

マティアスとラウレンツがそう呼びかけながら近付いてくると、レオノーレ達が厳しい表情でザッと前に出た。ブリュンヒルデやリーゼレータも警戒の表情になっていて、一瞬で多目的ホールが緊張に包まれる。わたしの護衛騎士達に阻まれたまま、二人はその場に跪いた。

「我々の石は準備できています。名を受ける用意が整いましたら、いつでもお呼びください」

「早目に受け取ってしまいましょう。そうすれば、レオノーレ達もこれほど警戒しなくて良くなりますから。リーゼレータ、部屋を準備してください。二人とも、立ち会うのはわたくしの側近でよろしいですか？」

「はっ！」

すでに一度ローデリヒの名を受けたことがあるので、それほど構えることなくわたしは名を受けることができた。わたしの護衛騎士達が立ち会いで見張りながら、マティアスとラウレンツを一人ずつ呼んで、順番に名を受ける。わたしの魔力で縛る瞬間は、二人ともかなり苦しそうだった。

「これで、マティアスとラウレンツはわたくしの側近です。今後は護衛騎士としてよろしくお願いいたしますね」

「こちらこそよろしくお願いいたします」

二人の名を受けて多目的ホールに戻ると、ミュリエラが羨ましそうにマティアスとラウレンツに視線を向けてきた。わたしからは距離を取った状態で、残念そうに溜息を吐く。

「わたくしもなるべく早く名捧げを行いたいのですけれど、良い素材が手元にないのです」

「ローゼマイン様から許可をいただければ、次の土の日にはミュリエラの素材を狩りに同行したいと思っています」

マティアスとラウレンツの言葉にわたしはすぐに許可を与えた。家族が助かったと喜ぶ子供達と、家族の処刑が執行された者は一緒に行動しにくいだろう。なるべく早く側近に入れてあげたい。

「えぇ。お願いします。……レオノーレ。グレーティアを呼んでもらっても良いかしら？」

「姫様、お待ちくださいませ。グレーティアに何をおっしゃるつもりですか？」

リヒャルダが厳しい表情でわたしを見た。

「え？　あの……名捧げをする必要はなくなったけれど、まだわたくしに仕える気がありますか？と尋ねるつもりで……」

わたしの言葉に側近達がすぐさま首を横に振った。

「ローゼマイン様、グレーティアは旧ヴェローニカ派の家族がいますから、名捧げもなくお仕えすることはできません」

「そうですよ、ローゼマイン様。名捧げをしているからこそ、周囲はローゼマイン様の側に置いても安全だと見做(みな)すのです」

「何の保証もなく旧ヴェローニカ派のグレーティアを側近にすれば、周囲からの中傷がひどくなり、辛い思いをするのは彼女です」

皆からそう言われて、わたしは少し項垂(うなだ)れる。

「……せめて、テオドールと同じように貴族院だけ仕えてもらうという形にはできませんか？　学生の側仕えがいないのも困るでしょう？」

城はまだしも、貴族院の側仕え不足は深刻なのだ。わたしの言葉に、ブリュンヒルデとリーゼレータが難しい顔で考え込んだ。後継者に少しでも早く教育が必要なのは、側仕えの二人が一番理解しているだろう。けれど、二人は難しい顔のまま、わたしの提案を却下(きゃっか)した。

「貴族院でお仕えする者は、将来的に最も繋がりが深い臣下となります。これから先を考えれば、名捧げもなくグレーティアを側近に入れるのは反対です」

皆の反対にわたしは項垂れるしかない。命がかかっているマティアス達はともかく、グレーティアには選択肢がある。名捧げの強要などできるわけがない。ローデリヒは名捧げを、この人だと定めた自分の主に対して忠義を示し、命まで含めて自分の全てを捧げる儀式だと言った。それだけの覚悟と忠心がグレーティアにあるとは思えない。

「グレーティアの方から名を捧げてでも仕えたいという申し出がない限りは諦めなさいませ」

「……はい」

今日の午前中は領主候補生の講義である。前回の講義で作った金粉や街の設計図などの荷物を抱えた側近達と共に講義の部屋へ向かう。部屋の前で側近達と別れることになるのだが、講義に必要な荷物をリヒャルダが一つずつ渡しながら、不安そうな顔になった。

「姫様、大丈夫ですか？　まだ金粉があるのですけれど……」

「だ、大丈夫です。自分の荷物ですもの。自分で持ちます」

一人だけ課程をガンガン進めた結果がこの大荷物である。設計図や金粉、これから必要な魔石など、一人で抱えるには辛い量の荷物がある。本来ならば、少しずつ持ち込むことができるはずで、領主候補生が荷物に潰されるような事態になることはない。

「ローゼマイン、こちらに寄越せ。其方が一人で持つのは明らかに無理だ」

ヴィルフリートはわたしから魔石の入った袋を取り上げ、リヒャルダが持っていた金粉の袋を持ってくれる。

「ヴィルフリート兄様、ありがとう存じます」

小さな箱庭がずらりと並んでいる机の中、踏み台がある机に向かい、わたしは設計図だけを箱の隣に置いた。ヴィルフリート兄様が金粉や魔石の入った荷物を置いてくれる。

「ごきげんよう、ローゼマイン様、ヴィルフリート様」

「ごきげんよう、ハンネローレ様」

隣の席のハンネローレに挨拶をすると、ヴィルフリートは自分の友人と話をするためにその場を去って行く。礼を言いながらヴィルフリートが去って行くのを見送っていると、ハンネローレがクスクスと微笑ましそうにわたしを見た。

「このように荷物を運ぶのを手伝ってくださるなんて、ヴィルフリート様はお優しいのですね。素敵な婚約者で羨ましいです」

憧れの眼差し（まなざし）で見られて、わたしは思わず首を横に振ってしまった。わたしとヴィルフリートはそんな目で見られるような関係ではないのだ。

「わたくしの体格では荷物に潰されてしまいそうだからです。レスティラウト様もハンネローレ様が困っていたら助けてくださるでしょう？」

少し遠い目をしたハンネローレがニッコリと微笑んだ。

「えぇ、そうですね。お兄様はわたくしのために側仕えを呼んでくださると思います」

……それって、自分では運んでくれないよってこと？

「それよりも、わたくし、ローゼマイン様にお伺いしたいことがございます。最近は図書館へ足を運んでいらっしゃらないのですか？　わたくし、昨日の午後に図書館でシュバルツ達に魔力供給をしたところ、ひめさま、と呼ばれてとても驚いたのです」

「え？　ハンネローレ様が⁉」

オルタンシアが管理者になる前にハンネローレが管理者になってしまったらしい。

「その、図書館には新しい上級司書が入ったので、シュバルツ達の管理者を変更するため、わたくしは魔力供給をしてはならないと言われていたのです」

「え？　え？……では、わたくしは……」

「協力者の方々にはこれからも協力してほしいというようなことをソランジュ先生がおっしゃっていましたけれど、魔力供給を行う時にお話を伺いませんでしたか？」

二人も司書がいるのだ。どちらかは必ず閲覧室にいると思う。管理者が代わるほど何度も魔力供給に行けばオルタンシアの姿も見ただろうし、ソランジュも一言くらいは注意したはずだ。

「わたくし、シュバルツ達の魔力供給のためだけで、その、読書をする時間もなくて急いでいたので閲覧室には入っていないのです。新しい司書の方がいらっしゃって、管理者を変更しているところだったなんて……」

「ダンケルフェルガーはまだ新入生の登録を終えていないのですか？」

「本日のお昼休みと聞いています」

……あぁ、何だかとっても間が悪い気がするよ！

「昨日、ひめさまと呼ばれた時点でソランジュ先生に相談しようとは思わなかったのですか？」

「ローゼマイン様が魔力を供給すればすぐに戻ると思っていたので、それほど深刻なことになると思っていなかったのです」

二人で「どうしましょう」と頭を抱えつつ、わたしは不思議な気分になった。ハンネローレは上位領地の領主候補生で魔力が多いのだろうけれど、オルタンシアも中央の上級司書だ。オルタンシアが毎日魔力を注いでいれば、それほど簡単に管理者がハンネローレになるとは思えない。だからこそ、ソランジュは協力者の魔力供給を止めるとは言っていなかったのだと思う。

「図書館に連絡を入れて、どのように対処するか話し合いが必要ですね。ハンネローレ様に悪気があったわけではございませんし、図書館側が協力者の方々には手伝ってほしいと言っていたのですから、それほど深刻なことではございませんよ」

話をしていると、エグランティーヌが入ってきた。その姿を見て、登録者変更が王族の関わる案件だったことを思い出した。王族案件である上に、オルタンシアは中央の騎士団長の第一夫人だ。図書館へ話をする前に王族であるエグランティーヌへ一度話を通しておく方が良いだろう。

講義が始まり、他の皆に指示を出すと、エグランティーヌは一人だけ進度の違うわたしの前へやってくる。わたしは思い切って口を開いた。

「あの、エグランティーヌ先生、講義とは関係がないのですけれど、質問です。図書館の魔術具の管理者変更は王族案件でしたよね？　わたくしからオルタンシア先生に変更する時、立ち会いが必要だったようですし……」

わたしの言葉に隣の席のハンネローレがビクッと肩を震わせた。「王族案件だなんて聞いていません」という顔になっている。

「実は、現在のシュバルツとヴァイスの管理者なのですが……」

わたしはハンネローレが閲覧室へ入る前に魔力供給をしていたこと、ソランジュが協力してほしいと言っていたこと、図書館側からの説明がなかったことを述べ、ハンネローレは善意で協力してくれただけなのだが、管理者になってしまったことを報告する。

「まぁ、ハンネローレ様が管理者になったのですか？」

「申し訳ございません。わたくし、このようなことになるとは知らず……」

青ざめているハンネローレの隣で、わたしはハンネローレを援護する。

「ハンネローレ様に悪気はなかったのです」

「えぇ、それはわかります。ローゼマイン様だけではなく、ハンネローレ様もずいぶんと図書館のために魔力を提供してくださっていたのですね。ソランジュ先生が協力者の存在をとても喜んでいらっしゃった理由がよくわかります」

ハンネローレの謝罪にエグランティーヌは「魔力をたくさん供給してくださってありがとう存じます」と微笑んだ。王族からどんな叱責が来るのか、とビクビクしていたハンネローレの肩から力が抜けたのがわかった。

「エグランティーヌ先生、わたくし、ハンネローレ様のお話を伺って少し気になったのですけれど、オルタンシア先生は魔力の少ない方ですか？　毎日シュバルツ達に魔力供給をしていれば、ハンネローレ様がいくら優秀な領主候補生でも管理者になることはないと思うのですけれど……」

「図書館の中にはたくさんの魔術具がございますから、シュバルツ達よりも優先する魔術具があったのかもしれませんね」

オルタンシアを擁護するハンネローレの言葉に、わたしはうーんと首を傾げた。シュバルツとヴァイスは図書館業務でかなり大事な存在だ。後回しにするのはおかしいと思う。特に、王族からの言葉で管理者を変更しなければならない時期なのだから、最優先に魔力供給をするべきだろう。

「ご心配をありがとう存じます、ローゼマイン様、ハンネローレ様。昔は上級司書が三人以上は必要だったと伺っています。一人では魔力供給にも限界があるでしょう。今がどのような状態なのか、図書館の司書にこちらからもお話を聞いてみましょう」

「よろしくお願いします、エグランティーヌ先生。……あの、もしかして、これはヒルデブラント王子にお話をするべきだったのでしょうか？」

ヒルデブラントは王族として貴族院に在学している。管理者を変更する時も「一人でも務めは果たせるのに」と不満そうに言っていたはずだ。

「こちらから話を通しますから大丈夫ですよ」

エグランティーヌにヒルデブラントの対応もお願いしておいた。これで保護者達の言いつけ通り、王族との接触は最小限に止めることができたはずだ。

「ここでエグランティーヌ先生とお話しできて助かりました。王族案件だとは思わなかったものですから、わたくしから図書館へ報告して王族から呼び出しを受けたら、領地にいる両親まで含めて大騒ぎになったかもしれません」

ハンネローレの予想を耳にして、わたしはとても申し訳ない気持ちになった。

「講義で顔を合わせる回数が一番多いのですから、わたくしからもハンネローレ様に図書館での出来事をお話しするべきでしたね。申し訳ございませんでした」

「いいえ、わたくしも閲覧室へ入って先生方にご挨拶をするべきだったのです」

「お二人ともそのくらいになさいませ。協力者への連絡を怠った図書館側に一番大きな過失がございます。それほど心配しなくても大丈夫ですよ」

わたし達二人が謝り合っているのを見ていたエグランティーヌがクスクスと笑う。

「あの、エグランティーヌ先生。まだ先のお話になると思うのですけれど……」

そう前置きをして、わたしはエグランティーヌに加護を得る儀式について研究することを告げる。同時に、ハンネローレにはダンケルフェルガーの協力が欲しいことも伝えた。

「ダンケルフェルガーとの共同研究ですか？」

二人が揃って目を丸くした。

「はい。ダンケルフェルガーには複数のご加護を得ている騎士見習いが多いと伺いました。エーレンフェスト以外の状況を知るためにぜひ協力いただきたいと思うのです。少しでも多くの神々からご加護を得るのは貴族にとって大事なことだと王族もお考えのようですし……」

エグランティーヌに視線を向けつつ、アナスタージウスからの言葉があったことをほんのりと匂わせてハンネローレにニコリと微笑みかける。

「ルーフェン先生からもお話があると思います。長年ダンケルフェルガーで行われてきたことについてお話を聞き、研究としてまとめるのですから、共同研究という形にさせていただいた方が良いと考えました。もちろん、アウブとの相談もあるでしょうから、返答はお茶会の時で結構です」

「わかりました。アウブに相談してみましょう」

王族へ相談しておいた方が良い案件を終わらせると、わたしはエグランティーヌに理想の図書館の設計図を提出した。

「ローゼマイン様、この設計図から察するところ、街全体を図書館になさるおつもりですか？」

「そうです。これがわたくしの理想の街ですから」

わたしが胸を張って答えると、エグランティーヌは「あまり実用的とは言えませんけれど」と呟きながら苦笑気味に微笑んだ。

……エグランティーヌ様の顔が「子供の夢を壊すのも悪いわよね」って顔になってる⁉

わたしは慌てて自分の街の設計図に説明を加える。

「実用的なのですよ。きちんと区画整理がされていて、街道や船着き場から右側のこちらが商業区域で、左が工業区域になります。各地の本を取り寄せて売る商業地域と本を作製する工業地域があって、こちらは各地から図書館を訪れる方々のための宿泊施設や飲食店が並ぶ観光地域で……」

「では、早速作ってみましょうか」

……笑顔で流された⁉

「ローゼマイン様はこちらにいらして」

わたしはエグランティーヌに連れられて、さらに奥の小部屋へ連れて行かれた。そこは魔法陣が一つだけある小さな小部屋だった。

「こちらの魔法陣に魔力を満たしてくださいませ。十分な魔力を満たすと、闇の神と光の女神のお名前を授かります」

「え？　最高神の御名ですか？」

五柱の大神や眷属神と違って、最高神には唱える名前がなかったはずだ。

「どうやら最高神の名前は一つではないようなのです。大昔に検証しようとして最高神の名前を得た領主候補生に聞いて回った研究者は、光と闇の炎に巻かれて消え失せ、最高神の名前を漏らした領主候補生は、それ以後最高神の名前を唱えても祝福やご加護を賜ることができず、領主候補生を降ろされたという逸話が残っています」

……何それ、怖いっ！

「ローゼマイン様も他の者には聞かれないように、決して不用意に口に出さないように気を付けてくださいませ。わたくしはあちらの部屋にいるので、覚えたら戻ってきてくださいね」

「わかりました」

エグランティーヌの言葉にわたしはコクリと頷く。最高神の名前に関してはフェルディナンドもかなり扱いが慎重だった。集中講座でも口にしなかった徹底ぶりだ。どうしてだろうと思っていたが、そんなに怖い理由があったのか。

エグランティーヌが退室したのを確認し、わたしは魔法陣の上に跪く。魔法陣に手を当てて、いつも通りのお祈りの体勢を取った。

「我は世界を創り給いし神々に祈りと感謝を捧げる者なり」

祈りを捧げながら魔力を魔法陣に注いでいく。それほど大きくはない魔法陣なのに、注いでも、注いでも満たされた感じがしない。

……魔力を減らすのはこの講義の後で良かったね。タイミングが悪いよ。

わたしは片手で腰元を探り、回復薬を手に取った。優しさ入りの回復薬を一気飲みして、どんどんと魔力を注いでいく。そのうち、頭の中に直接響くような声がした。脳裏に光で書き込まれるように最高神の名前が浮かんでくる。

……闇の神がシックザントラハト、光の女神がフェアシュプレーディ。

長くて覚えにくくて、いつも苦労する神々の名前だが、最高神に関しては脳に直接書かれているようなので忘れる気がしない。

「高く亭亭たる大空を司る最高神は闇の神シックザントラハト、光の女神フェアシュプレーディ」

脳裏に浮かぶ最高神の名前を口に出して呟いた途端、シュタープが右手に勝手に現れた。

「ひゃっ⁉」

宙に浮いたままのシュタープに魔法陣から立ち上る金色の光と闇の黒が吸い込まれていく。宙に浮いて自分の手を離れているシュタープなのに、わたしと繋がっているのか、自分の体に魔力が流れ込んでくる感触がある。魔法陣に流し込んでいた自分の魔力なのか、それほどの不快感はないけれど逆流してくる感触は慣れなくてちょっと気持ち悪い。

……こんな驚く体験をするんだったら先に教えておいてくださいい、エグランティーヌ様！

心の中でエグランティーヌに対して叫んでいるうちに、全ての光を吸い込んだようだ。魔法陣から上がってくる光がなくなった。

「……これで終わり？」

そう呟いた直後、今度はシュタープから金色の光と闇の黒が飛び出して、ねじれるように螺旋を描きながら上へ、上へと上がっていき、天井に吸い込まれるようにして消えていく。

「わわわわっ！」

流れ込んできた魔力はもちろん、体に残っていた魔力のほとんどが一瞬で奪われた。急激な魔力の変化に、わたしは跪いた体勢を維持できず、その場にへたり込んだ。まるで貧血のように目の前が白くなってくらりとする感覚に、わたしは慌てて腰元の薬入れに手を伸ばす。再び優しさ入り回復薬を一気飲みした。

しばらく座り込んだまま回復を待っていると、扉の向こうから心配そうなエグランティーヌの声が聞こえてきた。

「ローゼマイン様、ずいぶんと時間がかかっているようですけれど、大丈夫ですか？」

「魔力を使い過ぎたようで回復薬を使いました。今は回復待ちです。動けるようになるまでもう少し待ってください」

「動けないのですか？　扉を開けてもよろしいでしょうか？」

エグランティーヌの声が慌てたものになり、扉の向こうがざわざわとし始めた。床に座り込んで動けない状態を皆に見られるのは困る。領主候補生としてはかなりみっともない体勢なのだ。

「ダメです。もう少しで結構ですから、待ってくださいませ」

「ローゼマイン、私だ。倒れたのか？」

「魔力が減っただけです。優しさ入りの回復薬を飲んだので、すぐに動けるようになります」

「……あれか。わかった」

ヴィルフリートが納得したような声を出してその場を離れていくのがわかった。エグランティーヌに心配いらないことを伝え、宥めてくれているようだ。

「……そろそろ大丈夫かな？」

手足を振って動かし、わたしはゆっくりと立ち上がる。問題なく動けそうだ。軽くスカートをはたいて、少し乱れていた髪を手櫛で整えてから小部屋を出た。

「ローゼマイン様、お体は……」

「大丈夫です。魔力を一気に使ったので、回復に時間がかかっただけですから。それよりも、最高神のお名前は覚えました。この後はどうすればよいのですか？」

わたしはこの先も問題なく講義を受けられるとアピールして微笑む。エグランティーヌは諦めたように軽く息を吐くと、わたしの箱庭を小部屋に運び込んだ。他の者に最高神の名前を聞かれないようにこちらの部屋で行うらしい。

「……では、エントヴィッケルンを行いましょう。こちらが魔法陣です。エントヴィッケルンには全ての属性が必要になります」

エグランティーヌが説明してくれるけれど、それは全部知っている。フェルディナンドの集中講義で叩きこまれたことだ。シュタープを「スティロ」で変化させて、空中に魔力で魔法陣を描き、そこに金の粉を乗せていく。魔法陣が完成したら、呪文を唱えながらそこに設計図を入れるのだ。この設計図を描くための紙も魔力で調合された魔術具である。

「こちらの魔法陣は間違いがないように大きく描いてくださいませ。その後で、建物の大きさに合わせて小さくします」

手順を説明し、手順の書かれた紙を渡して、エグランティーヌは小部屋を出て行く。

わたしは手順通りにエントヴィッケルンを行い、箱庭の中に自分の理想の街を作り出した。こうして見ると、規模は小さいけれどフェルディナンドが小神殿を作った時と全く同じである。

「エグランティーヌ先生、できました！」

「あら、一度で成功したのですね。では、こちらで境界門を作りましょうか」

エグランティーヌが例として作った箱庭とくっつけて、境界門を作る練習を行う。境界門は隣り合う領地の領主がお互いに許可を出して初めて作れる物で、二人の共同作業という感じになる。両方から魔法陣で同時に結界に穴を作って固定する感じだ。

「境界門は出入りできるように常に開いていますが、国境門は王とアウブ、両方の許可がなければ開かないため、基本的に閉じています。エーレンフェストは確か東側に国境門がありますよね？ご覧になったことはございまして？」

「いいえ、まだありません。ただ、国境門のあるキルンベルガを次の春に訪れる予定なので、一度よく見たいと思っています」

境界門も無事に作れたわたしは、最速で領主候補生の講義を終了した。

グンドルフ先生の講義合格

「ローゼマイン様はずいぶんと早く領主候補生の講義を終えてしまうのですもの。わたくし、本当に驚きました。講義を終えたのですから、お茶会にお誘いしても大丈夫かしら？」

大丈夫ではない。ただでさえ王族にはなるべく近寄るなと言われているし、エグランティーヌとのお茶会よりもダンケルフェルガーとのお茶会が優先だ。ダンケルフェルガーとは共同研究の話もしなければならないし、クラリッサとの話し合いもある。

「とても残念なのですけれど、これからわたくしは文官コースを取らなければならないのです。すぐには難しいです」

「そうですか。では、文官コースが終わった頃にお茶会をいたしましょう」

お誘いに笑顔で頷きながら、わたしは教室を出た。

領主候補生コースを終えたので、この後は文官コースに突撃である。わたしは自室へ戻ると、次々に文官コースの先生方へ試験予約を出していった。領主候補生コースを優先しなければならなかったので、文官コースの初日には参加できず、わたしは初日の試験を受けられなかった。そのため、個別で試験予約を出すしかないのだ。

……早く終わらせないと、ダンケルフェルガーとのお茶会に間に合わないよ。

今年の貴族院生活では図書館の魔術具を充実させることが目的だったけれど、加護の研究をすることになってしまった。なかなか忙しいことになりそうだ。講義はなるべく早く終わらせたい。

文官コースは魔術具を作ったり、魔法陣を詳しく勉強したり、古い文献を読み込んだりする共通の講義と、情報収集や資料の整理に関する講義や薬草や薬品に関する講義、医学に近いことをしている講義など、自分の好みに合わせて取る選択の講義がある。どれもこれもフェルディナンドと予習済みなので、よほどのことがない限り合格を勝ち取れると思う。

……どうか先生方の予定が空いていますように。

先生に余裕がなければ個別試験をしてくれないので、こんな時は神頼みである。頼んだ甲斐があったようで、すぐにグンドルフからの返事が来た。グンドルフは文官コースの講義を三つほど受け持っているので、一気に終わらせてしまいたいと考えている。

「お時間を取ってくださってありがとう存じます、グンドルフ先生」

「あぁ、ローゼマイン様。こちらへどうぞ」

わたしは調合服を着て、実技に必要な調合用の材料をフィリーネとローデリヒに持ってもらい、文官の専門棟にあるグンドルフの研究室へ踏み込んだ。ヒルシュールの研究室もごちゃごちゃとしていたけれど、ここもかなり色々な物が散乱している。書き物をする机は大変なことになっているのに、調合するための台だけが綺麗なのは、どこの研究室も同じなのだろうか。

「では、早速調合から始めるとしよう」

共通の実技で魔力を分けるものがあったが、文官コースはもう少し高度になり、魔力を属性ごとに分けて、それを更に合わせて素材作りから始める実技もある。ジルヴェスターの助言で魔力を減らしていたので、わたしのシュタープでも難なく調合ができる。

……養父様、ありがとう存じます！

次々と調合鍋に素材を入れていき、課題の薬を作る様子をグンドルフが髭を撫でながらじっと見つめる。調合に慣れているとはいえ、一対一の試験は結構緊張するものだ。

「ローゼマイン様は時間短縮の魔法陣までお使いになるのですか」

「わたくし、体が弱いので回復薬は必須なのです。たくさん作らなくてはならないのに、この体格では長時間の調合が大変ですから、フェルディナンド様が教えてくださいました」

今は少しでも多くの講義を終わらせたいので、尚更一つの調合に時間をかけていられない。時間短縮の魔法陣は大活躍だ。

「ローゼマイン様はご自身で薬を作っていらっしゃるのですか？」

「そうです。フェルディナンド様が自分の薬くらいは自分で作れるようになりなさい、と教えてくださったので……。おかげで、フェルディナンド様がいなくなっても、わたくしは困ることがございません。いつまでも保護者に任せきりにはできませんよね」

わたしが微笑むと、グンドルフは「そういう意味ではございません」と眉を寄せた。

「薬の調合など、普通は側近の文官に任せる物です。領主候補生には薬より先にしなければならないことがたくさんあるではありませんか」

……なんと⁉　お薬作りは文官の仕事なの⁉　初耳だよ！

お薬作りはずっとフェルディナンドがしていた。「自分の薬くらい自分で作れなくてどうする？」とずっと言われていたので、薬というのは自作するのが基本だと思っていたが、普通の領主候補生は側近の文官に任せるのが本来の姿らしい。

わたしはフィリーネやローデリヒに薬作りを任せることを考えて、即座に首を横に振った。ハルトムートならばまだしも、あの二人には無理だ。とても任せられない。

「フェルディナンド様がわたくしのために調合してくれていたお薬は特別製ですから、魔力や貴重な素材が必要で、上級文官ならば何とか作れるかもしれないという物なのですよ」

「それはどのような薬ですか？」

「……レシピはもちろん秘密です。あ、できました。これで大丈夫ですか？」

グンドルフの質問を軽く流して、わたしはできあがった薬を見せる。軽く見ただけでグンドルフは頷いて合格をくれた。

「慣れ切った動きでの調合、時間短縮の魔法陣を使っても全く途切れない安定した魔力、失敗する要素がありませんな。その調子で他も調合してください」

「はい！」

調合をこなしながらグンドルフとお喋りをする。彼が一番興味があるのは、加護の儀式らしく、様々な質問をされた。

「わたくしの一存ではお答えできません。その辺りの質問に関しては王族からのご指示もあり、領地対抗戦で発表することになりました。ハンネローレ様には打診済みですが、ダンケルフェルガーの許可が取れたら共同研究として発表することになっているのです」

上位領地の権威を笠（かさ）に着て、わたしはグンドルフの質問をシャットアウトした。

「研究ならばドレヴァンヒェルと行う方が効率的では……？」

「魔術具や魔法陣の研究ならばドレヴァンヒェルの方が良いでしょうけれど、ご加護の研究はドレヴァンヒェルに複数のご加護を得た方がいらっしゃらないようですから……」

「むむ……。ならば、共同で魔術具の研究をしましょうか」

諦めたのかと思えば全く諦めていないらしい。グンドルフにこの研究室に出入りするように、と勧誘され、わたしはぶるぶると首を横に振った。

「わたくしはヒルシュール先生の研究室に入ると決めているのです」

ヒルシュールには色々と隠匿してもらう予定だし、エーレンフェストの寮監なので他領に研究内容を盗（と）られる心配がない。何より、フェルディナンドの弟子であるライムントがいるので連絡が取りやすいし、加護の研究と図書館の魔術具の作製が同時進行できる。わたしはまだ録音の魔術具を作って、フェルディナンドにお小言を送る計画を諦めていないのだ。

「だが、ヒルシュールの研究室は……。いや、こちらの方が研究費が潤沢（じゅんたく）で、素材の品質も良い」

「そうなのですか。でも、わたくし、今のところは研究費に困っていませんから」

グンドルフの言葉から察するに、ヒルシュールは領地からの援助がないため研究費が少ない状況なのだろう。フェルディナンドが援助しているとは言っていたが、ヒルシュールが完全に甘えることはないと思う。研究室に居つく代わりにわたしからも援助した方が良いだろうか。

……お金よりも食事と睡眠時間なんかの生活を改善した方が良いと思うんだけどね。

「ローゼマイン様の発想は奇想天外なものが多く、探究心を刺激されるのですが、残念ですな」

残念そうな顔でグンドルフが勧誘を諦める。フェルディナンドから聞いていたように、引き際を弁（わきま）えている姿に少しだけ好感を持った。

「わたくし、魔術具の紙には興味があるのです。そちらの研究に手を伸ばす余裕ができた時は、ぜひドレヴァンヒェルと共に研究してみたいと存じます」

「ほほぅ、魔術具の紙ですか……。どのような魔獣の皮が向いているかというような？」

「いいえ、魔獣の皮以外の素材から魔術具の紙を作れないかという研究です」

グンドルフがキラリと目を光らせる。「その研究は私も興味があります」と微笑んだ。

「なるほど。そちらの研究は確かにダンケルフェルガーよりもドレヴァンヒェルに向いていますな。ぜひ、一緒に研究しましょう」

「でも、わたくし、今年は忙しくて……」

わたしの拒否理由に、グンドルフは不思議そうな顔で首を傾げた。

「エーレンフェストにはローゼマイン様以外の文官もいるではありませんか。そちらに指示を出せば良いのでは？　領主候補生であるローゼマイン様が全ての研究を行うのは無理でしょう」

王族からの指示があった加護の研究はともかく、と言われ、わたしは目から鱗(うろこ)が落ちる思いでグンドルフを見つめた。研究とは自分でするものだと思っていたが、丸投げして良いものなのか。

「領主候補生にとって大事なのは、いかに領地を発展させるかということ。文官コースを取る以上、ご自身で研究する必要もございます。ですが、自分でなければできない研究と、他の者でもできる研究を分けて考えなければ、どの研究も進みません。ローゼマイン様の着眼点は興味深いものが多い。研究自体は多くの文官に振り分けて、届く経過に目を通しながら指示を出し、結果をどのように活かすのか考えるようにするのです。少なくとも、ドレヴァンヒェルではそうしています」

領主候補生が全部抱え込んでいては他の文官が育たないと指摘され、わたしは自分がフェルディナンドと同じことをしていることに気付かされた。

「紙の研究についてはドレヴァンヒェルと行いましょう。素材の豊富さには自信がございます」

「それは素敵ですね。そういう点ではエーレンフェストはまだまだですから」

「長年、貴族院で教師をしているので、調合の道具も数多くございます」

少し昔の研究も問題なくできると言われ、わたしは相好(そうごう)を崩した。

「それは一度拝見したいですね。わたくし、昔の教育課程に興味があるのです。シュタープを一年生で取得していなかった頃はどのような講義をしていたのか」

「ふむふむ。卒業時にシュタープを得た世代となれば、教師の中にも少ないですからな」

「どのように講義を行っていたのか、学生の参考書はあっても教師側の資料は図書館にもございません。どの学年でどのような学習をどのように教えていたのか。教師の視点で書かれた学習指導内容も欲しいですね」

「紙の研究の合間にお話しすることは可能です」

「本当ですか？　まぁ、楽しみです」

何となく流されて説得され、わたしはエーレンフェストとドレヴァンヒェルで魔術具の紙について研究することになった。

こうして座学一つと調合二つの合格を得て、わたしはグンドルフの研究室を後にした。

「……そういうわけで、ドレヴァンヒェルとも共同研究をすることになりました」

「わけがわからぬ！」

寮に帰って、多目的ホールで本日の試験結果の報告をしたらヴィルフリートに怒鳴られた。目を三角にして怒られても困る。わたしもどうしてこうなったのかよくわからないのだ。紙の研究がしたいな、教師がまとめた学習指導内容がほしいなと世間話をしていたら、いつの間にか共同研究をすることになっていただけだ。

「ヴィルフリート兄様とシャルロッテは印刷や製紙業のお手伝いもしているでしょう？　その延長で紙の研究をしてほしいのです。エーレンフェストにある魔木（まぼく）からできた紙がどの程度魔術具として使えるのか、魔術具として使うためにはどうすれば良いのか……。エーレンフェストらしい研究内容だと思うのですけれど、どうかしら？」

わたしはヴィルフリートとシャルロッテの文官見習い達に視線を向けた。イグナーツとマリアンネが顔を見合わせる。

「……ローゼマイン、其方は私とシャルロッテの文官に研究させるつもりか？」

「えぇ。ローデリヒとフィリーネはお話集めや執筆に忙しいですし、複数のご加護を得た中級、下級貴族ですから神々のご加護の研究にどうしても必要で外せません。それに、製紙業や印刷業にわたくしだけではなく、ヴィルフリート兄様やシャルロッテも深く関わっていることを周囲に知らしめる良い機会だと思うのです」

わたしが独占していてはダメだ。異母弟や養女ばかりに仕事を押し付ける領主という悪評を拭うには、実子がどれほど頑張っているのか、どのような仕事をしているのか、周囲に見える形で発表した方が良い。

「もちろん、他に研究していることがある文官に別の研究をしろと言っているわけではありません。ただ、製紙業と印刷業はエーレンフェストの基幹事業ですから領主候補生の側近を優先した方が良いと考えただけなのです」

「私やシャルロッテの文官見習いが断ったらどうするのだ？」

ヴィルフリートの質問にわたしは未だに名を受けていない側近予定のミュリエラへ視線を向けた。うっとりとした表情でエルヴィーラの本を読んでいるミュリエラが見える。

「ミュリエラを紙の研究の中心に据え、そこから旧ヴェローニカ派の文官見習いに仕事を回します。

彼等は名捧げをする必要がなくなったので、側近に入れなくなりました。けれど、基幹事業の研究に関わることで領地にとって必須の人材になれれば、将来がずいぶんと変わると思うのです」

処刑は免れても犯罪者の家族がいるのだ。貴族院の中はともかく領地へ戻れば、これまで連座が当たり前だったのだから周囲の視線が厳しい可能性は高い。目に見える形で彼等が領地にどれだけの貢献をしているのかがわかれば、そのうち大人達の対応も多少は変わってくるだろう。

「ふむ……」

「ヴィルフリート兄様とシャルロッテの文官見習いが中心になるのでしたら、バルトルトとカサンドラの名を早いうちに受けた方が良いですね。領主一族の側近としての仕事を任せることで他の側近達との仲間意識を持たせつつ、派閥の繋がりを上手く使って旧ヴェローニカ派の文官見習いにも研究を手伝わせることができれば理想的です」

わたしの言葉にヴィルフリートが傍らに立つイグナーツへ視線を向ける。

「其方はどう思う？　研究している内容があるのか？」

「いえ、卒業研究に関しても悩んでいるだけで、まだ決まっていません。ヴィルフリート様のためにもなりますし、ぜひ紙の研究をさせていただきたいと思います」

イグナーツの答えにヴィルフリートが頷いた。

「わかった。私の文官見習いイグナーツとバルトルトを中心に紙の研究をさせよう」

「お兄様、わたくしの側近も忘れないでくださいませ。マリアンネ、お願いしてもいいかしら？」

「もちろんです、シャルロッテ様」

マリアンネが微笑んで頷いた。これでドレヴァンヒェルとの共同研究も進めることができそうだ。

「研究を進めるためには、彼等の名捧げが必要になるな」

「わたくしは側近達と一緒に土の日にミュリエラの名捧げのための素材を狩りに行くのです。バルトルトとカサンドラのために、二人の護衛騎士達も同行させてはいかがですか？　文官や側仕えの二人ではなかなか名捧げに相応しい素材を得ることができませんから」

特に、今の名捧げ予定者は他の旧ヴェローニカ派の子供達とも少し距離ができているので、名を受ける予定ならば、主からフォローが必要であることを助言しておく。

「お姉様は相変わらずよく見ていらっしゃいますね。……ナターリエ、カサンドラに土の日の予定を聞いてください。名捧げのための素材採集に行きましょうと誘ってほしいのです」

シャルロッテの護衛騎士ナターリエが多目的ホールを出ると、ヴィルフリートもアレクシスをバルトルトのところへ向かわせる。これでポツンと外れている学生ができるのは阻止できそうだ。

わたしが安堵していると、グレーティアがユーディットに声をかけてきた。ユーディットと二人で少し離れたところへ向かい、何やら話をしている。

「あの、ローゼマイン様」

グレーティアから伝言を受けたらしいユーディットが、少し困惑した顔でわたしの前に立った。

「何かしら、ユーディット？」

「グレーティアも名捧げをしたいようで、土の日の採集に同行したいそうです」

「……え？　けれど、グレーティアのご家族は……」

処刑を免れた。彼女に名捧げの必要はなくなったはずだ。
「リヒャルダ、グレーティアと話をしたいのですけれど、良いかしら？」
「護衛騎士が複数人いますからね。お話だけならば構いませんよ」

グレーティアの事情と素材採集

わたしは部屋を準備してもらい、グレーティアと向き合った。彼女はユーディットと同じ四年生で、わたしよりも一つ上だ。ユーディットの学年は成績向上委員会が立ち上がった時に二年生チームとして学年でまとまっていたため、最初から専門コースに分かれていた上級生に比べると、学年内の仲が良い。そのせいか、ユーディットの後ろに微妙に隠れている。そのおどおどとした雰囲気が貴族には珍しい。

グレーティアは灰色の髪をいつも背で一つに三つ編みにしている。リーゼレータもそうだが、髪に乱れ一つないようにきっちりとしていて、あまり目立たないようにしているのか、地味な装いだ。でも、年の割に発育が良いせいか、何となく胸元に視線が向かってしまう。

「グレーティア」
「は、はい」

名を呼ばれて前に出たけれど、内気で引っ込み思案だと聞いていた通りだ。普通の顔で立っていても、前で重ねて揃えられている指先や返答する声が震えている。

「ユーディットから聞きました。わたくしに名を捧げたい、と」

「はい。わたくしの名を受けてくださいませ」

「理由を聞かせてください。グレーティアは名捧げをする必要はないでしょう？」

グレーティアは揺れる瞳でマティアスとラウレンツを見た後、目を伏せた。

「……わたくしは庇護者が欲しいのです」

「庇護者、ですか？　それは……」

わざわざ名捧げをしなくても、と言いかけたところで、わたしは名捧げもしない旧ヴェローニカ派の子供達を側近に入れることを禁じられたことを思い出して口を噤む。

「今しか、ないのです」

グレーティアがクッと顔を上げた。切羽詰まったような顔でわたしを見る。そのおかげで、普段は前髪に隠れがちな彼女の青緑の目がよく見えた。

「わたくしには今しかないのです」

「グレーティア、ごめんなさい。よくわからないわ」

わたしがそう言うと、グレーティアは唇を引き結び、盗聴防止の魔術具を出してきた。

「わたくしの家庭の事情はあまり他の方に知られたくないのです」

わたしはリヒャルダに視線を向ける。使っても良いかしら？　という無言の問いかけは通じたようだ。リヒャルダが「ブリュンヒルデ、魔術具に問題がないか確認した上で姫様に渡してくださいませ」と指示を出した。

わたしが触れる物に神経質になっている側近達が毒の有無やおかしな魔法陣が組み込まれていないか確認してから、わたしに渡してくれる。色々な確認がスムーズで、皆も毒などの確認にずいぶんと慣れてきたものだ、と感心した。

わたしが盗聴防止の魔術具を握ったのを見て、グレーティアが口を開く。それは確かに盗聴防止の魔術具なしには口にできない衝撃的な告白だった。

「わたくしは……神殿の子なのです」

「え？」

「青色巫女と青色神官の間に生まれた神殿の子だそうです。そう言われて育ちました」

予想外の身の上にわたしは呆然としながらグレーティアの話を聞いていた。粛清が起こって神殿が魔力不足になるより前の、まだ青色神官や巫女が多かった時代の話らしい。青色神官とは魔力が少なくて年を食っているという印象しかわたしにはないが、そうではない時代もあったようだ。

そんな中、中級貴族出身の青色神官と青色巫女が隠れて愛を育んだ。本人達は隠しているつもりでも妊娠してしまえば、事は明るみに出る。

「神殿にいる以上結婚はできません。生母はそれぞれの実家へ戻ってから結婚したい、とお願いしたそうです。けれど、貴族でもない青色巫女が何を言っているのかと却下され、即座にわたくしの生母は実家へ連れ戻され、醜聞を隠すために離れへ隔離されました。それ以後、生母は恋人である青色神官と一度も会ったことがないと聞いています」

グレーティアは離れで生まれて洗礼式まで育ったそうだ。妊娠せずに神殿にいる方が自由で幸せだった、という生母の愚痴を聞きながら。

「神殿にいれば実家からの援助に加えて、領主様からの補助金があります。神事で各地を回れば青色巫女としてちやほやされて金銭や物品が包まれます。離れに派遣される実家からの監視とは違い、側仕えは自分の命令に忠実な灰色神官や灰色巫女で、わたくしが宿るまでは愛する殿方もいてとても幸せだったそうです」

粛清と中央への移動が起こり、貴族が不足したことで神殿へ預けられていた子供達が貴族社会へ戻る流れになった。それまでは下働きになるために育てられていたグレーティアの魔力量が調べられた。その結果、彼女は離れから出されて政略結婚のために生母の兄とその第一夫人を両親として洗礼式を受けることになったのだそうだ。

「洗礼式を行った者が実の両親となりますけれど、わたくしは洗礼式の後も両親に可愛がられたことはありません。政略結婚の駒として恥ずかしくないように、生母のような醜聞を起こさぬように、と言われていました。兄弟からはずっと神殿の子と言われ、髪の色をおばあさんみたいだと嘲笑われ、成長し始めてからは早熟な体をからかわれ、陰でずっといじめられてきたのです」

グレーティアはギュッとスカートをつかんだ。わたしは洗礼式で戸籍ロンダリングをした存在を自分以外に知らなかったけれど、実子との扱いにずいぶんと差があるようだ。

……実子と同じくらいに気を配ってくれるお母様って本当にすごいね。

部屋を整えてくれて、洗礼式の衣装をいくつも作ってくれて、上級貴族の娘として恥ずかしくないように教育にも気を配ってくれた。兄様達にいじめられたこともないし、親族からも守られている。領主の養女になるからという理由を差し引いても、可愛がられていると思う。

「わたくしの家は中級貴族です。派閥の中では計画を立てる側でなく、実行を強いられる立場です。そして、家の立場を少しでも安定させるために結婚相手が見繕われます。少し立場が上の家の第二夫人や第三夫人として。ですが、それを嫌だと思ったことはございません」

対外的には「神殿の子」と言われることはない。政略結婚だとしても、外に出れば普通の貴族の娘として扱われる。親子ほどの年の差があっても構わないとグレーティアは思っていたらしい。

「名捧げの強要は、わたくしにとって神々の救いの手だったのです。あの家族とは縁が切れて、自分で自分の主が選べる貴重な機会でした。神殿長であり、孤児達に慈悲を施すエーレンフェストの聖女ローゼマイン様ならば、神殿の子と言われてきたわたくしの素性を知っても、特別な感情を持たずに受け入れてくださると思ったのです」

自分の側仕えの能力に不足があるのではないか、と不安に思ったけれど、内向きの仕事をメインにすることにわたしが了承したことでグレーティアはとても安心していたそうだ。

「けれど、わたくしの両親は処刑を免れてしまいました。粛清で処刑されていれば、わたくしは悲しい顔を見せながら名を捧げることができたのに、と思ったのです」

家族が粛清を逃れたことを喜ぶ旧ヴェローニカ派の子供達へ笑顔を見せながら、グレーティアは一人だけ絶望を感じていたそうだ。

「……わたくしはお父様が処刑を免れたとしても、重罪を犯しているという確信がございます。計画を立てて命令するのは別の方ですが、実行させられるのを断れない、と悩んでいる姿を見たことがあるのです」

グレーティアはそう言って、一つ息を吐いた。

「重罪を犯した者の娘を娶る方がいるでしょうか？　家族の扱いを少しでも良くするための政略結婚の結果、わたくしの扱いはどのようなものになると思いますか？　良い扱いをしてくれる家に嫁げる可能性は著しく低いでしょう。わたくしは家族内でずっと蔑まれていたため、他人の顔色を読むことと、最悪の事態を思い浮かべることが得意です。そして、悲しいことに、想定した中でも自分にとって最悪の事態に物事が転がる確率が、非常に高いのです」

グレーティアは名捧げの決意をして喜んだ時に「家族が処刑を免れたら最悪の事態になる」と考えた。実際にその通りになってしまったと項垂れる。

「グレーティア、名捧げをすると生死は主に握られ、主が落ちぶれる時は共に落ちることになります。もちろん、そのようなことがないように気を付けますけれど、ヴェローニカ様が失脚したようにわたくしが同じ道を歩まないという保証はないのです。わたくしが庇護者として足りないこともあるのですよ。その辺りはよく考えたのでしょうか？」

何だか自分が過大評価されているような気がしたことと、名捧げで家族から逃れることだけを考えてデメリットに目を向けていないように感じたことで、わたしはグレーティアに注意をした。

「ローデリヒやユーディットから話を聞いています。ローゼマイン様は平民の専属楽師や料理人の処遇にさえ注意を払っているではありませんか。それに、ローデリヒが家族と接触しないように手を回していらっしゃるのでしょう？　わたくしは自分の選択に誤りはないと確信しています」

グレーティアが「側仕え見習いですもの。必要な情報収集はしています」と小さく微笑んだ後、表情を真剣なものに変えた。

「家族の目がない今しかないのです。……ローゼマイン様には側仕えが少ないと伺いました。わたくし、誰にも嫁がずに一生仕えるように、と命じられても受け入れます。むしろ、望むところです。どうかわたくしの名を受けてくださいませ」

グレーティアの青緑の瞳は真剣だった。本当に後がない、切迫した感情が伝わってくる。

「わたくしも一度は名を受ける覚悟をしました。グレーティアにそれだけの覚悟があるのでしたら、名を受けましょう」

「ありがとう存じます」

ふわっとグレーティアが微笑んだ。グレーティアが俯かずにこうして笑っていられるように主として努力しなければダメだな、と思った。

わたしは盗聴防止の魔術具をグレーティアに返し、その場にいる側近達にグレーティアの名を受けることを告げる。

「土の日にはミュリエラとグレーティアの素材を採りに行きましょうね」

「かしこまりました」

皆がそう言った後、マティアスがニコリと笑った。

「では、多目的ホールへ戻って、名捧げの石として使えるくらいに高品質な素材の採集方法を説明いたしましょう。効率の良い採り方を知っているのです」

多目的ホールへ戻ると、ヴィルフリートとシャルロッテが心配そうな顔でこちらを見てきた。ニコリと笑って、わたしは名捧げ石の素材を得るための説明がしたいことを告げる。

「マティアスによると、高品質な素材を得るための方法があるのですって」

「さすがにターニスベファレンのような属性数や魔力含有量の多い素材が得られる魔獣は多くありませんし、そういう魔獣は基本的にとても強いので、文官や側仕えの素材採集には向きません。手間はかかるのですが、確実に採れる方法を使った方が良いと思います」

確かにターニスベファレンのような魔獣がその辺りをうろうろしていたら怖いなんてものではない。マティアスの言葉にわたしは頷いた。裏技に近い採集方法を教えてくれるということで、名捧げをする子供達だけではなく、他の子供達も話を聞きに寄ってくる。

「どのようにするのだ？」

ヴィルフリートに促(うなが)され、マティアスが説明し始めた。

「まず、採集場所へ行ってタイガネーメの実を自分の魔力で染めてから採集します。それを魔獣に食べさせると、魔獣がタイガネーメの実に籠もった魔力で巨大化します。その魔獣を倒して魔石を得るのです。一年生のローゼマイン様がダンケルフェルガーとのディッターで魔獣を巨大化させた時に知った方法です」

リュエルの実と似たような効果を持つ魔木が採集場所にはあるようだ。

「ただ、面倒なのはタイガネーメの実は一つの属性しか魔力を受け付けないのです。自分が持つ属性と同じ数の実を染める必要があります」

魔力の属性を分けて実を染めていかなければならないので、この方法が使えるのは属性の分離を習う三年生以上でなければできないそうだ。幸いにも名捧げをしなければならない者は全員三年生以上なので、今回は問題ない。

「騎士見習いが弱らせた魔獣に魔力の籠もったタイガネーメの実を食べさせ、巨大化した直後の魔力が馴染んでいない時を狙って止めを刺して魔石を得ます」

「……なるほど。確かに手間がかかりそうだな。私も高品質の魔石が欲しいと思ったのだが、今回は見合わせた方が良いかもしれぬ」

ヴィルフリートが諦めると言うと、レオノーレが少し眉を寄せてヴィルフリートとシャルロッテに視線を向けた。

「タイガネーメの実を染める間の守りも必須になりますし、止めを刺せばよい状態まで魔獣を弱らせる必要もあるので、騎士の人数が必要になります。ヴィルフリート様とシャルロッテ様はどれだけの護衛騎士をお貸しくださいますか？」

「お姉様はどれだけの護衛騎士を寮に残すのですか？」

シャルロッテがわたしを見てきた。土の日の予定は知らない。わたしはどうするつもりなのか、レオノーレに視線で問いかけた。レオノーレがニコリと笑った。

「護衛騎士は全員同行する予定です。主であるローゼマイン様がご一緒ですから」

「……初耳ですよ、レオノーレ」

「マティアスの説明を聞いて決めましたから、わたくしも初めて言いました」

レオノーレは平然とそう言いながら、わたしを同行させる理由を述べ始めた。

「ローゼマイン様に同行していただきたい理由はいくつもあります。まず、護衛騎士の人数を分散させたくありません。次に、タイガネーメの実を魔力で染めるには時間がかかります。その間の守りとしてローゼマイン様には採集場所でシュツェーリアの盾を使っていただきたいのです。いくら騎士見習いがいても、四人を常時守りながら魔獣を狩るのは大変ですから」

確かにわたしがシュツェーリアの盾でその木の周囲を囲めば、騎士見習い達はこちらを気にすることなく魔獣を狩ることができるし、皆は集中して実を染めることができる。リュエルの実を染める時は、リュエルの実に月の光が届かなくなるからという理由でシュツェーリアの盾を使うことができなかったため大変だった。

……一年目は失敗しちゃったしね。

「それから、これだけの人数が採集するのでしたら、採集後に祝福も必要になるかもしれません。最後に、ローゼマイン様の魔力を減らすという目的もあります。長時間シュツェーリアの盾を使い、採集場所の回復をすれば少しは魔力も減るでしょう」

……うん、最後の理由はとても大事だね。

エーレンフェストから届いた魔石が結構減っていることを思い出し、わたしは大きく頷いた。

「お姉様の盾の中で採集ができるのでしたら、わたくしも同行しようかしら？」

「シャルロッテ様？」

「自分の魔力で染めたタイガネーメの実だけでも十分に貴重な素材なのでしょう？」

「うむ。私も行くとしよう。魔獣に食べさせて魔石を得ることはできなくても、タイガネーメの実だけでも得たいからな」

わたしのシュツェーリアの盾がある安全圏で採集ができて、欲しいだけ採集しても祝福で採集場所が回復するということで、調合の講義がまだ始まらない一年生を除く寮内の全員で採集に向かうことになった。実技で練習しているもののまだ騎獣が作れず、調合の実技も始まっていない一年生が羨ましそうにこちらを見ている。

「さすがに騎獣がなくては採集場所には向かえませんから一年生はお留守番ですね。来年の楽しみにとっておいてくださいませ」

「ローゼマイン様、私はもう騎獣が作れるようになりました。護衛騎士ですし、今回はどうか連れて行ってください！」

置いて行かれてたまるか、とテオドールがわたしを見た。本当にユーディットにそっくりだ。

「まだ騎獣を扱い慣れているとは言えませんから、足手まといになる可能性もあるのではございませんか？　テオドールはお留守番していた方が良いと思いますよ」

お姉さんらしい顔でユーディットがそう言うのを聞いていると、ちょっと笑いが込み上げてくる。ユーディットが置いて行かれる立場ならば、涙目で「連れて行って」と訴えるはずだ。そんな様子を想像しながら、わたしは笑って許可を出す。

「騎士見習いの人数が必要ですからね。テオドールも同行させましょう」

「恐れ入ります」

テオドールがホッとしたようにわたしに礼を述べた後、ちょっと得意そうに笑った。

同行する騎士見習いの数が確定したので、レオノーレとアレクシスとナターリエを中心にどのようにシュツェーリアの盾を使い、どのように採集を行うのか、どの魔獣を排除し、どの魔獣を弱らせて魔石にするのかなど、具体的な話し合いが始まった。

基本的には騎士見習いの打ち合わせだ。その様子を見ていたフィリーネがポンと手を打った。

「お弁当を準備いたしましょう、ローゼマイン様。採集場所は雪がなくて暖かいのでローゼマイン様の盾があれば、ゆっくりとお弁当を食べることができます」

魔獣が頻繁に出てくるので、今までは採集場所でお弁当など食べる余裕がなかったけれど、シュツェーリアの盾があれば採集場所でお弁当が食べられるのではないか、とフィリーネが楽しそうな笑顔で提案する。シャルロッテが「まぁ、素敵」と喜びの声を上げた。

「わたくし、キッシュをいただきたいです」

「温かいお茶も準備しなくてはなりませんね、シャルロッテ様」

わたしとシャルロッテの側近達の間でお弁当を広げることが決まった途端、土の日の採集は一気にピクニックの様相を呈してくる。

「ミートパイもいいですね」

「あら、サンドイッチの方が食べやすいのではなくて？」

「うっ、私も準備させるぞ！」

楽しそうに計画を立て始めたわたしとシャルロッテの側近達を見ていたヴィルフリートがピクニックへ参加表明すると、どんどんと参加人数が増えていく。まるで採集ではなく、寮の皆で行く遠足みたいだ。一年生の顔がとても恨めしそうなものになってきた。お留守番をする彼等のためにもフーゴとエラに頼んでおいしいご飯を準備してもらう必要がありそうだ。

「お姉様は料理人に何を準備させますか？」

……お弁当といったらおにぎりだよね。

心の声は隠しつつ、わたしは「これまで出て来た案がどれもおいしそうで迷いますね」と答えた。

そして、土の日。

予め数人の騎士見習い達が魔獣をある程度駆逐してからわたし達を呼びに来た。安全になった採集場所に皆でワイワイと騒ぎながら向かう。自在に大きさが変えられるわたしのレッサーバスには皆のお弁当が詰まっている。

タイガネーメの木の周辺にシュツェーリアの盾を出して採集の開始だ。盾の外では騎士見習い達が魔石用の魔獣を弱らせている。わたしの側に控えている護衛はテオドールである。

「このタイガネーメの実を握って、魔力を注ぎ込んでいくのです。意識しながら一つの属性の魔力を注がなければなりません。完全に属性の色に変わるまで魔力を注いでくださいね」

皆がそれぞれにタイガネーメの実をつかんで魔力を流していく。わたしも一緒に握ってみた。リュエルの時と同じで、タイガネーメの実には自分の魔力がなかなか流れ込んでいかない。それでも、グッと一気に流し込んでタイガネーメの実を三つ染めた。さすがにここで全部の属性分の実を作るわけにもいかないだろう。

「ローゼマイン様、全然魔力が流れ込んでいかないのですけれど……」

三つの実を採集したわたしを見ながらミュリエラが困ったようにそう言った。同じようなやり取りがあったことを懐かしく思い出しながら、わたしは自分の実を見つめて小さく笑う。

「魔木も生きていますから、抵抗が激しいでしょう？　回復薬を使いながら気長に染めるしかありませんよ」

三つの実を採集した時点で少し疲れたので、わたしはレッサーバスの中で休憩である。ユレーヴェを使ってちょっと丈夫になったからといって無理をすれば、体調が崩れるのは間違いない。ただ、魔力の圧縮を少なくして、薄く広げるようになってから、わたしは体調がちょっと良くなっている気がする。

……そういえば、魔力を溜めすぎると体に良くないって言われたことがあったっけ。

これで体調の良いままに貴族院生活を終えることができればいいなと思いながら、わたしはレッサーバスの中で読書を始めた。明るい日差しの中、柔らかいレッサーバスの椅子を少し倒して読書。なかなか優雅な休日の過ごし方である。

わたしは本を読みながら盾を維持しているだけだったけれど、名捧げを望む者達の魔石は何とか手に入ったし、皆でワイワイと騒ぎながら食べたお弁当もおいしかった。

楽しい土の日だった。

フラウレルム先生の講義

文官の講義は先生から試験の日程が知らされなければ進まない。文官コースの先生方に試験のお願いのオルドナンツを送ったところ、週明けになると返事が次々と届いた。側仕えと一緒に時間の調節をしていたのだけれど、フラウレルムからの連絡はまだない。

これまで毎年エーレンフェストを目の敵にして色々と行動してくれた先生なので、教師の権限でできるギリギリの嫌がらせとして「とても残念なことですけれど、時間がなくて試験の時間を取ることができませんでした」とか「オルドナンツもお手紙も届いていませんけれど」と言い出すことがあるかもしれないとは思っている。

「今年のフラウレルム先生は一体何をしてくるかしら？」

フラウレルムが考えそうな嫌がらせの相談をすると、フィリーネは困ったように頬に手を当てた。

「試験内容を多少範囲外のところにしたところでローゼマイン様が合格するのは去年でわかったでしょうし、魔力の多さ、ご加護の量、音楽や奉納舞などでの祝福でエーレンフェストの聖女という肩書きは不動のものになりました。それに口を出したところでご自身が白い目で見られるようになるだけでしょうから、フラウレルム先生も嫌がらせを考えるのは大変でしょうね」

少しずれたフィリーネの意見にブリュンヒルデが苦笑しながら口を開く。

「ローゼマイン様がお考えになったように、たとえフラウレルム先生に個別の試験をやる気がなくても、最終試験日に合格すれば良いのではございませんか？　フラウレルム先生の講義だけは後回しにして社交や研究を始めても良いと思います」

「合格するだけを考えるならば、それで良いのですけれどね」

ただ、最終試験日まで講義に合格できなかったということで評価が下がって、フェルディナンドと約束した最優秀に届かないのは困る。とりあえず、「試験が終わらないとヒルシュール先生の研究室に行けませんし、大領地との共同研究も始められません。何か良い方法はないですか？」とヒルシュールにオルドナンツを送っておいた。先生達のネットワークに期待したいところである。


わたしは朝食後、午前の講義が始まるまでの間にヴィルフリートとシャルロッテの側近達と一緒に多目的ホールでドレヴァンヒェルとの共同研究の大枠について話し合いを始めた。

「グンドルフ先生の講義で何か質問をされた時に困りますから、共同研究についてある程度決めておきたいのです」

「ローゼマイン、共同研究について文官見習い達と話をするのは重要だと思うが、先に父上と相談をしなくても良いのか？」

「一応毎日の報告の中でヴィルフリート兄様とシャルロッテの側近を中心にドレヴァンヒェルと共同研究を始めることは伝えましたよ。……でも、貴族院の学生の研究内容にアウブの許可は必要ないでしょう？　相談するほどのことではないと思うのですけれど……」

学生の研究テーマについて貴族院の誰もそんな報告をしたり、許可を得たりはしていなかったはずだ。わたしが首を傾げると、ヴィルフリートとシャルロッテが顔を見合わせた。

「普通は必要ないが、其方がまとめてきた話というだけで、どう考えても普通の学生の研究とは違う気がする」

「紙の研究でしたらエーレンフェストの基幹産業と深く関わる研究ですもの。お父様やお母様に相談しておいた方が良いと思いますよ、お姉様」

二人からそう言われて、わたしは「ひとまず報告はしているので、エーレンフェストからの返答を待ちましょう」と答えた。

「でも、ドレヴァンヒェルと行うのは魔木から作った紙の使用法の研究で、紙の作り方をあちらに教えるわけではないので、それほど基幹産業に関わるとは思えないのですけれど……」

「そうなのか？」

「ええ。イルクナーの魔木からできる不思議な紙の使い道や魔術具としての品質を上げるにはどうすれば良いのかなどを研究してほしいのです。紙自体の作り方は重要な社交の切り札になるので領主会議案件です。貴族院の研究では出しません」

わたしはイグナーツやマリアンネに向かって話をする。

「作り方が簡単なリンシャンでも、スクラブを入れるというところで完全には真似できていませんでした。工程が複雑で道具がたくさん必要になる紙の作製は尚更できないと思います。何より、魔術具のような効果のある紙を平民が作っているとは思わないでしょう」

「それは確かに考えないと思います。魔術具は貴族だけが作れる物ですから」

イグナーツやマリアンネにとっては工房で普通の紙と魔木の紙が同じ作り方でできるのが信じられないそうだ。魔力を帯びた魔術具は調合で作る物らしい。

「植物油の需要と供給のバランスを取るためにリンシャンの作り方を領主会議で売ったように、エーレンフェストの木々を使い過ぎないように紙の作り方もいずれ各領地に広げたいと思っています。けれど、なるべく高く売るべきだと思いませんか？」

わたしはキラリと目を光らせて、ヴィルフリートとシャルロッテを見た。

「この共同研究はドレヴァンヒェルを利用してエーレンフェスト紙の価値を高めるための研究なのです。平民が作った紙がどの程度の魔術具として使えるのか、どのように使えば効果的なのか、魔術具としての質を上げるためにはどうすれば良いのかなどを研究してください。研究成果によっては紙の作製方法の価値が上がって、相応にお値段もグッと上げることが可能になります」

「ローゼマイン、其方、ちょっと悪い顔になっているぞ」

……まずい。商魂を出し過ぎたみたい？

やや引き気味のヴィルフリートの指摘に、わたしは一度口を噤んでニッコリと笑った。商人モードになった頭を切り替えなければならないようだ。

「エーレンフェストの価値を高めるためにも大事なのですよ」

「でも、そこまで考えていらっしゃるのでしたら、お姉様が中心になって研究を行った方が良いのではございませんか？」

「研究自体はそうかもしれませんけれど、わたくしはグンドルフ先生と接しない方が良いのです」

「何故ですか？　お姉様に何か嫌がらせでも？」

シャルロッテの表情が変わるのを見て、わたしは慌てて否定する。

「いいえ。そうではなく、紙の作り方を聞かれてもイグナーツやマリアンネには答えられないでしょう？　だからこそ、安全なのです」

報告書の類を読んでいれば、文章としての作り方の内容は頭に入っているかもしれない。けれど、実際に作ったことがなければ他人にわかってもらえるくらいの説明をするのは難しい。

「安全とはどういう意味だ？」

「知らないことは漏らしようがありませんが、わたくしがグンドルフ先生と一緒に研究すると、ぽろっと漏らしてしまう可能性があります。それだけは絶対に避けなくてはなりません」

わたしは自分が迂闊でつるっと口を滑らせてしまうことをよく知っている。あと、考え無しでちょっとしたことにひょいっとつられることもわかっている。今はまだ冷静に考えられるが、老獪なグンドルフと対峙すると、うっかり流されて余計なことを喋ってしまうに違いない。ならば、最初から近付かなければ良いのである。

……君子、危うきに近寄らず！　これぞ危険回避。わたし、ちょっと成長した。うふふん。

「グンドルフ先生から紙の作り方についての情報を求められた場合はどうすれば良いでしょう？」

「この共同研究は魔術具の使い方の研究ですから、グンドルフ先生に紙の作り方を教える必要はありません。領主会議案件ですから作り方の研究がしたければご自身でどうぞ、と」

「わかりました」

研究の範囲や知識として共有しても良い範囲などの摺り合わせを行い、エーレンフェストに共同研究の範囲の報告とイルクナーの魔木から作られた紙を送ってほしいというお願いもした。

わたしは次々と文官コースの試験を受けて合格していく。驚いたことに、どの試験を受けに行っても大領地との共同研究について先生方から質問された。どうやら結構噂が広がっているようだ。わたしは「まだお互いのアウブの了承を得ていないので決定ではない」と答えたのだが、懐疑的な目で見られてしまった。それというのも、先生方の情報源はどちらも寮監らしい。ルーフェンとグンドルフの二人がかなり乗り気で外堀を埋めるためにせっせと噂を広げているようだ。

そんな中、フラウレルムから「明日の午前中でしたら都合がつきます」という返事がオルドナンツで届いた。返答としてはちょっと遅いけれど、無視されたり、都合がつかないという返事が来たりするとばかり思っていたので、とても驚いた。

……フラウレルム先生の言動をちょっと悪く取りすぎていたようです。ごめんなさい。

多少の嫌がらせはあっても教師として最低限のことはしてくれるようだ。心の中で謝りながら、わたしは了承の返事を出した。その直後、ヒルシュールからもオルドナンツが届いた。

「大領地とエーレンフェストの共同研究が噂になっているにもかかわらず、ローゼマイン様の師であるフェルディナンド様が向かったアーレンスバッハとの共同研究の話が出ないのは、寮監の行いのせいかしら？　とフラウレルムに言っておいたので、近々お返事が届くでしょう」

どうやらフラウレルムから返事が来たのはヒルシュール先生のおかげだったらしい。わたしはオルドナンツで試験日程が決まったことを報告して、お礼を述べた。

すると、またオルドナンツが飛んで来た。

「フラウレルムの試験では、アーレンスバッハとの共同研究を餌に講義の合格を勝ち取りなさい。ライムントとの研究を共同研究として発表すれば良いですよ。ライムントが設計した物をローゼマイン様が試作すれば、共同研究の要件を満たします」

魔力が少ないライムントは設計した物を作るのに時間がかかっているらしい。この試作部分をわたしが担当すれば図書館の魔術具も色々と研究することができるそうだ。ついでに、「わたくしの研究室で共同研究を行うのですから、共同研究に関することには寮監の許可が必要です、と言って適当なところでお呼びなさい。採点の監視をして差し上げます」と言ってくれた。

……ヒルシュール先生がこんなに頼りになると思わなかった！

ヒルシュールとのオルドナンツのやり取りでフラウレルムから合格を勝ち取るビジョンが見えてきた。それに安堵の息を吐きながら、わたしは自分の側近達に視線を向ける。

「それにしても、フラウレルム先生が危機感を抱くほど、大領地とエーレンフェストの共同研究が噂になっているのですか？　その、先生方の間だけではなく？」

わたしは領主候補生コースも終えてしまったし、文官コースも個人的に試験を受けに行っているだけだ。他領の学生と接することがなく、貴族院の噂にあまり詳しくない。

「そうですね。寮監が積極的に広めているとは思いませんでしたが、共同研究を行うことを知っている学生はたくさんいますし、完全に決定している雰囲気になっていますね」

リーゼレータがそう言うと、文官見習いとして専門棟に出入りするようになったフィリーネも大きく頷いた。

「成果が発表されれば、素晴らしい研究だと評価されることは間違いございません。ヒルシュール先生のところにはダンケルフェルガーとの共同研究に参加したいといくつかの領地から申し出があったようですよ」

ただ、大領地や王族との繋がりや研究成果に乗っかりたいだけというのが透けて見えているため、研究のサンプルにならないと却下されているらしい。

……これまであんまり動いてくれなかったからわからなかったけど、ヒルシュール先生ってホントに有能なんだ。

「グンドルフ先生を通じたドレヴァンヒェルとの研究に興味を示している領地も多いようですね。こちらはグンドルフ先生がある程度の研究成果や能力がない者はバッサリ切り捨てているようなので、それほど心配していません」

「むしろ、イグナーツ様やマリアンネ様が先生の求める能力に達しているのかどうかが心配ですね。何が何でもローゼマイン様を引っ張り出したいというお考えが手に取るようにわかりますから」

側近達の評価から導かれるグンドルフはかなり危険な匂いがする。

……やっぱりグンドルフ先生には近付いちゃダメみたい。

貴族院の様子について情報収集をしながら、わたしは試験のために文官の専門棟にあるフラウレルムの研究室へ入った。ヒルシュールやグンドルフの研究室のように資料が積み上がり、素材や道具で溢れそうになっているのが文官の研究室かと思っていたが、そうではない研究室もあるようだ。整然としている研究室に感嘆の溜息が漏れる。

……うわぁ！　きっちり整理整頓されてる。さすが情報収集や資料の整理に関する講義を担当するだけあるね。

自分ルールがきっちりとあって、ほんの少しのはみ出しも許さない感じの研究室はとてもフラウレルムらしい気がした。

「早速ローゼマイン様に伺いたいのですけれど、ダンケルフェルガーやドレヴァンヒェルとエーレンフェストが共同研究をするという噂が流れています。これは本当ですの？」

ヒルシュールの言う通り、それが一番気になるようだ。わたしは余裕を持って笑ってみせる。

「そうしたいとは考えていますけれど、どちらもアウブの許可が取れ次第、というところなので、本当とも申し上げられませんね。どちらも寮監が乗り気ですから時間の問題という気も致します」

それよりも試験をお願いします、と言うと、フラウレルムは「んまぁ！」と目を吊り上げた。

「ローゼマイン様はアーレンスバッハとの関係をもう少しよく考えるべきではございません？　貴女の師がディートリンデ様と結婚することでアーレンスバッハとエーレンフェストの関係は深まるはずではありませんか。それなのに、アーレンスバッハを蔑ろにするのは非常識です」

「わたくしもアーレンスバッハとの関係についてよく考えたいのは山々なのですけれど、グリュックリテートから祝福をいただかなければ、フェルディナンド様はオルドシュネーリを受け入れてくださらないのです。困ったこと」

講義に合格できなきゃ相談もできないよと軽く流すと、フラウレルムは忌々しそうな顔を一瞬見せ、試験問題を出してくれた。去年のように捻った問題もなかったので、わたしはさらさらと答えを書いて提出する。

「では、ヒルシュール先生をお呼びしますね」

意味がわからないというように目を見開いたフラウレルムに対して、わたしもわざとらしく目を見開いて頬に手を当てた。

「え？　これで文官見習いの講義も終わりますし、アーレンスバッハとの共同研究についてのお話をするのでしょう？　わたくし、何か間違ってしまったかしら？」

「い、いいえ。アーレンスバッハとの共同研究に関するお話をするので間違ってはいませんよ。けれど、ヒルシュールを呼ぶというのは？」

まさかわたしがあっさりと共同研究の話をすると思わなかったのか、フラウレルムが目を白黒させている。この先生は本当に自分の予想から外れることが苦手なようだ。

「ヒルシュール先生はエーレンフェストの寮監ですから、こういうお話には同席していただかなければアウブへの報告も困るではありませんか」

これまでの共同研究の話し合いにヒルシュールが同席していなかったことは口にせず、わたしはニコリと笑ってすぐにオルドナンツを飛ばした。

「ヒルシュール先生、アーレンスバッハとの共同研究についてフラウレルム先生とお話をしたいのですけれど、お時間はよろしいですか？」

「よろしくてよ」

待ち構えていたのか、オルドナンツの返事が来た後、ヒルシュールはすぐに訪れた。わたしとフラウレルムを見て、ヒルシュールが軽く息を吐く。

「ごきげんよう、フラウレルム。それにしても、アーレンスバッハとの共同研究のお話ができるということは講義を全て終えられたのですか、ローゼマイン様？　講義を終えるまでは研究室に出入りできないとおっしゃったでしょう？」

「本日のフラウレルム先生の講義で終わりです。あぁ、採点がまででしたね。採点が終わるまでが講義ですもの。採点をお願いしてもよろしいかしら？」

ヒルシュールが来たのでフラウレルムに採点をお願いする。第三者の監視下では採点の誤魔化しもできないだろう。フラウレルムが嫌そうな顔になってヒルシュールを見ながら自分の机で採点を始める。不正がないかどうか、その様子を見ていたヒルシュールが呆れた顔になった。

「フラウレルム、貴女……」

「あら、嫌だ。わたくしったら試験問題を間違えてしまったようですわね。ほほほ……」

「……ローゼマイン様は解けているようなので、あまり問題はないようですけれど」

「んまぁ！　なんですって⁉」

フラウレルムが目を吊り上げて用紙を覗き込んでいる。

「何かあったのですか?」

「……試験内容が五年生のものだったのです。ローゼマイン様は何故解けているのですか?」

「何故と言われましても、わたくし、最終学年までの講義内容をフェルディナンド様に叩きこまれましたから、どの学年の問題でも解けます」

卒業までの内容を一気に叩き込まれたので、正直なところ、どこからどこまでの範囲が三年生なのか把握はできていない。出された試験問題が普通だったので解いただけだ。

「本当にフェルディナンド様は無茶をされるのですから……。付いて行けるローゼマイン様が不思議でなりません」

ヒルシュールが額を押さえている後ろでは、フラウレルムが「非常識ですわ」と繰り返している。非常識なのは他の学年の試験問題を出すフラウレルムと、それに対抗できるくらいに講義内容を叩きこんだフェルディナンドであって、わたしではないと思う。

「講義は合格で良いですか? それとも、三年生の試験をやり直しますか?」

「フラウレルム、共同研究の話をするのではなかったのですか? 試験をやり直しますか?」

わたしとヒルシュールが重ねて尋ねると、フラウレルムは顔を真っ赤にして「試験はもう結構です!」とヒステリックにそう叫んだ。そして、話し合いの場につくためにフラウレルムは少し乱暴な仕草で椅子に座る。あの座り方は自分のお尻が痛いだけだと思うけれど、怒りと不機嫌具合は伝わってきた。

だが、敢えて空気は読まない。フラウレルムの不機嫌を気に留めず、わたしとヒルシュールの空気を読まないコンビで共同研究に関する話を進めていく。

「ヒルシュール先生の研究室にライムントがいるので、アーレンスバッハとの共同研究はそれほど難しくないと思うのです。ライムントはフェルディナンド様の弟子で、今は側近になっているはずです。彼とわたくしで魔術具の研究をして発表すれば共同研究になりますもの」

わたしの言葉に「んまぁ！」とフラウレルムが声を上げた。

「それでは、ヒルシュールの研究にされてしまうではありませんか！　それをアーレンスバッハとの共同研究とは言えません！」

「いいえ。元々ライムントが主となっている研究ですから、領地対抗戦で発表するのはアーレンスバッハのところになります。ですが、ヒルシュール先生はフェルディナンド様とライムントの師で、わたくしはフェルディナンド様の弟子ですから、研究する場所としてはヒルシュール先生の研究室が一番良いのです」

そう言いながら、わたしはフラウレルムに向かってニコリと笑った。

「でも、困ったことにヒルシュール先生もライムントも研究に没頭（ぼっとう）すると、アーレンスバッハへの報告を怠る可能性が非常に高いです。研究に没頭するヒルシュール先生のことはフラウレルム先生もご存じでしょう？」

「えぇ、そうですね。ヒルシュールが研究に没頭すると正確な報告が届くとは思えません」

没頭するヒルシュールに手を焼いたことがあるのか、フラウレルムは顔をしかめて頭を振った。

ヒルシュールは笑顔で素知らぬ顔をしている。

「ですから、共同研究をするのであれば、アーレンスバッハにいらっしゃるフェルディナンド様との間に飛信の女神オルドシュネーリが立ってくださることをわたくしは願っているのです」

アーレンスバッハとの共同研究で師に相談するという体裁(ていさい)を取れば、フェルディナンドとの連絡も取りやすくなる。それに、フラウレルムの顔を立てるというやり方で、フラウレルムからアーレンスバッハに連絡を取ってもらえば、フェルディナンドへの連絡経路を一つ増やすことができる。監視や検閲が入るのは当然で、それを考慮した情報しか送れないだろうけれど、ライムント以外の経路があるのとないのとでは違うだろう。

「フェルディナンド様のいらっしゃるアーレンスバッハとエーレンフェストの関係を深める共同研究を成功させるため、アーレンスバッハの寮監であるフラウレルム先生がオルドシュネーリになってくださいませんか？」

報告を全て検閲できて、領地間の関係を深めるための立て役者という立場は気に入ったらしい。わたしの誘いにフラウレルムはニィッと唇を吊り上げて笑った。

「よろしいでしょう。寮監の務めとしてわたくしが報告を致します。ただ、ローゼマイン様。非常識な言動を慎(つつし)まなければ、アーレンスバッハとエーレンフェストの関係にひびが入り、フェルディナンド様にご迷惑をかける結果になりますよ。よくよく注意なさいませ」

ヒルシュールが「上手く話はまとまったようですね」と立ち上がり、わたしに退室を促す。一緒に部屋を出ようとしたところで、フラウレルムに問われた。

「ローゼマイン様、最近お体の調子はいかがですの？　何か変化がございまして？」

突然の質問の意図がつかめなくてわたしが首を傾げると、フラウレルムは取って付けたように心配そうな顔を貼り付けた。

「ローゼマイン様はとても虚弱でいらっしゃるから、共同研究や社交ができるのか、少し気になっただけですわ」

「……少し変化はございます。その、あまり良くない方向に……」

何の確認かわからない。わたしは言葉を濁して微笑んだ。決して嘘は言っていない。音楽で祝福テロをしてしまったり、奉納舞で光ったり、色々な意味で良くない方向に変化しているのだ。

「そうですか」

うっすらと笑みを浮かべたフラウレルムの目が鈍く光る。あまり良い感じはしなかった。

ヒルシュール研究室の専属司書

文官コースの試験を終えたので、わたしは早速ダンケルフェルガーとのお茶会の予定を決めるためにお伺いを立てた。レスティラウトやハンネローレはもちろん、同席させてほしいクラリッサの講義がどの程度進んでいるのか、共同研究に関するアウブからの返答など、先方にも色々と考えることがある。返事はそれほど急ぎません、とブリュンヒルデには伝えてもらった。

「まだアウブ・ダンケルフェルガーからの返答が届いていないようです。領地からのお返事が届き次第、空いている日をお知らせくださるようです」

その日の夕食の後、ブリュンヒルデはダンケルフェルガーからの返事を知らせてくれた。わたしはすぐにはお茶会にならないことを悟って、リーゼレータに視線を向ける。

「明日からわたくしはヒルシュール先生の研究室へ通います。準備をお願いしてもいいかしら？」

「お任せくださいませ。特に掃除道具の準備は念入りにいたしましょう。ヒルシュール先生の研究室にローゼマイン様が入れるようにしなければなりませんから」

腕が鳴ります、とリーゼレータは掃除道具の選別を始めた。すぐにレオノーレが護衛騎士の予定を聞くために部屋を出て行った。実に頼もしい側近達である。

「明日の準備は皆に任せますね。わたくしはお手紙を書くので隠し部屋に籠もります」

わたしはライムントから渡してもらえるようにフェルディナンドへ手紙を書くことにする。消えるインクを使って書かなければならない内容が多すぎて、とても側仕え達がいるところでは書けない。わたしは自室の隠し部屋に入った後、フェルディナンドから預かったインクで数枚に分けてびっしりと書き込んだ。時系列順に自分がしたことと、相談内容を書き込んだのだが、読み返してみると、意味不明な感じがする。

「ご加護を得る儀式で、最高神のいらっしゃる高みに続く階段を上りました。そこに何があったかヒルシュール先生が知りたがっています。祭壇の上から見えた魔法陣を書き写したのですが、養父様に公表すべきでしょうか。それから、ご加護が増えすぎてシュタープの許容範囲を超えてしまい、ちょっとしたことで祝福が溢れて祝福テロが大変です。解決方法として魔力圧縮を控えめにして、なるべく魔力を多めに使うように心がけていますが、他に何か良い方法はありませんか？……うーん。つ、伝わるかな？　フェルディナンド様だったら、きっとわかってくれるはず！」

大丈夫だよね、と自分に言い聞かせながら、わたしは机の上に手紙を広げて乾かし始める。その間に、わたしはフラウレルム経由で出す手紙にも消えるインクを使うことを思い付いた。ライムントとフラウレルム、それぞれに渡した手紙で到着までにどれだけの差が出るのか、そもそもフェルディナンドまで届くのかなどを実験するために、「こちらはフラウレルム先生経由のお手紙です。きちんと届きましたか？」と書き込んでみた。インクが乾いて文字が消えれば、その上から当たり障りのない内容を書かなければならない。

……フラウレルム先生に読まれても構わない内容って、どんなのだろう？　難しいね。

「では、シャルロッテ。わたくしは研究室へ行ってまいります」

次の日、わたしは多目的ホールにいるシャルロッテに声をかけた。シャルロッテはまだ全ての実技が終わっているわけではないけれど、今日は講義がないようで、魔木の紙の研究についてマリアンネと話をしている。

「……とても研究室へ行く準備だとは思えませんね、お姉様」

シャルロッテはリーゼレータの準備した荷物を見て、目を瞬いた。図書館で出張お茶会をする時のようにワゴンに色々な物が積まれている。研究室へ行くには多すぎる荷物にわたしは苦笑する。

「掃除道具とわたくしからの差し入れなのです」

あそこの研究室にいる者は碌な生活をしていない。わたしがシャルロッテにヒルシュールの研究室の惨状(さんじょう)を話していると、「読書に没頭すると生活を蔑ろにされる姫様がおっしゃることではございませんよ」とリヒャルダに溜息を吐かれた。

笑って誤魔化し、わたしは寮を出る。すでに講義が始まっている時間なので廊下は人の気配も少なく、シンとしていた。今日の同行者は側仕えのリーゼレータとリヒャルダ、文官見習いのローデリヒ、護衛騎士はマティアスとテオドールの二人である。

「文官の専門棟に入るのは初めてです」

護衛騎士の二人がそう言いながら文官の専門棟を見上げる。中へ入ると、マティアスが「騎士の専門棟と違って個室が多いですね」と呟いた。文官の専門棟は素材が管理されている倉庫のような部屋も多く、研究室がそれぞれにあるので扉が多い。訓練施設の集まりである騎士の専門棟は全ての専門棟の中で一番大きくて広く、辺鄙(へんぴ)なところにある。大きな施設がほとんどで、先生方の部屋以外の個室はあまりないようだ。

「……うぅ、何だか変な臭いがしませんか？」

テオドールが鼻に皺(しわ)を寄せて周りを見回した。護衛騎士として鼻を摘まむのは控えているけれど、鼻を押さえたそうな顔をしている。

「調合の実技がない一年生のテオドールには馴染みがないのでしょうね。これは薬草や素材の香りなのです。複数が混ざっていてちょっと悪臭になっているけれど、そのうちに慣れますよ」

わたしがクスクスと笑いながらそう言うと、テオドールは「本当に慣れますか？」と疑わしそうに周囲を見回した。

「大丈夫です。回復薬を自作するようになって、訓練中に回復薬を当たり前のように飲むようになれば慣れますし、必要があればもっと臭い薬も飲めるようになります。この辺りの臭いなど、フェルディナンド様のお薬に比べれば可愛いものですよ」

テオドールの顔が引きつった。なんて物を飲んでいるのですか⁉　と表情が物語っている。優しさが入ってもシャルロッテには嫌がらせだと思われた薬である。原液はとんでもないのだ。

ヒルシュールの研究室の前まで到着すると、リーゼレータが一足先に掃除用の魔術具の入ったワゴンを押して中へ入って行く。

「ローゼマイン様は少し入室をお待ちくださいませ。入れる状態かどうかを確認してまいります」

初めてわたしがヒルシュールの研究室に来た時、床にある物を強制的に吸い込む魔術具をリーゼレータが作動させようとして、ヒルシュールとライムントが右往左往(うおうさおう)していたことを思い出した。

「……必要な物がなくなるようなことがなければよいのですけれど」

「昨夜、オルドナンツで掃除をすると勧告していますから、大事な物は片付けてあるでしょう」

リヒャルダがそう言っている背後の扉から「リーゼレータ、少々お待ちなさいませ！」というヒルシュールの慌てた声が聞こえてきた。勧告されてもヒルシュールは研究を優先していたらしい。

リヒャルダが溜息を吐いて頭を振った。

「お待たせいたしました、ローゼマイン様」

笑顔のリーゼレータが扉を開けてくれ、やっとわたしは研究室に入ることができた。調合用の机の上に大量の資料が積み上がっているのが見える。きっと大慌てでヒルシュールが床から救出した資料なのだろう。

「ヒルシュール先生、ライムントは不在ですか？」

「今は講義へ行っていますよ。共同研究の詳しいお話はライムントが来てからにしましょう」

ライムントもちょこちょこと講義に合格しているので、少しずつ空き時間はできているようで、時折顔を出すようになっているらしい。

「それまでにこちらの資料に目を通しておいてくださいませ。共同研究に関する資料です。ローゼマイン様が理解していれば、話を進めやすくなるでしょう」

設計図や覚書だが、これから作る物に関する資料らしい。もさっと机の上に積み上げられていて今にも雪崩を起こしそうな資料の山と、研究室の本棚に収められている整然とした資料を見比べて、わたしはクッと顔をヒルシュールに向けた。

「ヒルシュール先生、わたくし、資料へ目を通す前に整理したいのですけれど、よろしいですか？あの本棚のように」

「あそこに収まっているのはすでに研究が終わった資料ばかりですし、フェルディナンド様が片付けていた物です。最初に目が向かうのが片付けとは、本当によく似ていらっしゃること。こちらの机にある資料はお好きに片付けてくださって結構ですよ」

「……え？　フェルディナンド様がお片付けをしたということは、十年ほど放置されているということですか⁉」

「フェルディナンド様は去年の今頃にいらっしゃったでしょう？　ご自分の魔術具を引き取りに」

あの時に魔術具だけではなく、置いておけないと判断した設計図や研究結果などの資料もごっそりと持って帰り、ついでに、ユストクスとエックハルトを使って資料の片付けをしたらしい。

……わぁお。こんな師匠の面倒を見ていたなんてフェルディナンド様も大変だね。

わたしはフェルディナンドがしていた通りに分類して片付けられるように本棚から資料をいくつか出してきた。木札が研究毎にまとめられていて、内容は時系列順だ。ところどころに羊皮紙がまとまっているのはフェルディナンドの研究のようだ。文字が変わっていないのですぐにわかる。

……ん？　これ、二十不思議の研究だ。

ユストクスが集めてきた不思議議話がずらりと並んでいて、その次に簡単な地図が付いている。

……これって多分貴族院の地図だよね？　へぇ、大体円形なんだ。

寒い中を騎獣で飛び回る機会が少ないので、わたしは貴族院の敷地を詳しくは知らない。宝盗りディッターをしていた頃は皆が地形を把握していた、とリヒャルダやボニファティウスに聞いたことがある。

……これがきっと二十不思議のあった場所なんだろうな。

二十どころではなく、もっとたくさんの点がある。何を検証したのか、○や×が付けられていた。十年以上前の手描きの地図だからだろうか、古ぼけた感じが良い味を出していて、まるで宝の地図だ。けれど、二十不思議の研究はあまりにも不自然にぶつっと途中で切れていた。

「先生、これはフェルディナンド様の研究ですよね？　結果が見当たらないのですけれど……」

「あの方の研究は発表するものでない限り、途中で切れているものが多いですよ」

「そうなのですか？」

「ええ。結果がわかって、自分が納得すればそれでよかったようです。資料としては残さなかったり、残さない方が良いと判断して敢えて書かなかったりしていましたから」

領地からお金をもらって研究した分は必ず報告が必要になるが、自分のお金を使って趣味でしていた研究に関しては資料を残していないのも多いそうだ。

……この研究は面白そうだし、最後まで見たかったな。

唇を尖らせながら、わたしは分類の方法や綴(と)じ方を確認して、資料を閉じた。


「さて、フェルディナンド様の片付け方も把握したことですし、早速こちらの資料も片付けていきたいと存じます」

同じように片付けるのが一番だろう。混乱がなくてヒルシュールやライムントも資料を探しやすいはずだ。わたしは腰に結ばれている飾り紐を一本解いて、ビシッと構えた。

「姫様、何をなさるおつもりですか？」

「……『たすき掛け』です。邪魔な袖からお片付けするのですよ」

「タスキガケ、でございますか？」

リヒャルダが訝し気にする中、わたしは手早くたすき掛けをして邪魔な袖を片付けた。完璧だ、と悦に入ると、リヒャルダが「姫様、このように腕を露わにするのははしたないことですよ」とすぐにたすきを解かれてしまった。

「姫様は座って指示を出せばよいのです。わたくしとリーゼレータが指示通りに片付けますから」

椅子が準備されて、わたしは調合机の上に積み上げられた紙や木札を分類することになった。目を通して、誰のどんな研究か分けていく。それをリヒャルダとリーゼレータが手分けして箱に詰めたり、綴ったりして本棚へ片付け始めた。

「この資料はヒルシュール先生の今の研究内容ではございませんか？」

「ええ。しばらく見当たらなくて探していたのです」

「ライムントの資料はこの本棚に収めても良いのですか？　自分の寮へ持ち帰りませんか？」

「卒業時に本人が判断するでしょう。時間が経てば必要なくなる資料も多いですから」

次々と片付けていけば、研究毎に整然と資料が並び始め、調合用の机の上が綺麗になっていく。

「ローゼマイン様、こちらにも資料が残っていました。これも合わせて片付けてくださいませ」

「お任せください」

ヒルシュールから資料を受け取り、収めるべきところに片付ける。

……わたし、ヒルシュール研究室の専属司書って感じ？

誰に認められなくても、気分だけは研究室所属の司書である。図書委員が魔力供給しかできなかったので、貴族院へ来てから最も司書らしい仕事をしている気がする。鼻歌を止められない。

……どうしよう。わたし、今、すごく楽しい！

うきうきとした気分でわたしが資料の片付けに精を出していると、四の鐘が響いた。それから、少ししてライムントが「ヒルシュール先生、大変なことが……」と言いながらふらりとした様子で入ってくる。その直後、目を丸くして「申し訳ございません。部屋を間違えました！」と急いで出ていってしまった。

「……間違えていませんよね？」

わたしとリーゼレータが顔を見合わせると、ヒルシュールはクスクスと笑った。

「部屋があまりにも綺麗になっているので、間違えたと思ったのでしょう。そのうちに戻ってきますから、食事の準備をいたしましょう。そちらには差し入れが入っているのでしょう？」

ヒルシュールが嬉しそうに唇の端を上げてワゴンを指差した。ちょうどお腹が空く時間だ。綺麗に片付いた調合用の机の上を清めて、リーゼレータとリヒャルダが食事の準備を始めた。

きちんと準備ができた頃にライムントがノックをして、恐る恐る扉を開けて顔を覗かせた。相変わらず自分の身なりに構っていなくて黒髪はぼさぼさだ。直後にリーゼレータが持ち込んだ差し入れの匂いにお腹を鳴らして、きまり悪そうに視線を逸らす。

「ライムント、入室前にヴァッシェンで結構ですから、身なりを整えてくださいませ。そのような姿でローゼマイン様の前に立たないでください」

リーゼレータに笑顔で追い払われたライムントがまた扉を閉めた。部屋の外でヴァッシェンを使ってから入ってくる。

「大変失礼いたしました」

ライムントがようやく入れたので昼食である。食べながら、ヒルシュールが共同研究に関する話を始めた。ライムントはヒルシュールから下げ渡された食事を摂りながら肩を落とす。

「やはり間違いではなかったのですね」

昨夜、ディートリンデから呼び出しを受け、「アーレンスバッハの代表として恥ずかしくないようにフェルディナンド様とよく連絡を取って研究するのですよ」と言われたらしい。

「これまで全く接触がなかったので非常に驚いたのですが、自分の婚約者の弟子だから気になったのだろうと思ったのです」

ライムントは領地対抗戦の研究発表に関することだと思って、「誠心誠意頑張ります」と返事をした。そうしたら、今朝、講義へ向かう直前に寮監であるフラウレルムから呼び止められ、「共同研究の概要が決まったら報告するように」と言われて目を白黒させることになったそうだ。

「一体どういうことなのかヒルシュール先生に相談しようと思い、ここへ来ました」

ヒルシュールはライムントのお皿に取り分けながら、成り行きを説明する。

「エーレンフェストがダンケルフェルガーやドレヴァンヒェルと共同研究をすることになりました。どちらも注目度の高い研究です。フラウレルムは中央に対する功績が欲しいのでしょうね。フェルディナンド様を通して関係の深いアーレンスバッハも共同研究をしたいと考えたようです」

……えぇ？　ヒルシュール先生が焚きつけたんじゃなかったっけ？

そう思ったけれど、文官コースの試験を終えるために手を回してくれたので余計なことは言わない。ライムントもこちらから押し付けられるよりは、自領の寮監が言い出したと思っている方が受け入れやすいだろう。

「二人ともフェルディナンド様の弟子ですし、設計部分をライムントが、試作品を作る部分をローゼマイン様が担当すれば、今のままでも十分に共同研究になるでしょう」

「……試作をローゼマイン様が？　領主候補生に試作させるなんて畏れ多すぎます」

ライムントが青い目を大きく見開いてヒルシュールを見た。ぶるぶると震える彼と違って、ヒルシュールは「適材適所ですよ」と平然と言う。

「ローゼマイン様はフェルディナンド様に仕込まれているため、実践的な調合に慣れていて時間短縮の魔法陣を使用する調合ができます。それに、領主候補生で魔力が多いので、何度も調合が可能です。発想や調合の腕に比べると、魔法陣の設計は普通ですね。講義でやる程度のことは十分にできますが、研究者には足りません。ですから、二人が組めば良い結果になると思いますよ」

どうやらわたしにはライムントやフェルディナンドのような魔法陣の設計センスがないらしい。

「それに、この共同研究を成功させた二人ともが弟子だと周知されればフェルディナンド様のためにもなるでしょう」

共同研究が成功したのは師匠のおかげだという方向へ持っていければ、アーレンスバッハにおける重要性が増すらしい。待遇改善のためと言われれば張り切るしかない。

「フェルディナンド様の立場を確立するため、中級貴族であるライムントが領主一族の側近として認められるため、わたくしの図書館の魔術具を作るため、一緒に頑張りましょう」

「完全に周囲がやる気になっていて、今更断ることなどできませんよね……。断れば、ディートリンデ様やフラウレルム先生から目の敵にされます」

ライムントはうんざりとした顔で言った後、共同研究を了承してくれた。

「では、昼食を終えたら早速試作品を作りますね。設計図と説明をお願いします」

「わかりました。よろしくお願いいたします」


昼食後、わたしは午前中に片付けた本棚の案内をする。

「この棚のここからここまでがライムントの研究資料です。わかる限り日付順に並べました」

「この研究室の資料がこれほどきっちりまとまっているのは初めてです」

感動したライムントから司書仕事を褒められて嬉しくなったわたしは、午後の講義に向かうライムントを見送った後、調合三昧（ざんまい）の時間を過ごした。ライムントが置いていった設計図を見ながら、次々と魔術具を作製し、ヒルシュールに呼ばれれば魔術具に魔力を注いでいく。足りない腕力は身体強化で補い、足りない体力は体力だけを回復させる薬で補って……。

……うん、この研究室はダメだ。普通に過ごしているつもりでも薬漬けになってるよ。


講義を終えて戻ってきたライムントに、わたしは胸を張って試作品を見せた。

「どうですか？　注文通りにできていますか？　結構頑張ったのですよ」

褒めてほしくて張り切ったわたしは、ライムントの前に試作品を並べていく。わくわくしながら反応を見ていたのだが、彼は肩を落として項垂れた。

「……あの、そんなにガッカリするほど出来が悪いですか？」

「いいえ。使用できる魔力の差を目の当たりにして、少し気が遠くなっただけです」

魔力が少ないライムントは試作品を調合するにも回復薬が必要で、それでも、一日に一個作製できるかどうか、というところらしい。四つ並んだ魔術具に世の中の不平等さを痛感したそうだ。

「これでフェルディナンド様に合否を判断してもらいます」

「では、送るのは明日にしてくださいませ。わたくしのお手紙も一緒に送ってほしいのです。フラウレルム先生経由でフェルディナンド様に届けてもらうお手紙もありますし……」

この研究室の面々では報告が疎かになるので、わたしが報告義務を負っていることを告げると、ライムントはホッとしたように表情を緩めた。

「それはとても助かります。すでにフラウレルム先生から報告するように言われているので……」

次の日、わたしは魔術具の提出と共にフェルディナンドへ届けてもらう手紙と、フラウレルム経由で届けてもらうお手紙の両方をライムントに託し、飛信の女神オルドシュネーリに祈りを捧げる。

……どうかフェルディナンド様からのお返事が届きますように。

王族からの依頼

フェルディナンドの返事ではなく、エグランティーヌの招待状をブリュンヒルデが持ってきた。

「ローゼマイン様、王族主催で本好きのお茶会を開催するそうですよ」

「……わたくし、まだエグランティーヌ先生へ文官コースが終わった連絡を入れていないのですが、何故お茶会のお誘いが……？　もしかして、ブリュンヒルデが知らせたのですか？」

目を瞬くわたしにブリュンヒルデが軽く息を吐いた。

「先生方の間ではローゼマイン様が早々に講義を終えられたことが噂になっているようですよ」

「……予想以上に先生方は情報を共有しているのですね」

「複数の重要な共同研究の発案者であるローゼマイン様は、先生方の間で注目の的ですから」

一体いつからどのように始めるのか、誰がどれだけ関わるのか、興味津々らしい。そのため、わたしの情報が先生から王族のエグランティーヌへ流れるのは当然のことだそうだ。

「エグランティーヌ様が主催で本好きのお茶会を開くのは、図書館の関係者を一堂に集めるためのようですね。司書を二人とも呼び出すことは、図書館の使用者が増える前でなければ難しいため、なるべく早く開催したいとのことです」

図書館関係者を集めるということは、管理者がハンネローレに代わったことについて話をしたいのだろう。お茶会の体裁をなしているけれど、実質的には王族からの呼び出しである。

「どちらで開催されるのですか？」

「エグランティーヌ先生の離宮だそうです。参加人数を考えると、図書館の執務室には入りきらないと思います。それに、普通は主催者のお茶会室を使用するものです。司書が図書館を離れられないとはいえ、図書館の執務室でお茶会をしようと考えるのはローゼマイン様くらいですよ」

ブリュンヒルデが苦笑しながら、参加予定者を教えてくれる。二人の司書と三人の図書委員。それから、開催者のエグランティーヌとアナスタージウスらしい。王族が三人もいて、それぞれに側近がぞろぞろと付いて来ることを考えると、確かに図書館の執務室では手狭だろう。

……シュバルツ達の管理者を変更する話の時もいっぱいいたもんね。

「アナスタージウス王子もいらっしゃるのですか。お忙しくて貴族院にいらっしゃることができないから、入学前だというのにヒルデブラント王子が滞在することになったのでしょう？」

王族のお役目を断ったのにお茶会には参加するなんて、まるでエグランティーヌを囲い込むエーヴィリーベのようだ。そう思うのは、音楽の先生方のお茶会に乱入された印象が強いせいだろうか。

……そんなにエグランティーヌ様にひっついてなくても結婚してるんだから、どーん！　と構えていればいいのにね。

ただ、ヒルシュール先生の話によると、アナスタージウスからダンケルフェルガーとの共同研究について助言をもらったようなのでお礼は言っておいた方が良いだろう。わかっていても面倒だと思う心は抑えられない。

「ハンネローレ様も招待されていらっしゃるようですし、王族主催のお茶会でしたら欠席するわけには参りませんね」

ハンネローレは連絡不足のせいで、思いもよらぬ交代をしてしまったのだ。エグランティーヌに事情説明をしていた時も不安そうにしていた彼女を一人にするわけにはいかない。けれど、「なるべく近付かないように」と言われていた王族からの呼び出しだ。どうしても憂鬱になってしまう。肩を落として溜息を吐いていると、ブリュンヒルデが小さく笑った。

「そのように気鬱なお顔をしないでくださいませ、ローゼマイン様。アナスタージウス王子が本好きのお茶会のために王宮図書館から本を貸し出してくださるそうですよ」

……王宮図書館の本⁉　やばい、ときめいた！

グッと指を組み、わたしは今日一番の良い笑顔でブリュンヒルデを見上げた。

「さすがエグランティーヌ様の御夫君(ごふくん)ですね。素晴らしい方だと思います！」

「ローゼマイン様が参加に前向きになってくださって何よりです。ローゼマイン様はどの本を準備されますか？　こちらからも貸し出すお約束をしているのでしょう？」

「やはりお母様の恋物語かしら？　エグランティーヌ様が興味を示していらっしゃいましたから」

王族からの呼び出しであろうとも、本の貸し借りをするのだと思えばテンションは上がる。わたしはうきうきしながら選書を始めた。側仕えは王族のお茶会で興奮しすぎて倒れないように対策を練り始め、護衛騎士達は誰が同行するのかを話し合う。文官達は王族からお茶会の招待が来たことを報告書に書き始めた。

エーレンフェストへ報告し、持って行くお菓子や本を決めつつ、ヒルシュールの研究室へ通ううちにすぐに本好きのお茶会の日になった。午後からのお茶会は五の鐘から行われることが多いのだが、今日は四と半の鐘に来るように指定されている。午後の講義が始まっているため静かな廊下を通り、わたしはエグランティーヌの離宮へ向かった。

「お待ちしていました、ローゼマイン様」

エグランティーヌの離宮へ来たはずなのに、アナスタージウスの筆頭側仕えオスヴィンが出迎えてくれたことで、本当に二人が結婚していることを実感した。

通された部屋にはアナスタージウスとエグランティーヌとその側近がいるだけで、他の参加者の姿はない。どうやらまだ到着していないようだ。長ったらしい挨拶を交わし、わたしは出入り口へ視線を向ける。挨拶が終わっても他の人の姿が見えない。側仕え達が持って来たお菓子や本をやり取りしている様子を見ながら、居心地の悪い思いで部屋の中を見回した。

「……わたくし、早く来すぎたのでしょうか」

「いや、其方に話があったので、早めに呼び出しただけだ」

アナスタージウスから席に着くように言われた。王族からのお話というだけで嫌な予感がする。聞かずに済ませたいが、そういうわけにもいかない。一つ深呼吸して、わたしはニコリと笑った。

「わたくしにお話とは何でしょう？」

「ずいぶんと派手に動いているな」

……派手に動いたことなんてあったっけ？　ここ最近は魔力の圧縮を少なくしたおかげで魔力の制御もできているし……。

じろりと睨まれて、わたしは必死で「派手に動いた」に当てはまる行動を思い返す。アナスタージウスの情報源がエグランティーヌならば、彼女と関わった時の話に違いない。

「……あ！　奉納舞のお稽古で魔石を光らせてしまった時のお話ですね？」

あれは確かにちょっと派手な行動だったと思う。やっと思い当たる出来事に行き当たったわたしが思わずポンと手を打つと、アナスタージウスはひくっと頬を引きつらせた。

「違う。ダンケルフェルガー、ドレヴァンヒェル、アーレンスバッハの三領地と共同研究を行うことだ。いきなり派手に動くことになったエーレンフェストの見解を聞かせろ」

「え？　共同研究を派手な動きとおっしゃられても困ります。エーレンフェストとしては断りようがなかったのですから」

わたしの言葉にエグランティーヌがおっとりと微笑んだ。

「ローゼマイン様、断れなかったという理由をお伺いしてもよろしいかしら？」

「はい。ダンケルフェルガーはアナスタージウス王子からのご指示ですし、大領地ドレヴァンヒェルからの誘いは領地の順位的にも断りにくい上、こちらの利も大きかったのでお受けしました」

「ならば、アーレンスバッハは？」

アナスタージウスに問われ、わたしは一瞬言葉に詰まる。

「……わたくしの文官コースの合格がかかっていたものですから」

「どういう意味だ？」

「わたくしがフラウレルム先生から目の敵にされていることはご存じでしょう？　文官コースは個別に試験を受ける以上、妨害があるのですよ」

まぁ、とエグランティーヌが軽く目を見開いて、アナスタージウスが「そのような報告は受けていない」と憤慨する。

「もう終わったことです。来年、何かされそうになった時はご相談させていただきますね。ただ、研究内容は元々ヒルシュール先生の研究室でアーレンスバッハの文官見習いと共にしていたことで、それを共同研究として発表するだけです。大した手間ではありません。……それに、アナスタージウス王子とお約束したでしょう？」

わたしの言葉にエグランティーヌが「どんなお約束をされたのですか？」と首を傾げて、アナスタージウスは「其方と約束をしたことなどあったか？」と記憶を探るように目を細めた。

「今度の領地対抗戦で驚かせるような研究をする、とお約束したでしょう？……まさかこのような展開になると思っていなかったので、わたくしは自分のことながら驚いているのですけれど、アナスタージウス王子は驚かれましたか？」

わたしが約束の内容を説明すると、アナスタージウスはまるでフェルディナンドの薬を飲んだような苦い顔になって頭を押さえた。

「……ああ、考えるだけで頭が痛くなるほど驚いた」

「それはよかったです。王族とのお約束を破ることにならなくて」

ふふっとわたしが笑うと、エグランティーヌも「まさかローゼマイン様とアナスタージウス様がそのようなお約束をしていたなんて。仲良しですね」とクスクス笑った。

「仲良しではない。ヒルシュール以外からも少しは価値のある研究成果を出せ、と言っただけだ」

フンと鼻を鳴らしながらアナスタージウスはじろりとわたしを睨んだ。エグランティーヌの口から「仲良し」という言葉が出て拗ねているのはわかるが、わたしを睨まれても困る。

「それで、エーレンフェストは大領地三つと共同研究をするようだが、クラッセンブルクと共同研究をする予定はないのか？」

アナスタージウスの質問に、わたしはクラッセンブルク出身のエグランティーヌに視線を向けた。バランスを考えると、クラッセンブルクとも共同研究をした方が良いのかもしれない。

「クラッセンブルクからはドレヴァンヒェルのように熱烈なお誘いを受けていませんし、ダンケルフェルガーのように共同で研究しなければならない内容がございません。アーレンスバッハのように元々一緒に研究していた内容もないので、特に予定はありませんね。王族に申し上げることではないのでしょうけれど、これ以上は大領地との研究に割ける文官見習いがいないのです」

文官見習いが全くいないわけではないが、大領地と共同研究ができるくらいの実技の成績と魔力を持っている者はそれほど多くない。

わたしが「王族に申し上げることではない」と言いながら理由を述べることで、「クラッセンブルクからの申し出がないように配慮してくださいね」と要求していることが通じたのだろう。アナスタージウスは小さく頷いた。

「エーレンフェストの考え方はおおよそ理解した。だが、三つの研究を同時進行させるのであれば、失敗がないように気を付けよ。価値の高い研究は奪われやすい。常に狙われていると思え」

せっかくの忠告なので神妙な顔で頷いてみたものの、わたしの研究を奪いたい人はいないと思う。まず、神々にお祈りを捧げることとご加護の関係についての研究が奪われたとしても、神々に祈るという行動が伴わなければ意味がない。大事なのは自分の行いだ。それに、神殿を重視していることを公言してくれるならば、こちらは助かる。

次に、エーレンフェストの特産品へいかに付加価値を付けるかという研究が奪われても、こちらは全く痛くない。ドレヴァンヒェルを敵に回してでも研究してくれるのならば、むしろ、研究結果の発表が楽しみになるレベルである。

最後に、省魔力で図書館の魔術具を再現するという研究は、中央に対する貢献度が他に比べて明らかに低い。仮に、フェルディナンドの厳しい選別を潜り抜けて弟子となり、より良い図書館を作るために一緒に研究したいという熱意に溢れた人ならば、わたしは両手を広げて歓迎する。

……労力をかけて奪ってもガッカリするだけって感じだよね。

わたしがそう思っていると、アナスタージウスが咳払いをして、「聞いているか？」とわたしを睨んだ。ここで正直に「聞いていませんでした」と答えたら怒られることはすでに学習している。わたしは何も言わずにニコリと笑った。

「其方の祝福のことだ。……私達の卒業式で祝福を贈ったのは其方であろう？」

「……な、何のことをおっしゃっているのか……」

突然の話題変換、しかも、わたしにとっては非常によろしくない話題に心臓が跳ねた。わたしを見ながら、アナスタージウスが無駄に綺麗な笑顔を浮かべて口を開く。

「入場と同時にどこからともなく降ってきた祝福のおかげで、次期王に相応しいのは私やエグランティーヌだという意見が出たわけだが、それは知っているか？」

「う……」

完全に確信している言葉だ。このまましらを切りとおすのかどうか悩んでいる間にもアナスタージウスはわたしの祝福がどれだけの波紋を中央に広げたのか説明してくれた。

「私が王位に就くのを諦めたはずの側近達が、次期王に相応しいのは私だと盛り上がり、兄上の側近達は、エグランティーヌはやはり次期王の妃になるべきだから奪い返せと息巻き、身を引いたという宣言が用をなさぬ状態になったのだ。あれを収めるのに父上も、兄上も、私も骨が折れた」

王族の中で大変な騒動が起こっていた様子を述べられると、元凶であるわたしとしては身の置き所がなくて、この場から逃げ出してしまいたい。もちろん、そんなことができるわけもない。

内心でおろおろしているわたしを見ながら、アナスタージウスは不意に真面目な顔になった。

「故に、次の領主会議で行われる兄上の星結びの儀式では、其方に神殿長をしてほしい」

「わたくしからもお願いいたします。本物の祝福を次期王とその妃に贈ってほしいのです」

「音楽の実技で一曲分も祝福を垂れ流すほど祝福を与えるのは得意なのだろう？」

わたしは答えに窮する。「王族にはなるべく近付くな」と言われているし、中央神殿の神殿長の顔を潰すような挑発行為はしたくない。けれど、同時に「王族には逆らうな」とも言われているの

である。どうすれば良いのか、とても難しい。

「……それは王命ですか？」

「いや、私からの個人的なお願いだ。兄上が次期王となることに周囲が文句を付けられぬように祝福を頼みたい。次期王と決められても、兄上は難しい立場なのだ。……何故かわかるか？」

……グルトリスハイトがないから。

すぐに答えは浮かんだ。けれど、これを口にして良いのかどうかがわからない。アナスタージウスのグレイの瞳がわたしの様子を探っているのがわかって、喉がヒリヒリとしてきた。

「去年の領地対抗戦で強襲を受けた。その時に彼等が何を言っていたか、聞こえたであろう？」

「グルトリスハイトを持たぬ偽りの王、と聞こえました」

わたしの答えにアナスタージウスはゆっくりと頷いた。

「あぁ、そうだ。政変はグルトリスハイトを継承した第二王子が殺害され、同時にグルトリスハイトを失ったことから始まった。第二王子の離宮や殺害された場所はもちろん、王宮や第二王子と交流があった主要な貴族の館に至るまで色々なところを捜したが、グルトリスハイトは見つからなかった。現在も見つかっていない。故に、父上はグルトリスハイトを持たぬ王なのだ」

わたしは聞いていることを示すためにゆっくりと頷いた。けれど、何故こんな話が始まったのかわからない。結構深いことを話されている気がする。ゆっくりと自分が深みに連れ込まれているような気がしてならない。

「グルトリスハイトがなければ、王であっても国の大事に魔術が使えず、ただひたすら魔力を注ぎ続けたとしても、以前の状態を維持することしかできぬ。けれど、誰かが王として国中に魔力を注がなければ、ユルゲンシュミットは成り立たない。父上は王となってから人身御供のように魔力を注ぎ続けている。……兄上も、私も同じだ」

　礎の魔術なしに領地を治めなければならないアウブのようなもの、と聞いている。領主候補生の講義を受けたわたしはそれがどれほど大変なことなのかわかる。

「そんな状況の中、降ってわいた祝福にどれだけの者が熱狂したか、わかるか？」

　わたしはきゅっと唇を引き結ぶ。

「エグランティーヌを巡って再び争いが起ころうとした時、兄上は私とエグランティーヌの結婚をすでに決まったことだと言って、自分の側近達を諫めてくれ、祝ってくれたのだ。だから、私はせめて兄上の周囲の雑音だけでも減らしたい。神々のご加護をたくさん得たエーレンフェストの聖女から星結びの儀式で祝福を与えてほしいのだ」

　アナスタージウスの家族を思う気持ちが胸に迫ってくる。起こった面倒事がわたしの祝福のせいならば、責任を取る必要はあると思う。そして、もう一つ。フェルディナンドとディートリンデの星結びの儀式も見ることができるのではないか、という下心もある。

「アウブ・エーレンフェストと王、それから、中央神殿の神殿長に許可を求めてくださいませ。中央神殿の顔を潰さないこと、わたくしの身の安全のために、特例として壇上にわたくしの護衛騎士を配置することをお許しいただけるならば、お兄様を思うアナスタージウス王子のお願いですから引き受けたいと存じます」

「……感謝する」

アナスタージウスがホッと息を吐いた。エグランティーヌもその隣で本当に嬉しそうに微笑んでいる。そこに、オスヴィンが来客を知らせに来た。ハンネローレが到着したらしい。


「知らなかったこととはいえ、誠に申し訳ないこと……」

「其方の謝罪は不要だ、ハンネローレ」

挨拶を終えるとすぐに謝罪を始めたハンネローレの言葉を、アナスタージウスが遮った。

「エグランティーヌが言ったであろう？　連絡をしていなかった図書館側の責任である、と。私もその認識である。むしろ、其方達、図書委員に協力してほしいことがあるため、今回のお茶会を開催することになったのだ」

「協力、ですか？」

ハンネローレが目を丸くした。叱られると思って来たら、協力を要請されるのだ。驚くだろう。

……わかる、わかる。王族からのお願いは心臓に悪いよね。

そう思いながらも、わたしの視線が向かう先はハンネローレが文官見習い達に運ばせている本である。ダンケルフェルガーの大きくて分厚い本が運ばれている。

……今回はどんな本かな？　楽しみ。

「ローゼマイン、他人事のような顔をしているが、其方にも協力してもらうぞ」

「え？　でも……わたくし、シュバルツ達の管理者がオルタンシア先生で安定するまで図書館には近付かないように、とソランジュ先生から言われているのですけれど」

アナスタージウスがわたしを見下ろしてフッと笑った。

「シュバルツ達とは別件だ。本好きな図書委員達に喜んで協力してもらうため、王宮図書館から本を運ばせている。快く協力してほしい」

「お任せくださいませ！　できる限り協力させていただきます！」

王族からの要望を拒むな、と言われているわたしは笑顔で快諾した。ハンネローレも「王族からのご要望でしたら」と頷いている。

「何をすればよいのでしょう？」

「ヒルデブラントが持ち帰ってきた開かずの書庫に関することだ。王族にとってどれほど重要な情報か、わかるであろう？」

先程延々とグルトリスハイトがない弊害について話をされたところだ。王族がどれだけグルトリスハイトを望んでいるのかわかる。貴族院で広がっていた噂話の類でも、藁をもつかみたい気分になるのは理解できた。

……できる限り協力するって言っちゃったよ。わたし、もしかして早まった⁉

早まっても早まらなくても王族からの命令であれば逃れようがないのだが、わたしは思わず頭を抱えた。

本好きのお茶会

「わたくし、王族に謝罪するために早く寮を出たので、まさかすでにローゼマイン様がいらっしゃるとは思いませんでした」

ハンネローレにそう言われ、わたしは引きつった笑みを浮かべる。別に早く来るつもりなど全くなくて、指定された時間に来たら王族からの呼び出しだっただけなのです、とは言えない。

「わたくしも王族にお話があったのです」

「あの、もしかしてわたくし、お邪魔をしてしまったのでは……」

またもや失点を重ねたのかもしれない、とハンネローレがおろおろし始めたので、わたしは安心させるためにニコリと笑いながら首を横に振った。

「お茶会の前にエグランティーヌ先生の髪飾りをお納めしようと思っただけなのです」

「えぇ。せっかくですから、ハンネローレ様にも見ていただきたいわ」

わたしの言い訳にエグランティーヌが微笑みながら頷いてくれた。わたしが目配せすると、ブリュンヒルデがすぐに髪飾りの入った箱をアナスタージウスの側仕えに手渡す。側仕え同士で行われる箱や中身の確認など面倒な工程を経た後、アナスタージウスは満足そうに笑って「私の最愛の妻にこれを贈ろう」とエグランティーヌの前に箱を置いた。髪飾りのやり取りが仲睦まじく行われる様子を見て、ハンネローレはやっと安心したように微笑む。

「アナスタージウス王子も新しい髪飾りを注文されたのですね？　わたくしのお兄様もエーレンフェストに注文していて、届くのをとても楽しみにしているのです」

「中央、ダンケルフェルガー、それに、アーレンスバッハからも注文がありました。フェルディナンド様から贈るという形を取って、ディートリンデ様からも注文を受けたのですよ。花自体はアドルフィーネ様と同じですが、小ぶりで色が違うものを五つ準備しました」

予想通り、「まぁ、五つも？」とエグランティーヌが驚いてくれたので、わたしはここぞとばかりにディートリンデの髪飾りについて説明をする。せめて、王族にはフェルディナンドのセンスでないことや、飾り方によってはどうにでもなることを知っていてもらわなくてはならない。

「時や場所、衣装に合わせて組み合わせも自由にできるようになっています。ディートリンデ様の考えられたデザインなのです。その、エーレンフェストのセンスは信用ならないそうで……」

「まぁ、わたくしはエーレンフェストのデザインに満足していますし、本日の髪飾りもとても素敵だと思いますよ」

「恐れ入ります。ご満足いただけた、とわたくしの専属に伝えますね」

髪飾りの披露をしているうちに、図書館からソランジュやオルタンシアがやってきた。

……この人が中央の騎士団長の第一夫人なんだ。

「エーレンフェストはわたくし達に思うところもあるでしょうけれど、我慢してくださいませ」

突然の言葉にわたしが目を瞬くと、オルタンシアは悲し気な笑みを浮かべた。

「王族の現状が大変な時にヒルデブラント王子がエーレンフェストの領主候補生から聞いたという開かずの書庫に関するお話を持ち帰りました。わたくしの夫である騎士団長が開かずの書庫の確認に赴けば、卒業式が終わって人のいない図書館の執務室にエーレンフェストの領主候補生がいて、昔の司書の日誌を持っていたのです。日誌には図書館を訪れる王族の記述があったでしょう？　騎士団長は貴族院にある王族の物をエーレンフェストが狙っていると考えたのです」

……そして、その騎士団長はフェルディナンド様がアダルジーザの実で、王族の血を引いていることを知ってたってこと？　それは疑われるよね。

あまりにも間が悪かったと思う。図書館で鉢合(はちあ)わせさえしなければ、変な疑いをかけられることもなく、フェルディナンドがアーレンスバッハへ向かうこともなかったのかもしれない。

「職業上、夫は何でも疑ってかかるのですけれど、何の警戒もしなければ騎士団長としては失格です。夫が恨みを買うことが多い職に就いていることは存じていますが、なるべく穏便に事を済ませ、お互いに利があるように調整しているのです。どうぞご理解くださいませ」

オルタンシアにそう言われ、わたしは何とか微笑んだ。言われた通り、フェルディナンドが王族の血を引いていて疑わしい行動をしているからと問答無用で捕らえられたわけではない。命じられたことは、神殿を出て大領地への婿入りだ。周囲には羨ましがられるような栄転である。

……行き先がアーレンスバッハじゃなかったらよかったんだけどね。

喜んでいるように見せておけ、とフェルディナンドに言われているので、「調整と言われても、こちらに利なんてありませんけれど」とは言えない。わたしはニコリと笑った。

「お互い色々な事情がありますし、わたくし達が個人的に持つ感想と周囲の意見は同じでないことも多々あるものです」

こうして、オルタンシアとの会話を終えると、すぐにヒルデブラントが入ってくる。筆頭側仕えのアルトゥールにそっと押し出された彼と挨拶をした。去年よりも挨拶に慣れてきたようで、「成長したなぁ」と微笑ましく思ってしまう。

「三年生からはローゼマインでもすぐには講義を終えることができないので、会う機会はぐっと減ると言われていたのですが、こうしてお会いできて嬉しいです」

「わたくしもお会いできて嬉しいです。ヒルデブラント王子がどのような本をお勧めしてくださるのか、楽しみでなりませんでしたから」

わたしとヒルデブラントが話している隣では、ハンネローレが司書の二人から謝罪を受けていた。

「連絡が行き届いていなかったようで申し訳ございません。まさか管理者が代わるほど頻繁にハンネローレ様が図書館にいらっしゃっていたなんて思いもよらず……」

「もう管理者はオルタンシア先生に代わっていますから、ご安心くださいませ、ハンネローレ様」

管理者が代わっているというソランジュの言葉に、ハンネローレが心底安堵したような笑顔を見せた。よほど気に病んでいたようだ。わたしもホッと息を吐きながら、オルタンシアに自分の疑問を向けた。

「エグランティーヌ先生にもお聞きしたことですが、上級司書が毎日シュバルツ達に魔力供給をしていれば、管理者がハンネローレ様に代わるということはないと思っていたのですけれど、何故ハンネローレ様に代わってしまったのですか？」

「他に魔力が必要だったので、まだ魔力に余裕のあるシュバルツ達を後回しにしていたのです」

「図書館にシュバルツ達よりも大事な魔術具があったのですか？　貸し出し作業や無断持ち出しの登録など、日常業務においてシュバルツ達よりも必要な魔術具があるとは思えないのですが」

わたしの疑問にオルタンシアは困ったような、助けを求めるような視線をアナスタージウスとエグランティーヌに向けた。

「日常業務として考えるならば、シュバルツ達は大事であろう。だが、王族からの命を受けているオルタンシアには他にもしなければならないことがあったのだ」

「ソランジュ先生からお借りした本にも記述がございましたから、ローゼマイン様もご存じでしょう？　上級司書の鍵がなければ開かない書庫があることを」

開かずの書庫を開けてグルトリスハイトやそれに繋がる手掛かりがないかどうかを調べるのがオルタンシアの仕事の一つだったらしい。

「鍵を手に入れたら魔力供給をする予定でしたが、上級司書の部屋の登録をし直すのにも、鍵の管理者となるにも魔力が必要で、シュバルツ達に魔力供給をする余裕がなかったのです。日誌やソランジュの話によると、鍵は三本あり、全てがなければ書庫を開けることはできません。ですから、三本の鍵を手に入れようとしたのですけれど、一人では一本しか持てませんでした」

鍵が三本あれば良いのではなく、鍵を持てる魔力を持つ者が三人必要だったそうだ。二本目の鍵の管理者として登録されると、オルタンシアは一本目の管理者資格を失ったらしい。また、ソランジュでは魔力や家格が足りないのか、鍵の管理者として登録できなかったそうだ。

「そこで、図書委員には鍵の管理者になっていただきたいのです」

「中央から司書を呼ぶのではないのですか？」

「そうしたいのは山々なのですけれど、本当に重要な物があるのかどうかわからない書庫を開けるためだけに、三人の上級文官を貴族院へ集めることは難しいのです」

学生相手の日常の業務ならば、シュバルツ達とソランジュで回していける。そこに三人の上級文官を派遣し、何もありませんでしたという結果に終わった時に納得できるような人材的余裕はないらしい。王族からも「よほどの発見がない限りはオルタンシアのみ」と言われているそうだ。

「普段は開けていなくても全く問題のない書庫です。シュバルツ達に魔力供給をするよりは領主候補生達への負担も少ないと思うのですけれど、いかがでしょう？」

ソランジュがわたしとハンネローレを見ながらそう言うと、アナスタージウスが頷く。

「シュバルツ達の魔力供給は中央で管理するため、オルタンシアとヒルデブラントで行う予定だ。在学中、ハンネローレとローゼマインはオルタンシア同様に鍵の管理者となり、書庫を開ける手伝いをしてほしい」

鍵は図書館に保管しておくため、書庫を開けたい時に呼ばれるだけになるらしい。

「学年が上がって講義が忙しくなっても、鍵を開けるだけならばそれほどは負担になるまい。シュバルツ達のために大量の魔力を供給してもらうのは講義内容によっては大変になるからな」

一応こちらの負担が減るように配慮されているらしい。アナスタージウスの言葉にわたしとハンネローレは顔を見合わせた後、コクリと頷く。

「わかりました。お引き受けいたします」

わたし達が承諾したことに司書二人とアナスタージウスが頷いていると、ヒルデブラントがおずおずとした様子で口を開いた。

「あの、ローゼマインとハンネローレだけですか？　図書委員なのですから、私も鍵の管理者になるのではないのですか？」

「シュバルツ達に魔力供給をしたいと言ったのは其方ではないか」

アナスタージウスの言葉にヒルデブラントは悲しそうに目を伏せた。

「それはそうですが……仲間外れになると思っていませんでした」

「其方では書庫に入ったところで何の本があるのか判断することさえできまい」

ヒルデブラントがしゅんと項垂れた。

「アナスタージウス王子、わたくしは書庫の本を読んでも良いのですか？」

「図書委員は鍵を開けるだけで、中を検(あらた)めるのは司書の仕事だ。何があるのかわからないところへ立ち入られるのは困る」

……せっかくの新しい書庫なのに、ちぇ。

自分が鍵を開けるうちの一人で、そこに読んだことがない本があるのに読めないとは拷問(ごうもん)に等しい仕打ちではなかろうか。だが、グルトリスハイトがあった時のことを考えると、色々疑われているエーレンフェストのわたしがひょいひょいと近付かない方が良いことはわかる。

「す、すぐに入るのはできるだけ我慢いたしますから、わたくしが読んでも問題のない本や資料があれば読ませてくださいませ」

「確認した上ならばよかろう」

真面目な話はそれで終わり、和やかな雰囲気でお茶会は始まった。それぞれが持ち寄ったお菓子が並べられ、それぞれが毒見を兼ねて一口ずつ食べてみせて紹介する。

「こちらはエーレンフェストから買い取ったカトルカールのレシピにダンケルフェルガー特産のロウレを加えたものです。去年の領地対抗戦でローゼマイン様にいただいて、とてもおいしかったので、ダンケルフェルガーでも料理人に研究させたのです」

ロウレを漬け込んでいるお酒もダンケルフェルガーの物のようで、風味が全く違う。

「お酒が違うのかしら？　エーレンフェストで作るロウレのカトルカールとは違った味わいでおいしいですね。こうして、それぞれの土地に合わせた味が楽しめるのは素敵だと思います」

「わたくしはローゼマイン様が持って来てくださる新しいお菓子も毎年の楽しみですよ」

ソランジュがクスクスと笑いながら、わたしが持参したヨーグルトムースのタルトに手を付けた。白いヨーグルトムースの上にルトレーベのジャムを模様のようにあしらっているので、見た目が豪華で冬らしいお菓子になっている。

「この白い部分の基本の味はヨーグルトですから、お好みで甘味を足してくださいませ」

中央から持って来られたお菓子は見た目が可愛らしいけれど、やはり甘すぎる。わたしは頑張って食べたけれど、どれもこれも三口でリタイアした。

お茶とお菓子を一通り楽しんだ後は本の感想を言い合うのだ。

……これぞ本好きのお茶会！　楽しすぎるよ！

「騎士物語は貴族院入学前の私にも読みやすい本で、とても楽しく読めました」

ヒルデブラントにとって騎士物語は勉強の進度としてもちょうど良い読み物だったらしい。ちょっと難しいけれどドキドキハラハラして続きが気になり、夢中で読んだそうだ。

「私も想いを寄せる姫のために美しい魔石を捧げられるように全力を尽くしたいと思います」

やや興奮した面持ちでどの騎士のお話がよかったのかを語るヒルデブラントの紫の瞳はキラキラと輝いていて、魔獣を倒せるくらいに強くなりたいと言う姿には、男の子だなぁ、という感想が湧いてきた。皆も微笑ましく見ているのがわかる。

「レティーツィア様はとても可愛らしい方ですから、ヒルデブラント王子のように素敵な方から魔石を贈られればお喜びになるでしょうね」

「……レティーツィア、様ですか？」

何を言われたのかわからないというようにヒルデブラントがきょとんとした顔で目を瞬いた。領主会議で婚約が発表されたはずだが、と思いながらわたしは首を傾げた。

「ヒルデブラント王子の婚約者はアーレンスバッハのレティーツィア様ですよね？　フェルディナンド様がアーレンスバッハへ向かう際、境界門までお迎えに来てくださったのです。少しお話をさせていただきましたけれど、とても可愛らしい方でしたよ」

「そう、ですか。ですが、私は……」

ヒルデブラントの少しトーンが落ちた様子に、もしかしたら、領主会議で発表されただけで当人達はまだ顔を合わせていなくて実感がないのかもしれないと思い至る。その直後、思い出した。

……ヒルデブラント王子はシャルロッテを気に入っていたんだった！

親に決められた顔も知らない婚約者の話題を出して、彼のほのかな初恋をぐりぐりと踏みにじってしまったのかもしれない。わたしは内心動揺する。

……でも、ここでいきなりシャルロッテの話題を出すのも変だし、周囲に初恋を知られたらヒルデブラント王子が困るよね？　あああぁ、どうしよう⁉　ごめんね、ごめんね。初恋を踏みにじるつもりなんてなかったの！　お母様が知ったら喜ぶかもなんて、考えてないからね！

「あの、ローゼマイン。私は……」

「ご婚約が決まったとわたくしも伺いました。おめでとうございます」

ヒルデブラントの呼びかけとハンネローレの言葉が被った。ハンネローレの言葉に皆がお祝いの言葉を述べ始め、ヒルデブラントは「恐れ入ります」と小さく笑った。どうやら婚約に自覚がないだけで、嫌なわけではないらしい。そう思っていると、ハンネローレがその場にいる皆を見回して、おどけるように微笑んだ。

「皆様には素敵なお相手がいらっしゃるのですもの。何だかわたくしだけ仲間外れのようですね」

確かに彼女以外は既婚者と婚約者持ちばかりだ。オルタンシアがクスクスと笑う。

「あら、ハンネローレ様は三年生ですもの。これからが一番楽しい年頃でしょう？　どなたか意中のお相手がいらっしゃらないのですか？」

「いいえ。でも、そうですね。……ローゼマイン様が着けていらっしゃるような素敵なお守りを贈ってくださる殿方に求愛されてみたいです。エーレンフェストの恋物語のように」

恥ずかしそうに笑いながらハンネローレがそう言うと、わたしの虹色魔石の簪に視線が集まった。わたしは少し頭を揺らして、虹色魔石に触れる。

「これはわたくしの保護者が心配をして魔石を準備し、フェルディナンド様がデザインしてくださって、ヴィルフリート兄様から贈られたお守りなのです」

ここでもフェルディナンドのセンスが悪くないことを訴え、ヴィルフリートから贈られたことを強調しておく。

「……それほどの魔石を準備してくださるなんて、ローゼマイン様はエーレンフェストで大事にされていらっしゃるのですね」

目を瞬きながら虹色魔石の簪を見ているエグランティーヌの言葉にわたしは笑顔で頷いた。

「とても大事にされていると思います。わたくしの我儘を聞いてくださって、このように領地内でわたくしが好きな本を作ることを許してくださっていますし、図書館もいただきましたから」

わたしはそう言いながら、皆に貸せるように持ってきた本を示した。

「今年も新しい本があるのですか？　エーレンフェストの恋物語はわたくしも拝読いたしましたけれど、時折知っているお話があって楽しゅうございましたよ。このお話はあの方かしら？　と考えていると、自分の貴族院時代の思い出が蘇って非常に懐かしい心地になりました」

「ソランジュ先生に喜んでいただけて嬉しいです。今年の貴族院の恋物語は他領の文官見習い達が集めてくださったお話で構成されているので、これまでの物語とは違ってどなたの物語なのか特定がずっと難しくなっているのですよ」

今までの話はエルヴィーラやそのお友達世代のお話が中心だったので、エーレンフェストに比重が偏っていたし、そうでない場合は貴族院で語り継がれているような有名な話が多くて特定が比較的容易だった。しかし、礼金目当てに文官見習い達が集めて来たお話は、少しでも高い値を付けてもらうため、他の人と被らないようにマイナーなお話も多く、領地も時代も様々で特定が難しくなっているのだ。

「恋物語だけでなく、殿方のための本も準備しています。宝盗りディッターを通して友情を育む物語です。アナスタージウス王子も興味がおありでしたら、お貸しいたしますよ」

「興味はあるが、ヒルデブラントを待たせるのは可哀想ではないか？」

アナスタージウスがくいっと指をヒルデブラントに向けた。お預けを食らった犬のようにヒルデブラントが萎(しお)れている感じになっている。普通は本が一冊しかないので、身分的にアナスタージウスに貸せば、ヒルデブラントは回って来るのを待たなければならないからだ。

……でも、心配ご無用！

「お二人に同時にお貸しできますから大丈夫です。ブリュンヒルデ、リヒャルダ、貴族院の恋物語とディッター物語をお配りしてくださいませ」

「かしこまりました」

ブリュンヒルデがローデリヒのディッター物語を、リヒャルダが新作の貴族院の恋物語を配っていく。ディッター物語はダンケルフェルガーとのお茶会で披露する予定だったが、アナスタージウスとヒルデブラントが楽しめそうな新作がこれしかないので予定変更したのだ。

……いきなり王族に読まれるなんてすごいね、ローデリヒ！

そっと視線を向けると、ローデリヒはものすごくいたたまれない顔で部屋の隅に立っている。皆の反応が知りたいけれど、知りたくないみたいな顔だ。

「……ローゼマイン様、これらは全く同じ本なのですか？」

配られた本を手に取ったエグランティーヌが橙（だいだい）色の瞳を瞬いた。

「えぇ。同じ本を作る技術を印刷と言って、これからエーレンフェストの新しい基幹産業にする予定なのです。ダンケルフェルガーの歴史本もこうして売りに出すことが決まっています。内容の確認をしてもらってからになるので、すぐに出せるわけではないのですけれど」

わたしが印刷の説明をすると、ソランジュとオルタンシアが自分の持っている本を見比べて「本当に、絵まで一緒ですね」と驚きの声を上げた。

「字が美しく揃った中身はともかく、表紙は何とかならぬのか？」

パラパラと本を捲（めく）ったアナスタージウスが顔をしかめた。やはり装飾過多（そうしょくかた）な表紙になれている貴族には評判が良くないようだ。

「この花を閉じ込めた紙が一応表紙なのですよ。それに、エーレンフェストの本がこのように紙の表紙を付けているのは、ご自分でお好きな革の表紙を付けるためなのです。アナスタージウス王子とハンネローレ様では好む表紙も違うでしょう？　けれど、こちらは糸で綴じてあるだけなので、容易に解くことができ、工房に持ち込んで表紙を作る際も手間がかかりません」

「ふぅむ……」

アナスタージウスはまだ不満そうに本を見ている。表紙が付いていない状態の本を見たことがないのかもしれない。

「中身だけの販売だと考えてくださいませ。表紙の加工をしないため、安く仕上げることができるのです。下級貴族や中級貴族にも買っていただきやすいように工夫しているのです」

中級貴族のソランジュは「とてもありがたい配慮ですね」と喜んでくれる。ハンネローレもエーレンフェストの本を手にニコリと笑った。

「エーレンフェストの本は軽くて持ち運びがしやすいですし、こうして捲りやすいのでわたくしは好きですよ。文官や側仕えに手伝ってもらわなければ読めない本よりもずっと親しみやすいです」

分厚いダンケルフェルガーの本へ視線を向けたハンネローレの言葉にヒルデブラントも賛同した。

「わかります。書見台の前で立って読まなければならないくらいに大きくて分厚い本に比べると、扱いがとても楽ですよね?」

……立って読まなきゃいけないくらいに大きい本って、何それ、読みたい!

身を乗り出しかけたところを背後に控えるブリュンヒルデにそっと押さえられた。わたしはネックレスの魔石に変化がないことを確認して座り直す。

「では、こちらはどなたにお貸しいたしましょう?」

エーレンフェストは皆に同じ本を貸すことができるが、他の皆はさすがに何冊も領地から本を持ち出せるわけではない。どのように回すのか順番を決め、本を貸し借りしていくことになった。わたしの手元に来たのはソランジュが閉架書庫から持って来てくれた本である。

「ローゼマイン様は魔力が多くていらっしゃるでしょう？　こちらは古くて保存のために閉架書庫へ移動させた本なのですけれど、珍しい魔法陣がいくつも載っています。ずっと昔にシュバルツ達の研究をしていた先生が書かれた本だそうですよ。お勉強になるのではございませんか？」

「恐れ入ります」

　これを写本してフェルディナンドやヒルシュールと研究すれば、わたしの図書館用のシュバルツ達を作れるかもしれない。すぐにでも読み始めたいが、ここでいきなり本を開くことはできない。本は側近の間でやり取りされる物で、わたしの手元に来る物ではないからだ。

「あの、ローゼマインは難しい本を読むのもお好きですよね？」

　おずおずとした様子でヒルデブラントがアルトゥールの手にある本へ視線を移した。ヒルデブラントがオルタンシアから借りる予定の本がそこにある。

「私はこのように難しい本を読むのにとても時間がかかりますから、こちらはローゼマインが先に読むと良いですよ」

　なんとヒルデブラントは自分が借りる予定の本を貸してくれると言う。わたしは飛びつきたい気持ちを必死に抑えて、側仕えのアルトゥールを見上げた。

「よろしいのですか？　その……わたくしが王子の本をお借りして……」

「ヒルデブラント王子はエーレンフェストの本を気に入り、何度も読み返していらっしゃいます。

こちらは少々難易度が高いので、楽しんで読めるローゼマイン様にお譲りした方が良いでしょう。またエーレンフェストの新しい本ができたら貸してください」

わたしは一も二もなく頷いた。

「ありがとう存じます、ヒルデブラント王子」

「ローゼマインが喜んでくださって嬉しいです」

……ヒルデブラント王子、なんてイイ子！

こうしてわたしは鍵の管理者となるための報酬としてアナスタージウス王子から借りた王宮図書館の本と、ソランジュが持ってきた本と、ヒルデブラントから回された本を借りることができた。三冊も借りられるなんて素晴らしい成果である。

帰ってからの読書に思いを馳せてうきうきしてしまうわたしと違って、アナスタージウスは難しい顔でエーレンフェストの本とそれ以外の本を見比べている。

「ローゼマイン、エーレンフェストにはこのように薄い本しかないのか？　どうにも貧相だ。表紙を付けないならば、もう少し厚みを出せ」

「糸で綴じてあるだけですから、それほど分厚くはできません。ですから、数で勝負ですよ」

わたしはブリュンヒルデを振り返った。コクリと頷いたブリュンヒルデがリヒャルダと一緒にもう一冊の本を配り始めた。エルヴィーラの最新作『フェルネスティーネ物語』である。フェルディナンドの結婚が決まった時に荒ぶった感情を叩きつけたお話で、さすがにそのままではまずいということで、主人公の性別を変更して書かれている。

幼い頃に母親を亡くし、父親につけられた側仕えと共に細々と暮らしていたフェルネスティーネ。洗礼式を前に、父親に引き取られることになって連れて来られた先は領主の城。なんとフェルネスティーネは領主候補生だったのです。

それから始まる義母の執拗な苛め。貴族院へ入ると、フェルネスティーネは美貌と優秀な成績で目立つようになりました。他の領主候補生に妬まれて嫌がらせをされたこともあるけれど、義母にされたことに比べれば些細なことです。

義母のいない貴族院で初めての自由を経験し、そして、フェルネスティーネは王子と恋に落ちました。けれど、フェルネスティーネは母のない領主候補生。王子とは釣り合いません。

周囲に反対され、王子と引き離すために王命で大領地へ嫁ぐことが決まってしまったフェルネスティーネ。その大領地は義母の出身地で、結婚相手は義母によく似た面差しの苛めっ子でした。

王命に背くことはできないと泣く泣く嫁ごうとするフェルネスティーネを王子は諦めませんでした。あの手この手でフェルネスティーネを救おうとします。最初は迷惑になるから、と拒んでいたフェルネスティーネも、何度も王を説得し、結婚の許可を得てきた王子の手を取りました。

大体こんな内容だが、どんなにご都合主義でもヒロインは救われなければダメらしい。

ジルヴェスターはフェルディナンドがモデルであることに気付いて、「エルヴィーラは怖いもの知らずだな」と大笑いしていたが、よほど親しい者でなければわからないようだ。エーレンフェストでもフェルディナンドがモデルだと気付いた者は少ない。

ちなみに、このフェルネスティーネ物語とローデリヒのディッター物語は長編である。今までの短編集と違って、一冊に収まらない続き物なのだ。物理的に一冊に収まらなかったのと、印刷に時間がかかりすぎるため、できた分を少しずつ出していくことになっている。

皆が楽しみに本を持っている様子を見て、わたしはニヤッと笑った。これは続きを求めて本を欲しがる人をユルゲンシュミット全体に広げる壮大な計画の第一歩なのだ。

……皆、わたしと同じように「続きが読みたくてたまらない病」にかかるといいよ！　わたしの本好きウィルス、皆に広がれ！

王族が主催するということで身構えていた本好きのお茶会が予想以上に楽しく終わった。

ダンケルフェルガーとのお茶会

「とても楽しかったですね、ではございませんよ。意識を失わずにお茶会を終えることができたことは大変素晴らしいですけれど、姫様はお借りした本を読む前にアウブ・エーレンフェストに報告することがたくさんあるでしょう？」

寮へ戻って早速本に手を伸ばそうとしたらリヒャルダに叱られた。どうせならば、楽しかったことだけ覚えていたいが、そういうわけにもいかないだろう。

「隠し部屋で書いてきます」

わたしは溜息混じりに立ち上がると、隠し部屋へ向かった。報告書と一緒にフェルディナンドへの手紙も書くのだ。大事なのは、第一王子とアドルフィーネ様の星結びの儀式で神殿長をしてほしいと頼まれたことと、図書委員活動の内容が鍵の管理者に変更になったことだろう。

フェルディナンド向けの手紙に消えるインクで自分が大事だと思う内容を書いた。最後に「鍵のかかっている書庫の中の本は読んでも良い本かどうか司書が確認した後で読ませてくれることになっているのですよ。うふふん」と書き足す。

インクを乾かす間に、報告書も書き上げた。内容は同じだ。「アウブの許可を得てくださいとお答えしているので、上手く王族に恩を売ってください」と最後に付け加えたくらいの差しかない。

その頃には、先に書いた手紙のインクが乾いているので、上からお茶会に並んだお菓子や借りた本の話題など、とりとめのない内容を普通のインクで書く。

しばらく考えた結果、貸した本の話題は避けた。

「……フェルディナンド様に怒られるような要素はないよね？　うん」

手紙を何度も見直して封をすると、わたしは手紙と報告書を持って隠し部屋を出た。

本好きのお茶会が終わった次の日にはダンケルフェルガーからお茶会の予定が届いた。どうやら共同研究に関する許可が出たらしい。ブリュンヒルデが招待状を持ってきた。

「二日後の午前中に行いたいそうです。それから、レスティラウト様が参加されるので、ヴィルフリート様にも参加していただけるとありがたいということでした」

　髪飾りの納品や共同研究の話をするためにレスティラウトは同席が決定しているが、男一人では居心地が悪いそうだ。多目的ホールで一緒に話を聞いていたヴィルフリートへ視線を向ける。

「ヴィルフリート兄様も講義はありませんよね？　どうされますか？」

「女性ばかりのお茶会で男が一人だけという状態がいかに居心地が悪いのかはよくわかる。それに、共同研究には私も協力しなければならないのだ。同行しよう」

　一年生の時は奉納式に帰還したわたしの代わりにヴィルフリートが一人で女性ばかりのお茶会に出席していた。あの時の居心地の悪さを思い出すと、レスティラウトに同情的になるらしい。

「それから、ダンケルフェルガーの騎士がディッター物語にとても興味を持ったようです。もしよろしければお貸しいただけませんか、とお願いされました」

　元々ダンケルフェルガーに最初に見せるつもりだったので何の問題もない。わたしは了承する。

　こうしてダンケルフェルガーとのお茶会まで、側仕えはヴィルフリートの側仕えと持参するお菓子やお茶会での手順や細かい合図に関する話をして過ごし、わたしはドレヴァンヒェルと共同研究をすることになった文官見習い達をグンドルフの研究室へ連れて行って紹介したり、ヒルシュールの研究室でライムントに次の手紙を渡してお返事の催促(さいそく)をしたりして過ごした。


「お招きいただきましてありがとう存じます」

　わたしとヴィルフリートは自分の側近達を連れてダンケルフェルガーのお茶会室へ向かった。共同研究の話をするので、今日は文官が少し多い。まだ名捧げができていないミュリエラも一緒だ。

「ヴィルフリート様、ローゼマイン様。お待ちしていました。こちらへどうぞ」

ハンネローレとレスティラウトが出迎えてくれ、わたし達は長い挨拶を交わし、勧められた席に座る。ちょうどわたしの席からクラリッサの姿が見えた。わたしがローデリヒに視線を向けて軽く頷くと、ローデリヒがハルトムートの手紙を渡す。

……貴族院の中でやり取りするだけなのに、これだけの日数がかかるんだもん。フェルディナンド様のお返事が返ってくるのは、もっともっと先になるんだろうな。

「では、早速注文していた髪飾りを見せてもらおうか？」

レスティラウトがわたしをジロリと睨んで軽く咳払いした。苛立っているように見えるのは何故だろうか。内心で首を傾げていると、ハンネローレが呆れたように軽く息を吐く。

「お兄様、待ちきれないのはわかりますが、お茶会が始まってからでも良いではありませんか」

レスティラウトの偉そうでイライラしているような態度が、ただそわそわしているだけだとわかって笑いそうになった。さすがに笑うわけにはいかないので、お腹に力を入れて我慢する。

「ブリュンヒルデ、髪飾りを」

そんなに楽しみにしているならば、先に渡してあげたい。ブリュンヒルデが髪飾りの入った箱を彼の側仕えに渡せば、側仕えは箱や中身を確認した上で自分の主へ持っていく。どれほどまどろっこしくて面倒に思えても、その手順は必要だ。毒殺の危険をわたしはすでに知っている。

ただ、確認が終わるまでは暇なので、レスティラウトを眺めていた。苛立っていて不機嫌に見える顔が、そわそわしているだけだとは身内でなければわかるまい。レスティラウトも挨拶の時には貴族らしい作り笑いができる。だからこそ、そわそわがものすごく不機嫌そうに見えるのだ。

　やっと手元に届いた髪飾りをレスティラウトは眉間に皺を刻んだ厳しい顔で検分し始めた。

　秋の貴色に合わせた花の注文で、中心が赤く、端に向かえば向かうほど黄色になっていくダリアのような花を真ん中に、周囲には銀木犀のような小さな花や葉、そして、秋の実りと思われる色とりどりの丸い実が飾りとなっている。

　指示されたイラストの通りにできているとは思うけれど、それが芸術に造詣が深そうなレスティラウトのお眼鏡に適うだろうか。じっと観察していると、険しい顔で検分していたレスティラウトが、フッと一瞬だけ満足そうに赤い目を細めて笑った。

「フン。まあまあだな」

「お兄様のまあまあは文句の付けどころがないということなのです、ローゼマイン様」

　ハンネローレの解説がなくても、レスティラウトの顔を見れば満足してもらえたことはわかる。

「レスティラウト様が指示された花や実は、エーレンフェストにはない物なのでとても珍しく、勉強になったと職人から聞いています。レスティラウト様のセンスは素晴らしい、と」

「ほぉ、見たこともない花や実を再現できるとは、予想以上に良い職人を持っているのだな」

　じっとこちらを見てくる赤い目から察するに、「職人が気に入ったので、こちらに寄越さないか」と言われているはずだ。わたしはニコリと笑った。

「恐れ入ります。自慢の専属職人で、わたくしの髪飾りは全てその者に任せているのですよ」

……どんなに欲しいと思ってもトゥーリはわたしの専属ですからあげません。

いつも通りの目で睨まれたので、「生意気な」と思われたのはわかったけれど、譲れないものは譲れない。笑顔のままでわたしは話題を流そうとした。

「髪飾りにはご満足いただけたようなので、ダンケルフェルガーの歴史の本を……」

「待て、ローゼマイン。其方が本の話を始めると長くなる。先に共同研究の話をした方が良い」

本の話題に移ろうかと思ったところで、ストップがかかった。ヴィルフリートに視線を向けると、カップを置くところだった。どうやらわたしがレスティラウトとやり取りしている間にハンネローレから勧められたようだ。ヴィルフリートとハンネローレは二人ですでにお茶を楽しんでいる。

「ダンケルフェルガーの歴史本についてのお話なのですから、こちらも大事なお話ですよ」

「それはわかっているが、本の話は脱線しやすい。後にした方がよかろう」

これまでの経験を踏まえて言葉を発しているヴィルフリートに言い返せず、わたしは共同研究の話を始めることにする。その前にお茶とお菓子が欲しい。ハンネローレに勧められ、わたしはダンケルフェルガーのお菓子を口に入れた。お酒に浸けたロウレとクリームを包んだガレットだ。素朴な味わいがたまらない。

「以前、ローゼマイン様がロウレをこのようにして食べたいとおっしゃったでしょう？」

ロウレがあったらこんなお菓子ができるのに、と零していた情報をハンネローレはしっかり活用していたらしい。

「わたくしが何となく零した言葉を覚えていてくださってありがとう存じます」

「……ローゼマインがそのようなお菓子を好むというのは本当だったのか」

貴族院のお茶会に出すようなお菓子ではないだろう、とレスティラウトは反対したらしい。それをハンネローレが「お客様の好むお菓子を準備しているだけです」と押し切ったそうだ。

「わたくしはハンネローレ様のお心遣いに溢れたお茶会で嬉しく思いますよ」

「うむ。私も砂糖で固められた中央のお菓子よりダンケルフェルガーのお菓子の方が好きだ」

「喜んでくださって嬉しいです、ローゼマイン様、ヴィルフリート様」

ハンネローレが嬉しそうにニコリと笑うと、レスティラウトは「ダンケルフェルガーの物は素材が良いのだ」と言いながらフンと鼻を鳴らした。

「それで、共同研究はどのように進めるつもりだ？　ダンケルフェルガーの騎士見習いは確かにアングリーフの加護を得られることが多いが、それでも全員が加護を得られたわけではないぞ」

「すでに仮説が立っているので、証明するためにダンケルフェルガーや騎士見習いの方々からお話を伺いたいです。たとえば、座学が苦手なために実技で何度も神に祈った後で加護を得る儀式をした者と、座学が得意ですぐに加護を得る儀式をした者に違いはあるのか。儀式の時に魔法陣を全体的に満たすだけの魔力を注げる上級貴族と魔力を満たせない下級貴族で違いはあるのか。どのような儀式をどの程度の頻度で行っているのかなどを質問したいと考えています」

わたしの言葉にレスティラウトが自分の文官を呼び寄せ、何やら受け取った。

「ディッター前後の儀式を見せることに関しては父上から許可が出ている。ただし、条件が二つ付いている。一つは真面目にディッターを行うこと。ディッターをしないのに儀式は必要ないだろう。

勝利を願って神に祈りを捧げる以上、ディッター勝負をしないという選択肢はない」

「ダンケルフェルガーの領主候補生が行う儀式は試合の後ですから、何もせずに魔力を奉納することはできないのです」

こちらを気遣うように見ているけれど、ハンネローレも儀式のためにはディッターが必須だと考えているらしい。わたしは言われた言葉が理解できなくて目を瞬いた。

……想定外だよ！　共同研究にディッターが必須だなんて！

ダンケルフェルガーとの共同研究という時点で、予測できなかったわたしの方が甘いのかもしれないけれど、まさか研究にディッターが必須とは思っていなかった。

「……こちらから申し出た共同研究だ。受けるしかなかろう」

ヴィルフリートの言葉にお茶会室にいるダンケルフェルガーの騎士見習い達の顔が明るくなったのがわかって、わたしはカクリと項垂れたくなった。

「騎士見習い達の講義はもちろん、共同研究に関わる文官見習いの講義がある程度終わらなければディッターの勝負ができぬ。しばらくは質問をして研究を進めると良いだろう」

「今回の共同研究はルーフェン先生がとても張り切っていらっしゃいます。オルドナンツで連絡をいただければ、騎士棟への立ち入りと質問に応じるそうです」

二人の言葉にわたしはコクリと頷き、「もう一つの条件は何ですか？」と尋ねる。ディッター以上に面倒な条件があるとは思えない。もう何でも来い、という心境である。

レスティラウトが一度咳払いをした後、「其方の儀式も見せるように、とのことだ」と言った。

「わたくしの儀式ですか？」

「あぁ。神殿で儀式を行うことによって加護が得られたのであれば、其方も儀式を行っているのであろう？　たくさんの神々の加護を得たエーレンフェストの聖女がどのような儀式を行っているのかを研究の中に入れ、実際に私とハンネローレの前で儀式を行い、見せるように」

ダンケルフェルガーの歴史のある儀式を公開する以上、エーレンフェストの儀式も見せろ、ということらしい。見せるのは別に構わないけれど、何を見せれば良いだろうか。

「神殿で行う儀式と言ってもたくさんあります。洗礼式、成人式、星結びの儀式など。どのような儀式が良いのでしょうか？　節目の儀式となると、祝福する相手が必要になりますし、それ以外は農村へ向かって豊作を祈る儀式になりますよ。貴族院で行うには向きません」

「そこまで大袈裟（おおげさ）でなくて構わぬ。其方がどのように祈っているのかがわかれば良い」

……貴族院で行える儀式か。よくやってて、パッと思いつくのが採集地の再生くらいしかないんだけど、さすがに見せるようなものじゃないよね。うーん、結構難しいな。

「どのような儀式をお見せするのか、考えておきます」

「あぁ。少しは聖女らしいところを見せてほしいものだ」

「お兄様！」

ハンネローレに睨まれて、レスティラウトは「余計なことは言うな」とそっぽを向く。

「ところで、今回の共同研究ではダンケルフェルガー側の文官見習いにもご協力いただきたいのですけれど、そのうちの一人にクラリッサを指名してもよろしいでしょうか？」

クラリッサが期待に目を輝かせて何度も頷いている様子が見えるけれど、それをちらりと見ただけでレスティラウトは「理由は?」と尋ねた。

「クラリッサがわたくしの側近であるハルトムートの婚約者で、エーレンフェストと繋がりが深いことが一番大きな理由です。それから、神殿の印象を良くするための研究に真面目に取り組んでくれると確信が持てるからです。……ハルトムートは今神官長となっていますから」

「なっ!? 神殿に入ったというのか? その男は何をやらかした!?」

やはり神殿へ入るということは、貴族にとってとんでもない汚点になるようだ。まさか開口一番に「何をやらかした!?」と言われるとは思わなかった。

「ハルトムートがやらかしたわけではありません。フェルディナンド様がいなくなったからです」

レスティラウトが意味がわからないと言いたげに顔を歪めたので、わたしは説明を続ける。

「これまでは後見人のフェルディナンド様が神官長として実務面で神殿長のわたくしを支えてくださいました。けれど、ご存じの通り、アーレンスバッハへ婿入りすることになり、神官長がいなくなったので、わたくしの側近であるハルトムートが代わりに神殿へ入ることになったのです」

わたしの説明にレスティラウトも周囲の学生達も「本当にエーレンフェストでは何の落ち度もないのに神官長として神殿へ入れられるのか」と呟いた。

「ダンケルフェルガーのような大領地の神殿がどのようなところなのか存じませんが、お恥ずかしいことにエーレンフェストの神殿は青色神官の数が非常に少ないのです」

ヴィルフリートがレスティラウトを見ながらそう言った。

「小聖杯を満たせるだけの人数がいないため、魔力の多いローゼマインや叔父上のような領主一族が神殿長や神官長に就任し、儀式を行っています。直轄地を回る祈念式や収穫祭では領主候補生の私やシャルロッテも手伝っています。神殿は領主一族が普通に出入りする場所なのです」

レスティラウトはまだ難しい顔をしているけれど、「そうか」と小さく呟いた。

「お祈りをする頻度、内容、真剣度などによって神々からのご加護を得られやすくなるという研究が成功すれば、神殿に対する見方も少しは変わるのではないかと期待しています。ですから、神官長に就任したことを理由にハルトムートと婚約を解消しないのであれば、クラリッサにはぜひ手伝っていただきたいのです」

「どうする、クラリッサ？　他領の婚約者がありながら神殿へ入るような男であると言えば、婚約の解消など容易いぞ」

レスティラウトの言葉にクラリッサは即座に首を横に振った。背中の三つ編みが一緒に揺れる。

「主のために迷うことなく神殿入りした彼を誇ることがあっても、蔑むことはございません。わたくしがエーレンフェストにいたら、ハルトムートと神官長の座を争うことになったでしょう」

ニコリと笑ったクラリッサの笑顔がどことなくハルトムートと似ている気がして、わたしは何度か目を瞬いた。

「ローゼマイン様、共同研究はぜひわたくしにやらせてくださいませ」

青い瞳を輝かせてクラリッサがきつく拳を握った。その手にはハルトムートからの手紙が握られていて、ぐしゃぐしゃになっている。

「このようなお詫びの言葉などいりません。親族に何を言われたとしても、わたくしは自分の道を突き進み、嫁ぎます。そして、神事を行うエーレンフェストの聖女をこの目に収めるのです！」

……クラリッサがハルトムートみたいなことを言っている気がするんだけど、聞き間違いかな？

ポカンとクラリッサを見て、わたしはダンケルフェルガーの皆に視線を移す。これが普通の姿なのか、誰も驚いた様子を見せていない。レスティラウトは至極面倒臭い物を見る目をしている。

「エーレンフェストでしっかりアレの手綱を握れ。こちらで面倒は見きれぬからな」

「お待ちくださいませ。クラリッサはダンケルフェルガーの子ですよね⁉」

そんな見捨てるような発言はしないでくださいませ、とわたしが言うと、クラリッサは何故か照れたように恥ずかしそうに微笑んだ。

「まだわたくしの所属はダンケルフェルガーですけれど、心は完全にローゼマイン様の臣下です」

両手で頬を包んだクラリッサの表情はまるで愛を告白した女の子のようだが、どう反応して良いのかわからない。わたしはブリュンヒルデとレオノーレに助けを求めて視線を向ける。「ハルトムートが二人になるようなものですか」とブリュンヒルデが作り笑いで呟いた。

「おい、ローゼマイン。アレをさっさと止めろ」

クラリッサの熱弁をげんなりとした様子で聞いていたレスティラウトが軽く手を振る。

……え？　それってわたしの役目なの⁉　ダンケルフェルガーの文官見習いなのに？

クラリッサの暴走を止めろ、と言われてわたしは困惑しながら周囲を見回す。

「心はすでに其方の臣下らしいから、主らしく止めるしかないのではないか？」

ヴィルフリートの言葉に眉を寄せた。お茶会の最中にクラリッサと話し込むのは、招待してくれたハンネローレ達に失礼なのだが、ダンケルフェルガー側に止めろと言われてしまえば仕方ない。

「……では、少しだけクラリッサとの時間をいただいてよろしいですか？」

「大変申し訳ございませんが、ローゼマイン様にお任せいたします。この状態のクラリッサにはわたくし達の声はあまり届かないようなので……」

ハンネローレも困った様子でクラリッサを見た。ダンケルフェルガーの寮ではいつもこんな状態で熱弁を振るっているのだろうか。ちょっと怖い。

わたしは振り返ってブリュンヒルデに声をかけた。

「ブリュンヒルデ、クラリッサへの贈り物を」

「かしこまりました」

クラリッサがハルトムートとの婚姻を諦めなかった場合に贈ってほしい、と言われていた髪飾りがある。髪形を決めたり、衣装と合わせてみたりするために当日よりは少し先に手元に届いた方が準備しやすいと女性陣のアドバイスを受けたためだ。

本当はお茶会が終わった時にこっそりと渡すつもりだったが、クラリッサの熱弁が止まらなそうなので、この場で渡して「部屋で見てほしい」と一度下がらせるのはどうだろうか。これまでは静かに立っていたので、一度下がれば落ち着くと思う。落ち着いてほしい。

わたしはブリュンヒルデに椅子を引いてもらって席を立つと、ゆっくりと歩いてクラリッサの前に向かった。わたしの動きを注視して青い目を軽く見張ったクラリッサの口が止まった。シンと静まった部屋の中、全ての視線が自分に集中していることがよくわかる。

わたしが「クラリッサ」と呼び掛けて手を伸ばすと、彼女はハッとしたようにその場に跪いた。

「貴女の気持ちはよく伝わってきました。ハルトムートが神殿へ入ったことにも怯まず、誇りに思ってくださることがわたくしにはとても嬉しいです」

「ローゼマイン様……」

「ですから、こちらを。神官長となったハルトムートをまだお相手として考えてくださるならば、受け取ってくださいませ。ハルトムートから預かった卒業式のための髪飾りです」

ブリュンヒルデに渡された木箱を、わたしはクラリッサに差し出した。クラリッサは感極まったように瞳を潤ませて木箱を受け取る。

「箱を開けるのは自室でお願いいたしますね」

そこでわたしはハンネローレとレスティラウトに視線を向けた。すぐに視線の意味を理解してくれたのはレスティラウトだった。

「クラリッサ、下がっても良いぞ」

「……いいえ。最後までここに残り、ローゼマイン様のお姿をこの目に焼き付けたく存じます」

「ならば、黙ってそちらに立っていろ。邪魔だ」

レスティラウトは上手くクラリッサを部屋の端に追いやると、一つ息を吐いた。無事にクラリッサを冷静な状態に戻すことができたようだ。わたしも安堵の息を吐いて、自席に戻った。

「なかなか見事な手綱捌きだったぞ」

「……恐れ入ります。あの、共同研究で他にお話しすることがなければ、ダンケルフェルガーの歴史の本についてお話ししてもよろしいですか？」

「えぇ。歴史の本はお兄様もお父様もとても楽しみにしているのですよ」

ハンネローレがニコリと笑いながら先を促してくれた。ヴィルフリートは文官が並んでいるところへ視線を向け、「イグナーツ」と自分の文官見習いに声をかける。彼は歴史本の見本をダンケルフェルガーの文官見習いに渡した。いくつかの確認の後、それがレスティラウトの手に渡る。

レスティラウトがパラパラと本を捲り始めた。かなり真面目な顔で確認を始めているけれど、エーレンフェストにとって必要なのはアウブ・ダンケルフェルガーの合格だ。ヴィルフリートは本に集中して聞いていなそうなレスティラウトからハンネローレに視線を変えて、口を開く。

「これで問題がなければ見本と同じ形で売り出すことになります。アウブ・ダンケルフェルガーのお返事は領主会議で結構です」

「恐れ入ります。アウブにはそのように伝えましょう」

ハンネローレはニコリと笑って請け負ってくれた。本の確認をしているレスティラウトを一瞥（いちべつ）した後、お茶のお代わりの指示を出し、わたし達に勧めてくれる。ゆっくりとお茶を飲みながら、わたしはハンネローレから歴史本にまつわる話を聞いていた。

「ローゼマイン様が行った現代語訳は、ダンケルフェルガーにとても大きな衝撃を与えたのです」

「まぁ、どのような？」

「ご存じの通り、貴族院ではユルゲンシュミットの歴史を学びますけれど、自領の歴史だけを詳しく習うことはないでしょう？　領主一族でなければ自領の歴史を詳しく知らないことも珍しくありません。そこに、このように読みやすくわかりやすい歴史本ができたことで、大人だけではなく、子供も自領の歴史を深く知る機会が得られたのです」

……知らなかった。普通の貴族は自領の歴史を詳しくは知らないなんて。

領主候補生には絶対に必要なことなので、自領の歴史を教えられる。領主一族の傍系で、上級貴族であれば祖父や親から聞いたり、乳兄弟（ちきょうだい）のように領主一族と繋がりが深い同年代の子供だったりすると教育を受ける機会があるらしい。わたしはフェルディナンドから叩きこまれたので、自領の歴史は貴族の常識として誰でも知っているものだと思っていた。

「それに、ダンケルフェルガーの歴史は古いですから、歴史書の言葉も難しくて……。子供が学ぶのも、輿入れしてきた領主一族の配偶者が学ぶのも大変だったのです」

「……どなたも現代語訳はなさらなかったのですか？」

そんなに大変ならば、自領の文官が現代文に直すくらいはしても不思議でないと思う。

「領主一族は全員します。けれど、あまり文を残さないのです。古い言葉をそのまま覚え、伝えていくことも領主一族の務めだと言われていたものですから」

「それは大事な心掛けだと思います。意識して覚えなければ、古い言葉など簡単に忘れられ、廃れてしまいますもの。だからこそ、お祈りの儀式も脈々と引き継がれて残っていたのでしょうね」

わたしの言葉にハンネローレが「恐れ入ります」と少しばかり曖昧（あいまい）な感じの笑みを浮かべた。そして、何かを思い出したように手を打った。

「王様の第三夫人がダンケルフェルガーの出身であることはご存じでしょうか？　彼女がローゼマイン様の翻訳を素晴らしいと褒めていらっしゃいました。とても読みやすいので売られるようになれば、ぜひ購入したいそうです」

……王の第三夫人ってことはヒルデブラント王子のお母様ってことかな？　さすが大領地。ちゃんと王族と繋がりがあるんだな。エーレンフェストから発信するのと、広がり方が段違いだよ。

「王族にも読んでいただけるなんて光栄です。もし、表に出す上で不都合のある部分がございましたら、すぐにお申し付けくださいませ。対処させていただきます」

あれだけ長い歴史だ。他領へ隠しておきたい部分の一つや二つはあるだろう。わたしは王族にも本が渡ることを考慮して声をかける。その途端、レスティラウトが顔を上げた。

「何を言っている？　エーレンフェストがどうなのか知らぬが、隠したり、恥じたりせねばならぬ歴史などダンケルフェルガーにはない」

正直なところ、ないわけがないと思う。けれど、それを隠そうとしないところはすごいと思うし、領主候補生がハッキリと言い切る姿はいっそ清々しい。

……芸術肌なのに、やっぱりレスティラウト様も生粋のダンケルフェルガーの男だよね。

わたしが感心していると、ヴィルフリートが「見本はいかがでしたか？」と声をかけた。

「まあまあだ。其方に寄越された翻訳と違って所々に絵が入っているのが良い。これが色彩に富んでいて華やかであれば、更に良かったと思う。だが、最初から白と黒だけで表現することを前提に描かれているので、それほど気にならぬ」

そこから先は絵に関する評価ばかりだった。レスティラウトはどうやら本文ではなく、ヴィルマの挿絵をじっくりと眺めていたらしい。

「わたくしの専属なのです。お褒めいただき光栄です」

「其方の専属……？　では、其方の絵も描いているのか？」

芸術肌のレスティラウトはヴィルマの絵にかなり興味があるようだ。質問されて、わたしは首を傾げた。ヴィルマの部屋に入ったことは一度しかない。その時はフェルディナンドの絵で溢れていた。わたしの絵も少しはあった気がする。

「もう何年も前ですけれど、わたくしが歌っている姿を描いた絵は見たことがございます。フェシュピールを弾く姿も描いていたことがあったような、なかったような……。ここ最近は本の挿絵が忙しいでしょうから、わたくしの絵を描くような余裕はないと思いますよ」

少し残念そうにレスティラウトは「……そうか」と視線を本の絵に向けた。よほどヴィルマの絵が気に入ったらしい。さすがわたしの側仕えである。

「ディッター物語もご覧になりますか？」

その瞬間、心なしか騎士見習い達がそわそわし始めた気がする。多分レスティラウトの顔が険しくなったのも同じ理由ではなかろうか。

「こちらのディッター物語は、題材として宝盗りディッターを扱っているのです。ですから、ダンケルフェルガーの方々からぜひご感想をいただきたいと思います」

お任せください、とダンケルフェルガーの学生達の声が揃った。騎士だけではなく、文官も側仕えも、である。どれだけディッターが浸透しているのだろうか。考えたくない。

「作者はフェルディナンド様のディッターの覚書などを参考に書いたそうですが、宝盗りディッターを知らない世代ですから、多少おかしいところがあるかもしれません」

わたしも原稿を確認し、文章の間違いや明らかな矛盾点は指摘して直してもらった。けれど、貴族院全体を使って行う宝盗りディッターを知らないので、完璧とは言えない。

……フェルディナンド様の婿入りや粛清準備で忙しくなかったら、お父様達に見てもらってチェックしてもらったんだけどね。

「どれ？……これには挿絵がないのか？」

文官見習いから手渡されたディッター物語を見たレスティラウトが一番に指摘したのは、イラストの有無だった。ローゼマイン工房の本の挿絵は全てヴィルマが担当しているが、ディッター物語だけには挿絵が付いていない。一見不思議かもしれないが、これは仕方がないことなのだ。

「わたくしの専属絵師は平民ですから、舞台が貴族院で、貴族にしかできないディッターの様子を挿絵にすることができないのです」

「なるほど。貴族院の様子もディッターも貴族でなければ描けぬな」

レスティラウトは納得したように頷いているが、こちらにとってはかなり切実な問題なのである。物語は集めやすいけれど、絵師を集めるのは大変なのだ。どのように声をかけ、どのように集めれば良いのかわからない。

「貴族の中で絵の得意な方がいらっしゃれば、挿絵をお願いしたいとは思っているのですけれど、エーレンフェストには良い人材がいなくて……」

ふぅ、とわたしが溜息を吐きながら絵師の人材育成について話をしていると、レスティラウトが不機嫌そうにわたしを見ていた。

「……何でしょう？」

「あの、ローゼマイン様。お兄様は絵が得意なのです」

ハンネローレがおずおずとそう言ったことで、わたしはレスティラウトが絵師に立候補していることを何となく悟った。

「髪飾りのデザイン画を見る限り、レスティラウト様の腕前は素晴らしいと思いますし、描いてくだされば皆の興味を一層引くことができると思います」

写実的で素晴らしい挿絵になると思うし、ダンケルフェルガーの領主候補生の挿絵付きであれば宣伝効果は抜群だろう。喉から手が出るほど欲しいけれど、レスティラウトは領主候補生だ。

「けれど、さすがにレスティラウト様にお願いするわけには参りません。もう卒業されるので貴族院で受け渡しということもできませんし、領主候補生ですから卒業後にエーレンフェストに来ていただくこともできませんもの」

下級か中級貴族で良い感じのイラストが描ける子がいたら卒業後に勧誘したいな、と思っていたけれど、領主候補生のレスティラウトは婚姻以外で移動できないし、次期領主ならば無理だ。

わたしが「無念です」と項垂れると、レスティラウトは一度すごく不機嫌な顔になった後、社交的な顔に戻った。ものすごくガッカリしているか、怒っているか、どちらかだ。

「ローゼマイン、ハンネローレ様を通じて絵を受け取ることができれば、私達の卒業まではお願いできるのではないか？　ディッター物語の挿絵だけをお願いするならば、それほど長くはかかるまい。それに、レスティラウト様の絵に触発されて、絵師の発掘が容易になるかもしれぬ」

ヴィルフリートの言葉にレスティラウトがバッと顔を上げた。眉間に皺を刻んだ顔で「その提案は悪くない」と赤い目を輝かせている。

……めちゃくちゃ乗り気だ！　眉間に皺が寄ってるけど、うきうきしてる顔だ、絶対。

「せめて、アウブの許可を……」

「其方が物語を買い集めるのと大して変わらぬではないか。買い取る物が絵になるだけだ」

「ヴィルフリート兄様！」

声を荒げて止めたが、遅かった。レスティラウトが獲物を捕らえたように唇を歪める。

「なんだ。すでにエーレンフェストがしていることか。ならば、何の問題もあるまい」

物語集めはお金がない下級貴族向けのアルバイトだ。領主候補生がすることではない。絵も同じように中級や下級貴族から買い取るつもりだったので、レスティラウトに参戦されるのは困る。

「あの、ローゼマイン様。お兄様の絵を見てから購入するかどうか、お考えになってはいかがでしょう？　お話に合う絵かどうかは見てみなければわかりませんし……」

一つ息を吐いた後、ハンネローレが小さく「もう止まりません」と呟いて、ちらりとレスティラウトとヴィルフリートに視線を向けた。早くも二人がディッター物語を見ながら、どのシーンにイラストを入れるのか話し始めている。レスティラウトの背後に立つ側仕えと護衛騎士が軽く背伸びして覗き込んでいるのも見えた。わたしの脳内ではジルヴェスターが「ちょっと待て！　どうしてそうなった⁉」と叫んでいるが、もうこうなったら腹を括（くく）るしかなさそうだ。

……頑張れ、養父様！　今回はわたしじゃないよ。やったね、ローデリヒ！　他領で初めての読者が王族で、初めての挿絵は大領地の領主候補生だよ！　ペンネームを使っててよかったね！

「一冊につきイラストは五枚までお願いします。それ以上は買い取りません」

「五枚か……。難しいな」

真剣な顔でレスティラウトがページを繰り始め、すでに読んでいるヴィルフリートがお勧めのシーンを述べていく。男二人がディッター物語で盛り上がり始めたことに、わたしとハンネローレは視線を交わして肩を竦めた。

「ダンケルフェルガーの歴史の本にも、今回のディッター物語にも興味を示してくださっていることから考えても、ダンケルフェルガーの領主候補生はご兄妹（きょうだい）揃って読書がお好きなのですね」

「え、えぇ。わたくしも貴族院の恋物語はとても楽しく読んでいます」

ほほほ、と笑ったハンネローレがどの物語のどんなシーンがよかったのか、話し始めた。恋に落ちる瞬間のときめきについて語るのを聞いて、わたしはエルヴィーラの書く神様描写が何を示しているのか、少しだけ理解できた。

……芽吹きの女神ブルーアンファが出てきたら恋の始まり。よし、覚えた。

エルヴィーラの恋物語にはあまりにも頻出する女神なので、一体何を表現しているのかよくわからなかったが、恋の始まりだったらしい。

……でも、ブルーアンファって一つの物語で五回以上出てくることがあるんだけど、本当に恋の始まりで間違ってないよね？　もしかして、他にも解釈がある？

少しばかりの疑問点を抱きつつ、わたしがハンネローレの語りに相槌を打っていると、ヴィルフリートが不思議そうな顔でこちらを見ていた。

「ヴィルフリート兄様、どうかなさったのですか？」

「いや、ハンネローレ様はずいぶんと深く読み込んでいらっしゃるのだな、と」

わたしとハンネローレが揃って目を瞬くと、ヴィルフリートが小さく笑う。

「ローゼマインは次々と新しい本を読んでいくのですが、一つのお話についてそのように深く語ることがないので、とても新鮮な気分です」

……語りたくても深く語れるほど描写が読み取れないんだよ！　ついでに、共感できないの！

この花が咲いたら恋の盛り上がりにうっとりするもので、秋風が吹いたら失恋など、表現だけならば一応文学で習ったので理解できる。けれど、それに共感できるかどうかは別問題だ。

考えてもみてほしい。秋の女神達が踊り始めると、髪が揺れて突然主人公が泣き出すのだ。わたしの場合、共感して悲しくなるより先にポカンとしてしまって、数秒後に「あ、そうか。秋風だ。失恋したんだよね。何で突然？　どこに兆候が？」と何が起こったのかすぐに理解できなくて、周辺を何度か読み返すということになる。そして、どう解釈するのが正しいのかと恋物語を読解問題や推理物の気分で読み、お茶会で皆の感想を聞きながら正解かどうかを確認していくのである。どうにも主人公の心情に共感するところまで行き着けない。

「皆様の感想を聞くのは楽しいですし、感じ方の違いが興味深くて勉強にもなるのですけれど……わたくしは一つの物語を深く読むより先に次のお話を読みたくなってしまうのです」

決して読み取れないわけじゃないからね、と予防線を張っておく。数をこなせばわかるようになるはずなので、まずはわたしにたくさんの本と読書時間を与えてほしい。

……お祈りが自然とできるようになったんだもん。きっとそのうち恋物語だってスッと共感できるようになる、よね？　きっと。

「ローゼマイン様は本当に本がお好きなのですね。そうそう、わたくし、先日お借りしたフェルネスティーネ物語を少し拝読したのですけれど……」

「もう読まれたのですか？」

わたしは研究室に出入りしていたせいで、まだ借りた本をほとんど読めていない。

「まだほんの最初だけです。……あれはローゼマイン様を基にした主人公ではありませんか？」

「え？　違います。フェルネスティーネは……別人です」

さすがに「フェルディナンド様です」とは言えず、わたしは言葉を濁す。何故フェルネスティーネのモデルがわたしになるのかわからない。ハンネローレがパチパチと何度か目を瞬いた。

「そうなのですか？　橙色の瞳にさらさらと風に揺れる明るい青の髪という描写や幼い頃から美しく賢いところ、アウブに引き取られたという生い立ちにも共通点があるものですから」

……確かにそうやって要素を抜き出すと、わたしっぽい！

本当のモデルを知っていたからだろう。読んでいる時も全く自分と似ているとは感じなかったが、エルヴィーラの理想とする美少女のモデルと思われたら大変だ。わたしは慌てて否定する。

「わたくしはアウブに引き取られたのではなく養女です。洗礼式は両親の下で行っていますし、養父様にも養母様にも良くしてもらっています。それに、その主人公の基になった方のように父親の第一夫人に洗礼式で母として立つことを断られたり、日常生活の中で命を狙われて食事でさえ気を抜けないような生活を送ったりしたことはございませんから」

物語の義母とフロレンツィアを同一視されては困るので、わたしは一生懸命に否定した。

「……ローゼマイン、その物言い……。まさか実話なのか？　そのような悲惨な生活をしている者がエーレンフェストに実在するのか？」

レスティラウトから疑惑の目を向けられたヴィルフリートが「私は知らぬが、そのような者がいるのか？」と首を傾げる。ヴィルフリートはどうやらフェルネスティーネ物語のモデルがヴェローニカに迫害されたフェルディナンドだと知らないらしい。

「実話ではございません、レスティラウト様。この物語は虚構であり、登場する団体・人物などはすべて架空のものです。似ているように感じられても別人ですし、作り話なのです」

「……それでも、ローゼマイン様は主人公の基になった方をご存じなのですよね？」

更にハンネローレの疑惑の目が強くなった気がする。ダンケルフェルガーの領主候補生の視線を受けて、わたしは仕方なく頷いた。

「え、えぇ、まぁ……。けれど、複数の方を混ぜて作り上げたと作者が言っていたので、明確にこの方、というのはないのですよ。この辺りのお話はこの方かしら？　と思える程度なのです」

「本当にローゼマイン様のお話ではないのですよね？」

ハンネローレに心配されているのがわかる。わたしは大きく頷いた。

「わたくしはこのような扱いを受けていませんよ。ねぇ、ヴィルフリート兄様？」

「うむ。ローゼマインの護衛騎士には実の兄もいる。そのような扱いを許すような環境ではない」

「そうですか」

ホッと胸を撫で下ろしたハンネローレがニコリと笑った。わかってもらえたことに安堵しつつ、わたしはこれから貴族院で何度も同じような説明をしなければならないことに気付いて、血の気が引くのを感じていた。

……フェルネスティーネとわたしに共通点があるなんて気付かなかったよ！　二巻をすぐに作って送って、お母様！　王子との恋愛パートに入ったらさすがに誤解する人はいなくなるから！

エーレンフェストへの報告案件がどっと増えたダンケルフェルガーとのお茶会だった。

お返事

疲れが出たのか、ダンケルフェルガーとのお茶会の後にわたしは熱を出して少し寝込んだ。久し振りに熱が出た感覚に懐かしさを覚えるほど、わたしは丈夫になったようだ。ベッドの中でそう喜んでいたら、「寝込みながら丈夫になったと喜ぶのはどうでしょうね」とリヒャルダに呆れられた。

お茶会の報告は文官達に任せて、わたしはベッドでゴロゴロしながら本を読む。アナスタージウス、ソランジュ、オルタンシアの三人から借りた本がこの部屋の中にある。まだ読んだことがない本がたくさんあるのは幸せだ。

「この辺りがシュバルツ達の研究についての記述かな?……あ、これはフェルディナンド様が絶対に読んでない資料だ。フェルディナンド様の資料に命の属性の入った部分はなかったもの」

シュバルツ達を作製するのに命属性の入った魔法陣が必要になるのではないか、という議論が領地対抗戦で交わされていたが、結局どのような魔法陣が組み込まれているのかは判明していなかったはずだ。その命に関する魔法陣が組み込まれ、別の部分が穴開きの魔法陣が「ここまでは判明したのだが、この先がわからない。後世に託す」という書き置きと共に書かれている。所々にフェルディナンドの研究結果と被る点があるので、この資料と合わせるとかなり研究が進むかもしれない。

急いで知らせなければ。

「リーゼレータ、これから隠し部屋でお手紙を……」

「ローゼマイン様、お手紙はお熱が下がってからです」

「でも、急ぎで……。シュバルツ達の作製方法がわかるかもしれないのです」

シュミル好きなリーゼレータを懐柔(かいじゅう)できないか、とわたしは自分の図書館にシュバルツ達のような魔術具を置きたいことを一生懸命に説明した。「シュミルの作製」と呟いて、彼女の動きが一瞬止まる。わたしが勝利を確信した次の瞬間、リーゼレータは一つ息を吐いてニコリと笑った。

「まず体調を整えてくださいませ。そうしなければお手紙を書いてもライムントに渡せませんし、大きなシュミルを作るための研究もできませんもの」

ベッドへ戻ってくださいませ、とリーゼレータに再度布団に押し込まれた。

仕方がないので手紙を書くのは後回しである。わたしがゴロゴロしながら本を読んでいると、天蓋の向こうから機嫌の良さそうなリーゼレータの鼻歌が聞こえてきた。仕事中に感情を表に出すことがない彼女にしては珍しい。よほどシュミル研究が進みそうなのが嬉しいようだ。

……リーゼレータ、すごく楽しみにしてるみたい。


一応熱が下がったものの、まだ様子見ということで外出は禁止だ。わたしが行ってもよい場所は、食堂と多目的ホールの暖炉の前だけである。今は本があるので自室で過ごしても良いが、男性の側近から連絡が取りにくいので一日に一度は多目的ホールに顔を出してほしいと言われている。夕食の後に顔を出して、一日の報告を聞くのだ。

「エーレンフェストからのお返事です。ヴィルフリート様とシャルロッテ様は目を通しました」

ローデリヒに手渡された木札に目を通していく。

「全ての共同研究の許可が出たのですね」

貴族院の研究は学生の領分なので、よほどのことがない限り許可が出るようだ。三つの大領地との共同研究は構わないと書かれている。ダンケルフェルガーとの研究は王族から指示されて断れないし、ドレヴァンヒェルとの研究はエーレンフェストにとって価値がある。アーレンスバッハとの研究は元々わたしがする予定だったので禁じることではないそうだ。

そして、ドレヴァンヒェルとの共同研究をヴィルフリートとシャルロッテの側近に振ったことが褒められていた。三つの研究を同時進行させるのは難しいため、部下の功績を全て主が取り上げているように疑われる可能性が高くなるらしい。

「そして、こちらがエーレンフェストから届けられた研究用の紙です」

イルクナーの魔木から作られた紙が届いた。けれど、箱にはエイフォン紙、ナンセーブ紙のように魔木の名前しか書かれていないので、文官達にはどのような紙なのかわからないらしい。

「このナンセーブ紙は勘合紙（かんごうし）と呼ばれていて、エーレンフェストが取り引きを許可した領地に配っている物と同じです。実際に配る時にはそれぞれの領地のマントと同じ色で染めています。大きい破片に集まる習性があります。こちらはエイフォンという魔木から作られた物ですから、おそらく音を出すのに向いていると思います」

わたしはその魔木の特性を説明しながら研究班に渡していく。イグナーツとマリアンネが真剣な顔でメモを取っていた。

「わからないことがあれば聞いてください。ドレヴァンヒェルへの情報漏れを防ぐため、わたくしはグンドルフ先生の研究室には近付かない予定です。挨拶と顔合わせは済ませたので、研究素材を持って行けば、グンドルフ先生はそちらに夢中になると思います」

届いた紙の説明を終えると、フィリーネが別の木札を差し出した。

「ローゼマイン様、こちらはジギスヴァルト王子とアドルフィーネ様の星結びのお返事です。中央神殿との関係や身の安全を考えると、神殿長として前に出るのではなく、以前と同じように遠隔から祝福をした方が良いのではないかと書かれています」
「確かに、人前に出ることなく祝福ができるのが最善でしょうけれど、正直なところ、無理だと思います。わたくし、今まで感情がぶわっと溢れて勝手に祝福になってしまっただけで、意図的に遠隔の祝福をしたことがありませんから」

顔さえ定かではなく何の思い入れもない第一王子に、アナスタージウスやエグランティーヌより多めの祝福を注がなくてはならないのだ。隣に並ぶアドルフィーネに偏るくらいならばまだマシで、下手するとジギスヴァルトを素通りしかねない。

祝福の有無や偏りが問題になっているのに、成功するかどうかわからなくて、タイミングも計れないのは怖い。今回も偶然上手くいくとは思えない。できれば、失敗しないように練習したいが、練習であちらこちらに祝福を飛ばしていたら、神の奇跡を感じるようなありがたみはなくなる。
「失敗を避けたいならば、その場にいないと無理です、とお答えしてください」

ジギスヴァルトを認識できるところから祝福を贈るならば、神殿長の立場が一番だろう。中央神殿の神殿長が前にいるのに、違った方向から祝福を贈る方が完全に喧嘩を売っているように見えるはずだ。大勢の貴族の前で中央神殿の神殿長の面目を潰すよりは、王族からの依頼で祝福することを周知する方がまだ穏便だと思う。

わたしはエーレンフェスト側の心配を書き連ね、「中央神殿との関係の調整は提案者であるアナスタージウス王子に一任するので、これ以上エーレンフェストが不利益を被らないようにしてくださいね」という主旨の手紙をブリュンヒルデに渡す。

「こちらをエグランティーヌ先生に渡してくださいませ」

星結びの案件の他に、図書委員の活動内容が鍵の管理者に変更になったことも相談していたが、それに関しては「王族の要求に粛々と従うように」としか書かれていなかった。業務内容がよくわからないので、とりあえず従っておけと考えていることがよくわかる。

「ひとまず呼び出しがあるまで王族に関わらないという方針で問題なさそうですね」

「それから、ローゼマイン様の要望通り、フェルネスティーネ物語の二巻を大急ぎで印刷してくださるそうです」

奉納式のために魔石を神殿に運ぶ必要があるため、魔石と一緒に原稿も神殿に運び込まれることになったそうだ。これが届けば、少しはフェルネスティーネがわたしであるという誤解も解けるだろう。わたしはホッと胸を撫で下ろした。

その次の日にはミュリエラとグレーティアが名捧げの石を持って来た。わたしは別室でそれを受けることにする。今回は女の子二人の名捧げなので、護衛も立会人も女の子ばかりだ。

「レオノーレ、これで大丈夫かしら？　問題がなければ二人を呼んでくださいませ」

「問題はございません、ローゼマイン様。フィリーネ、ミュリエラに入室許可を」

フィリーネが連れて来てくれたミュリエラから名を受ける。なるべく苦しくないように、わたしは一気に魔力を流し込んで名捧げ石を変化させたけれど、やはりかなり苦しそうだった。

「大丈夫ですか、ミュリエラ？」

「平気です。まだ少し苦しいですけれど、とても嬉しいのです。わたくし、ローゼマイン様に名捧げをする決意をしたおかげで、ダンケルフェルガーのお茶会に同行することができました。ハンネローレ様の感想を聞くことができたのです」

「ハンネローレ様の感想、ですか？」

「ダンケルフェルガーのお茶会で伺った恋物語に対する感想は、全力で同意して夜を徹して語り合いたくなるようなものでした。同じ本を同じように楽しんでいる方がいる幸福に、わたくし……」

他人の魔力で縛られたせいで苦しそうな息をしながら、どの部分に感動したのか、ときめいたのか、緑色の瞳を輝かせて語るミュリエラは、ハンネローレよりもエルヴィーラを彷彿(ほうふつ)とさせる。

……本人が名を捧げたいと言うだけあって、ミュリエラはお母様とすごく相性が良さそう。

「ですから、わたくし、ローゼマイン様とエルヴィーラ様に捧げるために貴族院で恋物語を精一杯集めたいと存じます」

「ミュリエラ、お話集めはフィリーネの仕事です。貴女にはまず製紙業や印刷業の知識を身につけてもらいます。貴族院から戻った時にお母様の部下として働けなければ困りますから」

エルヴィーラと同じように恋物語を前にすると暴走しそうなミュリエラに、わたしはストップをかけた。ミュリエラは何度か目を瞬かせた後、「そうですね」と真面目な顔で納得する。

……うん、どこからどう見てもお母様の部下に向いているよね。

「フィリーネ、製紙業や印刷業についてミュリエラに教えてあげてちょうだい。それから、報告書の書き方も、ね。余裕があればお話集めの方針ややり方を伝えて、二人で集めてくださいませ」

領主候補生の文官見習いは、フェルディナンドの基準で合格がもらえるレベルの報告書が書けなければならない。フィリーネはフェルディナンドとハルトムートの両方から二年以上指導を受けているので、まだ日が浅いローデリヒより報告書に慣れている。

「ミュリエラ、わたくしの側近は階級によって上下が決まっているわけではありません。貴族院では上級貴族のレオノーレを中心にしていますが、城へ戻ると下級騎士のダームエルが中心になって仕事を振り分けるようになります。それと同様に、ローデリヒの方が階級は上ですが、仕事の慣れと的確さから貴女の指導役にはフィリーネを付けます。これまでに教えられた貴族の常識とずいぶん違うでしょうけれど、これがわたくしのやり方です。慣れてください」

「かしこまりました」

フィリーネにミュリエラの指導をお願いして退室を促すと、リーゼレータとグレーティアを呼んでもらい、今度はグレーティアの名を受ける。同じように苦しかったはずだが、グレーティアは少し顔をしかめるだけで呻(うめ)き声を上げることなく名捧げを終えた。

「苦しかったでしょう?　大丈夫かしら?」

グレーティアは目元を少し隠す前髪を揺らし、その奥にある青緑色の目を嬉しそうに細めた。

「ご心配ありがとう存じます。この程度ならば平気です。名を受けてくださった主のため、わたくしは居心地の良いお部屋を維持できるように全力を尽くしたいと思います」

「楽しみにしていますね。そのための指導はリーゼレータが行います」

ブリュンヒルデは上位領地との調整に忙しいため、リーゼレータが全面的にグレーティアの指導

に当たる予定だ。好みのお茶の淹れ方や部屋の整え方などの細かいことを教えていくらしい。また、上位領地との交渉には出なくても、お茶会で裏方に徹することは求められるので、その辺りのことも説明するようだ。リーゼレータが進み出てニコリと微笑んだ。

「ローゼマイン様の側仕えはヒルシュール先生の研究室のお掃除もお仕事の範囲に入ります。やり方を教えますから、よく覚えてくださいませ」

「ヒルシュール先生の研究室ですか？」

予想していなかったのか、グレーティアが目を丸くする。

「あの研究室に出入りする者はほとんどが中級貴族ですし、見知らぬ者が出入りすることは少ないですから内向きの仕事です。それに、ローゼマイン様はこれからシュバルツ達の研究で忙しくなるので、出入りする頻度が高くなります。主の向かう先を清めるのは側仕えの仕事ですから、グレーティアにも慣れていただかなくては」

グレーティアが少し顎を引いた後、コクリと頷いた。

……あれ？　わたし、共同研究があるからシュバルツ達の研究は後回しなんだけど？

どうやらリーゼレータはシュバルツ達の研究のために全力でヒルシュールの研究室をバックアップする予定のようだ。心強いと言えば、心強いと思う。

ようやく回復したわたしはやっとヒルシュールの研究室へ通えるようになった。ライムントにはダンケルフェルガーのお茶会の模様とシュバルツ達の魔法陣について書いたお手紙第三弾を渡し、代わりに、フェルディナンドからのお返事を受け取った。

ライムントからリーゼレータに渡され、色々とチェックされた手紙がわたしの手に届く。

「結構厚みがありますね」

「二回分まとめてのお返事だそうです」

わたしがライムントと話をしている間、グレーティアは手紙の受け渡しの手順についてリーゼレータから説明を受け、護衛騎士であるラウレンツも一緒に毒の確認の手順を習っている。その間、わたしの護衛として付いているのはユーディットだ。

「ローゼマイン様が試作に協力してくださったおかげで、私も録音の魔術具に合格が出ました」

「録音の魔術具の設計図は買い取らせてくださいませ。わたくし、自分で作りたいのです。今は手持ちがありませんけれど、リヒャルダに頼んで次回は持ってまいります。ですから、他の方に売ってはダメですよ。わたくしが予約しましたから」

わたしがそう言うと、ライムントが「誰も欲しがりませんよ」と苦笑した。そんなはずはない。他の人がまだライムントの価値に気付いていないだけだ。

「わたくし、お部屋に戻ってフェルディナンド様のお返事を読みたいので、今日は失礼します。ヒルシュール先生とライムントの分のお食事は置いておくので、必ず食べてから研究を始めてくださいね。それから、フェルディナンド様へのお手紙、忘れないでくださいませ」

「かしこまりました」

ライムントの前に食事セットを置くと、わたしは側近達を引き連れて寮へ戻る。

自分が光るインクを使って手紙を書いたのだ。フェルディナンドからの返事も光るインクで書かれている可能性が高い。人目につくところで開くのは止めておいた方が良いだろう。

わたしは自室の隠し部屋へ手紙を持って飛び込んだ。

「わーい、お返事、お返事」

魔術具で手元を明るく照らせば光る文字はほとんど見えず、普通の文字が読める。さっと目を通して、わたしは首を傾げた。

「……何だか表にもお小言が多いね。なんで？」

光るインクでお小言が書かれることはわかっていたけれど、普通の文面にもお小言が多い。それほど怒られることはしていないと思うのに、どういうことだろうか。ヒルシュールの研究室を掃除したり、フェルディナンドの体調を心配したりしていただけなのに「あまり余計なことはしないように」と書かれているのは納得がいかない。あの部屋を掃除するのも、フェルディナンドの体調を気遣うのも余計なことではないはずだ。

「ちょっと待って。お小言で問題をすり替えてるよね、これ。こちらは問題ないので余計な心配をするなってことは、不健康な生活を送ってるってことじゃないの？」

つらつらと並ぶお小言の裏を読もうとじっくり見ていると、初日合格したことに関しては「大変結構」と褒め言葉があった。

「やった！　大変結構、だよ！」

うふふん、と鼻歌交じりに明かりを消した。すると、光る文字が浮かび上がって来る。

「こっちもお小言だ。……何々？　よくこの短時間でここまで次々と問題を起こせるものだ……。別に起こしたくて起こしたわけじゃないんだけど、ごめんなさい」

加護を得る儀式で高みに上るという表現は止めなさい。君の場合は本当にあり得るので困る、と書かれていた。予想通り、フェルディナンド自身は加護を得る儀式の後でシュタープを得たため、魔力が扱えなくなって困るということはなかったらしい。むしろ、シュタープを得て、魔力がとても扱いやすくなったそうだ。シュタープを得る前の魔力の扱いに苦労していた頃の対処法が書かれていたが、それはジルヴェスターに聞いたのと同じだった。

「魔力を体に溜め込みすぎると成長が遅くなると言われている。君の魔力はシュタープで扱える範囲内で十分なので、他の対処方法が見つかるまでは魔力圧縮を薄めて体の成長を優先した方が良いのではないか？」

「ユレーヴェで体がちょっと丈夫になったから、魔力を薄めたら成長しやすくなるんだ」

周囲との体格の違いに悩まされていたわたしは、魔力の伸びよりも身長の伸びを優先したい。魔力不足の情勢なので、貴族院にはできるだけ魔力を圧縮して増やせという雰囲気がある。わたしは魔力を薄めていなければならなかったことに少し焦りがあったのだけれど、「今の魔力でも十分」という言葉ですごく気が楽になった。

それから、案の定、ヒルシュールに祭壇の奥の詳細については教える必要はないらしい。「黙っていろ」と書かれている。加護を得る魔法陣に関してはエーレンフェストに戻るまで必要ないそうだ。

加護を得る儀式について共同研究を行うことになったことと、エーレンフェストで成人に再度行わせてみることに関しては「成人しても増える。私は神殿に入ってから増えた」とすでに実験済みであることが書かれていた。ついでに、実験する際の注意点も書かれている。

……どれだけ神殿で実験してたんですか、フェルディナンド様⁉

ただし、被験者が自分だけだったので、名捧げで全属性を得たローデリヒのような結果をユストクスやエックハルトから得ることはできていないらしい。「私もエーレンフェストで実験がしたい」と珍しく素直な言葉が書かれていた。さらっと書かれているけれど、これはマッドサイエンティストの魂の叫びに違いない。

それから、ヒルシュールとジルヴェスターが話し合い、歩み寄ったことには少し安心したというようなことが回りくどく書かれていて、粛清の結果には「終わったとしてもまだ気を抜くべきではない。エーレンフェストに戻った後こそ気を付けるように」と注意が書かれていた。

ドレヴァンヒェルとの共同研究に関しては「領地対抗戦で発表される結果を楽しみにしている」ということが書かれていて、アーレンスバッハとの共同研究に関しては「ライムントからの手紙で知ったが、まだフラウレルムからの手紙は届いていない」と書かれていた。

……やっぱり届くのにすごく時間がかかるか、何か企(たくら)んでいるか、どっちかなのかな？

共同研究についてはもっと詳しく書くように要求されたけれど、「フェルディナンド様のせいでヒルシュール先生が真摯に対応するだけ馬鹿を見ると考えているようですが、一体何をしていたのですか？」という質問に対する答えは「君ほどのことはしていない」という一文しかなかった。

「ふんふん。つまり、フェルディナンド様も色々やらかしたってことだね。……あれ？　ちょっと待って。二人が私の弟子として共同研究をするならば、もう少し難易度を上げる必要があるって、一体フェルディナンド様は何をライバル視してるの⁉」

三つの大領地との共同研究に加えて、わたしとライムントが「あのフェルディナンド様の弟子」という看板を背負って研究発表するということで、フェルディナンドの負けず嫌いに火が点いたらしい。これからの研究はこれまでよりずっとスパルタになるはずだ。

「……わたしは慣れてるけど、ライムントは大丈夫かな？　まぁ、フェルディナンド様の弟子だし、大丈夫だよね」

返事の最後の最後に小さく「そういえば、ゲドゥルリーヒの歌は恋歌と思わせておきなさい。その方が面倒は少ない」と書かれていた。

……うわぁ、ものすごくどうでもよさそう。

光る文字を目で追い、目の前がチカチカし始めた頃にようやく第一弾の返事が終わった。わたしは魔術具の明かりを点けて目元を押さえた。瞼の裏にまだ光る文字が焼き付いている。

……フェルディナンド様もこんなふうに目をチカチカさせて、わたしの手紙を読んだのかな？

顔を顰めながら読んでいるフェルディナンドの姿が何となく思い浮かんで、わたしは小さく笑いながらお返事第二弾を手に取った。

「こっちも結構厚みがあるね。どれどれ？」

まずは普通のインクで書かれている部分を読んでいく。ちょっと目が痛くなる方は後回しだ。

わたしが書いたのは「ヒルシュール先生の研究室でライムントの設計を形にする試作品係をしています。詳しくはフラウレルム先生経由の報告書にも書いた通りです」というものだ。検閲の人にもフラウレルムからの手紙が届いていないことがわかるように表面に書いてみた。

それに対するフェルディナンドの返事は「フラウレルム先生からの報告書が届いていないので、こちらでは詳細が全くわからないが、楽しく研究ができているのであれば良い。ただし、君は側近を何人も連れて行くのだから、あまり研究室に迷惑をかけぬように気を付けなさい」というお小言だった。これで次の報告書をフラウレルムへ渡す時に「フェルディナンド様に報告書が届いていないようですよ」と文句を言えるはずだ。

「迷惑をかけぬようにって書かれてるけど、二人にご飯を持って行くし、研究室もすごく綺麗になってるから役に立っていると思うんだけどね」

側仕え達が片付けているので、最近のヒルシュールの研究室はとても綺麗になっている。領地対抗戦の時に一度見に行ってくれれば、これまでとの違いがよくわかるはずだ。

「そんな余裕があるかどうかはわからないけど」

王族主催の本好きのお茶会については取り留めのない話として、お菓子と借りた本を話題にしておいた。お菓子に関しては「ダンケルフェルガーではカトルカールに特産のロウレを入れたお菓子が作られるようになったようです。各地の特産を取り入れたカトルカールができると嬉しいです。わたくしが貴族院在学中に増えてくれるとお茶会で楽しめるのですけれど」と書いた。

それに対して「領主会議でレシピを買い取ったようなので、アーレンスバッハの特産の果実を入れられぬか、こちらの料理長に尋ねてみよう」と書かれていた。料理長が頑張ってくれたら、フェルディナンドもアーレンスバッハで少しは懐かしい味が食べられるようになるかもしれない。

本の話題は読む前に書いたので「中央の本や王宮図書館の本をお借りすることができました。ソランジュ先生が貸してくださった閉架書庫の本にはシュバルツ達の研究に関する記述もあるそうです。新しい発見があったらまたお知らせしますね。分厚くて読み甲斐があります」と、本当に表面的なことしか書いていない。

それでも、フェルディナンドにとっては多少関心を引く話題だったようだ。「図書館に行けずとも楽しみがあるようで何よりだ。新しい発見があれば知らせてほしい。その手紙を読むだけでも、少しは研究をしている気分に浸れるであろう」と書かれていた。

……一体どれだけ仕事漬けなんだろうね？　ものすごく研究に飢えているっぽいんだけど。

ちょっとくらいは趣味に充てられる時間があれば良いと思うのだが、ディートリンデが貴族院にいる間に少しでも地盤を固めようとすると本当に時間がないのかもしれない。

表面的な本好きのお茶会に関する話題は「今回は倒れて意識を失うことなく、お茶会を終えることができました。とても成長したでしょう？　フェルディナンド様がお薬を作ってくださったおかげですね」と締めた。フェルディナンドも「君が恙（つつが）なく貴族院生活を楽しんでいるようで何よりだ。こちらの生活も順調だ」と当たり障りのない返事をくれた。

それから先、フェルディナンドの返事にはレティーツィアの教育のことがずらずらと書かれていた。どのようなカリキュラムでどのように進めているのか、非常に詳細に書かれている。ヴィルフリートやシャルロッテに教えるくらいの要領で教えているらしいが、結構スパルタ教育ではなかろうか。ただ、「よくできている」とか「予想以上に進んでいる」という言葉があるので、レティーツィアはとても優秀なのだと思う。

「……なんかすごくレティーツィア様が褒められてる。いいなぁ……。まぁ、わたしも大変結構もらったけど」

レティーツィアにあげたご褒美のお菓子では何が一番喜んだなど、フェルディナンドとは思えない内容まで書かれていた。ずいぶんとレティーツィアと仲良くしているんだな、と思いながらわたしは明かりを消して、光る文字を見る。

……わぁお。ものすごく詳細だと思ったら、表に書ける取り留めのない話がレティーツィア様の話題しかなかったみたい。

びっしりと細かい字で書き込まれていた光る文字を見て、わたしは表面を何とか埋めようとしたフェルディナンドの努力にちょっと笑いが漏れた。領地対抗戦で顔を合わせたら「余計な苦労をさせるな」と文句を言われそうだ。

……他の人には聞かせられないから、文句を言いたいのも抑えちゃうかな？

光るインクでわたしは「王族の星結びで神殿長役をすることになりました。アナスタージウス王子とエグランティーヌ様に飛んで行った祝福をしたのがわたくしであることがわかったようです。その祝福のせいで次期王を誰にするのか争いが生じ、それを抑えるためにもジギスヴァルト王子に祝福が欲しいと言われました」と事情を説明した。

フェルディナンドからは「正式に王から依頼されれば、断りようがないだろう」と書かれていた。前回のように前日に依頼された唐突なものではなく、様々な思惑がある以上、断るのは難しいそうだ。フェルディナンドの判断でも受けておくべきと回答が来たので、少しだけ安堵した。

同様に、「護衛騎士は付けること、そして、中央神殿との関係に関しては王族の責任とするようにお願いしました。他にお願いしておくことはありませんか？」という質問には、「慣れない場所で神事を行うのだから、補佐としてハルトムートを同行させるようにしなさい。それから、王族に神殿の根回し、護衛騎士の付き添いなどこちらの意見を通すのだから、肝心の君が体調を崩さないようにくれぐれも気を付けなさい」と返されている。

確かに、わたしの体調が一番心配である。当日にキャンセルなんてことにならないように気を付けなければならない。最悪の場合、薬漬けでも祝福は行わなければならないだろう。激マズ薬の準備は抜かりなくしておいた方が良さそうだ。

最後にちょっと付け加えてあった「フェルディナンド様とディートリンデ様の星結びの儀式をこの目で見たいという思いがあったのも事実ですけれど」という言葉には「私の星結びの儀式は祝福しなくてよろしい。君は感情によって祝福に大きな差が出る。王子よりもこちらに祝福が偏るような事態だけは避けたい。何のためにエーレンフェストから離れたのかわからなくなるからな」とお叱りの言葉があった。アダルジーザの実として王位を狙っていると疑われて、現在の状況を受け入れたにもかかわらず、わたしの祝福が偏ったら大変だ。

……でも、フェルディナンド様を祝福しないのは難しいよ。

むぅっと唇を尖らせつつ、わたしは続きを読んでいく。星結びの話題は終わり、図書館の話題へ変わっている。

「シュバルツ達の管理者が中央の上級司書に変更になりました。これから図書委員は書庫の鍵の管理者をすることになりました。三人いなければ鍵が開かない書庫の鍵で、司書が確認済みの本を読ませてくれるそうです」

そう書いたことに対するフェルディナンドの返答が予想外のものだった。

「司書が確認してから、と書かれているが、あの書庫に入れるのは王族として登録されている者、礎の魔術の供給者として登録されている領主候補生、それから、図書館の魔術具だけのはずだ。書庫の整理は司書ではなく、魔術具が担っていて、司書はただ鍵を管理するだけだと記憶している」

フェルディナンドはヒルシュールの研究資料を探すために図書館へ頻繁に出入りしていた時に、何気なく欲しい資料について呟いたらシュバルツ達が書庫の存在を教えてくれたそうだ。

「それにしても、王族から失われている情報が不自然なほど多すぎるように感じる。誰かが情報を制限したり、存在を秘されている資料があったりするのではないだろうか。三本の鍵が必要になる書庫は古い資料や情報を保存するための魔術がかかっている保存書庫で、王や次期王が知っておくべき情報がたくさんある。君ではなく、王族や領主が入るための書庫だ」

とても古い領主候補生の講義の参考書や古い儀式の資料が保存されているようで、ハルデンツェルの儀式の資料もあるそうだ。できれば去年の領主会議の時に入りたかったが、司書がいないため入れないとジルヴェスターとフェルディナンドはシュバルツ達にお断りされたらしい。

「ふんふん。つまり、わたしは魔力供給してる領主候補生だし、管理者に任命されて三本の鍵も揃うから入れるってことだよね？　やったぁ！」

喜んだ次の瞬間、「この情報が失われているならば王族には教えた方が良いと思うが、君は書庫に近付かぬように。また面倒なことになりそうだ」と書かれているのを発見して、わたしは「のおぉぉぉ！」と頭を抱えた。やっぱりと思うのと同時に、妬ましい気持ちも抑えられない。

……フェルディナンド様は学生時代に保存書庫の資料を読んだのに、わたしには禁止するなんてひどいよっ！　わたしだって新しい本が読みたいのにっ！

わたしへの返事以外にはアーレンスバッハの現状に関する話があった。ゲオルギーネの影響力が意外と大きいこと、前神殿長が奉納式に持ち込んでいた小聖杯がどうやら旧ベルケシュトックの物で、エーレンフェストからの支援がなくなったことを恨みに思っている民がたくさんいること、王命でレティーツィアが次期領主だと決定していることを知らない者が意外と多いこと、ディートリンデは自分が中継ぎの領主だと知らない可能性があることなどがつらつらと書かれている。

これらはジルヴェスターに流しておけ、と軽く書かれている。けれど、これではレティーツィアの教育係として動く彼の立場はとても危ういのではないだろうか。

「それから、夏にランツェナーヴェから使者が来ていたらしく、姫君の献上について打診されていたようだ。次の領主会議でアウブ・アーレンスバッハから王に奏上(そうじょう)しなければならない。承認されれば、アダルジーザの離宮へ姫君を送りだすことになる」

自分と同じ立場に置かれる者が生まれることをわかっていながら、自分の手で姫君を送りださなければならないのだ。フェルディナンドにとっては相当気が重い仕事ではないだろうか。

「ランツェナーヴェとの連絡口が、よりによってアーレンスバッハだなんて……。フェルディナンド様の婿入り先がアーレンスバッハ以外の場所だったら良かったのに」

返事を読み終わると、わたしはジルヴェスターへの報告の手紙を書いて隠し部屋を出た。

「ミュリエラ、これをアウブ・エーレンフェストに送ってください。それから、リヒャルダ。王族にこのようなお知らせをしたいのですけれど……」

図書館の書庫の話をかいつまんで説明し、ヒルデブラントとエグランティーヌのどちらに連絡を取るべきか尋ねた。貴族院にいる王族の代表はヒルデブラントだが、エグランティーヌの方がアナスタージウスやジギスヴァルトに連絡が届くのが速そうなのだ。

「急ぎのお知らせということで、図書館とヒルデブラント王子とエグランティーヌ先生の三方にオルドナンツを飛ばし、詳しい説明は一度にしたいと伝えれば場を準備してくださるでしょう」

場を整える仕事を中央に丸投げできそうだ。わたしは早速オルドナンツを飛ばした。

「上級司書は書庫の鍵を開けられるだけで、王族、領主候補生の一部、それと、シュバルツ達しか中に入れないようです。中には王族の方が読んでおくべき資料があるそうですよ」

「詳しい話を聞きたい。三日後の三の鐘に私の離宮まで来るように」

エグランティーヌへ送ったのに、何故かアナスタージウス王子から返事が来た。どうにも釈然としなくて腕を組むわたしの前で、側近達は行動を開始する。

「あら、三日後でしたら、まだ余裕がありますね。手土産（てみやげ）について料理人と話をして参ります」

ブリュンヒルデはすぐさま身を翻して部屋を出て行く。グレーティアが「王族からの呼び出しだなんて……」と震えながら驚きの声を上げる様子を見れば、新人と手慣れた側近の差が激しい。

「ローゼマイン様、離宮へ向かう際、紙とペン以外に必要な物はございますか？」

「今回は必要ありません。何だか忙しくなりそうなので、なるべく早く写本を進めましょう」

写本に精を出していたフィリーネの質問にわたしが答えると、別の本を写本していたミュリエラが疲れた溜息を吐いた。

「ローゼマイン様の文官は予想以上に仕事量が多いのですね。少し驚きました」

ミュリエラはどうやらもっと本を読む時間があると思っていたらしい。難しい本の写本が仕事で、エルヴィーラの恋物語を楽しめるような時間がほとんどないとは思わなかったそうだ。その言葉にフィリーネがきょとんとした顔で頬に手を当てた。

「貴族院が終わって、ローゼマイン様と神殿へ向かうようになると、もっとお仕事は増えますよ。集めたお話や情報の分類、写本、お茶会への同行に加えて、神殿業務、印刷と製紙業のお手伝いが増えますから。あ、でも、やり甲斐はありますよ」

ニコリと笑ったフィリーネに、ミュリエラが引きつった笑みを見せた。改めてわたしの側近の仕事を考えてみると、ヴィルフリートやシャルロッテの文官よりずいぶんと負担が大きそうだ。

「ミュリエラはお母様に名を捧げるのですから、貴族院のお仕事ができればそれで構いませんよ」

「……大丈夫です。わたくしもローゼマイン様の側近ですもの」

ミュリエラは気合いを入れた顔でペン先をインク壺に入れる。そんな側近の姿を微笑ましい気持ちで見ながら、わたしは今後の予定を立てていく。わたしにとっては深く関わるつもりがない王族への助言より、フェルディナンドの名声や立場を強化するための共同研究の方が大事なのだ。

……まずは、ルーフェン先生への返事かな？

ダンケルフェルガーとの加護の研究で、騎士見習い達へいくつか質問をしたいとお願いしておいたところ、ルーフェンから騎士棟へのお誘いが届いたのである。これに返事をしなければならない。

……いつが良いかな？　準備に時間がかかるよね？

どんな質問をするつもりなのか、前もって質問状を作成しておいた方が良いし、質問状だけではなく、回答欄を書いた紙も必要かもしれない。コピー機のような便利な物がないので、自分の文官見習い達に複製させなければならないのだ。

……うーん、アンケートの取り方も練習させた方が良いかも？

わたしは王族に呼び出された日まで精力的に働いた。

エピローグ

ダンケルフェルガー寮の多目的ホールで、レスティラウトはホール全体を見渡せる位置にある机を占有し、手元の紙にディッター物語の挿絵の構図を思いつくままに描き散らしていた。可能であれば自室で集中して描きたいが、領主候補生の彼には学生達を監視する役目がある。ここ数日、ダンケルフェルガーの歴史本とディッター物語を巡って騒がしくしている学生達が多いせいだ。今後の流行になることがわかっているのに、「読むな」とは言えない。

「社交を優位に進めるため、わたくし達は社交期間の前に目を通しておかなければなりません」

「本の貸し借りをするのは文官です。先に目を通すべきは我々ではありませんか」

「文官は主に渡しても問題ないか確認するだけですから、内容は特に関係ないでしょう」

学生達の言い争う声が強くなってきた。レスティラウトは手元の紙から視線を上げる。そこでは優先順位の正当性を主張する側仕え見習いと文官見習いの間に、騎士見習いが割って入ろうとしていた。

「共同研究をする以上、複数の加護を得た者が最優先に目を通しておくべきでしょう」

「貴方達は訓練場でディッターをしていらっしゃい！」

……フン。これは放っておいても大丈夫そうだな。

争点となっている本は、お茶会でエーレンフェストから借りてきた物だ。傷（いた）めるわけにはいかない。そのため、最初は読書の順番争いを一々仲裁（ちゅうさい）していた。だが、レスティラウトは気が短い方だ。代わり映えのしない言い争いを毎日仲裁するのが面倒で、苛立つようになった。彼は「勝者が決まったら本を借りに来い」と言い放ち、その者が読み終わるまで多目的ホールで領主候補生が監視することに決めた。借り物の本が傷まなければ、それで良い。

「ハンネローレはまだ戻らないのか？」

今はレスティラウトが監視に当たっているが、もう少ししたら講義を終えた妹が多目的ホールへやってくるだろう。そうすれば、彼は自室へ戻って絵を描ける。周囲に立っている側近達に尋ねたが、「まだですね」と軽く受け流す返事しか戻ってこない。早く自室へ戻りたい苛立ちから意識を逸らすために、レスティラウトは言い争う者達をペンで示した。

「いくら何でも異様だと思わないか？　騎士見習いがディッターの訓練より読書を望むのだぞ」

「少々珍しい光景ではありますが、ディッター物語を読んでいる時の高揚感（こうようかん）は素晴らしいです。それに、レスティラウト様がこうして挿絵を描こうと望むほど面白い、と聞けば学生達の期待感は高まります。ある意味では自業自得（じごうじとく）ですよ」

四年生の文官見習いであるケントリプスが、レスティラウトの描き散らした紙をまとめて揃えながら苦笑した。領主候補生の側近達は、エーレンフェストとのお茶会で困らないように先駆けて読んでいる。ホールの争いは対岸の火事だ。

「ディッター物語を読むと、宝盗りディッターをしたくなります。訓練にも熱が入るというものです。もしや、これはエーレンフェストからのディッターの招待状と受け取っても良いのでは？」

　ディッター物語が話題になった途端、護衛騎士見習いのラザンタルクが目を輝かせて話し始めた。普段は本より訓練を優先している彼が、ディッター物語だけは貪(むさぼ)るように読んでいた。

「落ち着け、ラザンタルク。エーレンフェストから頼まれたのは、描写におかしいところがないか確認してほしいというものだ。ディッターに誘われたわけではない」

　ケントリプスに止められたラザンタルクは、叱られた犬のような顔になって栗(くり)色の目を伏せた。ハンネローレと同学年のラザンタルクは、レスティラウトから見てもまだまだ幼いところが多い。そのせいか、明るいオレンジの髪をワシワシと撫でてやりたくなる。

「そう落ち込むな。其方の興奮は理解できる。文官見習いと協力して勝利を目指す話など、私も初めて読んだからな。今までになかった物語だ」

　レスティラウトは自分が描いている絵を見下ろす。今の講義では速さを競うディッターが基本なので、宝盗りディッターを経験していない学生ばかりになっている。当然、文官や側仕えと協力し合うことはない。ディッターの話をするのは騎士ばかりだ。ダンケルフェルガーでは武寄りの文官や側仕えもいるので、他領に比べるとディッター関連の話をすることは多い。だが、彼等と協力し合う状況は想像できない。そういう意味で、一昔前の騎士達にとっては当然だった宝盗りディッターに対する憧れを掻き立てる物語である。少なくともレスティラウトは掻き立てられた。

「確かに、歴史的な騎士物語はあっても、現代の貴族院を描いた物語は少ないですからね。エーレンフェストから出てきた貴族院の恋物語か、個人の研究日記くらいではありませんか？」

ケントリプスの言葉に、レスティラウトは頷いた。よほど重要なことならばともかく、日常の出来事を本にすることはない。薄くて安っぽいエーレンフェストの本だからできることだと思う。

「ディッター物語には絵が挿入されていなかったのが惜しいですね。レスティラウト様もエーレンフェストの画家が描く絵を見たいと思うでしょう？」

それまでの本にあった絵が素晴らしかったので、同じように絵を楽しむ者としてレスティラウトも楽しみにしていたのだが、ディッター物語だけ挿絵がないのだ。残念でならない。

「エーレンフェストの画家は平民だからディッターを描けないそうだ」

「だから、レスティラウト様が描くことにしたのですか？」

ラザンタルクがワクワクした顔でケントリプスのまとめた紙を手に取って捲っていく。そこにはレスティラウトがディッター物語を読んで印象深く感じた場面がいくつも描かれていた。

「まぁ、楽しみにしておけ」

レスティラウトは気に入った場面を全て描き、その中から五つを厳選してローゼマインに見せ、彼女の口から「この絵をどうしても本に入れたい」と言わせるつもりなのだ。

「楽しみにしているのは続きです！　あのように途中で止まっていると、先が気になって仕方がありません。作者であるシュボルト様を探し出して一刻も早く続きを書くように頼まなければ！」

拳を握るラザンタルクに、レスティラウトは呆れた顔になってしまう。

「エーレンフェストの貴族であろう？　宝盗りディッターを題材にするのだ。さすがにもう学生ではあるまい。成人している他領の貴族を探すのは難しいぞ」

「エーレンフェストに頼んで、領主会議に連れてきていただくことはできませんか？」

「可能かもしれぬが、未成年の其方は会えぬぞ。私は次の領主会議から参加できるが……」

今年で貴族院を卒業するレスティラウトは次の領主会議から出席が可能だが、ラザンタルクはまだ三年生だ。彼が「あぁ！」と頭を抱える様子を見ていた側近達が小さく笑いを零す。

「気持ちはわかります。シュボルト様に会えるならば、この先もディッター物語みたいな話を書いてほしいと私もお願いしたいです。今までとずいぶん傾向が違って面白いですから」

ラザンタルクを慰めるケントリプスの言葉を聞いて、レスティラウトは腕を組んだ。言われてみれば、以前に読んだエーレンフェストの本と比べても、ディッター物語はかなり毛色が違う話だ。

騎士物語は神話や昔話で、現在の話ではない。戦いに重きを置こうが、女性の好む恋愛を主軸にしようが、一つ二つ新しい話が入っているだけでほとんど知っている話ばかりだった。物語は別に悪くないが、美麗な挿絵こそが真価だと感じられた。

貴族院の恋物語は現代の、しかも、自分達が滞在する貴族院の話だ。そのせいか、ハンネローレ達女性の多くはのめり込むように読んでいて、お茶会で感想を言い合い、続きも楽しみにしている。しかし、レスティラウトは絵以外の価値を感じられなかった。噂好きの女性の話を延々と聞かされているような気分になっただけで、別に話自体を面白いとは思えなかったのだ。

それに比べると、ダンケルフェルガーの歴史本は素晴らしい。城にある原本は非常に貴重なので、領地の者にも貸し出されていない。また、古語で書かれているため、読める者がほとんどいない。

そのため、領地の歴史は基本的に口伝だ。話者によって少しずつ内容や細かい部分が違う。

ところが、ローゼマインが持ち込んだ翻訳版は、現代の言葉でわかりやすく書かれていて、原本通りで余計な解釈や内容の違う部分がほとんどない。何冊にも分けて作るため、薄くて読みやすい。

「……あの歴史本はダンケルフェルガーで作るべきだな」

他領で本にしたいと望まれているほど自領の歴史が素晴らしいと気付いていなかったせいか、本の形で下級貴族が目にすることは今までなかったせいか、歴史本を読んだ学生達は、自領を誇る顔を見せるようになっている。

「可能であれば、そうしたいですね。写本とは違う、同じ本を作れる技術は素晴らしいと思います。この多目的ホールの争いもなくなるでしょう」

ケントリプスが過熱している順番争いの様子を指差す。エーレンフェストがこれから広げようとしている新しい技術では同じ本をいくつも作れると聞いた。実際、自分達以外にも王族やクラリッサがディッター物語を同時に借りている。

「早々にローゼマイン様の側近と婚約を決めたクラリッサは、羨ましがられているようですよ」

暴走するところがレスティラウトには鬱陶しいが、ローゼマインはお茶会でクラリッサに言い聞かせていた。あの暴走ぶりをダンケルフェルガーの標準と思われたくないが、彼女は未来の側近としてそれなりに信用を得ているようだ。ローゼマインの側近からディッター物語を借りていた。

「……クラリッサといい、母上といい、女性の勘や嗅覚(きゅうかく)は恐ろしいな」

一年生だったローゼマインのディッターを見て、クラリッサは即座に「仕えたい」と心に決めて行動を起こしたし、レスティラウトの母親のジークリンデは、一年生の終わりにハンネローレが借りてきた本を見た時からローゼマインに注目していた。それは、下位に近い中領地のエーレンフェストが生意気な、とレスティラウトが感じている間のことだ。

「恐ろしいのは、むしろ、ローゼマイン様でしょう。本に絵を入れることに対する決定権は、次期領主のヴィルフリート様ではなくローゼマイン様にあるようですから」

ケントリプスの言葉に、レスティラウトはお茶会でヴィルフリートとローゼマインが挿絵について話していた様子を思い返す。確かに、主導権はローゼマインにあった。

……そういえば、去年の領地対抗戦で行ったディッターで賭けた出版権についてもローゼマインの意見が重視されていた、と父上が言っていたな。

出版権を望んだのもローゼマインだし、現代の言葉に訳するために使った大金貨十八枚も彼女が自分で稼いだものらしい。アウブ・ダンケルフェルガーの交渉相手はローゼマインで、アウブ・エーレンフェストは許可を出しただけだと聞いた。

……領地の事業というよりは、ローゼマインの個人的な趣味を領地が取り上げたのでは？

いくつかの事実を繋ぐことで浮かび上がった疑惑に、レスティラウトは眉を寄せて腕を組んだ。

新しい料理やお菓子のレシピ、髪飾り、本……。エーレンフェストの流行として広げられている物は全てローゼマインが作り出したと言われているが、本当にローゼマイン本人が望んで領地の流行としたのだろうか。養女の立場では逆らえなかった可能性はないだろうか。

レスティラウトの意識があまり良くない方向へ向かっていくのは、フェルネスティーネ物語の影響もあった。第一夫人の実子でないために虐げられている領主候補生の物語は、ローゼマインを彷彿とさせる。それに、基になった人物を養女のローゼマインが知っているのに、ヴィルフリートが知らないことも彼には奇妙に思えた。

「お待たせいたしました、お兄様。交代いたします」

「……遅かったな、ハンネローレ」

絵を描いていた紙がなくなり、手持ち無沙汰になってもレスティラウトは監視役なので自室へ戻れない。ハンネローレに向けて「早く戻ってこい」と扉へ念を送り続けていたため、一層講義を終えて戻ってくるのが遅く思えたし、どうしても不機嫌な表情や声で出迎えてしまう。

兄の不機嫌さを感じ取ってビクッとした彼女を見て、ラザンタルクが軽くレスティラウトの肩を叩き、ケントリプスが低い声で「ハンネローレ様に八つ当たりはお止めください」と背後から囁く。彼等とは従兄弟同士なので、年下とはいえ、諫める時には遠慮がない。

「悪い。早く絵を描きたくて気が急いていた」

「ローゼマイン様の奉納舞の絵ですか？」

「そうだ。本の貸し出し状態や順番は側仕えから聞いてくれ」

情報交換を側仕えの一人に任せると、レスティラウトは他の側近を連れて足早に自室へ戻った。

文官のケントリプスに絵の具の準備をさせると、絵筆を手に取る。多目的ホールで時間潰しとして描くのはディッター物語のイラストだが、自室で集中して描くのは奉納舞の時のローゼマインだ。

レスティラウトは軽く目を閉じて深呼吸する。それだけで脳裏にハッキリと思い浮かべることができた。元々ハンネローレを見るつもりだったのに、十人以上が稽古として舞う中でローゼマインに目を奪われた瞬間を。だが、彼だけではない。あの時のローゼマインは、その場にいる者全ての目が釘付けになるほどの圧倒的な存在感を示していた。

ピンと張り詰めた空気、真剣な金色の瞳、指先まで神経が行き届いていることはわかるが、何故それほどまでに目を奪われるのかわからない。そう思っていたら、ローゼマインが光り始めた。正確には、飽和した魔力のような淡い光が彼女を取り巻いた。錯覚かと思って目を凝らすと、彼女が身に着けている魔石が次第に光を帯びていく。

最初に光ったのは、指輪の魔石だ。手の動きに合わせて青い光が弧を描く。次に、手首にある魔石が光り、稽古用の衣装にいくつかの彩(いろど)りを与え始めた。それから、ネックレス。最後に髪飾りが次々と光を灯(とも)した。全くぶれずにくるりと回るローゼマインにあわせて、それぞれの魔石が光を零す。

魔石がキラキラと輝き、いくつもの貴色が奉納舞を彩る。レスティラウトは息を漏らすこともできずに、ただ、ただ、その舞に見入っていた。

エーレンフェストの聖女という呼び名に相応しい姿。

神々へ奉納する舞とはこういうものだと突きつけられたような神聖さ。

描かずにはいられない衝動に駆られ、レスティラウトは寮へ戻るとすぐに紙にペンを走らせた。

その絵はまだ完成していない。

「そろそろ完成ですか？」

絵筆を置いた途端、ラザンタルクに問われた。何日も自室に籠もって絵を描いているので、訓練やディッターをしたい護衛騎士達には退屈な日々が続いている。レスティラウトはそれを知っていても、絵の完成度に妥協するつもりはない。

「光の色合いが足りぬ。まだまだだ」

「……これほど力を入れるとは、レスティラウト様はローゼマイン様を第一夫人にお望みなのですか？　まさか懸想でも……？」

灰色の目を心配そうに細めてケントリプスが問う。レスティラウトはフンと鼻を鳴らした。

「馬鹿馬鹿しい。魔力感知も発現していないような子供に懸想などするか」

「それはそうですが……」

納得しきれないようにケントリプスがローゼマインの奉納舞の絵へ視線を向ける。その視線に込められた意味を感じ、レスティラウトは「別に懸想などではない」と繰り返す。

「研ぎ澄まされた清廉な美しさの全てを描かなければならないと、心が震え、手が止まらない。ただそれだけのことだ」

レスティラウトの言葉に側近達が顔を見合わせた。少し考え込んでいたケントリプスが溜息混じりに淡い緑の頭を掻く。

「恋情や懸想という感情は一旦置いて、口説いてみればいかがですか？　領地への利益が多い方であることは明白です。第一夫人がローゼマイン様ならば、皆が歓迎しますよ」

「何を言い出すのだ？　ローゼマインはすでに婚約しているではないか」

レスティラウトの母親はすでに婚約者が決まっていることを悔しがっていたのだ。ローゼマインを第一夫人にできるはずがない。

「ですが、このままでは王族に奪われますよね？　エーレンフェストから奪われるという意味では、王族でもダンケルフェルガーでも同じです。口説いて、嫁取りディッターを行えば王族は口出しできなくなります」

確かに、今のところは王の許可がある婚約だが、ローゼマインが王族に取り込まれる可能性は強い。ローゼマインは神事を行うことで神の加護を得られるという仮説を立て、今年の貴族院でそれを証明しようとしている。おそらく成人も含めた今の貴族の中で、最多の加護を持つ、神事に詳しい人物だ。ローゼマインを取り込みたいと最も強く思うのは王族で、いざとなれば、王自身が出した婚約の許可を取り消す可能性は高い。

……領地対抗戦で加護の得方が周知されると、碌な結果にならなそうだ。

「第一王子にはすでに妻がいて、大領地ドレヴァンヒェルから第一夫人を娶ることが決まっている。仮に、ローゼマイン様が王族に取り込まれるとなれば、第三夫人か……」

王族の第三夫人となれば、よほどのことがなければ表に出てくることはない。それにもかかわらず、影響力によっては地位の逆転を危惧した者に害されかねない立場だ。貴族院で学年が一つ上がる度に影響力を増しているローゼマインの現状を考えれば、王族の第三夫人に望まれた場合、危険と隣り合わせの生活をすることになる。

「第二王子の第二夫人という可能性はないのですか？」

「アナスタージウス王子が王座を狙っているのでなければ、妙な疑いを誘うだけだ。エグランティーヌ様を得るために王座を放り出した王子がそのような危険を冒すとは思えぬ」

王座より、兄との関係より、エグランティーヌを最優先にした。もし、ローゼマインを取り込むために第二夫人としても、彼女のためならば躊躇いなくローゼマインを犠牲にするだろう。

「では、注意するのは第一王子だけですね。……ただ、レスティラウト様に口説けるのですか？口説けなければ、嫁取りは難しいですよ。嫁盗りになります」

首を傾げるケントリプスの灰色の目が「どう考えても無理ですよ」と雄弁に物語っている。レスティラウトは苛立ちながら、現実的すぎて生意気な文官見習いを睨んだ。

腹立たしいことに、レスティラウトがローゼマインに接触できるのは今年だけだ。卒業するので、来年の貴族院にいない。それなのに、共同研究の出来によっては王族に奪われる。ダンケルフェルガーのような大領地ならばともかく、エーレンフェストでは王族の申し出を断れるはずもない。また、今までの彼の言動を思い返せば、彼に対するローゼマインの心証が良いとは思えない。圧倒的に時間が足りない。そのくらいは彼にもわかっていた。

「……エーレンフェストでの扱いを推測すれば、全く勝算がないわけではない」

恋情や懸想などの感情を一旦置くことで、レスティラウトの頭が冷えた。要は、エーレンフェストで領主の言いなりになって一生を過ごすより、王族に取り込まれて危険な立場で生きていくより、ダンケルフェルガーへ嫁ぐ方が彼女にとって利が多いと示せれば良いのだ。

「機会を窺え。早急に情報を集めろ。ただし、ハンネローレには知られるな」

レスティラウトの指示に、側近達が目を瞬かせた。ダンケルフェルガーがエーレンフェストと交流を持てるのは、ハンネローレの尽力によるものだ。少なくとも、ローゼマインを「偽物聖女」と蔑み続けたレスティラウトの功績ではない。妹の協力がなければお茶会に参加してもらうことさえ難しいのが現状だろう。

「ローゼマイン様と最も交流が深いハンネローレ様の協力を仰いだ方が良いのでは？」

「いや、ハンネローレが関わると面倒事が起こる可能性が高い」

ハンネローレに悪意はないが、何につけても間が悪い。妹が関わったことで、しなくても良い苦労をする羽目になった経験は数え切れない。ケントリプスやラザンタルクは従兄弟なので、ハンネローレとも馴染みが深い。二人ともレスティラウトの言いたいことを理解できたようだ。秘密裏に進めることで、意見が一致した。

いくつもの領地と行うらしい共同研究、神事による加護の増加、尽きぬ流行の発信……。ローゼマインの価値は領地対抗戦で更に高まる。王族や他領を出し抜いて得られる機会は今しかない。

「他領が婚約に尻込みしている間に、王族がアレの利用価値を知って今の婚約を反故にする前に、ダンケルフェルガーが取り込むぞ」

「はっ！」

本の世界と現実

「ミュリエラ様はこのような時にまた本を読んでいるのか？」

多目的ホールで貴族院の恋物語の世界に没頭していたわたくしは、バルトルト様に肩を揺さぶられて思わず眉を寄せました。せっかく甘い世界に浸っているのに、この数日の間、必ず読書中に声をかけられるのです。

本の中にはわたくしの知らない世界が詰まっています。心を浮き立たせてくれる物語のおかげで、わたくしは見たくない現実から目を逸らし、束の間の休息を取ることができるのに邪魔をしないでほしいものです。

……でも、無視する方が面倒なことになるのですよね。

バルトルト様は旧ヴェローニカ派の中級文官見習いです。母親同士の仲が良いため、わたくしにとっては婚約者候補の一人です。けれど、彼はいつも集団の中心にいたいようで、支配的な一面があります。いつも自分の意見に従わせようとするので、わたくしは苦手に思っています。

「本を読むより先に、少しは今後のことを考えてはどうだ？」

わたくしは仕方なく本から顔を上げました。不機嫌を隠してバルトルト様に微笑みかけます。

「後のことも考えていますよ。ローゼマイン様へ名を捧げると決めましたから……」

「何故ローゼマイン様なのだ？　其方は文官見習いなのだからヴィルフリート様にしておけ」

名捧げによって連座を回避できると言われた時、ヴェローニカ様を崇拝している彼はヴィルフリート様へ名を捧げると一番に決めました。自分の母親を投獄したアウブは信用できないし、ヴィルフリート様以外に親を失う自分達の気持ちを理解してくれる領主一族はいないそうです。

……アウブでも庇いきれない罪を犯して何年も前に投獄されたヴェローニカ様を、ヴィルフリート様がいつまでも慕っているとは思えないのですけれどね。

状況が変われば人の心なんてコロッと変わることを、わたくしはすでに経験済みです。そのせいか、わたくしには親族への情に不信感を持っています。作られた物語ならばともかく、現実の人の心など信用できません。

「バルトルト様のご心配はありがたいのですけれど、わたくしはこのような素晴らしい本を作ってくださるローゼマイン様にお仕えしたいのです」

本当は執筆されているエルヴィーラ様にお仕えしたいのですが、連座を回避するための名捧げの範囲は領主一族です。エルヴィーラ様に名を捧げられないか、アウブに尋ねてくださるそうですが、あまり期待はしていません。

「フン、親が処刑されるかもしれないという時に、楽しそうに本を読めるなんて信じられぬ」

「今が辛いからこそ、現実逃避くらいはさせてくださいませ」

ニコリと微笑んだ後、わたくしは再び本へ視線を向けました。これ以上、バルトルト様と話をしたくありません。何か話しかけていますが、わたくしは本の世界へ逃げ込みました。そこにはバルトルト様のような乱暴な殿方はおらず、素敵な殿方ばかりがいるのです。

領主夫妻が寮へやってきました。寮内の会議室へ呼び出された学生は、マティアス、ラウレンツ、バルトルト、カサンドラ、わたくしの五人でした。その顔ぶれを見ただけでわかります。親の罪による連座と、名捧げによる救済についてのお話があるのでしょう。

ローゼマイン様は、「罪は個人のものとしたい」とおっしゃいました。けれど、それが難しいことは、わたくし達自身が一番よく知っています。罪を作っては連座をちらつかせてライゼガング系の貴族を追い詰めていたヴェローニカ様の行いに加担していた派閥なのですから。

会議室の中は物々しい雰囲気でした。領主夫妻の護衛騎士達は警戒して、わたくし達の一挙手一投足を見逃さないように目を光らせています。領地へ戻った後は、他の貴族もわたくし達をこのような目で見るのでしょうか。

……今から憂鬱な気分になりますね。

他領の第一夫人へ名を捧げた貴族の存在がいかに危険であるのか、アウブ・エーレンフェストは説明してくれます。そして、ギーベ・ゲルラッハを中心とした集団が何やら企んでいる現場へ、騎士団が急行して捕らえたことを教えてくれました。

「マティアス、其方のおかげで領地内に被害のない状態で反逆者を捕らえることができた。感謝している。本来ならば其方等は連座対象で処刑される立場だ。だが、領主一族に名を捧げて忠誠を誓えば、命を救うつもりだ。領主候補生達から聞かされていると思うが、其方等はどうする？」

すでに皆で話し合っていたので、わたくし達は取り乱すことなく領主一族に名を捧げて仕えることを伝えました。領主候補生達から報告されていたのでしょう。領主夫妻は特に驚いた様子もなく受け入れてくださいました。

「素材を揃えるのが大変ですから、すぐには名捧げできないでしょう。けれど、なるべく早く領主一族の側近として扱うようにします。貴方達に付いている側仕えも不安でしょうから、彼等の生活も保障するつもりです」

領主夫人はわたくし達が連れてきた側仕えの扱いについても話してくれます。わたくし達に付けられている側仕えとの関係は、マティアスの告発によって溝ができたような緊張感が生まれていました。けれど、領主一族の側近となれば無下にはできません。また、領主一族が目を光らせているところで努めることで減刑に繋がる者もいるようです。わたくし達の生活が急変しないように色々と気を配ってくださっていることが伝わってきて安心しました。

「……これは、貴族院を終えた後の話になるが、ギーベが所有する夏の館、そこにある情報を得るために血族の其方等には協力を求めることになる」

「かしこまりました」

「こちらからの話は以上だ。ミュリエラを残し、退室してくれ」

……え？

全ての発端であるマティアスならばまだしも、わたくしだけが残される意味がわかりません。予想外のことに驚いて、わたくしは去っていく皆の背中を見ながら心細い心地になりました。

皆が退室し、扉が再び固く閉ざされた後、アウブ・エーレンフェストは口を開きます。

「ミュリエラ……。その、言いにくいことだが、其方の母親は他領の第一夫人に名を捧げていたため、今後の危険性を考慮して処刑された」

弟が幼かったため、お母様はゲオルギーネ様の来訪時にも接触していませんでした。今回もギーべ・ゲルラッハの集まりに参加しておらず、何の犯罪にも関わっていないそうです。

「まだ何の罪も犯していないのに理不尽だと思うであろう。だが、他領の者に命じられるまま動く貴族を放置できぬ。これは領主としての決断だ。すまぬ」

アウブによると、他の処刑された貴族と違い、お母様は完全な無罪です。そのため、お母様だけは将来の危険性を考慮して処刑されましたが、家族は連座対象にはならないそうです。

「其方も、本来ならば名捧げの対象外だったのだが……」

「お父様は弟だけを引き取り、わたくしを拒否したのですね」

「……そうだ。其方は我が子ではなく、ギーベ・ベッセルの子だ、と父親が引き取りを拒否した。血族の元へ返すそうだ。ギーベ・ベッセルは名を捧げていて、今回の集まりにも参加していた。そのため、彼の家族は全員が連座対象だ。洗礼式前の孫娘と其方以外はもう処刑されている。其方は母親ではなく、ギーベ・ベッセルの連座対象となったのだ」

アウブは苦々しい顔でおっしゃいました。けれど、わたくしの胸に浮かんだのは、「やはり」という感想だけでした。

わたくしの生母はギーベ・ベッセルの第三夫人だそうです。ギーベ・ベッセルの妹であるお母様に子ができなかったため、わたくしは生まれて間もなく引き取られ、生母が一年くらいは乳母（うば）をしていたと聞いています。弟が生まれた後は、まるで家に存在しない者のような扱いを受けていたくらいです。お父様が実子ではないことを理由に引き取りを拒否しても不思議には思いません。

「アウブ・エーレンフェストは心を痛めてくださっていますが、わたくしはそれほど衝撃を受けていません。今後、ギーベ・ベッセルとの関係を完全に絶ちたいと考えるならば、わたくしのことも放り出すだろうと予測していましたから」

「予測していても、傷つかぬわけではなかろう」

やりきれない表情でそう言ったアウブに、わたくしは何だか慰められる気がしました。情が深い方だと感じます。それが悪い方へ動くとヴェローニカ様を抑えきれなかった過去に、逆に、良い方向へ動くと養女のローゼマイン様が実子のヴィルフリート様やシャルロッテ様と対等に協力し合って過ごせている現状に繋がるのでしょう。

「ご心配には及びません。ローデリヒ様が側近として生きる様子を見れば、家へ帰るより幸せになれると信じられますもの」

「……まだ調整は必要だが、大人の都合で名を捧げねばならぬ其方には、せめて自分の選んだ主に仕えられるように、成人後エルヴィーラに名を捧げることを許すつもりだ」

「過分のご配慮、恐れ入ります」

こうして、領主夫妻とのお話を終え、わたくしは成人までローゼマイン様の側近として行動することになりました。「ライゼガング系貴族の書いた本など！」と怒る両親の顔色を窺って貴族院でエルヴィーラ様の書いた本を読まなくても、いつでも好きな時に読めるのです。

「明日ローゼマイン様へ挨拶する予定ですが、お仕えする前に知っておいてほしい注意点について話をします」

領主夫妻の帰還後、ローデリヒは新しく側近になる者達を集めて説明を始めました。名捧げはまだですが、これからは周囲に仮の側近として見られます。新入りの側近は旧ヴェローニカ派ばかりなので、少しでも気安くて質問をしやすいローデリヒが説明役に選ばれたそうです。

「今後私達は同僚としてお互いに名前を呼び捨てることになります。上級貴族のリヒャルダ達を敬称なしで呼べるように頑張ってください」

ローデリヒは側近入りした当初、ハルトムートを呼び捨てることになかなか慣れず、内心ビクビクしていたそうです。その気持ちはよくわかります。わたくしも慣れないと思います。ハルトムートが貴族院を卒業していることに少しだけ安堵しました。

「今のところ、ヴィルフリート様との婚約によってローゼマイン様のお立場は盤石（ばんじゃく）と言われていますし、領主一族は非常に仲良く見えます。ですが、状況の変化によってどのようなお立場になるのかわかりません。領主の養女として価値を示し続けなければならないことも事実です」

貴族などそういうものでしょう。家族愛など幻想です。状況が変われば、あっという間に壊れる儚（はかな）いもの。バルトルト様達と分かり合えるとは思いませんが、価値を示し続けなければならないローゼマイン様の生き方には共感を覚えました。

……きっと本の感想を言い合うこともできるでしょうし、わたくし、ローゼマイン様と良い主従になれると思うのです。

「ローゼマイン様は周囲に迷惑をかけることを恐れ、お茶会への参加を渋ることも多いです。そのため、お茶会で倒れることによって側仕え見習い達が準備不足として減点されることを知られないように気を付けてください」

ローデリヒは真面目な顔でそう言いました。ブリュンヒルデやリーゼレータはこれ以上ローゼマイン様のお心に負担をかけないように細心の注意を払っているそうです。

「これは文官見習いや護衛騎士見習いも同じです。後見人を失い、領地内で粛清が起こり、子供の保護に奔走するローゼマイン様がこれ以上思い悩むことを、側仕え達は許しませんから」

「その物言い……。ローデリヒはやらかしたことがあるのでは？　もしかして側仕え達にきつく叱られたのか？」

笑い混じりのラウレンツの指摘にローデリヒの焦げ茶の目からスッと光が失せ、一気に表情が暗くなりました。どんよりとした口調で語り始めます。

「ローゼマイン様に質問されたので、側仕え見習いが仕えたがらない理由を述べ始めたところ、リーゼレータからヴァッシェンで強制的に黙らされました。そのままブリュンヒルデに部屋から連れ出され、上級貴族の威圧を食らいつつ側近の心得についてお説教を……」

……叱られるローデリヒの姿が目に浮かびますね。

わたくし達はローゼマイン様の側近が一年生をシュタープの光の帯で縛り上げ、領地へ強制送還しようとした一部始終を見ました。主の憂いを取り除くための厳しい対応は、派閥違いの貴族だけではなく同僚にも及ぶようです。あの勢いでお説教を受けたら怖いでしょう。

「其方は昔から調子に乗ったところで何か失敗していたが、その辺りはあまり成長してないのか」

「うっ……」

マティアスの指摘にローデリヒが肩を落としました。元々旧ヴェローニカ派の中でも立場の低かったローデリヒは、マティアスやラウレンツに庇われる立場でした。その頃のような気安さが見えるせいでしょうか。わたくしも思わず笑ってしまいます。

「ローデリヒの失敗話は役に立ちそうですね。他にはございませんの？」

わたくしがクスクス笑いながら先を促すと、ローデリヒは「ありますよ、いっぱい」と膨れっ面になりました。

「今までの常識と乖離していて理解することが難しいけれど、非常に重要なことです。ローゼマイン様は身分を重視しません。貴族院における護衛騎士見習いの筆頭はレオノーレですが、領地ではダームエルが筆頭です」

下級騎士が指示を出すことに驚きましたが、ローゼマイン様の側近の中では当然だそうです。

「それに、印刷業や新しい流行については、貴族の意見より現場で働く平民の職人や実際に売っている商人の意見が重用されています」

「下級騎士を筆頭にしていて、貴族より平民の意見を重視しているのか。なるほど。父上達が反発してローゼマイン様を軽んじるわけだ」

エーレンフェストより上位の大領地アーレンスバッハ出身であることを誇っていたガブリエーレ様。その血を引き、領主の第一夫人であることを誇り、ライゼガング系貴族を貶めようとしていたヴェローニカ様。その側近として身分を上げようと躍起になっていた貴族達……。下級貴族や平民の意見を重用するローゼマイン様と旧ヴェローニカ派の貴族は相性が非常に悪そうです。

「皆もおそらく神殿にも出入りすることになります。一度入れば噂のような悪いところではないとわかるのですが……」

「異母弟が孤児院で保護されているみたいだから、一度は様子を見に行くつもりではいるが……。今までの常識で考えると、最初の一歩には気合いがいるな」

言いにくそうなローデリヒに、ラウレンツが苦笑しました。神殿は貴族になれなかった落伍者の集まりで、いかがわしい場所だと言われています。ローゼマイン様はそこで育ったのですから、「領主の養女に全く相応しくない」とか「ライゼガング系貴族による強引で無遠慮な養子縁組」と旧ヴェローニカ派の貴族には非常に不評だったのです。

「心配しなければならないのは神殿の様子より、自分達の態度です。神殿でローゼマイン様にお仕えしている灰色神官や灰色巫女を邪険に扱ったり見下したりすることは許されません」

「許されないとは、また……。平民だろう？　距離を取るのは良いのか？」

「……私はラウレンツが考えたように彼等と距離を取っていました。今までの常識に囚われていたので、嬉々として孤児院へ足を運ぶハルトムートやフィリーネが理解できなかったのです。別に邪険にするわけではないので叱られませんし、無理に交流を持てとは言われません」

ローデリヒは「ですが……」と後悔を前面に出した表情で溜息を吐きます。

「交流がなく灰色神官達の信頼を得ていないため、ローゼマイン様は緊急事態に私だけ孤児院への立ち入りを禁じました。本当の意味でローゼマイン様にお仕えしようと思えば、平民や神殿の者を対等に扱えなければならないのです」

ハルトムートは「神殿の者や平民はローゼマイン様の手足同然」と言っているそうです。流行を作り出すのは平民達、広げるのは貴族。平民達がいなければどうしようもないのだ、と。

「ローゼマイン様は平民や灰色神官と同じように、犯罪者の血族であっても大事にしてくれます。ただ、我々が身分を振りかざすと怒りを買うと思います。……ハルトムートによると、ローゼマイン様がトラウゴット様を引き留めずに辞任させたのはダームエルを下級騎士と侮(あなど)り、領主一族の護衛騎士に相応しくないと言ったからだそうです」

「其方が先に側近としてお仕えしていて助かったな。本当に今までの常識が通じなそうだ」

マティアスの言う通り、あまりにも今までの常識と違います。魔力のない平民は貴族の魔力に寄生しているお荷物で、面倒を見てやっているのだと、わたくしの両親は言っていました。外から見ていてはわからないことだらけです。神殿育ちの領主の養女がどれほど特殊なのか……。実際に挨拶をする前に知っておいた方が良いことばかりでした。

名捧げを終えると、本格的に側近の仕事が始まりました。

……これでようやく好きに本を読めますね。

せっかくなので貴族院の恋物語を一番に読める立場であるローゼマイン様の側近達と意見交換をしたいと思っていたのです。わたくしは側近部屋で早速グレーティアに質問してみました。

「わたくし、貴族院の恋物語が好きなのですけれど、グレーティアはどのお話がお好きですか？」

「ごめんなさい。わたくしはまだ読めていません。側近になったのですから、早く読んだ方が良いのでしょうけれど、新しい仕事を覚えなければならなくて……」

新入り同士で交流を持ちたかったのですが、仕方がありません。他の方々に尋ねましょう。わたくしはグレーティアの指導をしているリーゼレータとブリュンヒルデにも同じ質問をしました。

「どのお話も素敵ですよね。うっとりしてしまいます」

「お茶会で話題になるので全て読んでいますが、相手に合わせて好みを変えられるようにしています。ミュリエラはどのお話がお好きかしら？」

リーゼレータとブリュンヒルデが微笑みました。二人の回答から貴族院の恋物語へ思い入れはないことがよくわかりました。

「……相手に合わせて好みを変えられるなんて、上級側仕え見習いは器用なのですね」

「あら、接待のためには必要でしてよ。ミュリエラも上位領地のお茶会へ同行することになるのですから、貴族院の恋物語だけではなく、エーレンフェストで印刷された本の全てに目を通してくださいね。友人とのお喋りの場はともかく、お茶会では好みをあからさまにしないこと。お客様の話題を盛り上げることに注力しなければなりません」

貴族院の恋物語について語り合うのではなく、お茶会での立ち居振る舞いについて注意が始まります。このような予定ではありませんでした。失敗です。

グレーティアと一緒に側仕え見習いの心得を聞いた後、わたくしは護衛騎士見習いのユーディットとレオノーレに尋ねることにしました。

「貴族院の恋物語ですか？……巻を重ねるごとに主人公の恋が実る確率が上がっていますよね。あのくらい、わたくしの命中率も上がってほしいです」

「え？」

「あ、いえ……。わたくし、貴族院の恋物語より恋愛が絡む騎士物語の方が好きなのです」

ユーディットが貴族院の恋物語に全く興味がないことはよくわかりました。わたくしはレオノーレを見つめます。彼女はコルネリウスと恋仲の婚約者なので、少しは思うところがあるでしょう。もしかすると、恋人との逢瀬に貴族院の恋物語を参考にしているかもしれません。

「ミュリエラは貴族院の恋物語がお好きで、エルヴィーラ様にいずれお仕えするのですよね？」

「そうですけれど……」

「では、細心の注意を払いなさい。気が付いたら貴族院の恋物語を楽しむのではなく、貴女が登場人物になっていてよ」

「……え？」

真剣な表情で助言されましたが、本の感想は何もありません。さっさと背を向けたレオノーレと感想を言い合う関係にはなれなそうです。

……何ということでしょう。女性側近なのにこれほど貴族院の恋物語に興味がないとは……。

「ローデリヒやフィリーネは文官ですもの。貴族院の恋物語の素晴らしさがわかりますよね？　あの春の女神達の素晴らしい舞と光の差す描写、東屋で闇の神がマントを広げるときめき……」

わたくしは最後の頼みの綱である文官見習いに感想を求めました。

「文体などは参考になるけれど、恋愛にそこまで興味を持てなくて……。あれは女性向けだと思うよ。むしろ、ミュリエラにはディッター物語の感想を聞かせてもらいたいな」

「……ディッター物語ですか。確かに殿方とは好みが合わないようですね」

ローデリヒには悪いのですが、ディッター物語はまだ読んでいません。わたくしの場合、気が付いたら好きなお話を何度も読み返してしまうので、好みではない本には手が伸びないのです。

「フィリーネの集めたお話が本になっているのですもの。貴女は興味ありますよね？」

「恋物語も好きですけれど、わたくしは恋物語よりお母様が話してくださった物語に似ているお話を探しているのです。ミュリエラのような熱心さでは読んでいません。それに、ローゼマイン様もウリアゲテキに好んでいるだけで、恋物語に没頭していないと思いますよ。ダンケルフェルガーの歴史書の方が楽しそうでした」

ローゼマイン様の側近になれば、恋物語について話ができると思っていたのです。まさか全く話が盛り上がらないとは思ってもみませんでした。

「何だかガッカリです。貴族院の恋物語について熱く語り合えると思っていたのですけれど……」

「それならば、お話の合いそうな方を紹介いたしましょうか？」

嘆くわたくしを見て、フィリーネが首を傾げました。

「わたくし、お話集めを他領の方々へお願いしている関係で、他領の文官見習いと繋がりがございます。ミュリエラと同じような形で恋物語を好む方に心当たりがありますよ」

「さすが領主候補生達の側近ですね。ぜひ、紹介してくださいませ」

わたくしはフィリーネの申し出に大きく頷きました。今までは旧ヴェローニカ派だったため、あまり領主候補生と関係のある会合には入れませんでした。わたくしと繋がりのある他領の文官見習いは貴族院の恋物語を貸して欲しい方やどのような物語が載っているのか知りたがる方ばかりで、読んだ感想を言い合える方は周囲に少なかったのです。

「フィリーネ様、今年もローゼマイン様の紋章付きの課題はございますか?」

わたくしとフィリーネが図書館へ行くと、ヨースブレンナーのクリーム色のマントを着けた女子生徒が待ち構えていたように近付いてきました。貴族院における紋章付きの課題とは、学生がお金を稼ぐために行う個人的な課題のことです。課題を受ける時、間違いなく支払いを受けられるように課題と個人名と紋章のある発注書をもらうことからそう呼ばれています。

「はい、リュールラディ様。今年もローゼマイン様はお話集めをしています。……そうそう、先に紹介させてくださいませ。こちらは新しくローゼマイン様の側近になったミュリエラで、貴族院の恋物語がとても好きなのです」

リュールラディ様は黄色に近いオレンジ色の髪を揺らしてわたくしの方を向くと、「まぁ」と嬉しそうな声を上げ、淡い緑の目を輝かせてわたくしを見つめました。

「ミュリエラ、こちらはヨースブレンナーの上級文官見習いリュールラディ様です。わたくしやローゼマイン様と同学年ということで親しくしてくださっています。ヨースブレンナーで紋章付きの課題の取りまとめをしてくださっているのですよ」

フィリーネが紹介してくれている間、わたくしはリュールラディ様と見つめ合っていました。まだ初対面で何も話していないのに、不思議な繋がりがあることがわかります。

……何と言えば良いのでしょうか。同種？　同士？　仲間？　そのような雰囲気がヒシヒシと伝わってくるのですけれど！

「……あの、ミュリエラ様はどのお話がお好きですか？」

「彼女は婚約の課題に立ち向かうドンケルングのお話がとても好きなのですって。リュールラディ様と話が合うのではないかしら？　せっかくの機会ですもの。ミュリエラに貴族院の恋物語の感想を聞かせてくださいませ」

フィリーネに閲覧室から出るように促され、わたくしはリュールラディ様と文官棟へ向かって歩きます。

……どのように切り出せば良いかしら？　いきなり熱く語り始めても大丈夫でしょうか？　恋物語が好きでも好みのお話が違っていたら……？

お話ししたいことは胸の内に渦巻いているのですが、ローゼマイン様の側近達の反応を思い出したせいか、妙な緊張を感じて頭が真っ白になってしまいました。

「……ミュリエラ様、あ、あのっ！　ドンケルングのお話はわたくしも好きなのです。貴女はどのようなところが……？」

リュールラディ様も同じように緊張しているようで、少し上擦（うわず）った声でこちらの様子を探るように切り出してくださいました。ドンケルングのお話が好きということがわかって、少し緊張が解けました。わたくしもリュールラディ様の様子を見ながら好みを探ります。

「わたくし、親に反対されても諦めない恋物語が好きなのです。ドンケルングのお話は恋人のヘルシェーンとの婚約を認めてもらうために障害を乗り越えるでしょう？　リュールラディ様はどのようなところが……」

「領主一族の護衛騎士を目指して火の神ライデンシャフトに祈りを捧げながら努力する様でしょうか。あの描写が堪らなく好きなのです。作者のエラントゥーラ様は本当に表現が美しくて……」

「わかります！」

　わたくしは思わず強く同意してしまいました。エラントゥーラとはエルヴィーラ様の筆名です。わたくしも名を捧げたいと感じるほど尊敬しています。

「成長を促す夏の神々が、戦い以外の場であれほど心強く見えるのは初めてでしたもの。ドンケルングを育成の神アーンヴァックスが青い炎で包み込んだ時など、本当に心が震えましたわ」

「それから、唯一ヘルシェーンと過ごせる貴族院を離れなければならない別れ際の切なさ。思わずわたくしまで命の神エーヴィリーベに祈ってしまいました」

　リュールラディ様の感想に何度も大きく頷きます。あの場面は本当に素晴らしくて、わたくしはドンケルングの台詞まで諳んじることができます。

「あぁ、我が眷属よ。雪と氷で全てを覆い尽くすが良い。我が力の及ぶ限り、ゲドゥルリーヒを包み込むのだ。フリュートレーネを少しでも遠ざけよ……ここでしょう？」

「えぇ、素敵ですわよね！」

それからは過熱する一方でした。文官棟の個室で話をしていたのですが、帰寮を促す六の鐘が鳴り始めたことに二人して驚いたくらいです。

「まさかもう六の鐘なんて……。時の女神ドレッファングーアの糸紡ぎが円滑すぎましたね」

「えぇ。……リュールラディ様、次に時の女神のお導きがあるのはいつでしょう？」

「……わたくし、明後日の午後ならば……」

「あら、偶然ですね。わたくしも明後日の午後ならば……」

わたくし達は顔を見合わせてニコリと笑いました。明後日にもここでお喋りをすることを決めると、急ぎ足で寮へ戻ります。

「わたくしも早く新しい本を読みたいです。素敵なお話がたくさんあるのでしょうね」

「えぇ、今年の新しい本は闇の神がマントを広げる描写が素晴らしくて……。わたくし、読んでいる途中で何だか恥ずかしくなって思わず本を閉じてしまったのですよ」

わたくしが新しい貴族院の恋物語について話をすると、リュールラディ様は「ほぅ」と頬に手を当てて息を吐きました。

「ローゼマイン様の側近なんて、ミュリエラ様が本当に羨ましくてなりませんわ」

「わたくしも幸運だったと思います。本来ならば、このような機会が巡ってくることはなかったでしょうから」

似た感想を持つ方と思う存分に語れることがこれほど楽しくて幸せだとは思いませんでした。楽しいのは、本を読んでいる間だけ。

長いことそう思っていたのに、その内容を語り合える友人を得たことで、わたくしの本の世界と現実が突然繋がったのです。

……このようなことがあるなんて……！　わたくし、本当にローゼマイン様にお仕えしてよかったと思います。

ローゼマイン様の側近にならなければ、他領の上級貴族であるリュールラディ様との接点はなかったでしょう。フィリーネが最初から「貴族院の恋物語が好きな者同士」と紹介してくださらなければ、このように熱く語り合えるまでに長い時間がかかったでしょう。

この先エルヴィーラ様に名を捧げ、本作りに本格的に携わることで、わたくしの世界は大きく広がるのではないでしょうか。

期待と希望で目の前が広がるような心地に身を委ね、その日、寮へ戻ったわたくしは今までと違う心地で本を手に取りました。

自分の役目と知識の番人

「オルタンシア、其方の貴族院図書館への就任は中央騎士団長である私だけではなく、王の望みでもある。すまないが、頼まれてくれ」

「騎士団長の妻として、王に仕える中央貴族として、お役目に全力を尽くしたいと存じます」

夫であるラオブルート様を通じた王の希望により、わたくしは貴族院の図書館へ側仕えと二人でやって来ました。わたくしの役目は、怪しい動きをしているエーレンフェストの領主候補生ローゼマイン様の監視と警戒、それから、彼女が零した王族しか入れない書庫を探すというものです。

「中級司書のソランジュでございます。時の女神ドレッファングーアの糸は交わり、こうしてお目見えすることが叶いました。共に働くことができて嬉しゅうございます、オルタンシア様」

「まぁ、ソランジュ様。まだ貴族院の図書館にいらっしゃったのですね。懐かしいこと」

彼女はわたくしの貴族院時代にもいた中級司書の一人です。上級文官のわたくしが中級司書と会話する機会は少なかったのですが、同じクラッセンブルク出身なので貴族院時代に何度かお話ししたことがあります。お互いに年齢を重ねていますが、彼女は当時と変わらない柔和（にゅうわ）な笑顔で迎え入れてくれました。

「ソランジュ、だれ?」

「シュバルツ、ヴァイス。これから司書として図書館で一緒に働くオルタンシア様ですよ」

貴族院の図書館といえばシュバルツとヴァイスです。司書のお手伝いをする大きなシュミルの魔術具は今も健在で、ソランジュの隣に立っています。そのせいで何だか貴族院時代に戻ったような心地になりました。

……いけません。気を引き締めなければ。

わたくしは夫や王族のためにやって来たのです。懐かしさに浸っている場合ではありません。気を引き締めていると、ソランジュはシュバルツとヴァイスを伴って歩き始めました。

「まずは、司書寮へ案内いたしますね」

執務室の奥にある司書寮には、ソランジュの側仕えであるカトリーンが控えていてくれました。

彼女とも挨拶を交わし、自分の側仕えイデリーナを紹介します。どうやら「貴族院に連れて行ける側仕えは一人」という規則は職員にも適用されるようで、わたくしが同行している側仕えはイデリーナだけです。寮内に二人なのですから、側仕え同士も協力が必要でしょう。

「側仕えが部屋を片付けている間に、わたくし達は執務室で契約をいたします。司書に任ずる旨が書かれた王の書状はお持ちですよね？」

「えぇ、もちろんです」

執務室でわたくしは書状を渡し、司書として勤めるための雇用契約を結びました。

「これで貴女は上級司書です、オルタンシア」

「よろしくお願いします、ソランジュ」

わたくし達が同僚として敬称なしで名前を呼び合うと、シュバルツとヴァイスもわたくしを名前で呼ぶようになりました。

「オルタンシア、よろしく」

「オルタンシア、いっしょにはたらく」

「まぁ、わたくしの名前を……。こちらこそよろしくお願いしますね、シュバルツ、ヴァイス」

　わたくしが感激して手を伸ばそうとすると、ソランジュが慌てた様子で止めました。

「司書として認識はされましたが、まだオルタンシアはシュバルツとヴァイスに触れても良い者として登録されていません。今は触らないでくださいませ。二人の主であるローゼマイン様でなければ登録できないのです」

「まぁ、本当に学生が二人の主なのですね。一応話には聞いていましたが、これはあまりにも不便ではございませんか。仕事に差し支えませんの？」

　わたくしの言葉にソランジュが眉を下げました。

「今まではわたくし一人だったので、支障がなかったのです。せっかく上級司書がいらっしゃったのですもの。講義初日にローゼマイン様へ連絡を入れて、二人の主をオルタンシアに変更いたしますね。王族にも連絡を入れておかなければ……」

「そういえば、どうして学生であるローゼマイン様が主になったのですか？　当事者ではないからか、さほど興味がなかったのか、ラオブルート様の説明ではどうにも要領を得なくて……」

　普段は簡潔でわかりやすい説明をする夫にしては珍しいことに、ローゼマイン様が図書館で祝福をしたら主として登録されたという荒唐無稽（こうとうむけい）な話で、全く理解できなかったのです。

　当事者から詳細を教えてもらおうと思っていましたが、ソランジュの口から出たのは、夫と全く同じ説明でした。夫の説明ではなく、ローゼマイン様の言動が理解不能だったようです。わたくしは心の中でそっと夫に謝りました。

「ねぇ、ソランジュ。ローゼマイン様はどのような方かしら？」

「祝福で触れることさえなく登録変更をされたローゼマイン様は例外ですよ。格別に英知の女神メスティオノーラに愛されていらっしゃるのでしょう」

中央騎士団長である夫からは色々と疑われているローゼマイン様ですが、ソランジュからは女神の寵愛(ちょうあい)を受けているように見えるようです。

「では、軽く図書館の中を案内いたしましょう。今はシュバルツ達に触れることができないので、本格的なお仕事は無理ですものね」

ソランジュが執務室と閲覧室を繋ぐ扉を開けると、シュバルツとヴァイスがぴょこぴょこと動きながら入っていきます。

「こちらは第二閉架書庫です。政変前の講義で使用していた参考書や昔の資料が収められています。希望があれば貸し出しますし、ここは学生も立ち入りが可能です」

古くて使用頻度が低いので書庫に入れられている資料ですが、時折見たがる者がいるようです。そこに並んでいる資料を見て、わたくしは懐かしさに頬を緩めました。

「こちらの講義はわたくしも受けたことがございます。……あら、この参考書はわたくしの友人が作製した物ですね。彼女が作ったグリゼルダ先生の参考書はとても評判が良かったのですよ。グリゼルダ先生の書かれた資料は一緒に置かれていないのですか？」

「グリゼルダ先生は政変の粛清で……。ですから、ここに資料は残されていません」

「まぁ……。本や資料に罪はないでしょうに……」

それはわたくしが初めて知る事柄でした。粛清によってどれだけの本が失われたのでしょう。溜息を吐きながら本棚を見ているると、恩師の本が傷んでいるのを発見しました。

「この図書館は保存の魔術具があるので、本が傷まないと聞いていたのですけれど……」

「わたくし一人ではそれを動かせるだけの魔力がないのです。今ならば修復の魔術具を使えば修復できるでしょう」

「まじゅつぐ、そうこ」

わたくしはヴァイスに促されるまま、第二閉架書庫を出ました。閲覧室を横切って階段の方へ向かうと、シュバルツが階段下にある扉を開けます。

「ここ、まじゅつぐいっぱい」

「仕事に使用する魔術具の置かれている倉庫です」

学生時代に入ったことのない場所です。立場が変わったことに少しばかり興奮しながら、わたくしは足を踏み入れます。何に使うのかわからない魔術具がたくさんありました。

「図書館にはこれほど多くの魔術具があるのですか？」

「えぇ。政変以前には上級司書が三人、彼等を補助する中級司書が二人いました。それだけの人数が必要だった施設なのです、魔力不足が深刻だとよくわかるでしょう？」

政変から約十年、中級貴族のソランジュ一人で運営できるとはとても思えません。

「増員のお願いはしなかったのですか？」

「あら、オルタンシアが来てくださったではありませんか。王族が図書館を気にかけてくださったということでしょう？　それとも、ローゼマイン様がシュバルツとヴァイスを動かし、王族の方々へ訴えてくださったおかげかしら？」

ソランジュは穏やかな笑顔でそう言います。

……わたくしが派遣されたのは、騎士団長から疑われている結果なのですよ。

夫の警戒をすぐには口にできず、わたくしは口を噤みました。ソランジュはわたくしの反応に気付かず、魔術具の説明をしてくれます。

「ここからあそこの棚にあるのは資料保存に必要な魔術具で、あちらは修復作業に使用する魔術具です。図書館には絶対に必要ですが、わたくし一人ではとても魔力が足りませんでした。オルタンシアのおかげで、これからは少しずつ資料の修復作業にも手を着けられそうですね」

嬉しそうにソランジュが微笑みます。魔術具を見ていたわたくしも懐かしくなって頷きました。

「修復作業ですか。昔は時々主が個人で所有する本の修復をしたものです。このように小さな魔術具ではなく、王宮図書館にある古くて大きな魔術具を使っていましたけれど」

「オルタンシアはどのようなお仕事をしていましたの？」

ソランジュに問われて、わたくしはそっと修復の魔術具を撫でます。貴族院にいるせいでしょうか。最近ではあまり思い出すことも少なくなっていた過去が次々と思い出されます。

「……わたくし、ラオブルート様と結婚する前はワルディフリード様にお仕えしていました」

ソランジュが驚いて息を呑んだのがわかりました。かつてのわたくしの主、ワルディフリード様は政変のきっかけとなった第二王子です。

「わたくし、執務に関係する書類や離宮の書棚を管理していたのですよ。時折、個人所有の本の補修を頼まれたり、王宮図書館へ資料を探しに行ったりすることもありました。少し司書のお仕事に似ているでしょう？　当時は仕事に熱を込めすぎていて、結婚は完全に諦めていました。正確には、自分には必要ないと思っていたのです。このままワルディフリード様にお仕えし、一生を終えると決意していて……」

けれど、仕事に生きるというわたくしの希望は叶いませんでした。ワルディフリード様とそのご家族は第一王子の訪れによって亡くなりました。

「主が亡くなれば、側近は解任です。当時は本当に生きる希望もなかったというか……。周囲が闇のようで何をすれば良いのかわからなくて……」

あの時の絶望を思い出してきつく目を閉じると、ソランジュはそっとわたくしの手を取って、暗い倉庫から光の差し込む閲覧室へ誘いました。

「もしかすると、そこをラオブルート様に救われたのでしょうか？」

明るい場所で夫との馴れ初め(なそ)に話を向けようとしたソランジュの意図に気づき、わたくしは小さく笑いました。そんな物語のような馴れ初めではありません。

「いいえ、救ってくださったのは先代のアウブ・クラッセンブルクですね」

「あら？」

「情勢が落ち着いたらワルディフリード様の同母弟である第三王子に紹介してくださる、とアウブが声をかけてくださったのです。第一王子と第三王子が争う間、ワルディフリード様を弔(とむら)い、離宮を片付けながら静かに過ごす許可をいただきました」

「ですが、第三王子も……」

ソランジュの上擦った声に、わたくしは小さく頷きます。

「えぇ、ご存じのように毒殺されました」

その後、当時は第五王子だったトラオクヴァール様が担ぎ出されました。元々トラオクヴァール様は臣下になるつもりだったので、王子の中では側近の人数が少なかったのです。次期王に不足がないように、先代のアウブ・クラッセンブルクは第二王子や第三王子の元側近達、傍系王族の側近に声をかけて掻き集めました。その中にラオブルート様もいたのです。

「わたくしはクラッセンブルクと第五王子の側近の関係を強化するため、ラオブルート様と結婚するように言われました。主を失い、自分が何をして生きれば良いのかわからなかった時期です。わたくしは新しいお役目をいただけたことを嬉しく感じたくらいだったのですよ」

「オルタンシア……」

「期待したような恋物語でなくてごめんなさいね。でも、ソランジュ、そのような顔をしないでくださいませ」

クスッと笑ってわたくしは閲覧室の中をゆっくりと歩きます。ラオブルート様も想い人を失ったことで、結婚の機会を逃していたそうです。ですから、わたくし達は二人とも非常に遅い結婚でした。子供にも恵まれず、わたくしは妻として夫の役に立てていないことが心苦しかったのです。

「このまま一生を終えるのではないかと思っていたところに王族や夫のお役に立てる仕事が回って

きました」

夫は上級司書三人の鍵がなければ開かない書庫が王族しか入れない書庫ではないかと考えているようです。グルトリスハイトの手がかりの可能性があるため、王となったトラオクヴァール様に対して忠実に、かつ、内密に動ける上級文官としてわたくしが選ばれました。

「わたくし、今回のお役目をいただけて本当に嬉しく思っていますし、誇らしい気分なのです。……それに、こうして本棚の間を歩いていると、かつて、第二王子の執務室の書棚を管理したり、王宮図書館へ出入りしたりしていた頃を思い出して心が弾みます。決して哀（かな）しいだけの思い出ではないのですよ」

ソランジュもわたくしと同じ、哀しいような、懐かしいような、慕わしいような笑みで閲覧室をゆっくりと見回しました。

「えぇ、わたくしもよくわかります。決して哀しいだけの思い出ではありません」

図書館の事情はよくわかりませんが、おそらくソランジュもあの政変によって色々なものを失ったのでしょう。それが伝わってきました。


わたくしが貴族院の司書寮へ入って二日後には貴族院の講義が始まりました。お昼休みには主の登録変更が無事に終わり、わたくし達は午後の講義に向かうローゼマイン様や王族を見送ります。

「ようやくシュバルツとヴァイスに触れますし、本格的に司書としてのお仕事ができますね」

「えぇ、昨日は寮の案内と王族の出迎え準備で忙しかったですからね」

わたくしはそっとシュバルツとヴァイスを撫でました。自分の手が弾かれないことで、ここの司書になった実感が湧いてきます。

「オルタンシア、少しよろしいですか？　わたくし、ローゼマイン様に対する貴女の声が硬く、少し拒絶しているように感じました。もしかすると、ラオブルート様から何か聞かされたのではないかと思ったのです」

「えぇ、ラオブルート様はエーレンフェストに疑いの目を向けています。政変の傷跡も癒えないユルゲンシュミットに再びの争いはいりません。何が狙いで、何を知っているのかわからないローゼマイン様に警戒をしつつ、書庫を探してほしい、と」

「ラオブルート様が気にしていらっしゃった日誌をお貸ししたのに、どのような疑いを持たれているのでしょう？　それほど警戒するような何かがございましたか？」

思い当たることがないというようにソランジュが首を傾げました。彼女は日誌さえ渡せば、疑いは晴れると思っていたようです。

「司書の古い日誌を借りていたエーレンフェストのローゼマイン様が、王族しか入れない書庫についてヒルデブラント王子へ質問したのでしょう？　アナスタージウス王子とエグランティーヌ様ではなく、幼い王子から情報を得ようとする姿勢がラオブルート様には怪しく見えたようです。また、王族しか入れない書庫ということは、もしかすると、グルトリスハイトの手がかりがあるかもしれないと考えています」

「まぁ……。それはラオブルート様の考えすぎでしょう」

ソランジュは少しだけ苦笑して教えてくれます。

「ローゼマイン様がヒルデブラント王子に尋ねたのは、お茶会の話題に出たからですよ。時の女神が悪戯する東屋や動く神像のお話、貴族院にある不思議な噂話の一つくらいはご存じでしょう？　その中に王族しか入れない書庫のお話があったのです。トラオクヴァール様の周囲がグルトリスハイトの手がかりを求めるお気持ちは理解できますけれど……」

ソランジュの言いたいことが理解できました。詳細を知ってみれば、ローゼマイン様にそれほどの怪しさは感じません。

「お茶会の話題に出た不思議話ですか……。それだけを理由にエーレンフェストを警戒して真面目に探すのは、少々神経質すぎるというか、徒労に終わりそうですね」

「それでも調べるのがラオブルート様のお仕事です。中央騎士団長ですもの。少しでも疑わしいことがあれば調査すべきでしょう」

気の抜けたわたくしに同情するように微笑んだ後、ソランジュは表情を引き締めました。真面目な青い瞳がわたくしを真っ直ぐに見つめます。

「けれど、貴女は中央騎士ではありません。貴族院の司書なのです。疑いの目で学生達を見たり調査したりすることは、貴女のお仕事でしょうか？」

夫の役に立とうとするあまり、わたくしは自分の立場をよく理解していなかったようです。騎士には騎士、文官には文官の役割があります。

「そうですね。わたくしは夫や王のお役に立つことを望んでいますが、怪しい者を調査する中央の騎士ではなく、貴族院の図書館を管理する司書ですもの。意識や態度を改めなくてはなりませんね。公正な立場でローゼマイン様の言動を見つめたいと思います」

「えぇ。本の貸し借りやお話を通して、ローゼマイン様を知ってくださいませ」

交流の中で人となりを知っていくことは大事です。だからこそ、わたくしはソランジュにも尋ねましょう。

「では、ソランジュ。過去に貴族院の図書館を訪れた王族がどこで何をしていたのか。上級司書でなければ鍵を開けられない書庫には何があるのか。教えていただけませんか？……ラオブルート様は貴女のことも何か隠している可能性があると怪しんでいるのです。政変の粛清を理由に、故意に隠しているわけではないのでしょう？」

ソランジュの言葉の端々から、いなくなった司書達への思慕と寂寥感が伝わってきました。同時に、その言葉の裏側には政変後の粛清を行った王族への恨みが潜んでいることを感じさせます。

「わたくし、ラオブルート様から領主会議で王族が図書館を訪れていた、と聞いて思い出したのです。ワルディフリード様が次期王としてお披露目した後、王と共に図書館へ向かう予定があったことを。お披露目の儀式の一環だと考えていましたが、深い意味があったのでしょうか？」

ワルディフリード様は次期王としてお披露目をする直前に第一王子に殺されたので、わたくしは図書館へ同行したことがございません。けれど、出迎える立場のソランジュならば何か知っているはずです。

「わたくしが知っていることなど、本当に微々たることですよ。こちらへいらしてくださいませ。

王族しか入れない書庫についてはわかりませんが、上級司書でなければ開けられない書庫ならば知っています」

ソランジュは寂しそうな微笑みを浮かべて第二閉架書庫へ向かいました。書庫の奥にある扉を軽く叩きます。

「……領主会議の時に図書館を訪れた王族は、この奥にある書庫へ行っていました。この階段の先にある扉は、三人の上級司書の鍵が揃わなければ開けられないと聞いています。中級貴族はこの扉をくぐれないので、わたくしはこの先へ行ったことがございません」

王族の側近達も、中級貴族ではこの先に進めないそうです。

「……王族しか入れない書庫ではございませんの？」

「いいえ。ずいぶんと昔の記憶ですけれど、領主候補生も出入りしていたようですから王族しか入れない書庫ではないと思います。……それに、わたくし、故意に隠したことはありません。むしろ、領主会議の時に訪れてほしいと王に願い出ていました」

わたくしは驚いて目を見張りました。そのような申し出があったとは夫から聞いていません。彼はソランジュが故意に隠していると考えているようでした。

「領主会議は忙しいのに図書館へ立ち寄る時間などないと断られたのです。三年で諦めました。今更疑いをかけられても困ります」

どれだけ王族とその周囲にすれ違いが起こっているのでしょうか。わたくしは中央騎士団長の妻なので、当時の王族がどれだけ大変だったのか知っています。同時に、断るばかりの上司、それも、粛清を行って職場環境を悪化させた張本人に声をかけ続ける虚しさもよくわかります。

「ソランジュを責めることはできませんね。……ですが、こちらの書庫を開けて中に何があるのか確認するのは、上級司書であるわたくしの仕事です。鍵はどこですか？」

「この扉の鍵は執務室にございますが、その奥で使用する鍵は上級司書の部屋にあります。……ただ、その部屋の鍵を得ることは簡単ではございませんよ」

所在がわかっているのに、鍵を得ることが難しいという意味がわかりません。わたくしが疑問に思うことをソランジュはわかっていたのでしょう。慣れた様子で説明しながら第二閉架書庫を出て行きます。

「司書寮には英知の女神メスティオノーラと契約した知識の番人だけが鍵を得られる特別な部屋があります。粛清された上級司書達は全員、知識の番人でした」

「知識の番人……？」

「えぇ。王ではなく、英知の女神メスティオノーラに忠誠を捧げる契約をした者のことです。わたくしも知識の番人として契約していますが、上級貴族ではないため、制限が多くて……」

ソランジュは悩ましい溜息を吐いていますが、そのような存在について聞いたことがありません。わたくしは黙って話を聞きながら、彼女の背中を追いかけて歩きます。

「ラオブルート様は政変の粛清の後、粛清された司書の部屋を調べた記録がないことを不審に思っていませんでしたか？」

「えぇ。改めて調査すべきだと言っていました。ですが、中央の人手不足は深刻だそうです」

今年は領地対抗戦での襲撃や貴族院に出没していたターニスベファレンの調査のため、夫は他領へ長期出張していました。そんな中、十年ほど昔に粛清された上級司書の部屋や、本当にあるかどうかわからない書庫の探索のために人手は割けなかったと聞いています。

「何度いらっしゃっても無駄です。騎士には入れないのですから。当時も中央騎士団は粛清した後にゆっくりと証拠探しをしようとしていました。けれど、騎士は文官ではないので契約できず、中級貴族のわたくしには入れませんでした」

「では、上級文官を連れてくれば……」

「えぇ。当然、同じことを中央騎士団も考えました。上級文官を司書として連れてきて知識の番人として契約させようとしたのです。けれど、契約内容は王ではなく女神に忠誠を誓い、忠実に動くというもの。粛清当時にそれがどういう意味を持ったか、わかるでしょう？」

あの頃、政変に負けた第一王子と第四王子に与していた旧ベルケシュトック出身の中央貴族は、厳しく取り調べられていました。知識の番人達も新しく王になったトラオクヴァール様に忠誠を誓うように求められたに違いありません。

「彼等はすでに英知の女神メスティオノーラに忠誠を誓っていると拒否しました。契約魔術に縛られているので、それ以外の答えはありません。けれど、それが許される情勢ではありませんでした。その結果、彼等は様々な難癖を付けられて処刑されたのです」

知識の番人として契約していたから処刑されたというのに、彼等の部屋を探索するために新しく契約したがる者がいるとは思えません。それに、本人が拒否しているのに無理矢理契約させることはできません。そう考えると、彼等の部屋は今でも手つかずのままなのでしょう。

「知識の番人の部屋に、ラオブルート様の求める書庫の鍵があるのですね？」

「書庫の鍵はございますが、その書庫が本当にラオブルート様が求めるところか、わたくしには判断が難しいです」

長年、貴族院の司書をしているソランジュにも入れない書庫や部屋。そこに入れるのは、上級貴族の知識の番人だけ……。たとえ中央騎士団長であっても、王族であっても知識の番人として神と契約した上級司書がいなければ立ち入れないのです。

「中央騎士団に調査できない理由と、わたくしが上級司書に任じられた理由がわかりました。知識の番人になるためだったのですね」

「待ってください、オルタンシア。貴女はその事情を知って尚、契約しようと言うのですか？　日常の業務だけならば、知識の番人でなくても可能です。今の王宮図書館にいる司書達もほとんどが契約していません」

ソランジュが引き留めるようにわたくしを見つめます。わたくしは少し目を閉じて考えました。夫の言葉、王の望み、与えられた役目が嬉しかったこと、文官の仕事に没頭して生きたいと思っていたかつての自分……。

「わたくしの上級司書就任は、王の望みでもあるのです」

知識の番人となり、図書館を把握することが中央騎士団長である夫と王の望みです。粛清の頃と情勢は変わりました。この契約が夫や王の妨げになることはないでしょう。

「わたくしは騎士団長の妻として、中央貴族として全力を尽くすと決めて、ここに来ました。それに、夫を信頼しています。全ての書庫に立ち入る権限を手にするために英知の女神メスティオノーラとの契約が必要ならばいたしましょう」

わたくしがじっと見つめると、ソランジュは根負けしたように息を吐いて執務室の棚から白い石板を取り出しました。それを持って図書館の二階へ上がります。

二階の奥にある英知の女神像の前で立ち止まり、ソランジュはくるりと振り返りました。

「本当に誓うのですか？」

わたくしには石板を持つソランジュと神具グルトリスハイトを抱える英知の女神メスティオノーラが同じ恰好で並んでいるように見えました。ソランジュが敬虔な女神の使徒であり、知識の番人であることがわかります。

「誓います」

「では、この文言を女神の台座にスティロで書き込んでください。書けば後戻りはできません」

ソランジュが手にしている白い石板には古い文字が刻まれています。わたくしはシュタープを取り出し、「スティロ」と唱えてペンの形に変えると、石板を見ながら丁寧に一文字一文字を書き込んでいきました。

我は知識の番人。

英知の女神メスティオノーラに忠誠を誓う者。

ユルゲンシュミットで生まれた知識を英知の女神メスティオノーラに奉納する者。
英知の女神メスティオノーラに与えられた知識をユルゲンシュミットに広める者。
人類の英知に敬意を払い、守る者。
権力に屈さず、恐れず、英知を求め、集め、守り、奉納すると誓願いたします。

書いた文字が光り、英知の女神メスティオノーラが持つ神具に吸い込まれていきます。その時、まるで女神像が笑ったように見えました。同時に、女神像の手にある神具から鍵が出てきました。カツンと音を立てて台座の上に落ちます。今まで契約魔術による金色の炎は見たことがありますが、このような神との契約は初めてです。

呆然としてしまったわたくしに、ソランジュが微笑みました。

「それが貴女の鍵ですよ」

わたくしは促されるまま、英知の女神メスティオノーラから与えられた鍵へ手を伸ばしました。金属質な物に触れた感触があった直後、鍵がまるでシュタープのように自分の中へ吸い込まれていきました。

「新たな知識の番人オルタンシア。貴女を歓迎いたします」

あとがき

お久しぶりですね、香月美夜です。

この度は『本好きの下剋上　～司書になるためには手段を選んでいられません～　第五部　女神の化身Ⅰ』をお手に取っていただき、ありがとうございます。

最終章である第五部の始まりです。

プロローグはヒルデブラント視点。こちらは書き下ろしではなく、web版で書いていたものです。領主会議でのお披露目と同時に婚約発表されたヒルデブラント。それを不満に思っている時に中央騎士団長ラオブルートから魔術具を渡されました。

ローゼマインは貴族院の三年生になりました。領地では粛清、寮内では旧ヴェローニカ派貴族の名捧げ、貴族院内では神々のご加護を得たり、専門コースの講義が始まったり、去年とはまた一味違う貴族院生活が始まります。その度にローゼマインの周囲で起こることがどんどん増えていきます。報告書を読むフロレンツィアが頭を抱えるのは当然ですね。

エピローグはレスティラウト視点です。シュバルツとヴァイスの主の座を巡って争うところから始まった関係。ディッター、歴史本、髪飾りの注文、ディッター物語、神事の共同研究、奉納舞を通じて変化が起こっています。ですが、その変化がローゼマインにとって喜ばしいものになるかどうか……。レスティラウト視点なので、彼の側近達も名前が出ていますが、本編にはあまり関係ないので無理に覚えなくても大丈夫です。

今回の書き下ろし短編は、ミュリエラ視点とオルタンシア視点です。

ミュリエラ視点では名捧げをしなければならなかった旧ヴェローニカ派貴族から見たローゼマインや側近達を書いてみました。ローデリヒからの説明と彼等の反応で、ローゼマインの特殊性を感じていただければ、と思います。そして、名を捧げることで得た新しいお友達のリュールラディ。共通する好きな本について語り合う時間はあっという間に過ぎていきますね。二人の会話が神様表現でわかりにくいかもしれませんが、そこは貴族院の恋物語の感想に乗り切れないローゼマインの気分を味わってください。簡単に理解できた方はもしかすると、ユルゲンシュミットの貴族になれるかも？（笑）

オルタンシア視点では彼女が貴族院の図書館へ来た理由や過去についてです。ある意味では政変の始まりを知っているけれど、渦中にはいなかった人。一度生きる目的を見失った彼女は、夫や王のために新しい役目を受けました。もう一度生きる意味を手にするために、ただの司書ではなく、知識の番人になる決意をします。知識の番人だった以前の上級司書達については短編集にも少し出ているので、気になる方はそちらもどうぞ。

この巻で椎名様に新しくキャラデザしていただいたのは、オルタンシア、フラウレルム、ミュリエラ、グレーティアの四人で女性ばかりです。
オルタンシアが本当に美人で優しげで私のイメージするクラッセンブルクの女性らしい女性になりました。フラウレルムは針金っぽいヒステリックな感じで、声がキンキン響きそうだと顔を見るだけでわかります。ミュリエラは窓辺で本を読んでいそうで素朴な感じの可愛さがありますよね。グレーティアは可愛くて注文通りホントに巨乳。男の子からの視線に敏感で、警戒心が強くなるわけです。

さて、お知らせです。
この第五部ⅠにはＯＶＡの Blu-ray 付きもあります。(http://www.tobooks.jp/booklove_ova/index.html) アニメ本編には入らなかった外伝で、「ユストクスの下町潜入大作戦」と「コリンナ様のお宅訪問」で、アニメの第十五章と同じ時間軸のお話です。このあとがきを書いている時点ではまだ詳細が決まっていませんが、配信も予定されています。動いて喋るユストクスやエックハルトをお楽しみに。
四月からは第二部のアニメが始まります。新しいキャストなど、新情報も次々と公開されています。第二部の放送局やネット配信についてはアニメの公式サイトをご覧ください。http://booklove-anime.jp/
三月十四日には公式アンソロジーの四巻が発売されます。新しい作家陣も増えましたし、この巻から第三部に範囲が広がりました。残念美少女アンゲリカや可愛いシャルロッテの原稿を確認済み。楽しんでいただけると嬉しいです。

四月一日にはアニメの放送に合わせてコミックス第二部三巻とジュニア文庫三巻が発売されます。これらもぜひ手に取ってみてください。


今回の表紙は、ローゼマインがシュタープを得た白い広場のイメージです。本来ならば、ご加護を得た後で神々の導きによって祭壇を上がり、たどりつく場所。せっかくなので、第五部にとって大事な場所を表紙にお願いしました。

カラー口絵はピカピカ奉納舞をお願いしました。ローゼマインの主観では祝福が漏れないように必死ですが、客観的には非常に神秘的で美しい舞になっています。

椎名優様、ありがとうございます。

最後に、この本をお手に取ってくださった皆様に最上級の感謝を捧げます。

第五部Ⅱは六月の予定です。そちらでまたお会いいたしましょう。

二〇二〇年一月　香月美夜

毎度おなじみ
巻末おまけ

ゆるっとふわっと日常家族

作：しいなゆう

よろしいですか？
お掃除いたしますよ

超強力魔術具
すいとる君

よろしくありません!!

おお～

パチ
パチ

ローゼマイン観察報告書

ローゼマイン様は多くの眷属からご加護を受けられたようですフェシュピールの授業では風の女神の祝福があふれていらっしゃいました

ほうほう

遠い目

運ぶのを手伝ってくださるなんてヴィルフリート様はお優しいのですね
ハンネローレ様が困っていればレスティラウト様も助けてくださるでしょう？

ハンネローレ行くぞモタモタするな
もた
もた
スタスタ

おい転んだぞ誰かなんとかしろ
ガシャ
ふやっ
ドタン

……そうですね側仕えを呼んでくださると思います

エコエネルギー

魔力制御が出来ずダダ漏れ中のローゼマイン
魔石チャージ中
いくらなんでも溢れすぎだよぉ

この状態がずっと続いたらどうしよう
何か対策を考えないと

でもこれってわたしがいるだけで魔力が供給され続けるということだよね
てことは図書館にいっぱい魔術具を配置してわたしは真ん中で本を読んでればいいんじゃない？
常に供給

全自動図書館!!めっちゃエコ
このままでもいい気がしてきました!!
よくないですローゼマイン姫様
ぱあぁ
あああ

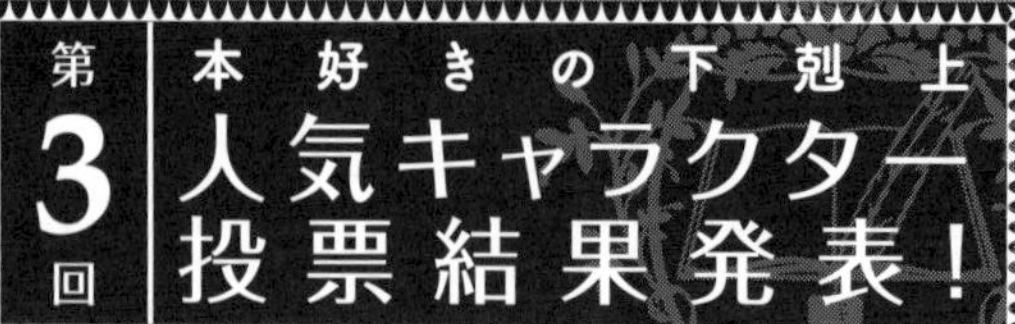

ついにシリーズ最終章「第五部」が開幕!
膨大なキャラクター数を誇る『本好き』の人気キャラクター
20名を発表です! 貴族院の面々が大躍進!
※2019年12月9日～2020年1月10日まで公式HP
(http://www.tobooks.jp/booklove)にて開催されました。

1位 ローゼマイン
6580票

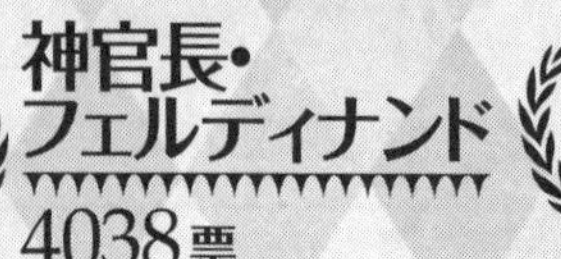

2位 神官長・フェルディナンド
4038票

3位 ハルトムート
587票

8位	フラン	306票
7位	ルッツ	322票
6位	ベンノ	418票

10位	ヴィルフリート	256票
9位	トゥーリ	289票

11位	ユストクス	241票
12位	ハンネローレ	229票
13位	コルネリウス	203票
14位	エルヴィーラ	158票
15位	シャルロッテ	138票
16位	マティアス	133票
17位	リーゼレータ	119票
18位	レティーツィア	96票
19位	フィリーネ	92票
20位	ジルヴェスター	63票

香月美夜先生より

第3回の結果が出ました。今回は1位と2位が圧倒的ですね。ローゼマインは中間発表よりグッと票を伸ばして二度目の第1位！　フェルディナンドが逆転するかな？　と思っていましたが、主人公の面目躍如です。ハルトムートはキャラデザさえ決まっていない前回に6位でしたが、今回は3位に躍り出ました。アンゲリカも前回の7位からググッと順位を上げました。根強いファンが多いです。5位はダームエル。前回と同じですよ。めちゃくちゃ安定していますね。彼らしいです。6位以下は下町組がずらり。アニメ効果もあるかもしれませんね。

熱い声援、ありがとうございました。

椎名優先生より

上位2人はまぁ、揺るがないだろうなと思っていたので3位以下が気になっていましたが、アンゲリカ嬢が4位に上がってきましたね。脳ミソ筋肉の美少女は私も好きなので嬉しいですね。そして前回人気投票で絵のなかったハルトムートが堂々3位！　今回はちゃんと絵も入れてもらえます。よかったねぇ～、ハルトムート。

多数の御応募をありがとうございました！

広がる
コミックス 第四部
貴族院の図書館を
救いたい! Ⅶ
漫画:勝木光
好評
発売中!
新刊、続々発売決定!
2023年
12/15
発売!
コミックス 第二部
本のためなら
巫女になる! Ⅹ
漫画:鈴華

「本好きの下剋上」世界！

Welcome to the world of "Honzuki"

アニメ	コミカライズ	原作小説
第1期 1～14話 好評配信中! BD&DVD 好評発売中! 	第一部 本がないなら作ればいい! 漫画:鈴華 ①～⑦巻 好評発売中! 	第一部 兵士の娘 Ⅰ～Ⅲ
第2期 15～26話 好評配信中! BD&DVD 好評発売中!  ©香月美夜・TOブックス／本好きの下剋上製作委員会	第二部 本のためなら巫女になる! 漫画:鈴華 ①～⑨巻 好評発売中! 原作「第二部Ⅲ」を連載中!	第二部 神殿の巫女見習い Ⅰ～Ⅵ
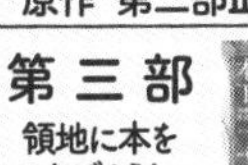	第三部 領地に本を広げよう! 漫画:波野涼 ①～⑦巻 好評発売中! 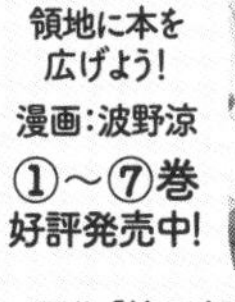 原作「第三部Ⅱ」を連載中!	第三部 領主の養女 Ⅰ～Ⅴ
第3期 27～36話 好評配信中!! BD&DVD 好評発売中!! 続きは原作「第三部」へ 詳しくはアニメ公式HPへ＞booklove-anime.jp ©香月美夜・TOブックス／本好きの下剋上製作委員会2020	第四部 貴族院の図書館を救いたい! 漫画:勝木光 ①～⑦巻 好評発売中!  原作「第四部Ⅰ」を連載中!	第四部 貴族院の自称図書委員 Ⅰ～Ⅸ

原作小説

第五部 女神の化身

Ⅰ～Ⅺ　好評発売中!

Ⅻ　2023年12月9日発売!

著:香月美夜　イラスト:椎名優

貴族院外伝 一年生

短編集Ⅰ～Ⅱ

CORONA EX コロナEX TObooks

本好きのコミカライズ最新話がどこよりも早く読める!

https://to-corona-ex.com/

マインとして
ローゼマインとして
ドラマCD10
12/9発売!
詳しくは原作公式HPへ
tobooks.jp/booklove

大切な記憶へ
愛する者達へ
本好きの
下剋上
司書になるためには
手段を選んでいられません
第五部　女神の化身XII
香月美夜
miya kazuki
イラスト：椎名 優
you shiina
第五部ついに完結
2023年冬

（通巻第22巻）

本好きの下剋上
～司書になるためには手段を選んでいられません～
第五部　女神の化身Ⅰ

2020年　4月　1日　第1刷発行
2023年 11月 20日　第8刷発行

著　者　香月美夜

発行者　本田武市

発行所　TOブックス
〒150-0002
東京都渋谷区渋谷三丁目1番1号　PMO渋谷Ⅱ　11階
TEL 0120-933-772（営業フリーダイヤル）
FAX 050-3156-0508

印刷・製本　中央精版印刷株式会社

ISBN978-4-86472-923-9

Printed in Japan